宋代古文文統研究

◎ 張申平 著

以文道、文情和文法爲中心

中西書局

圖書在版編目（CIP）數據

宋代古文文統研究 ： 以文道、文情和文法爲中心 ／ 張申平著. -- 上海 ： 中西書局，2024. -- (選堂博士 文庫). -- ISBN 978-7-5475-2275-2

Ⅰ. I207. 62

中國國家版本館 CIP 數據核字第 20244PM146 號

SONGDAI GUWEN WENTONG YANJIU
——YI WENDAO、WENQING HE WENFA WEI ZHONGXIN

宋代古文文統研究
——以文道、文情和文法爲中心

張申平　著

責任編輯　田　甜
助理編輯　楊小珊
封面設計　姚驕桐
責任印製　朱人杰

出版發行　上海世紀出版集團
　　　　　³®中西書局（www.zxpress.com.cn）
地　　址　上海市閔行區號景路 159 弄 B 座（郵政編碼：201101）
印　　刷　上海展强印刷有限公司
開　　本　890 毫米×1240 毫米　1/32
印　　張　13
字　　數　300 000
版　　次　2024 年 10 月第 1 版　2024 年 10 月第 1 次印刷
書　　號　ISBN 978-7-5475-2275-2/I·254
定　　價　79.00 元

宋代古文文统研究

刘石颖

本叢書出版承蒙"香港浸會大學饒宗頤國學院—Amway 發展基金"慷慨贊助,謹此致謝。

目錄

《選堂博士文庫》序

　　《選堂博士文庫》叢書以饒宗頤教授"選堂"之號命名，"選堂"之號其來有自："選"指饒公年少時汲汲讀書之樂、中年重拾畫筆之趣、老年精治宗教之學；而"堂"則指追慕甲骨四堂，冀不墜先人之志。《選堂博士文庫》以此爲名，一方面寄托了我們對饒公的思念，另一方面是紹續饒公對青年學人之期許，希望年輕一代的學人承傳饒宗頤教授博雅淹通之治學精神，融貫中西，既有文史根柢，又有國際視野。

　　《選堂博士文庫》旨在扶植年輕一代學人，構築一平臺，向學界展示文史哲領域的雛鳳清音，爲海內外年輕學人提供園地發表他們的研究成果及新觀點。其所收錄者，皆海內外優秀博士論文，其中不乏視野宏通、見解獨到的精深之作，值得海內外學界予以重視及鼓勵。

　　《選堂博士文庫》第一輯共推出六本著作。六位作者都是初出茅廬，頭角崢嶸之學界新銳。他們在各自研究領域用力既深且勤，各自都有新穎獨到的見解。六本著作，選題豐富，包含古典文學、出土文獻、文字與考古等領域，一定程度上展現了各自領域的最新研究成果。其中有以近代"同光派"詩學理論爲研究者，如李泊汀的《近代中國詩史觀研究——以"三元""三關"及"四元"爲考察中心》；有以王安石詩爲研究對象探討唐宋詩風演變情況者，如唐梓彬的《王安石詩歌及其詩學研究：唐宋詩歌演變抉微》；有專門探討宋代古文文論者，如張申平的《宋代古文文統研究——以文道、文情和文法爲中心》；文獻學方面，有專門研究墨家之宗教思想者，如黃蕉風的《墨家之謂教——墨學"宗教性"抉微》；古文字學方面，有以戰國楚地出土文字與商代、西周文字作比較者，如梁月娥的《戰國楚地出土文字與商代、西周文字關係初步研究》；又有利用最新的考古資料研究西周宗族者，如段陶的《西周宗族賡衍與政治結構——以井、虢、晉、曾爲例》。以上論文或從舊問題引發新思路，或依據新材料展開研究，既信而有徵，又卓富新見，可見年輕學人治學之新面貌。

　　本輯爲《選堂博士文庫》第一輯，我期待在往後的文輯中看到更多優秀的博士論文結集出版，讓中國文史學術傳統生生不息；我也鼓勵年輕學人發揚博學與專精并重的精神，深耕中西治學精神兼容的學術研究，以貢獻中外學界。

2022 年 11 月序于香港浸會大學饒宗頤國學院

（2024 年 4 月修訂）

陳致

北京師範大學—香港浸會大學聯合國際學院校長

香港浸會大學饒宗頤國學院院長

提要

　　本書以宋代古文文統及其嬗變規律爲研究對象，從文道、文情、文法三方面探究其意義世界和運作邏輯。首先分析文統觀念的發生和演變，結合宋人"尚統"觀念辨別儒林、文苑、道學三類文統觀的分野，還原"談經者""能文者"和"知道者"分別以雅頌、情致（風騷）、道理（性理）爲本的文道觀，力圖呈現文與道由衝突而調適的嬗變規律。在此基礎上，探究宋代古文"由道及情"的內涵變遷、"歐蘇"文統譜系的建構和因革、宋代文章的正宗觀、古文文法程式和慣例的文統意義、"唐宋八大家"文統的形成與發展等等。這有助於把握宋代古文運動的內在動因和發展理路，深刻認識古文文統與道統、學統的互動關係，以及宋代古文文統整合"程張問學"與"歐蘇體法"的特徵。

關鍵詞：古文　文統　文道　文情　文法

Abstract

The book takes the ancient prose orthodoxy of Song Dynasty and its transmutation rule as the research object, and explores its meaning world and operation logic from three aspects of *wendao* （文道）, literary sentiment and prose law.

First of all, the thesis analyzes the historical generation and evolution of the ancient concept of literary orthodoxy, which pays attention to Han Yu's （韓愈） literary orthodoxy theory, and distinguishes the concept of literary orthodoxy based on the concept of orthodox of the Song Dynasty people in terms of the Confucian scholars, litterateurs and Confucian moralist. This study synchronically and diachronically analyzes the different views of these three categories of people on the connotation of *Tao* （道）, the genealogy of literature and the orthodoxy of prose, as well as the law of the relationship between prose and *Tao* ranging from conflict to harmony. Then it explores the change in the connotation of ancient prose in Song

Dynasty, the inheritance genealogy of Ouyang Xiu *(歐陽修)*, Su Shi *(蘇軾)* and other essayists, the cultural connotation and promotion of prose law, and the construction of prose genealogy in Tang and Song Dynasty.

The thesis holds that the definition and reconstruction of the concept of literary orthodoxy, the combination of the traditional academic orthodoxy, and the current research will help explore the internal motivation and development law of the ancient prose movement in Song Dynasty, as well as the interaction between the ancient prose orthodoxy and the Confucian orthodoxy and academic pedigree.

Therefore, we should overcome the narrow nature of Confucian orthodoxy based on literature standard. The theory of "emotion based" in ancient literature and Confucian orthodoxy constitute a complementary relationship. The literary orthodoxy of Song Dynasty unified the Neo Confucianism's academic and prose genre, promoted the deep integration of literature and Neo Confucianism, and formed the basic mode and method of prose creation for future generations.

Keywords: ancient prose, literary orthodoxy, *wendao (文道)*, literary sentiment, prose law "cage"

序言

　　張申平博士的《宋代古文文統研究——以文道、文情和文法爲中心》一書（以下簡稱"張著"），能夠緊密把握宋代文人思想意識、學術思潮等與文學發展的互動關係，嘗試探究推動宋代古文發展和創作規律形成的深層原因，至少在以下三個方面，較之前的研究有了進步。

　　首先是如何界定"文統"概念的内涵和外延，學界對此争論很多。張著將研究範圍限定在宋代古文創作及其理論形成這個領域，將研究對象界定在"古文文統"即宋代古文創作和理論主要關涉的文道、文情和文法這三個方面，能夠對推動宋代古文發展的内在和外在原因做出更系統的分析。

　　其次是張著能夠把宋代意識形態、宋學發展思潮和文人主要身份標識結合起來，歸納出"談經者""能文者"和"知道者"分別以雅頌、情致（風騷）、道理（性理）爲本的文道觀，并從其文道觀的内涵差别出發，把握宋代經學家、文學家和理學家的文道觀由衝突而調適的嬗變以及文章正宗觀的形成過程等，較之前的研究更能够揭示主導文學發展的深層原因。

其三是張著没有墜入文統與道統糾纏不清的舊套路，而是在辨析宋人文統觀思想中的文道關係後，又從文學藝術的本質、特性和立場出發，較爲全面地分析了文學情致在宋代古文發展嬗變以及古文文統譜系建構中的巨大作用，突破了人們多從道統、文統層面研究宋代文學的局限。

此外，張著在對宋人文統觀的類型區分、文道調適關係的把握、宋代所謂"斯文大節目"對于古文發展的深刻意義、理學家古文的價值和地位、古文文法的文統價值等問題上也能有自己的見解。這是難能可貴的。

我曾擔任《文學遺産》主編，向來宣導古代文學研究應該重視在文獻考辨、作品闡釋基礎上加强文學理論研究，并將文學和歷史、政治、哲學等層面結合起來，深入挖掘古代文學豐富深邃的思想内涵和藝術奥秘。張著儘管仍有不少可以繼續完善之處，但已在相當程度上做到了這一點，故閲讀之後，頗感欣慰，并樂爲之作序。

陶文鵬

2022 年 8 月 18 日

第一章

引言：研究對象、意義與研究現狀

一、研究對象

　　所謂"統"，《説文解字》言："統，紀也。从糸，充聲。"段玉裁注其本義爲"抽絲"，引申爲"凡綱紀之稱"。"紀，別絲也。""別絲者，一絲必有其首，別之是爲紀；衆絲皆得其首，是爲統。統與紀義互相足也。"① 統紀之學，當源自孔子作《春秋》，歐陽修《原正統論》稱"正統之説肇於誰乎？始於《春秋》之作也。……（孔子）乃作《春秋》，自平王以下，常以推尊周室，明正統之所在"②。孔子去世而統紀之學廢。宋人多言統紀，統紀之學從宋代

---

① 段玉裁：《説文解字注》。上海：上海古籍出版社 1981 年版，卷二五，第645 頁。
② 歐陽修著，李逸安點校：《原正統論》，《歐陽修全集》。北京：中華書局2001 年版，卷一六，第 276 頁。

開始再次興起。學者普遍認爲"正統"之義當源于"一統"。《史記》重"統紀",且屢言"一統""天下一統"等,回溯其源當本之于董仲舒的《春秋繁露》主張"三統"及其所言"一統於天下"等。如《史記·太史公自序》稱:"周室既衰,諸侯恣行。仲尼悼禮廢樂崩,追修經術,以達王道,匡亂世而反之於正,見其文辭,爲天下製儀法,垂六藝之統紀於後世。"①《史記》之後歷代正統論不絕于耳,統紀之學也由史學遷移到文學等多個領域。

所謂"文統",錢仲聯等主編的《中國文學大辭典》將其定義爲"文論術語",是"唐宋古文家所標榜的合于儒家道統、以明道爲指歸的文章傳統。與六朝以來駢體文華而不實的文風相對立"②。趙則誠等所編的《中國古代文學理論詞典》指出文統"即與儒家道統并行且爲之服務的古文傳統"③。至于歷史文獻中的"文統"概念,朱漢民認爲有多種含義:其一指文章的整體布局,其二強調政治意義上的文治,其三從文學傳統意義上或指地域性文學傳統,或有"文學正統"之義。④ 總觀中國古代文論發展史,具有儒家正統含義的"文統"概念範疇,當屬唐代古文家韓愈首先明確提出。韓愈主張復興儒學,以文載道,恢復先秦兩漢古文傳統,是爲文統說的由來。韓愈論著中雖沒有出現"文統"字樣,但其對"文統"概念的内涵和外延都給予了闡述和界定,故依據"弃其名而取其

---

① 司馬遷撰,司馬貞索隱,張守節正義:《太史公自序》,《史記》。北京:中華書局 1982 年版,卷一三〇,第 3296 頁。
② 錢仲聯等主編:《中國文學大辭典》。上海:上海辭書出版社 1997 年版,第 1766 頁。
③ 趙則誠等編:《中國古代文學理論詞典》。長春:吉林文史出版社 1985 年版,第 511 頁。
④ 朱漢民:《屈騷精神與湖湘文統》,《中國文化研究》2015 年春之卷,第 143 頁。

實"原則來看，"文統"概念的提出者非韓愈莫屬，且從此"文統"就與唐宋古文有着密不可分的關係。

結合中國古代歷史文化語境，本文所言"文統"界定爲唐宋古文運動中所形成的和儒家道統緊密聯繫的古文傳統，它具體包括文道關係、文學情致和古文文法，以及三者的傳承譜系和因革規律等。本文研究對象爲以文道、文情、文法爲中心的宋代古文文統的思想文化内涵、時代特徵及其產生、發展、嬗變的過程和規律，以及對元明清時期的影響等。

"文統"具有豐富的歷史文化内涵。唐宋古文運動以儒學復興爲學術背景，雖然古文家對"道"之内涵的理解各有不同，他們的創作或有游離于儒家思想之外，但"文以載道""文以明道"乃至于儒家道統和文統思想，已經成爲他們的集體無意識，基本形成了他們古文的思想基礎和創作底色。長期以來，學界針對"文統"概念已經做了很多"釋名以彰義"的工作。就"古文文統"而言，梅向東、李波認爲主要有三個方面的内容："一是從文道的角度，植'道'于文，建立古文與儒家文化之間的本質性聯繫；二是從文史的角度，梳理古文的產生與流變，建立古文的歷史譜系；三是從文法文辭的角度，彰顯古文的文學性特質，建立關于古文形式的話語系統。"① 他們對"文統"的界定具體到古文這一文體，明確了文統的内容範圍和邊界，規劃了古文文統的研究版圖。這爲古文文統研究提供了切實可行的綫索和路徑，具有明確的針對性和極大的可行性，便于按圖索驥地開展具體研究。然而，古文的歷史譜系問題，多和文道關係、文體文法有交叉之處，因爲古文的傳承譜系很

---

① 梅向東、李波：《桐城派學術文化》。合肥：合肥工業大學出版社 2011 年版，第 181 頁。

大程度上表現爲文道關係和文體文法的因革關係。

　　同時，以"唐宋八大家"及其創作爲代表的古文文統所體現的文學情致是唐宋古文文統中最富有藝術魅力的要素，影響後代深遠，斷不可被排除在文統之外。宋代古文的情致抑或説情志，是古文文統重要的思想内涵，文情及其嬗變過程應該成爲古文文統研究的主要對象。王文生所著的《中國文學思想體系》一書融合東西方美學的視野，指出："中國文學以抒情文學爲主流。這就決定了中國文學思想體系必然以闡明構成抒情文學的情、境、味三種基本質素的内涵和它們之間的互動規律爲其主要内容。"該書把中國文學思想體系的主要内容概括爲"源于情，形于境，成于味"，從情源、情境、情味三個方面來建構中國文學的思想體系，認爲文源于情感是中國文學思想的傳統，情境爲中國文學的深層結構，情味體現了中國文學的美感特點和價值原則。①

　　以抒情傳統爲中國文學之主潮，此説自陳世驤至高友工，流行已達六十餘年之久，可見其并非一家之言。然對何爲中國文學傳統主潮，學界對此向有聚訟。近十年來，學界辨章學術，考鏡源流，認爲《春秋》《左傳》《史記》三書，爲中國叙事傳統之三大寶鑒，因而叙事傳統纔是中國文學傳統之主潮。此説確爲的論！尤其是對于唐宋古文而言，經由《春秋》《左傳》《史記》傳承而來的具體叙事傳統，如春秋筆法、史遷筆法等史傳傳統，對于"唐宋八大家"文統的形成起到了極其重要的鋪墊和引領作用。對此，清代章學誠的《上朱大司馬論文》言之甚明："古文必推叙事，叙事實出

---

① 王文生：《中國文學思想體系》。上海：上海古籍出版社2017年版，第8頁。

史學，其源本於《春秋》比事屬辭。"① 章學誠所稱"古文必推叙事"雖指史傳文，然唐宋古文叙事傳統的確來自此。"唐宋八大家"、清代桐城古文家，甚至文史兼擅之的章學誠，皆共推長于叙事的《左傳》《史記》作爲古文之典範。

然而，本文并没有選擇"叙事"傳統這個視角來研究唐宋古文文統，這主要是考慮到以下三方面原因：其一，研究"叙事"傳統將會主要關注到具體的古文創作技巧和文法傳承等問題，而文法本身也是本文研究的主要部分；其二，抒情傳統和"叙事"傳統密不可分，抒情性也是唐宋古文叙事藝術的重要特徵；其三，"叙事"之内涵必涵攝文道、文情，叙事之形式則關涉文法，本文所論古文文統究其實質和"叙事"傳統作爲中國文學傳統這一主潮并不抵牾，雖無其名而有其實。

除此之外，具體考察古代文論語境中的"情"，可見其有着極其豐富的内涵，在一定程度上已包含了叙事、紀實等意義。"情"可以解釋爲：感情、情緒，愛情、真情，情性、本性，情況、實情，情態、姿態，趣味、意味，等等。在先秦文獻中"情"已經頻繁出現，尤其是在《莊子》《荀子》《韓非子》和《禮記》中；後代"情"字所有的基本義項在先秦時期《莊子》《荀子》等書中已經出現。"《荀子》中的'情'的特點是大多數的意義指情緒、情感……可以説，自荀子以後'情'作爲情感和情緒的這一概念被完全地確定了。"② 劉悦笛用語言分析方法對中文語言叢林裏的"情"

---

① 章學誠著，倉修良編注：《文史通義新編新注》。杭州：杭州古籍出版社2005 年版，第 767 頁。
② 陳良運：《中國詩學體系論》。北京：中國社會科學出版社 1992 年版，第135 頁。

之深義作了解析，他認爲中國古代情本哲學的“情”并不僅囿于“情感”之基本義，同時也包含了“情實”的基礎義，更有“情性”的境界義，這構成了中國“情本哲學”的三個基本面向。在“情”當中，既有形而上之“道”的含義（“情性”），也有形而下之“器”的意義（“情實”），還有居中并上下聯通的意蘊（“情感”）。“情性”“情實”與“情感”，三位一體，構成了“情”之三角架構。① 而“道始于情”也包含三重哲學意蘊：道始于“情實”、道始于“情感”和道始于“情性”。② 就具體作家、作品而言，其所表現之“情”，可能會側重于“情性”“情實”與“情感”三者中的某一個，但一般不會純粹局限于某一個面向。即便是宋代朱、陸等理學家，其文章所言之“情”也不會僅僅指道德心性；同樣，歐、蘇等文學家也不會罔顧道德心性方面之“情性”。正因如此，考察“情性”“情實”與“情感”三者在宋代文人思想觀念中的占位及其升降，有助于瞭解“以情爲本”意識是如何逐漸受到歐、蘇諸人的重視，并在文學創作中被體現的。

故本文所論“古文文統”包括文道、文情、文法三個方面，“文”特指散體古文，不包括辭賦、四六文等。具體而言：

其一，文道是古文文統的核心問題。在宋代，無論是經學家、

① 劉悅笛：《“情性”“情實”和“情感”——中國儒家“情本哲學”的基本面向》，《社會科學家》2018 年第 2 期，第 12 頁。
② 劉悅笛認爲，既然中國思想當中的情，本身就包含了三重含義，即作爲認識論的“情實”、作爲經驗論的“情感”和作爲本體論的“情性”，那麼對“道始于情”進行哲學闡發對話就可以透見到“道始于情”的三重哲學意蘊：第一，道始于“情實”，即道開始于實情、實際和具體的事情；第二，道始于“情感”，即道開始于感情、情感和感性的人情；第三，道始于“情性”，即道開始于“情之性”，而非“性之情”，亦即性生于情，而非情出于性。見劉悅笛：《“情性”“情實”和“情感”——中國儒家“情本哲學”的基本面向》，第 20 頁。

古文家，還是理學家，他們對文、道的內涵和二者在文道關係中的地位都有不同的理解，從而形成了重道或重文的文統觀。儒家思想對文道觀的影響尤其顯著，文統常和道統聯繫在一起，"以道爲本"是宋代很多學者的主張。文道關係貫穿了整個宋代古文運動，也是宋代與前後時代古文之間傳承和流變的内在綫索。在學術高度繁榮的宋代，不同學派和身份的文人對"文"與"道"有不同的理解，因此必須整體把握宋代文道觀及其演變過程。文道關係、文統譜系的排列及作家在文統中的位置是文統的直觀體現。不同文統譜系背後常有學術觀念的差異，文統、道統、學統三者的譜系之間也密切相關，這意味着文學常常關涉政治、哲學等深層問題。

其二，文情是古文文統的主要内容。文情是古文審美屬性的依托，是古文藝術魅力的集中體現。歐、蘇等"能文者"創作的古文典範以其精彩動人的風神情致引起了包括理學家在内的廣泛贊嘆和關注，成爲被模仿和研究的對象，最終促成"唐宋八大家"文統的形成。宋代"談經者"和"知道者"所注重的"道"多是儒家倫理道德，而歐、蘇等"能文者"所言之"道"不可與之等量齊觀，其更多是指社會實踐經驗及與之相關的人生情感意志等。文道和文情均屬于古文範疇，彼此互補，文道是抽象的理論性觀念，文情則是具體而感性的文學情致。"談經者"和"知道者"重文道，"能文者"則重文情。文道和文情結合起來，共同和文法形式構成古文的有機體。

其三，文法是古文文統的重要載體。它包括古文文體正變、文法因革以及風格、流派等問題。宋代文體長期存在本色與破體、辨體與融合等現象，如以文爲詩、以文爲詞、以文爲賦、以文爲四六、以記爲論、以記爲策等等。古文的句法、章法、文體、文辭、文風等都存在因革流變。對古文文統的關注是南宋文章學發達的原因之一。以古文作家、作品爲標識的古文譜系，既有宏觀、長時段的朝代之間的傳承，如宋人對韓、柳古文文統的傳承；也有比較微觀的譜系，如根據地域、學派、師門、黨派、官職及文學主張等所區分的具體文統。文法的傳承因革現象非常普遍，是古文文統研究必須關注的問題。古文的寫作規範和組織程式也是文統的一部分，它們既是文章行文的約束和軌範，也是古文發展的基礎和依據。

二、研究意義

宋代社會有濃厚的尚統意識，無論是政統、史統、道統，還是學統、文統等均重統系，尤其重正統、正宗。每一種統均有其傳承脉絡和譜系，文統自不例外。文統的直接表現形式是其傳承譜系，古文文統則體現爲不同時期古文家之間的傳承序列和譜系網絡。宋代文統與道統的關係親密，既有重合也有分離，彼此譜系也有交叉、重合。宋代古文文統之建構以儒學復興、文學復古爲發端，經由經學家、古文家和理學家等人的努力，其理論體系臻于完善，古文創作成就碩果纍纍。此後的歷代學者如真德秀、魏了翁、金履祥、元好問、郝經、朱右、歸有光、方苞、姚鼐等均重視文統，并以其理論建構或創作實踐延續"唐宋八大家"以來的古文文統。南宋真德秀的《文章正宗》以儒家倫理標準來評價文章，對後代文論和選集編纂影響很大。宋代以後，越來越多學者關注文統并撰述與文統相關的論著。如明代朱右曾與友人論"文章家體裁，及諸子造

詣淺深，且欲求其宗緒"①，特作《文統》以明文章之正；明代方孝孺編《文統》"取文之關乎道德政教者爲書"；茅坤認爲就世之所稱正統者論之，"六經者，譬則唐虞三王也；西京而下韓昌黎輩，譬則由漢而唐而宋，間及西蜀、東晋是也"②。他的《唐宋八大家文鈔》通過經典的編選來確立古文文統典範；清初陳玉璂等"毗陵四家"編輯的《文統》與魏裔介的《聖學知統録》相爲表裏；明代唐宋派和清代桐城派文統是對唐宋古文文統的繼承：方苞上接歸有光和唐宋文統，"桐城文統"則是對自孔子、司馬遷至清代文法的總結和發展。

文以載道，文以化人。中國古代文論研究具有重要的現代價值和意義。當代中國是歷史中國的延續和發展，當代中國思想文化也是傳統思想文化的傳承和升華。因此很有必要回歸歷史文化語境，用中國式傳統學術理路探究古代文統的意義世界、運作邏輯和研究範式，揭示文統與道統、學統的互動關係，科學闡釋古代文統的歷史生成和發展機制。這種綜合文史哲不同視角的交叉研究有助改變單純文學研究的狹隘性，拓寬古代文學的研究領域并推動相關理論的發展。

古代文統的内涵、特徵、歷史生成機制和發展規律通過還原古代文學生態得以探究，古代文學的本質特徵和内在發展機制則可通過文統研究得以把握。這在一定程度上可以彌補當前存在的、因受西方影響而産生的學統焦慮和迷失，從而增强民族文化自信心和自

---

① 朱右：《文統》，卷一五四九，收入李修生主編《全元文》第 50 册。南京：江蘇古籍出版社 1998 年版，第 573 頁。
② 茅坤著，張夢新、張大芝點校：《與王敬所少司寇書》，《茅鹿門先生文集》，卷五，收入《茅坤集》第 2 册。杭州：浙江古籍出版社 2012 年版，第 293—294 頁。

豪感。這既是促進我國社會主義精神文明建設的需要，也是中國學術走向世界及全球中國研究多元化進程中的一種理性選擇。

宋代是一個特別重視"統"的時代，舉凡政統、道統、學統、文統，乃至于史統、藝統等，都可以找到它們各自的發展脉絡和規律。有宋一代，包括理學在内的宋學各派都着有自己的學統，學統的分野影響了宋人的文學觀念和創作。當前，宋代文學研究回歸中國傳統學術理路，結合"學統四起"的宋學發展局面，開展宋代古文文統研究有以下方面的意義：

其一，通過古文文統研究，可以瞭解宋代古文文章學所建構起的一系列概念範疇和理論概況，比較全面地把握宋代古文理論體系和框架。探究古文文統有助于豐富和深化古文理論的内部研究，把握古文文章學發展的規律。就古文文體而言，唐宋時期是其發展的黄金時期，古文文章學在此時期成熟。這一階段所形成的一系列概念、範疇、原理、觀念等對元明清文章學的發展都有影響。古文之學是文章學的核心内容，古文文統研究是文章學研究的重要命題。

其二，可以清晰瞭解宋代古文文統的産生和流變過程，進而增進對以儒學復興爲背景的唐宋古文運動發展規律的認識，深刻把握古文發展的内在機制。通過文統研究，可以把握宋人文道觀、文情觀和文法觀的基本内涵，深入瞭解宋代"文""古文""道"及"文統"等重要概念的内涵和外延，瞭解宋代不同身份人物看待文與道、文統與道統的基本態度，進而探究文統與道統、學統之間的關係。

其三，可以深入探析宋代文學發展的内在理路和驅動力。宋代是我國古代文化和文學發展的高峰期，也是重視"統"的社會。探究宋代古文文統有助于更深刻地理解宋代社會文化政策、學術潮流和歷史變革等複雜問題。借助文史哲綜合研究的交叉視野，對宋代古文文統進行合理的文化闡釋，有助於拓展宋代文學的研究領域，深刻瞭解宋代文學發展的內驅機制和重要規律。

三、研究現狀

目前，在古代文學領域，宋代文學研究非常活躍和突出。但以往的研究傳統存在重北宋輕南宋、重大作家輕中小作家、重詩詞輕古文的傾向；僅就宋代古文而言，還存在着重視文學性研究、輕視實用性和應用性文章的傾向。近些年，這種狀況得到了徹底改變，宋代古文的研究也取得了巨大的進步。從《新宋學》《文學遺產》《宋代文學研究年鑒》等學術刊物之載文，以及“古代散文國際研討會”和十屆“宋代文學國際研討會”發表之論文來看，近二十年來港澳臺地區關於宋代古文的學術成就令人矚目。

（一）宋代古文研究

20 世紀 80 年代以前，宋代古文研究一大成就是在文學史的建構中對古文運動進行定性、定位。20 世紀 20 年代胡適最早提出“古文運動”一詞，三四十年代胡雲翼、鄭振鐸等人著的《中國文學史》已使用“古文運動”這一概念；郭紹虞的《中國文學批評史》把古文運動和復古思潮聯繫起來，比較了道學家、古文家、政治家等文道觀的差異；謝無量的《中國大文學史》、劉大杰的《中國文學發展史》、胡適的《國語文學史》、龔書熾的

《唐宋古文運動》都對古文運動給予關注；五六十年代，郭紹虞的《中國文學批評史》、錢冬父的《唐宋古文運動》、羅根澤的《中國文學批評史》均涉及唐宋古文運動發展演變過程研究。雖然學界對"古文運動"這一稱呼及其名實相符與否存在爭議，但不妨礙這方面的古文研究不斷推向深入。

20世紀80年代後出版的與宋代相關的文集主要有朱東潤的《梅堯臣集編年校注》、四川大學中文系的《蘇軾資料彙編》、洪本健的《歐陽修資料彙編》、孔凡禮的《蘇軾文集》和《蘇軾年譜》等等。曾棗莊所著的《宋文紀事》及其主編的《全宋文》《中華大典·文學典·宋遼金元文學分典》等還對"三蘇"和宋代古文運動之間的關係進行了專門的研究。文學史著作有孫昌武的《唐代古文運動通論》、劉國盈的《唐代古文運動論稿》、羅宗強的《隋唐五代文學思想史》、王運熙和楊明的《隋唐五代文學批評史》、祝尚書的《北宋古文運動發展史》、程杰的《北宋詩文革新研究》等等。20世紀90年代程千帆、吳新雷合著的《兩宋文學史》對兩宋古文都給予了重視，有意改變學界輕視宋文的局面。郭預衡對包括南宋在內的宋文研究較多，其《中國散文史》論及筆記、題跋、記體、書牘、賦體、四六等各種文體，對古文的風格、文體、流派都有探究。王水照的《宋代文學通論》把宋型文化與宋代文學研究結合起來，注重學統與文統的關係，對宋學視閾下的文學精神進行了探究，他歷經多年編纂的《歷代文話》顯示了其對宋代文章學的高度重視。

此時期關于歐陽修、蘇軾的研究成果也非常豐富。歐陽修方面，如王水照的《歐陽修散文創作的發展道路》、莫礪鋒的《論歐陽修的人格與其文學業績的關係》、祝尚書的《重論歐陽修的文道觀》、曾子魯的《歐陽修"道勝文至"説論辨》、洪本健的《略論"六一風神"》、何沛雄的《歐陽修與韓愈的"古文"關係》、劉寧的《歐陽修提倡平易文風的思想淵源和時代意義》等等。蘇軾方面，如王水照的《論蘇軾散文的藝術美的三個特徵》、姜書閣的《蘇軾在宋代文學革新中的領袖地位》、趙仁珪的《蘇軾散文中的禪》、黨聖元的《蘇軾的文章理論體系及其美學特徵》等都是標志性成果。這一時期對蘇洵、蘇轍、王安石、曾鞏以及包括理學家在內的眾多古文家的研究也廣泛而深入。同時，學界對南宋古文也越來越重視。朱迎平的《宋文發展整體觀及南宋散文評價》將北宋文與南宋文視爲整體，高度評價了南宋古文在創作和理論上的成就；馬茂軍等人對理學古文家和理學家古文，以及理學與文學的關係有深入的剖析；洪本健的《曾鞏、王安石散文之比較》從文論、文勢、文辭、文風等方面對曾鞏和王安石的散文進行了細緻的分析；沈松勤的《王安石與新黨作家群》關注了王安石新學與文學的關係。

21 世紀以來，對宋代文學的學科交叉型專題研究取得了巨大成就。宋代文學與科舉、黨爭、地域、家族、傳播關係的研究，被稱爲宋代文學研究的"五朵金花"。張劍、吕肖奐對宋代家族文學與黨爭、地域、科舉等方面的關係進行了深刻探究；許總的《論理學與宋代古文的興盛》認爲古文復興承擔着文學和儒學的雙重使命，其《論宋代理學家的古文創作》勾勒了南宋理學家由"輕文"到"工文"的轉變過程及理學與古文的融合趨勢；朱剛的《唐宋"古文運動"與士大夫文學》關注到科舉制度下士大夫精英構成的社會與文學的特殊關係，分析了士大夫心態、文化模式對文學的影響；祝尚書的《論宋元時期的文章學》認爲宋元文章學應該成爲學界研究熱點；李金松通過對唐宋古文的定量研究，指出古文確實是唐“瘦”宋“肥”；謝序華的《唐宋古文與〈荀子〉句法比較研究》考察了唐宋仿古文言句法發展的特點、原因和規律。此外，21世紀以來的博士論文也對宋代古文進行了一些專題研究，如閔澤平的《南宋理學家古文研究》（2005 年）分析了古文與古道、理學的關係，肯定了理學家古文的價值和地位；張秋娥的《宋代文章評點研究》（2010 年）分析了宋代文章評點思想和形態；毛德勝的《蘇洵古文研究》（2011 年）對蘇洵古文的觀念、文氣、技法、風格等進行了歸納研究；姜雲鵬的《韓愈古文評點整理與研究》（2013 年）對宋代的韓文評點進行了整理分析；卓希惠的《歐陽修散文“風神”研究》（2016 年）全面分析了“風神”的內涵、審美屬性及其在歐文創作中的不同階段特徵。部分碩博士論文還對宋代擅長古文的理學家、南北宋古文之間的關係、宋代古文評點和文章學理論，以及學派與文派的關係等問題進行了廣泛深入的研究。

（二） 宋代古文文統研究

目前，學界已經習慣使用“文統”概念來研究古代文學，文統研究和道統、學統、史統研究相伴而行。當前學界有狹義和廣義兩種“文統”概念。狹義“文統”大致是指符合儒家道統并爲之服務的文章傳統，體現了文與道、文統與道統的緊密聯繫，重視儒家思想對文統的主導作用。郭紹虞認爲王充《論衡·超奇》所言“文王之文在孔子，孔子之文在仲舒。仲舒既死，豈在長生之徒與”爲文統說之濫觴；韓愈《原道》篇所言堯、舜、禹、湯、文、武、周公、孔、孟所傳之統，“這固是道統說之所本，而也是文統

説之所處"①。孫虹認爲文統與"以文傳道"的古文傳統有不可分割的密切關係。② 這種崇儒重道的狹義"文統"在内容與形式方面都與儒家道統思想相關聯。

廣義的"文統"概念對"文"和"統"的内涵界定比較寬泛。"文"可指散文、文章或文學等，故"文統"可指文學、文化傳統等。例如，韓星認爲"廣義的文統是指以詩書禮樂爲代表的文化傳統"③。朱漢民比較了歷史文獻中"文統"概念的三種含義：其一，"文統"是指文章的整體布局；其二，"文統"是强調政治意義上的文治；其三，"文統"是在文學傳統意義上來使用的，或指地域性文學傳統，或有"文學正統"之義。④"文統"的多義性提醒研究者要認真辨析古代文獻中"文統"的語境含義，準確把握概念的内涵和外延。鄧國光關注中國古代"文章體統"，認爲新舊《唐書》的比勘是觀察正史文論建構過程的絶佳例子：編于晚唐的《舊唐書》製造的駢文圖譜以白居易爲中心，設計出了一套貶韓的文章圖式；而編于北宋的《新唐書》"爲了標榜韓愈，重整一套大唐文章三變的圖式"⑤。何寄澎對"唐宋古文運動中的文統觀"做過專

① 郭紹虞：《中國文學批評史》上册。北京：商務印書館 2010 年版，第 333 頁。
② 孫虹指出："所謂文統，是與所謂‘道’‘道統’密切相關的概念。傳承文統，就是要紹述先秦兩漢以來以文傳道的文學傳統；也就是要有意識地恢復儒家重教化文學的正統地位。這其中當然也包含了文學體裁方面的尊體要求，也就是説爲了傳聖人之道，明聖人之志，就要繼承三代兩漢端凝典重的古文傳統，摒弃捨本逐末浮艷輕麗的驕儷文風。"見孫虹：《詞風嬗變與文學思潮關係研究──以北宋詞爲例》。蘇州：蘇州大學文學院博士論文，2003 年，第22 頁。
③ 韓星：《重建道統·傳承文統──道統、文統及其關係》，《中國文化論衡》2018 年第 1 期，第 71 頁。
④ 朱漢民：《屈騷精神與湖湘文統》，第 143 頁。
⑤ 鄧國光：《文章體統·中國文體學的正變與流別》。上海：上海古籍出版社2013 年版，第 393 頁。

題研究，他認爲"文統"即"文章之正統"，概念的具體化當溯自唐代的古文運動，通過文統觀的演變可以掌握唐宋古文運動的規律；而以"道"的有無、高下爲衡量標準并根據嚴格和寬緩的文統標準可以判斷作家和文章是居于正統還是正統之附；他還對柳開、歐陽門人的文統觀進行了概括，認爲宋人文統觀大體不出唐人籠罩，即宋人先重道，而後文道兼重，而後重文。① 惜乎上述研究均爲概括性描述。

此外，何寄澎還對北宋古文運動中的文人文統觀進行了分析。他認爲，"宋人雖無'文統'之名，但北宋早期古文家承襲韓愈道統之説，隱然也有文統的觀念，并且將文統與道統合而爲一。正因其將文統與道統合一，近則引起理學家與古文家爭道統承繼之地位，并衍至明清兩代猶纏訟不已；另一方面則又引起古文、駢文何者纔是文章正統之爭"②。羅立剛曾對文統和史統關係進行了梳理，也對文統發展過程有所探究。他認爲"文統"是"在正統觀影響下所形成的文學創作、批評理論體系"，唐宋時期文學觀念的發展經歷了三個階段："其一，隋及初盛唐時期在史學影響下的文學觀念；其二，中唐至北宋中期在'道學'即道統影響下的文學觀念；其三，北宋中後期到南宋時期在'文統'影響下的文學觀念。"③他還認爲宋代文統經歷了由獨立、健全、分化的三階段進程。羅立剛的文統研究雖然關注了文道關係，但疏于對具體流派、作家的文統和文統觀的研究。歐明俊認爲包括"文統"概念在内的諸多統

---

① 何寄澎：《唐宋古文新探》。北京：北京大學出版社 2010 年版，第 203 頁。
② 何寄澎：《北宋的古文運動》。上海：上海古籍出版社 2011 年版，第 78 頁。
③ 羅立剛：《史統、道統、文統：論唐宋時期文學觀念的轉變》。上海：東方出版中心 2005 年版，第 3 頁。

續，都具有"擬構"的性質，"'文統'即文學的正宗統系，這一觀念强調正宗、正統、主流，排斥異端，追求話語霸權，一般帶有較强的意識形態色彩"①。文統的"追認"不是"無中生有"，而是對文學發展規律的挖掘和復原。另外，歐明俊還提醒學界注意"文統"内對"文統"外散文的遮蔽問題："因爲重視'文統'，所以輕視文統以外的文章，認爲無足輕重，這樣勢必遮蔽了非正宗的邊緣的散文。散文史往往寫成文統'一統天下'的歷史。"②

　　宋代文統研究重視學統分野和學術門户差別，關注具體作家群體的學統、文統傳承，文統之"文"不限于古文或者散文。如曹勝高在論述唐宋詩學的文統意識時候，認爲"宋初詩文理論要求政統和文統能按照道統方向運作，達到道統、政統和文統的統一"③。這裏，曹勝高所論文統也包含了詩歌等文學體裁。此外，學界關注到作家身份、職業等對文統的影響，如許浩然認爲南宋周必大《初寮先生前後集序》所確立的"文統"反映了從北宋晚期至南宋中期詞臣以蘇軾的館閣文學作爲準式，以及文統與道統、詞學之臣與理學之士之間的文化張力。④ 關于宋人文統觀的研究成果多分散于具體作家研究中，研究對象多是歐陽修、蘇軾、朱熹等人。比如，祝尚書認爲朱熹等理學家創建的"新文統"不像"韓愈文統"那

----

① 歐明俊：《古代"文統"的"擬構"歷程及其價值重估》，《勵耘學刊（文學卷）》2015 年第 1 期，第 165 頁。
② 歐明俊：《古代文體學思辨録》。北京：人民出版社 2015 年版，第 192 頁。
③ 曹勝高：《中國文學的代際》。北京：商務印書館 2013 年版，第 311 頁。
④ 許浩然認爲：《初寮先生前後集序》將一代文運、現實皇權與詞臣統序相提并論，其所彰顯的"文統"，"依附趙宋皇室的政治權威，標舉歷朝詞臣的文學傳承，矜尚皇帝侍從的清貴出身，彰顯朝廷館閣的辭章之學，其内涵展現出與理學'道統'異趣的文化觀念。館閣詞學與理學義理這兩類士大夫文化間的牽挽抗衡是宋代文化史進程之中一幕不容忽視的景觀"。見許浩然：《南宋詞臣"文統"觀探析——以周必大書序文爲綫索》，《文學遺產》2015 年第 3 期，第 112 頁。

樣以有杰出文學成就的作家爲綱，而是以"義理"爲綱，即"這個'統'所統的不是文學詞章，而是文學形式化了的義理"①。與此同時，他還分析了朱熹新文統對宋代文學的影響及其最終坍塌的歷史原因。其他涉及具體作家和流派的文統思想的論著還有粟品孝的《朱熹與宋代蜀學》、李金良的《曾鞏的道統思想與文統觀對其創作的影響》等。

相較于文統，道統的觀念産生更早。文與道的關係一直是古代文論中的重要論題，文統與道統分不開。《明儒學案》記載明代管志道"言孔子任文統，不任道統"②，錢謙益對此指出："世咸謂孔子以删述接千古帝王之道統，公獨闡其終身任文統不任道統。"③歷代重視道統者强調儒家思想在文學中的權威支配地位，重視文學的復古明道精神。道統明晰，文統隱約。但文統亦有其相對獨立的發展脉絡，關注文統有助于把握住文學的内在發展規律。文統所包含的理念、規範、程式和譜系及其思想文化内涵形成所依賴的社會政治背景等，都值得深入探究。

宋代學統發達，道統强勢，文統亦得到强化和完善。此時期是文統的獨立和成熟期，道統與文統逐漸出現融合趨勢。古文運動因其取得的古文創作和理論成就及其在文壇上的主宰地位而獲得學界認可，取得了全面勝利。宋代特別講究"統系"，王水照指出宋代許多文化領域"幾乎都發生過關于'統'的大論戰：史學領域中

---

① 祝尚書：《論宋代理學家的"新文統"》，《文學遺產》2006 年第 4 期，第 13 頁。
② 黄宗羲：《明儒學案（一）》，卷三二，收入吴光主編《黄宗羲全集》第 7 册。杭州：浙江古籍出版社 2012 年版，第 827 頁。
③ 錢謙益：《朝列大夫管公行狀》，《牧齋初學集》。上海：上海古籍出版社 1985 年版，卷四九，第 1261 頁。

的‘正統’之争，政治哲學領域中的‘道統’之争，散文領域中的‘文統’之争，佛學領域中的‘佛統’之争，乃至政治鬥争領域中的朋黨之争，趨群化和集團性的意識，深深地滲透進宋代知識分子的内心，成爲他們一種根深蒂固的觀念"①。宋代文統繼承了韓愈的文統理論和實踐成果，在北宋古文運動的推動下，在理論和實踐方面都得到了充實和完善。

當前，宋代文統研究具有融合文學史、思想史和學術史的寬闊視野，關注文統與道統關係，注重揭示宋代文統的發展脉絡、歷史地位和作用。長期以來，郭紹虞、王水照、祝尚書等都關注宋代文統。郭紹虞論宋人"統"的觀念，認爲"宋人文統道統之説……其關鍵蓋全在韓愈"，"後來文統道統之説，實以受宋初諸人之影響爲多"。郭紹虞指出"唐人主文以貫道，宋人主文以載道，貫道是道必藉文而顯，載道是文須因道而成"。他認爲對"文"或者"道"的重視是文學家和道學家的分水嶺，"古文家自有其文統的觀念，而道學家也自有其道統的觀念。人皆知道學家好言道統，而不知古文家也建立其文統"②。張毅也關注了北宋古文家的道統、文統，并認爲這一時期屬于對曾有文統的"重建"，指出宋初"一些作家反對五代舊習，力圖改革文風，他們以寫作‘古文’相號召，想重建儒家的‘道統’和‘文統’，主張文由道出，以矯捨本逐末之弊"③。

然對于文統和道統之間是否涇渭分明，一些學者持有不同看

① 王水照：《北宋的文學結盟與尚"統"的社會思潮》，收入孫欽善等主編《國際宋代文化研討會論文集》。成都：四川大學出版社 1991 年版，第 258 頁。
② 郭紹虞：《中國文學批評史》上册，第 324—354 頁。
③ 張毅：《宋代文學思想史》。北京：中華書局 1995 年版，第 32 頁。

法，如徐洪興在對文統的具體内涵分析中認爲，宋初石介的"文統"就是從三皇、五帝、孔子到孟、揚、王、韓的"文統"，實際上是他的"道統"的另一種表述方式罷了。① 至於文統和道統的關係，郭英德、謝思煒認爲文統來自道統，文學家依然要在文學中建構儒家正統；北宋洛蜀黨爭的背景下，文統與道統的分歧被誇大了，其實文統與道統在骨子裏是相通的。② 馬茂軍等人也認爲道學家眼中的文統是道統的附屬，文學沒有自身獨立性。③

此外，學界也有質疑宋代"道統"與"文統"二分説的看法，如王基倫認爲自郭紹虞之後學界所主張的"道統"與"文統"二分的觀點不妥。④ 道學家和文學家都推崇儒家道統思想，都有其正統觀，"不論是道學家或是古文家，都能弘揚儒家學説，繼承了儒家聖賢代代相傳下來的'道統'，如果能改稱前者爲'道學家的正

---

① 徐洪興：《思想的轉型：理學發生過程研究》。上海：上海人民出版社 1996年版，第 363 頁。

② 郭英德、謝思煒認爲："由于文統説是從道統説中分化出來的，所以始終具有濃厚的道德意味，即始終認爲文學和文學家負載有一種近乎神聖的道德使命，始終要建立和維持一種文學中的正統，排斥各種不純正的文學意識和趣味。當然，蘇軾所標榜的文統含有與專門道統抗禮的意味，在當時條件下似乎具有維護文學獨立地位的意義。但從根本上説，宋人的這種文統意識是適應封建意識形態統一的需要而形成的。封建政治的正統、思想上的道統、文學中的文統，是相互配合、協調一致的。這種觀念對維護封建意識形態的純正，顯然是有利的。"見郭英德、謝思煒：《中國古典文學研究史》。北京：中華書局 1995年版，第 339 頁。

③ 馬茂軍、張海沙指出："道學家的文統觀是爲政治、道德服務，是道統的附屬，文與道是體用關係，沒有自身獨立性，實際上是扼殺了文學的生命，對文學起了極大的負面影響，也使文學成爲單調刻板的政治文學和道德文學。"見馬茂軍、張海沙：《困境與超越：宋代文人心態史》。石家莊：河北教育出版社 2001年版，第 124 頁。

④ 王基倫認爲："北宋古文家認爲孔子、孟子、韓愈、歐陽修一脉相承，早已建立了儒家道統在我身上的共識，古文家自認繼承了'道統'"；那麼，他們以道統觀念自居，"就不會認爲自己在'道統'之外，而以'文統'的繼承者自居"，且歐陽修、蘇軾等人終其一生都沒有用過"文"這個名詞。見王基倫：《北宋古文家繼承"道統"而非"文統"説》，《文與哲》2014年第 24 期，第 25—56 頁。

統'，後者爲'古文家的正統'，較符合實際情形"①。誠然，宋人沒有説出"文統"二字，且多以道統自任；但在宋人眼中，道統也是一個异常嚴格的譜系，即便是韓愈也進不了道統，遑論他人。其實，宋代"文統"之説很大程度上是一種"建構"或者説"重構"，是今人挖掘歷史所産生的一種認識，因而存在學術理路和觀點的争鳴是正常且合理的。應該説，上述這些關于宋代"文統"的研究，均關注到文與道、文統與道統的内在聯繫，這顯示了文統研究對于宋代文學的重要性。

此外，宋代古文研究中，很多人關注到情感、情志、情致等因素，尤其是歐陽修和蘇軾等人古文的思想情感。比如，冷成金關注到《東坡易傳》所包含的"情本論"思想。陳湘琳的《歐陽修的文學與情感世界》從美感經驗發掘的角度切入，對歐陽修的情感體驗、生命底色、文化風度等進行細讀和體察，基本上屬于生命意識、文人心態和文學思想史研究的範疇。該研究認爲歐陽修的生命和情感體驗是"六一風神"形成的重要基礎，"生理的哀痛、精神的哀慟與心靈的孤獨構成其生命底色"，"他更以沉吟反復、悲凉感慨的風神成就文學和生命的不朽"。② 洪本健認爲歐文偏向陰柔，是以情韻取勝的典型而成熟的藝術風格，對古代散文向多姿多態發展做出了杰出貢獻。③ 從整體上看，雖然

① 王基倫：《宋代文學論集》。臺北：臺灣學生書局 2016 年版，第 64 頁。
② 陳湘琳：《歐陽修的文學與情感世界》。上海：復旦大學出版社 2012 年版，第 304 頁。
③ 洪本健認爲，歐文"蘊蓄吞吐、一唱三嘆、聲韵動人、節奏鮮明等特點，莫不是散文詩化的表現。或者説，六一居士的風采神韵，在其散文的詩化中展示得淋漓盡致。"見洪本健：《歐陽修和他的散文世界》。上海：上海古籍出版社 2017 年版，第 321 頁。

研究宋代古文抒情性特徵的成果很多，但很少從情致之統的層面或從"情本"的深度系統地研究宋代古文的文情及其因革過程和規律。

綜上可見，在宋學研究的大背景下，當前學界已經對宋代文統有了廣泛的關注，對文與道、文統與道統關係有了豐富的認識，對文統面貌也有了初步的刻畫和描述，成果豐富，令人振奮。但學界對宋代古文文統仍缺乏針對性、整體性和系統性的深入探究，相關研究存在文統概念內涵界定過於模糊、外延範圍過於寬泛的缺陷，有時甚至涵蓋詩、詞、賦、四六文和散體文等所有文學體裁。研究整體上比較零碎，沒有形成體系，其問題包括：一是對宋代古文文統的時代特徵和文化內涵揭示不足，過于重道而忽略了文學情致；二是疏于分析文統的整體面貌和具體流變，對文統與道統、學統等的互動關係揭示不足；三是對宋代古文文統的價值體系、文化邏輯及社會文化功能挖掘不足，沒能全面、深刻而系統地探究宋代古文文統的歷史生成機制和演變規律，沒能從歷史的角度分析其價值、地位和影響。

有宋一代，古文是文學發展的主力軍，作家數量多，作品體量大。宋人以文爲詩、爲詞、爲四六、爲賦等；古文作爲諸多文體的核心，它和詩、詞、曲、賦等都有交融、共生及競爭發展的關係，可以被視爲溝通各種文體的橋梁和紐帶。因此，宋代文統研究的着眼點落在古文文統上，能直接把握住宋代文學的重心。宋代文學研究需要關注的問題包括：宋學背景下的文學家、經學家和道學家等的文統觀念差異，宋代文統與道統的複雜關係，重道和重文兩種文統觀的分野，"唐宋八大家"文統地位的確立，以及文體、文法理論的系統總結和強化等。金代王若虛認爲"宋文視漢唐百體皆异，

其開廓橫放，自一代之變"①。宋代是我國古文文統發展的關鍵階段，它繼承了唐代古文運動中韓、柳開創的古文文統，對古文領域中的文道、文情、文法諸方面，以及文質、駢散、雅俗、正變等相關理論都有承前啓後的長足發展。因此，針對宋代古文文統開展專門研究顯得尤其必要。

古人的文統觀念會滲透包括古文、四六文和詩、詞、曲、賦等在内的各種文體及文學研究的各個領域，這是比較寬泛的文統研究必須要關注的問題。本研究主要着眼于古文文統，但在研究"文道""文情"等具體文統内涵的時候需要注意一個區别：古文善于議論說理，而韵文善于抒情言志。宋代古文重視以文載道，然自王禹偁、歐陽修、蘇軾等古文家始，古文的抒情言志功能逐步得到强化，"由道及情"的傾向日漸明顯，并影響了後代古文創作。故本研究須注意"文道""文情"二者在宋代古文文統研究中的協調和平衡，立足于古文的同時要適當兼顧其他文體，盡力避免立論上的顧此失彼。

當前古代文論研究具有多元化研究路徑，既有文獻資料和知識體系的梳理，也有文學本質、規律、體系等普遍性探究。就研究方法而言，本研究堅持馬克思主義的基本立場、觀點和方法，綜合運用文史哲等學科研究方法，注重不同學科領域間的交叉溝通和互證，對宋代古文文統進行合理的歸因辨析和體系建構。

在具體策略和方法方面，本研究注重文獻考證與觀念辨證相結合、文本解讀和社會考察相結合、紙質與電子文獻相結合、問題和目標導向相結合，并且通過匯輯、比較、辨析、還原等方法全面掌

① 王若虛：《滹南遺老集校注》。瀋陽：遼海出版社 2006 年版，卷三五，第 400 頁。

握和系統分析宋代古文文統研究相關文獻資料。本研究注重歷史和邏輯、歸納和演繹、定量分析和定性分析相結合，并將概念界定、理論建構與史料考辨相結合，從而克服既有文論觀念體系的制約，復原歷史文化語境，實事求是，辯證思維，深刻揭示宋代古文文統的生成機制和演變規律。

第二章

宋代以前的文統觀

　　中國古代的"文統"觀念有一個源遠流長的生成和演變過程。正如"文"之概念的多義性，"文統"一詞也有豐富的歷史文化內涵。先秦時期已有原始、樸素的"文統"觀念，隨着儒家思想的産生、發展並在意識形態領域定于一尊，"文統"便和儒家思想密不可分，並在相當長的時期内被視爲道統或者道統在文學領域的分身。隨着文學作爲一種獨立的審美藝術的趨勢逐漸增强，文統也漸漸與道統相分離，並最終與其並行不悖地獨立發展和完善。

一、文統觀念的緣起

（一）由"文本于經"看先秦文統意識

　　中國古代"文本于經"的觀點可以視作"文統"意識的萌芽，

探究"文本于經"說法的含義有助于理解文統的緣起。先秦時期中國文學中的散文文本具有文史哲三位一體的特點。六經既是史傳又是儒家經典，承擔了制度規範、世俗教化等多元角色。在孟子之前，儒家的道統和文統譜系是同一的，夏商周三代以來的明君聖賢及其著述的經典，無論是于道還是于文，都有同樣的貢獻。無論是將先秦散文歸入經部、史部還是子部，都不可否認其文學性特徵，這是文統存在的基礎和標志。《禮記·經解》認爲六經在文體和風格上具有差別："溫柔敦厚，《詩》教也；疏通知遠，《書》教也；廣博易良，《樂》教也；潔静精微，《易》教也；恭儉莊敬，《禮》教也；屬辭比事，《春秋》教也。"[1] 先秦時期，研修儒家六經被視爲讀書爲文的門徑。如荀子認爲學"始乎誦經，終乎讀禮"，六經爲學術之源、學習之始，掌握文字、句讀這些基本功纔能開展對經典的研修。[2] 漢代班固指出"賦者，古詩之流也"[3]，他認爲賦體源于《詩經》"六義"之賦，且繼承了《詩經》的諷喻精神。王逸

---

[1] 孫希旦：《樂記》，《禮記集解》。北京：中華書局 1989 年版，卷四，第 1254 頁。

[2] 荀子《勸學》篇認爲："學惡乎始？惡乎終？曰：其數則始乎誦經，終乎讀禮。"《禮》之敬文也，《樂》之中和也，《詩》《書》之博也，《春秋》之微也，在天地之間者畢矣。……《禮》《樂》法而不説，《詩》《書》故而不切，《春秋》約而不速。"見王先謙：《勸學》，《荀子集解》。北京：中華書局 1988 年版，卷一，第 11、14 頁。

[3] "或曰：'賦者，古詩之流也。'昔成、康没而頌聲寢，王澤竭而詩不作。大漢初定，日不暇給。至於武宣之世，乃崇禮官，考文章，内設金馬石渠之署，外興樂府協律之事，以興廢繼絶，潤色鴻業。是以衆庶悦豫，福應尤盛……故言語侍從之臣，若司馬相如、虞丘壽王、東方朔、枚皋、王襃、劉向之屬，朝夕論思，日月獻納；而公卿大臣，御史大夫倪寬、太常孔臧、太中大夫董仲舒、宗正劉德、太子太傅蕭望之等，時時間作。或以抒下情而通諷諭，或以宣上德而盡忠孝，雍容揄揚，著於後嗣，抑亦雅頌之亞也。故孝成之世，論而録之，蓋奏御者千有餘篇，而後大漢之文章，炳焉與三代同風。"見班固：《兩都賦序》，收入嚴可均編《全後漢文》，《全上古三代秦漢三國六朝文》。北京：中華書局 1958 年版，卷二四，第 1203 頁。

《楚辭章句序》也認爲"《離騷》之文，依托五經以立義焉"①。
《漢書·藝文志》對諸子百家學術源流分析認爲諸家學説"亦六經之
支與流裔"，"其叙六藝而後次及諸子百家，必云某家者流蓋出于古
者某官之掌，其流而爲某氏之學，失而爲某氏之弊"②。《漢書·藝文
志》把各種文體歸附于六經之後，如史部著作歸附于《春秋》類。

魏晉時期，儒家經學思想開始從政治意識形態領域向文論層面
滲透，文論家們大都具有良好的儒學修養和抱負，他們對六經文學價
值的認識逐漸深入，并關注其文體方面的意義。劉勰認爲六經爲文體
之源，其"文能宗經，體有六義"③ 之説具有初步的"文統"意味，
既肯定了文學"宗經"的職責，又從内容和形式結合方面論文體，
認爲文體的"六義"亦源于經。劉勰把文之源與老莊所主張的"道"
連接起來，認爲文爲道的表象，其與天地并生，天文、地理和人文無
所不在。聖人的道心和神理成爲文的摹寫對象，通過"原道心以敷章，
研神理而設教"實現"原道""徵聖"和"宗經"。和劉勰"文本于
經"觀點相似的還有顏之推，他認爲五經爲文之源，亦爲文體之源。④

---

① 洪興祖補注：《楚辭章句序》，《楚辭章句補注》。長沙：岳麓書院 1983 年
　　版，卷一，第 48 頁。
② 章學誠著，葉瑛校注：《校讎通義·原道》，《文史通義校注》。北京：中華
　　書局 1985 年版，第 952 頁。
③《文心雕龍·宗經》言："論説辭序，則《易》統其首；詔策章奏，則
　《書》發其源；賦頌歌贊，則《詩》立其本；銘誄箴祝，則《禮》總其端；
　　紀傳銘檄，則《春秋》爲根……故文能宗經，體有六義：一則情深而不詭，
　　二則風清而不雜，三則事信而不誕，四則義貞而不回，五則體約而不蕪，
　　六則文麗而不淫。揚子比雕玉以作器，謂《五經》之含文也。"見劉勰著，
　　黄叔琳注，李詳補注，楊明照校注拾遺：《宗經》，《增訂文心雕龍校注》。
　　北京：中華書局 2012 年版，卷一，第 27 頁。
④《顏氏家訓·文章》指出："夫文章者，原出五經：詔、命、策、檄，生於《書》
　　者也；序、述、論、議，生於《易》者也；歌、咏、賦、頌，生於《詩》者
　　也；祭、祀、哀、誄，生於《禮》者也；書、奏、箴、銘，生於《春秋》者
　　也。"見王利器：《顏氏家訓集解》。北京：中華書局 1980 年版，第 221 頁。

北宋孫復認爲，"《詩》《書》《禮》《樂》《大易》《春秋》皆文也，總而謂之經者也。以其終於孔子之手，尊而异之爾！斯聖人之文也"①。南宋陳耆卿認爲"論文之至，六經爲至"②，視六經爲至文。陳模具有"文本于經"的觀念，重視文法淵源，贊成六經各有氣象且一經之中亦自氣象不同的看法，認爲韓愈之文衆體兼備，氣象多變，其文常人難及，且唐宋文多用《尚書》等句法。③《尚書·周書·顧命》注重陳述國家治亂、政權傳承和喪葬儀式，叙事很有條理和章法。《禮記·檀弓》作爲對先秦喪葬制度的介紹，叙事紆徐，詳略得當而本末完備，析理要言不煩而切中肯綮。陳模的《懷古録》着重分析了《檀弓》文法被後人繼承的現象，④ 認爲六經文法多彰明，值得仿效。⑤ 明代徐師曾認爲《檀弓》"文章委

---

① 孫復：《答張洞書》，收入曾棗莊、劉琳主編《全宋文》第 19 册。上海：上海辭書出版社；合肥：安徽教育出版社 2006 年版，卷四〇一，第 294 頁。

② 陳耆卿著，曹莉亞校點：《上樓内翰書》，《陳耆卿集》。杭州：浙江大學出版社 2010 年版，卷五，第 46 頁。

③ 陳模《懷古録》記載，邵伯温云："六經皆經孔聖手，然讀《書》者如未嘗有《詩》，讀《詩》者如未嘗有《易》。六經者各有一般氣象。嘗謂一經之中，亦自氣象不同。《典》《謨》之雅奧，《禹貢》之嚴整，《五子之歌》《伊訓》《説命》《太甲》等之明暢，周《誥》、殷《盤》之聱牙詰屈，亦自不同。《詩》之《風》《雅》《頌》，亦氣象不同。是以退之之文難及者，以其備諸體，杜詩難及者，亦以備諸體。""退之《畫馬詩》，叙事多而不煩，似《顧命》。李泰伯《袁州學記》用《禹貢》句法，便簡古。"見陳模著，鄭必俊校注：《懷古録校注》。北京：中華書局 1993 年版，卷下，第 89、98 頁。

④ 《懷古録》指出："《史記》、韓文疑辭從死處下，決辭從活處下，如《滕王閣記》'閣所謂滕王閣者'，乃放《檀弓》'魯人有周豐也者'，下'者'字之類是矣。三代以前下疑辭，後世下決辭，如此自然與人不同。"除了叙事句法，具體的虛詞等字法應用等，《懷古録》也會溯源六經，它認爲《周易》"潛龍勿用，陽在下也"等文，"下面'也'字皆是解上面一句。歐陽修《醉翁亭記》，'也'字深得其體。"此外，《公羊》《過秦論》《柳子厚墓志》等文"也"字，"皆是收拾許多之意，決斷而頓挫於此兩個'也'字，其斤兩甚重。"見陳模著，鄭必俊校注：《懷古録校注》，卷下，第 76—77 頁。

⑤ 《懷古録》言："《禮記》如《檀弓》，《書》如《伊訓》，《詩》文如《七月》，法尤彰。"見陳模著，鄭必俊校注：《懷古録校注》，卷下，第 97 頁。

曲條暢，繁簡得宜，可爲後世作家之祖"①。宋元間人李淦的《文章精義》論"其論文多原本六經，不屑屑於聲律章句，而於工拙繁簡之間，源流得失之辨，皆一一如別白黑，具有鑒裁"②，該書認爲《史記》《莊子》《離騷》的文法來自《詩經》《尚書》《春秋》等經書。③《文章精義》除了重視六經出處，還注重梳理歷代文章在體例、技法等方面的因革淵源，如認爲"《資治通鑒》是續《左傳》，《綱目》是續《春秋》"④ 等。南宋陳騤也具有以六經爲文體本源的尊經宗經、貴古賤今意識，他上溯六經與諸子，從文章源頭上找到最爲基本的文法原則和修辭義例。⑤ 他在《文則》中論"比喻十法"亦溯源六經，⑥ 認爲揚雄《法言》、王通《中説》模擬《論語》畫虎類犬。

元代郝經認爲"昊天有四時，聖人有四經，爲天地人物無窮之用，後世辭章皆其波流餘裔也"，其《文章總叙》把文章分爲《易》《書》《詩》《春秋》四部分，如《易》部有序、論、説、評、辯、解、問、難、語、言諸體。關于經、史、文的關係，郝經

① 徐師曾：《禮記集注》。濟南：齊魯書社 1997 年版，第 465 頁。
② 永瑢等撰：《〈文章精義〉提要》，《四庫全書總目》。北京：中華書局 1965 年版，卷一九五，第 1789 頁。
③ 李淦認爲"《史記·帝紀》《世家》從二《雅》、十五《國風》來，《八書》從《禹貢》《周官》來。""《莊子》者，《易》之變；《離騷》者，《詩》之變；《史記》者，《春秋》之變。"見李淦：《文章精義》，收入王水照《歷代文話》第 2 冊。上海：復旦大學出版社 2007 年版，第 1162 頁。
④ 李淦：《文章精義》，收入王水照《歷代文話》第 2 冊，第 1176 頁。
⑤ 如陳騤《文則》舉《尚書》"爾惟風，下民惟草"爲例，認爲其減《論語》和劉向之語多字，文字簡潔而文意愈加顯豁，《春秋》相對于《公羊》亦復如此。見王水照：《歷代文話》第 1 冊，第 138 頁。
⑥ 陳騤《文則》以"《易》之有象，以盡其意，《詩》之有比，以達其情"作爲論據，指出"文之作也，可無喻乎？"見王水照：《歷代文話》第 1 冊，第146 頁。

認爲經源于史，六經皆史，篇題記注之文爲史而非經；後世史書滋蔓，方有諸體文章。① 明代宋濂認爲"文至於六經，至矣盡矣！其始無愧於文矣乎?"② 明代焦竑也認爲："六經者，先儒以爲載道之文也，而文之致極於經，何也? 世無舍道而能爲工者也。"③

　　儒家六經是道之載體，"文本于經"的觀點和文道關係的命題不可分開。清代章學誠認爲戰國時期諸種文體已備，論六藝之文可以"離文而見道"；諸子之書因其"得於道體之一端"，故而也可以"成一家之言"。他認爲諸子之文必言道，道載于六經，故自戰國始，文章衆體兼備，諸子文章只要服六藝之教，皆本于六藝；且由於"文"與"經"之間的緊密關係，而產生了"得道"之文。因此，文與道的關係不可忽視。説到底，文源于道，道體至尊；文本于經，文體亦本于經之體。④ 晚清地方志史學集大成者王棻的《論文》認爲六經爲文章之源，他從文章體式、用途等方面分析六經和文章的源流關係，認爲莊子、屈原、司馬遷、韓愈四家"能文

---

① 郝經指出："《春秋》《詩》《書》，皆王者之迹，唐虞三代之史也。孔子修經，乃別辭命爲《書》，樂歌爲《詩》，政事爲《春秋》，以爲大典大法，然後爲經而非史矣。凡後世述事功，紀政績，載竹帛，刊金石，皆《春秋》之餘，無筆削之法，只爲篇題記注之文，則自爲史而非經矣。"見郝經：《續後漢書》。北京：中華書局 1985 年版，卷六六，第 762 頁。
② 宋濂：《徐教授文集序》，收入羅月霞主編《宋濂全集》。杭州：浙江古籍出版社 1999 年版，第 1536 頁。
③ 焦竑：《刻兩蘇經解序》，《澹園集》下册。北京：中華書局 1999 年版，第 750 頁。
④ 章學誠指出："知文體備於戰國，而始可與論後世之文；知諸家本於六藝，而後可與論戰國之文；知戰國多出於《詩》教，而後可與論六藝之文。可與論六藝之文，而後可與離文而見道；可與離文而見道，而後可與奉道而折諸家之文也。戰國之文，其源皆出於六藝，何謂也? 曰：道體無所不該，六藝足以盡之。諸子之爲書，其持之有故而言之成理者，必有得於道體之一端，而後乃能恣肆其説，以成一家之言也。"見章學誠著，葉瑛校注：《詩教上》，《文史通義校注》，卷五，第 60 頁。

者"之文源自《易》《書》《詩》等。① 王棻從文體和文章功能角度來梳理"文本于經"說的價值，認爲六經爲文章源頭，也是諸多文體的本源，文之明道、經世、紀事等職能也能從中找到依據。② 近人劉師培《論文雜記》指出，"古人不立文名，偶有撰著，皆出入六經、諸子之中，非六經、諸子而外，別有古文一體也"，"今人之所謂文者，皆探源於六經、諸子者也"，③ 從"文本于經"視角揭示古文文體來源。

"文本于經"的觀念指出了文體及其特徵與六經之間的關聯，歷代論者對此說的看法并不一致甚至相互對立，如四庫館臣認爲這一說法是一種牽強附會。明代黃佐的《六藝流別》把歷代文體系之于六經之下，建構了涵蓋一百五十餘種古代文體的譜系，四庫館臣對這一做法表示質疑。他們不否定儒家經典的文統地位，但認爲"文本于經"之說"特爲明理致用而言"，"以各體分配諸經"的文

---

① 王棻言曰："故《易》《書》《詩》者，又六經之源也。是故《禮》之明天理，本於《易》者也；《左氏》《國語》陳人事，本於《書》者也；《爾雅》辨萬物，本於《詩》者也，而《論語》《孟子》兼之。三經爲諸經之源，信矣哉。《六經》之後，名能文者四家：《莊子》之恢奇源於《易》，《離騷》之幽怨源於《詩》，太史之簡潔原於《書》，而韓昌黎兼之。千年以來。莫不尊尚四家之文，而四家之文實源於三經。然則《易》《書》《詩》者，減文章之鼻祖矣。昌黎有言：'士不通經，果不足用。'烏乎！經之爲用大矣，爲學不本於經，豈徒文之不足觀哉！"見王棻：《論文》，《柔桔文鈔》，卷三，收入舒蕪等編《近代文論選》上冊。北京：人民文學出版社 1959 年版，第 327 頁。
② 王棻言曰："文章之道，莫備於六經。六經者，文章之源也。文章之體三：散文也，駢文也，有韵文也。散文本於《書》《春秋》，駢文本於《周禮》《國語》，有韵文本於《詩》，而《易》兼之。文章之用三：明道也，經世也，紀事也。明道之文本於《易》，經世之文本於三《禮》，紀事之文本於《春秋》，而《詩》《書》兼之。"見王棻：《論文》，《柔桔文鈔》，卷三，收入舒蕪等編《近代文論選》上冊，第 327 頁。
③ 劉師培：《劉師培中古文學論集》。北京：中國社會科學出版社 1997 年版，第 230 頁。

體分類難免牽強附會，"文本于經"之説的價值應主要體現在儒家經典對後代文章思想的影響方面，而黃佐以六經爲文體本源建立的龐大文統體系難免"涉於臆創"。①

　　"文本于經"體現出儒家的文統觀念和宗經精神，後代文人學者在爲文學或者某種文體争取正統地位的時候，就會搬出"文本于經"來。如宋代王銍言稱"世所謂箋題表啓，號爲四六者，皆詩賦之苗裔也"②。清代孔尚任稱"傳奇雖小道"，"其旨趣實本於《三百篇》，而義則《春秋》。用筆行文，又《左》《國》、太史公也。於以警世易俗，贊聖道而輔王化，最近且切"。③ 再如清代劉熙載認爲"詞導源於古詩，故亦兼具六義"④。這些説法意圖爲這些後起文體尋找源流和正統，以尊其體。儒家六經爲道之至亦爲文之至，是道統與文統聯結的重要紐帶。韓、柳、歐、蘇這些唐宋時代最爲優秀的文學家，也不否定文與道的密切關係，提倡文的載道、明道、傳道功能。只是相對于程朱理學家而言，古文家主張以文統來承載道統，道統與文統同源而异流；理學家們則以道統文，以道統取代文統。

---

① 《六藝流别》提要指出："是書大旨以六藝之源皆出於經，因采摭漢、魏以下詩文，悉以六經統之。凡詩之流五，其别二十有一；書之流八，其别四十有九；禮之流二，其别十有六；樂之流二，其别十有二；易之流十二，而無所謂别。分類編叙，去取甚嚴。其自序言：'欲補摯虞《文章流别》而作。'然文本於經之論，千古不易，特爲明理致用而言。至劉勰作《文心雕龍》，始以各體分配諸經，指爲源流所自。其説已涉於臆創。佐更推而衍之，剖析名目，殊無所據，固難免於附會牽合也。"見永瑢等撰：《〈六藝流别〉提要》，《四庫全書總目》，卷一九二，第 1746 頁。
② 王銍：《四六話序》，收入王水照《歷代文話》第 1 册，第 6 頁。
③ 孔尚任：《桃花扇小引》，《桃花扇》。上海：上海古籍出版社 2016 年版，第 1 頁。
④ 劉熙載：《詞曲概》，《藝概》。上海：上海古籍出版社 1978 年版，第 106 頁。

（二） 由"原道、徵聖、宗經"看兩漢魏晋文統觀念

儒家的儒道、經典和聖賢與文學的原道、徵聖、宗經觀念相對應。早期的"文"有文學、文章、文化等多元混雜的含義，文統也是一個寬泛的概念。文統觀念的形成和發展，離不開原道、徵聖、宗經精神的推動。文統意識的產生是以道統思想的形成爲基礎的。孟子最早論及道統譜系，其包括堯、舜、禹、皋陶、湯、伊尹、萊朱、文王、太公望、散宜、孔子等。① 孟子還曾言"予未得爲孔子徒也，予私淑諸人也"②。對于孟子私淑孔子的言論，馮友蘭指出，孟子"見無他人繼孔子而起，隱然以繼孔子之業爲自己之責任，無旁貸也。故曰：'如欲平治天下，當今之世，舍我其誰也?'（《公孫丑》下）又曰：'乃所願則學孔子也。'（《公孫丑》上）宋儒所謂道統之說，孟子似持之"③。孟子對于經由堯、舜、禹等聖人而來的道統之傳有着深深的憂患意識，故私淑孔子，以儒家道統繼承者自居。道統之說可謂濫觴于孟子。韓愈認爲"求觀聖人之道，必自孟子始"④。唐宋以來，孟子地位逐漸上升成爲"亞聖"。六經被視爲"道"之淵藪，文人讀經便有了"原道"的情結。荀子也有

① 《孟子·盡心下》言："由堯、舜至於湯，五百有餘歲，若禹、皋陶，則見而知之，若湯則聞而知之。由湯至於文王，五百有餘歲，若伊尹、萊朱則見而知之，若文王則聞而知之。由文王而至於孔子，五百有餘歲，若太公望、散宜生，則見而知之，若孔子則聞而知之。由孔子而來至於今，百有餘歲，去聖人之世，若此其未遠也；近聖人之居，若此其甚也。"見朱熹：《孟子集注》，卷一四，收入氏撰《四書章句集注》。北京：中華書局1983年版，第376—377頁。
② 朱熹：《孟子集注》，卷一四。收入氏撰《四書章句集注》，第295頁。
③ 馮友蘭：《中國哲學史》上冊。北京：商務印書館2011年版，第121頁。
④ 韓愈：《送王秀才序》，收入屈守元、常思春主編《韓愈全集校注》。成都：四川大學出版社1996年版，第1592頁。

"徵聖""原道"意識，認爲"聖人也者，道之管也。天下之道管是矣，百王之道一是矣，故《詩》《書》《禮》《樂》之道歸是矣"①。他主張聖人爲道之樞紐和關鍵，六經之道歸于聖人。

戰國被視爲考察文體演變的一個窗口期。章學誠認爲，"蓋至戰國而文章之變盡，至戰國而著述之事專，至戰國而後世之文體備。故論文于戰國，而升降盛衰之故可知也"②。戰國諸子之文，上承六經，下啓秦漢，地位的確重要。李春青考察文統淵源，認爲"諸子百家爲代表的'戰國之文章'是中國古代'文統'形成之後的第一次輝煌表現"③。

漢代以前，學術分裂爲諸子百家，"文學"大致是指文章和學術。隨着"百家爭鳴"結束，漢帝國一統天下，空前强盛，"文""文章""文學"等概念逐漸明晰。西漢統一帝國的建立促使董仲舒等人尋找一種理論工具來闡釋偉大帝國政權的合法性。除了意識形態領域中的"罷黜百家，獨尊儒術"之外，董仲舒還用"天人感應""君權神授"等學說爲他的正統觀奠定理論基礎。《春秋繁露》論三代改制，把夏、商、周三代的正朔稱作黑統、白統、赤統，三統輪回構成了改朝換代。"其謂統三正者，曰：正者正也。統致其氣，萬物皆應，而正統正，其餘皆正。"④ 董仲舒的"正統論"繼承了孔子的儒家正統、正名等思想。關于漢代道統、政統、文統三者的互動關係，曹勝高認爲漢代文人彰明文統的意識已經很

① 王先謙：《儒效》，《荀子集解》，卷四，第 133 頁。
② 章學誠著、葉瑛校注：《詩教上》，《文史通義校注》，卷五，第 60 頁。
③ 李春青：《中國文論中"文統"觀念的文化淵源》，《文學評論》2011 年第 2 期，第 170 頁。
④ 董仲舒：《三代改制質文》，《春秋繁露》。北京：中華書局 1975 年版，卷七，第 243 頁。

明確，他們以文統推尊道統，輔弼政統。①

　　漢代統治者對文學侍從之士非常重視，文學家的詩賦之美會得到帝王的認可和嘉獎。王充《論衡》記載："孝武之時，詔百官對策，董仲舒策文最善。王莽時，使郎吏上奏，劉子駿章尤美。"②孝明帝時候，班固、賈逵、傅毅、楊終、侯諷五人之頌如金玉，孝武帝徵司馬相如，孝成帝寵信揚雄，這都有助于文人地位的提高，有助于文學的價值受到社會重視。王充的文統意識已經非常明晰，他所列舉出的心目中的文章家"漢世文章之徒"包括了陸賈、司馬遷、劉子政、揚子雲等人，他們作爲"文儒"能傳"世儒"功業。③ 這些"文儒"後來被韓愈等人認可，被視爲文統中人。王充把儒者分爲"文儒"和"世儒"，"著作者爲文儒，説經者爲世儒"。"文儒"大致是指文學家，"世儒"爲經學家。"能屬文著述，是謂文章，司馬遷、班固是也；能傳聖人之業而不能幹事施政，是謂儒學，毛公、貫公是也。"④ "世儒"代聖人立言，而

------

① 曹勝高認爲："自漢以後，政統是否合乎道統，成爲判斷朝代合法性的主要理論依據，五德終始、承天改運、纂制祥瑞等理論，都是以道統之合理來論述政統之恰當。漢代儒生窮經而論，皆試圖以道統來影響政統。在道統、政統、文統這三層關係中，政統居于中間，經學家、史學家、文學家用宗經、徵聖、正緯、辨騷、明詩等明文統的手法來顯示所承道統之正宗，并以合乎道統的文統來輔弼政統。"見曹勝高：《中國文學的代際》，第308頁。
② 王充：《超奇篇》，《論衡》。上海：上海人民出版社1974年版，卷一三，第312頁。
③ 《論衡·書解》指出："案古俊義著作辭説，自用其業，自明於世，世儒當時雖尊，不遭文儒之書，其迹不傳。周公制禮樂，名垂而不滅；孔子作《春秋》，聞傳而不絕。周公、孔子，難以論言。漢世文章之徒，陸賈、司馬遷、劉子政、揚子雲，其材能若奇，其稱不由人。世傳《詩》家魯申公，《書》家千乘歐陽、公孫，不遭太史公，世人不聞。夫以業自顯，孰與須人乃顯？夫能紀百人，孰與廑（僅）能顯其名？"見王充：《書解》，《論衡》，卷二八，第431頁。
④ 劉劭著，馬駿騏、朱建華譯注：《人物志全譯》。貴陽：貴州人民出版社2009年版，第34頁。

"文儒"自成一家之説，二者難分伯仲。王充認爲"文"之傳承有其次序，《論衡·超奇篇》云："孔子曰：'文王既没，文不在兹乎！'文王之文在孔子，孔子之文在仲舒。仲舒既死，豈在長生之徒與？何言之卓殊，文之美麗也！"① 王充認爲自文王而孔子，自孔子而董仲舒，文統之傳一脈相承。司馬遷、班固被視爲文章家列入文統序列之中，他們也具有"舍我其誰"的文統傳承責任感，司馬遷在其《太史公自序》中充分流露了這一情感。②

魏晋南北朝是古代文學理論發展的黄金時期，亦被視爲"文學的獨立"時代。漢代儒家意識形態一統天下的局面漸趨崩潰，文學開始不再附庸于經學而走向獨立發展。南朝宋文帝元嘉年間立儒、玄、史、文四學爲官學，宋明帝泰始年間因國學廢止設立總明觀，又稱東觀，置祭酒，設道、儒、文、史四科分科教授，至齊武帝永明三年（485 年）因國學興建而廢止，這均顯示出文學的獨立地位受到重視。王粲的《荆州文學記官志》言："夫文學也者，人倫之首，大教之本也。"③ 曹丕高度稱贊文章爲"經國之大業，不朽之盛事"④。他認爲文學是"三不朽"事業之一，人以文傳，文學家自可留名青史。

最早提出"文統"一詞的是劉勰。《文心雕龍·通變》言：

---

① 王充：《超奇篇》，《論衡》，卷一三，第 214 頁。
② 司馬遷言曰："先人有言：自周公卒五百歲而有孔子。孔子卒後至於今五百歲，有能紹明世，正《易傳》，繼《春秋》，本《詩》《書》《禮》《樂》之際？意在斯乎！意在斯乎！小子何敢讓焉。"見《太史公自序》，《史記》，卷一三〇，第 3296 頁。
③ 王粲著、張蕾校注：《王粲集校注》。石家莊：河北教育出版社 2013 年版，第 128 頁。
④ 《典論·論文》云："蓋文章經國之大業，不朽之盛事。年壽有時而盡，榮樂止乎其身，二者必至之常期，未若文章之無窮。是以古之作者，寄身於翰墨，見意於篇籍，不假良史之辭，不托飛馳之勢，而聲名自傳於後。"見蕭統撰、李善注：《文選》。北京：中華書局 1977 年版，第 720 頁。

"是以規略文統，宜宏大體。先博覽以精閱，總綱紀而攝契。"①
《文心雕龍·序志》對文體分類主張采用"原始以表末，釋名以章
義，選文以定篇，敷理以舉統"的方法。② 劉勰所謂的"文統"，
王運熙認爲是"敷理以舉統"之"統"，文章寫作首先要掌握綱領
之要，即文章的體制、大體。③ 劉勰所言雖非和道統對應的儒家
"文統"，但其對文學的重視却是空前的。他認爲文學有着經國安邦
的重要作用，《文心雕龍·程器》稱："安有丈夫學文，而不達於
政事哉！"但徒有文采不諳事務也不足取，"彼揚馬之徒，有文無
質，所以終乎下位也"。因此劉勰提倡，"摛文必在緯軍國，負重必
在任棟梁；窮則獨善以垂文，達則奉時以騁績。若此文人，應梓材
之士矣"。④

　　原道、徵聖、宗經三位一體具有内在邏輯的統一性，被劉勰
視爲文之樞紐，這是劉勰儒家"文統"意識的表現。聖人所作原
道的聖經是文之源頭，後世文學要原道、徵聖、宗經，從而推動
"文統"形成。原道即追溯道之本源，它指明文統的出發點在于
對道的回歸，確立了文統坐標體系的原點在于道。《文心雕龍·
序志》言："蓋文心之作也，本乎道。"⑤ 劉勰重視文心，主張文
道區別，以文輔道。《文心雕龍·原道》認爲，"道沿聖以垂文，

① 劉勰著，黄叔琳注，李詳補注，楊明照校注拾遺：《增訂文心雕龍校注》，
　　卷六，第 394 頁。
② 劉勰著，黄叔琳注，李詳補注，楊明照校注拾遺：《增訂文心雕龍校注》，
　　卷十，第 608 頁。
③ 王運熙：《文心雕龍探索》。上海：上海古籍出版社 2014 年版，第 338 頁。
④ 劉勰著，黄叔琳注，李詳補注，楊明照校注拾遺：《增訂文心雕龍校注》，
　　卷十，第 596 頁。
⑤ 劉勰著，黄叔琳注，李詳補注，楊明照校注拾遺：《序志》，《增訂文心雕龍
　　校注》，卷五十，第 608 頁。

聖因文而明道。……辭之所以能鼓天下者，乃道之文也"①。劉勰把天道、人道和文道相提并論，在昭示道統的同時也在彰顯文統。

隨着文學獨立性的凸顯，文與道的矛盾也開始顯現并引起關注。南朝梁代裴子野不滿文士們吟咏成風，"擯落六藝，吟咏情性"，忽略了文學的政教功能。② 北齊顔之推認爲"自古文人，多陷輕薄""文章之體，標舉興會，發引性靈，使人矜伐，故忽於持操，果於進取"③。他認爲文學"施用多途"，强調發揮文學的實用功利價值；重視治國理政的實用文體，輕視"陶冶性靈"的超功利審美文體，認爲只有在"行有餘力"的情況下爲之。④ 此時期摯虞的《文章流別論》、蕭統的《文選》等都對文學發展的統續有所關注。文與道的關係總是游走在統一與分裂之間，成爲文統論的首要命題。章學誠指出，正是道與器、官與師的分離纔造成了文與道的割裂。⑤ 他認爲古今之人在研習六經方面有着巨大差异，今人皓首窮經只不過是按圖索驥，且多失于牝牡驪黄，故而今人原道、求道的擔子尤其沉重。今世非昔時，道與器、文與道分離，除了"即器

---

① 劉勰著，黄叔琳注，李詳補注，楊明照校注拾遺：《原道》，《增訂文心雕龍校注》，卷一，第2頁。

② 裴子野撰《雕蟲論》曰："古者四始六藝，總而爲詩，既形四方之氣，且彰君子之志，勸美懲惡，王化本焉。……自是閭閻年少，貴游總角，罔不擯落六藝，吟咏情性。學者以博依爲急務，謂章句爲專魯。淫文破典，斐爾爲功。無被於管弦，非止乎禮義。"見嚴可均：《全梁文》，卷五三，收入氏校輯《全上古三代秦漢三國六朝文》，第3262頁。

③ 王利器：《顔氏家訓集解》，第222頁。

④ 顔之推言曰："朝廷憲章，軍旅誓誥，敷顯仁義，發明功德，牧民建國，施用多途。至於陶冶性靈，從容諷諫，入其滋味，亦樂事也，行有餘力，則可習之。"同上書，第221頁。

⑤ 章學誠言曰："古者道寓於器，官師合一，學士所肄，非國家之典章，即有司之故事，耳目習而無事深求，故其得之易也。後儒即器求道，有師無官，事出傳聞而非目見，文須訓詁而非質言，是以得之難也。"見章學誠著、葉瑛校注：《原道下》，《文史通義校注》，卷二，第138頁。

求道"，別無他途。

"徵聖"確立了文章的擬聖標準，提供了文統譜系中聖人們的坐標點。《文心雕龍·徵聖》篇認爲"文成規矩，思合符契"，爲文要有所本，"徵之周孔，則文有師矣"，論文或勸學必徵于聖，必宗于經。劉勰認爲"作者""述者"的聖明文章流布，聖文雅麗，銜華佩實，則有鬱鬱乎文哉之盛世教化，"徵聖立言，則文其庶矣"①。古人有代聖人立言的傳統，孔子的"述而不作"表現出對聖人的極大尊崇。南宋孫奕對文章"擬聖作經""祖述文意"及文法方面的世代沿襲非常重視。他并不認爲古人"擬聖作經"的行爲是僭越，② 反而將其視作傳承道統和文統的有效途徑和合理舉措——若禁毀此類著作的話，學術史、文學史上又會少了很多精微、蘊奧之優秀作品。

"宗經"把聖人與聖經結合起來，確立起文統的最初體系。

---

① 《徵聖》："夫作者曰聖，述者曰明，陶鑄性情，功在上哲，夫子文章，可得而聞，則聖人之情，見乎文辭矣。先王聖化，布在方冊；夫子風采，溢於格言。是以遠稱唐世，則焕乎爲盛；近褒周代，則鬱哉可從。此政化貴文之徵也。"見劉勰著，黄叔琳注，李詳補注，楊明照校注拾遺：《增訂文心雕龍校注》，卷一，第17—18頁。

② 孫奕言曰："作經以擬聖者，其後儒之僭者乎？自非僭者，則揚雄不作《太玄經》以擬《易》（漢），王長文亦不作《通元經》以擬《易》（晉），劉向不作《洪範五行傳》以擬《書》（漢），陳黯不作《禹謨》以擬《書》（唐）。而《虞卿春秋》（趙相）、《吕氏春秋》（秦相吕不韋）、《楚漢春秋》（陸賈）、《吳越春秋》（趙曄）、《晋春秋》（檀道鸞）、《唐春秋》（吳兢）之類無聞焉。《漢尚書》（孔衍）、《隋尚書》（王劭）、《後漢尚書》《漢魏尚書》（并孔衍）、《續書》（王通）、《續尚書》（唐陳正卿）之類無有焉。揚雄不作《法言》以擬《論語》之精微，王通不作《中説》以擬《論語》之蘊奧。嗚呼！《孝經》孔子所論也。執知郭良輔又變爲《武孝經》（唐），鄭氏又易爲《女孝經》（唐侯莫陳邈妻），以至《農孝經》（皇朝賈元道）、《酒孝經》（不著撰人名氏）紛紛而出。《爾雅》周公所記也，孔鮒又轉爲《小爾雅》，張揖又衍爲《廣雅》（魏），以至《博雅》《埤雅》（陸農師），譊譊而興。配《孝經》者，又有馬融之《忠經》。准《論語》者，又有宋尚宫之《女論語》；皆其僭之尤者乎？"見孫奕：《文説》，《履齋示兒編》，卷七。收入王水照《歷代文話》第1冊，第428—429頁。

《文心雕龍·宗經》認爲"經也者，恒久之至道，不刊之鴻教也"，可以"洞性靈之奧區"，"極文章之骨髓"，"故能開學養正，昭明有融"。① 六經爲論説辭序、詔策章奏、賦頌歌贊、銘誄箴祝、紀傳銘檄等各種文體的本源，"文能宗經，體有六義"，故"建言修辭，鮮克宗經"。② 《文心雕龍》認爲天文、地理、人文是對"道"的反映，文學源出于六經，原道、徵聖、宗經是文學的使命。《原道》《徵聖》《宗經》篇開宗明義地顯示了《文心雕龍》對文學正統的訴求，這既是對齊梁文風的撥亂反正，也是兩漢以來文學正統觀的反映。

二、任文統而不任道統：唐代韓愈對古文文統的建構

唐代存在一個前古文運動時期，故唐代古文創作并不始于韓愈。陳子昂、劉知幾、賈至、獨孤及、梁肅、蕭穎士、李華、元結等人對唐代古文運動都有所推動。趙翼《廿二史札記》言：

> 宋景文謂唐之古文由韓愈倡始，其實不然。案《舊唐書·韓愈傳》，大曆、貞元間，文字多尚古學，效揚雄、董仲舒之述作，獨孤及、梁肅最稱淵奧。愈從其徒游，鋭意鑽仰，欲自振於一代。舉進士、投文公卿間，故相鄭餘慶爲之延譽，由是知名。是愈之先，早有以古文名家者。（"唐古文不

---

① 劉勰著，黄叔琳注，李詳補注，楊明照校注拾遺：《增訂文心雕龍校注》，卷一，第 26 頁。
② 同上書，第 27 頁。

始於韓柳”條）①

韓愈之前，古文創作已有獨孤及、梁肅等“最稱淵奧”，但韓愈能
“深探本元，卓然樹立，成一家言”②。李華把文章和儒家道統捆綁
在一起，把六經視爲文章源頭的同時列出六經輔佐者，他認爲：
“將求致理，始於學習經史，《左傳》《國語》《爾雅》《荀》《孟》
等家，輔佐五經者也。”③ 後來柳冕認爲，“文章本於教化，發於性
情。本於教化，堯舜之道也；發於性情，聖人之言也”④。他認爲
荀子、孟子、賈誼、董仲舒等能做到文與質、才與雅的和諧，故避
免了流蕩淫麗之文病。柳冕認爲屈原、宋玉之文“哀而以思，流而
不返，皆亡國之音”，屈、宋、揚、馬、曹、劉、潘、陸之文，君
子不爲也，而“荀、孟、賈生，明先王之道，盡天人之際，意不在
文而文自隨，此真君子之文也”⑤。柳冕推崇文與道合一的君子之
文，認爲“文而知道，二者兼難。兼之者，大君子之事。上之堯、
舜、周、孔也；次之游、夏、荀、孟也；下之賈生、董仲舒也”⑥。
權德輿比較重視文人之文，認爲周、孔爲文章正統，荀況、孟軻
“修道著書，本於仁義”，爲“經術之枝派”，賈誼、揚雄、司馬

---

① 趙翼：《廿二史劄記》上冊。北京：中華書局 1963 年版，第 402 頁。
② 歐陽修、宋祁：《新唐書》。北京：中華書局 1975 年版，卷一七六，第
　 5265 頁。
③ 李華：《至文論》。收入董誥等編《全唐文》。北京：中華書局 1983 年版，
　 卷三一七，第 3213 頁。
④ 柳冕：《答徐州張尚書論文武書》。收入董誥等編《全唐文》，卷五二七，第
　 5358 頁。
⑤ 柳冕：《謝杜相公論房杜二相書》。收入董誥等編《全唐文》，卷五二七，第
　 5354 頁。
⑥ 柳冕：《答徐州張尚書論文武書》。收入董誥等編《全唐文》，卷五二七，第
　 5358 頁。

遷、司馬相如等爲“羽翼正統”。① 雖然柳冕、獨孤及、梁肅等曾論列過堯、舜、禹、周、孔、司馬遷、揚雄等人的文學地位，但都沒有像韓愈那樣建構“文統”概念。

（一） 韓愈對“文統”概念的建構及其文統地位

韓愈提出了道統和文統兩種觀念，他是從道統中明確析出文統的第一人，因此韓愈也被視爲文統的首倡者。韓愈在道統之外勾勒出一條富有審美特質、豐富多彩的文統譜系。韓愈在《進學解》中自述其“作爲文章”時：

> 上規姚姒，渾渾無涯；《周誥》《殷盤》，詰屈聱牙；《春秋》嚴謹，《左氏》浮誇。《易》奇而法，《詩》正而葩。下逮《莊》《騷》，太史所錄，子雲、相如，同工异曲。（《進學解》）②

韓愈關注文學形式的個性特徵，肯定多元性審美特質的藝術價值，所謂“同工异曲”就在于這些經典審美本質屬性的一致性。由此可見，韓愈對“道統”和“文統”概念有了明確的分別意識。二者區別在于：

其一，文統的載體是“文”“文章”，所謂古文爲載道之文。韓愈“作爲文章”時所追慕的典範是《虞書》《夏書》《周誥》

---

① 權德輿：《比部郎中崔君元翰集序》。收入董誥等編《全唐文》，卷四八九，第 4998 頁。
② 韓愈：《進學解》。收入屈守光、常思春主編《韓愈全集校注》，第 1909 頁。

《殷盤》《春秋》《左氏》《易》《詩》《莊》《騷》等等。其中包含了《莊》《騷》等不被儒家衛道士看得上的審美特徵突出的文學作品。李淦的《文章精義》認爲"退之《平淮西碑》是學《舜典》，《畫記》是學《顧命》"，具有推崇前聖往賢、注重文學復古溯源的傾向。李淦還認爲韓愈"《原道》《送文暢師序》等作，闢佛老，尊孔孟，正是韓文與六經相表裏處"，他的《送孟東野序》"一鳴字發出許多議論，自《周禮》'梓人爲筍簴'來"。① 由此可見韓愈載道古文、溯源六經，與之相表裏。

其二，文統的傳承者不只是歷代聖賢，還有莊子、屈原等文學家。韓愈的道統觀標舉了由堯、舜、禹、湯、文、武、周公，再到孔子、孟軻和自己的傳承譜系；而文統觀則是以左丘明、莊周、屈原、司馬遷、揚雄、司馬相如等文學家爲文統譜系。這些人除了揚雄偶爾會被視爲道統中人，其他均爲文統傳人。韓愈《送孟東野序》所舉歷代"善鳴者"有咎陶、禹、夔、五子、伊尹、周公、孔子、莊周、屈原、臧孫辰、孟軻、荀卿、楊朱、墨翟、管夷吾、晏嬰、老聃、申不害、韓非、慎到、田駢、鄒衍、尸佼、孫武、張儀、蘇秦、李斯、司馬遷、相如、揚雄、陳子昂、蘇源明、元結、李白、杜甫、李觀等等。他們或以文辭鳴，或以歌鳴，或以荒唐之辭鳴，或以道鳴，或以術鳴，這些人雖所鳴不同，但多處于或近乎文統之列，以文章傳世。

其三，文統具有鮮明的審美藝術特質。韓愈的心中有一個由文學作品構成的文脈，相對于"一以貫之"的儒家道統，該文脈呈現出豐富多彩的審美特徵，如《虞書》《夏書》的"渾渾無涯"，《周

① 吳文治編：《韓愈資料彙編》。北京：中華書局1983年版，第466—470頁。

誥》《殷盤》的"詰屈聱牙"，《春秋》的嚴謹，《左氏》的浮誇，《易》的"奇而法"，《詩》的"正而葩"等。韓愈雖推尊道統，但没有把儒家道德倫理作爲唯一的尺子去衡量天下文章，他承認文與文統具有其獨立的價值和作用。

關于韓愈在中國學術史上的地位，陳寅恪認爲：

> 唐代之史可分前後兩期：前期結束南北朝相承之舊局面，後期開啓趙宋以降之新局面，關于政治社會經濟者如此，關于文化學術者亦莫不如此。退之者，唐代文化學術史上承先啓後轉舊爲新關捩點之人物也。（《金明館叢稿初編》）①

韓愈爲"唐宋古文八大家"之首，古文自韓愈開始逐漸建立起其在文道、文情、文法等方面的體系，開始走上更大的歷史舞臺，古文文統觀念漸漸彰顯并深入人心。郭紹虞認爲宋初"韓愈精神之復現，最明顯的即是'統'的觀念，因有這'統'的觀念，所以他們有了信仰，也有了奮鬥的目標，產生以斯文斯道自任的魄力，進一步完成'摧陷廓清'的功績。韓愈之成功在是，宋初人之參加文與道的運動者，其主因也完全在是"。郭紹虞還指出，"宋人文統道統之說，其淵源似不出此，其關鍵全在韓愈"。② 韓愈在古文創作和理論主張方面均以復古爲創新，力圖恢復儒家道統并建立儒家文統。韓愈以其《原道》《進學解》等著述爲代表，既明確標舉儒家道統，亦嘗試從道統中區分出文統，功莫大焉。

---

① 陳寅恪：《論韓愈》，《金明館叢稿初編》。上海：上海古籍出版社 1980 年版，第 296 頁。
② 郭紹虞：《中國文學批評史》上冊，第 333 頁。

韓愈雖然首先提出"道統"之説，但他自己的道統地位一直飽受争議。司馬光曾論韓愈在文統和道統中的尷尬位置："若語其文，則荀、揚以上，不專爲文；若語其道，則恐王、韓以下，未得與孔子并稱也。"① 大致以韓愈爲文道關係分界綫，韓愈之上愈久愈近乎道，韓愈之下愈下愈近乎文；學古之道向上追溯，學古之文向後，文統和道統離合的關鍵點就在于韓愈。宋代理學家常把他排除在道統之外。② 但就文統而言，韓愈是無論如何也繞不過去的標杆和旗幟。關于韓愈在文學史上的地位，劉熙載《藝概·文概》云："韓文起八代之衰，實集八代之成。蓋惟善用古者能變古，以無所不包，故能無所不掃也。"③ 韓愈既是道統、文統學説的首倡者，又是觀察道統、文統離合關係的樞紐人物，因此，研究韓愈的文統觀和文統地位意義非凡。北宋經學家柳開等人經歷了由學韓愈之文到代韓愈開道，由宣導古文到傳經授道，由尊韓到弃韓、批韓這一對韓愈的始尚終弃的態度變化；雖然宋代理學家不認可韓愈的道統地位，但歐、蘇等文學家極爲推尊韓愈古文及其文統地位。"任文統而不任道統"可謂是宋人對韓愈學術地位的大致看法。

（二）　韓愈的文道觀

宋代古文文統重道和復古傾向的形成，都和韓愈分不開。蘇軾

---

① 司馬光：《答陳充秘校書》，收入曾棗莊、劉琳主編《全宋文》第56册，卷一二一〇，第294頁。
② 如南宋李元綱《聖門事業圖》第一圖"道傳正統"列出道統序列爲堯、舜、禹、湯、文、武、周公、孔子，孔子而下爲顔子和曾子，曾子而下爲子思、孟子，孟子而下爲二程，次序列中没有韓愈。見左圭：《百川學海》。北京：中國書店1999年版，第251頁。
③ 劉熙載：《藝概》，第21頁。

稱贊韓愈"文起八代之衰，而道濟天下之溺"①。韓愈的古文理論思想和創作實踐具有豐富的歷史和社會内涵，他把儒家所强調的載道功能和文學本身的言志與緣情功能結合起來，凸顯了文學獨立與道的審美屬性，并以此建構古文文法和文統。古文就其來源而言和經書、子書關係密切，載道、明道是其基本特徵。《新唐書》認爲韓愈"卓然樹立，成一家言"，"其《原道》《原性》《師説》等數十篇，與孟軻、揚雄相表裏，而佐佑《六經》"，② 這肯定了韓愈古文與儒家道統和文統的密切關係。

孔子主要從禮法政教上談"文"與"道"，孟子、荀子二人則較多關注文學本位意義上的文道關係。韓愈推崇孟子，認爲孟子之功不在禹下。《進學解》曾言"孟軻好辯，孔道以明"。韓愈所言之道本之于儒家仁義道德，正之于由禹、湯、文、武、周公、孔子、孟子等先王往聖構成的道統，攘斥佛老，嚴華夷之辨；既包括歷代聖賢傳承的"古道"，也包括儒家所提倡的君子道德修養。出于對"道"的推崇，韓愈主張"修辭明道"，具有以文載道的文化擔當精神。韓愈認爲："君子居其位，則思死其官；未得位，則思修其辭以明其道。我將以明道也。"③ 明確表示對"辭"的重視，指出君子應重道而修其辭，修辭的目的在于明道。韓愈稱自己古文創作的目的在于發明古道："愈之爲古文，豈獨取其句讀不類於今者耶？思古人而不得見，學古道則欲兼通其辭。通其辭者，本志乎古道者也。"④

---

① 蘇軾撰，孔凡禮點校：《潮州韓文公廟碑》，《蘇軾文集》。北京：中華書局1986年版，卷一七，第509頁。
② 歐陽修、宋祁：《新唐書》，卷一七六，第5265頁。
③ 韓愈：《爭臣論》。收入屈守元、常思春主編《韓愈全集校注》，第1170頁。
④ 韓愈：《題歐陽生哀辭後》，收入屈守元、常思春主編《韓愈全集校注》，第1500頁。

"愈之所志於古者，不惟其辭之好，好其道焉爾。"① 他的復古好古均因其志于古道。韓愈所好雖爲古道，但其提倡的"文以明道"之道，除了儒家仁義道德，還有對社會現實的關注，如反佛、反割據，以及文人個體生命的獨特感受等。

除了主張"修其辭以明其道"，韓愈還贊成"擇其善鳴者而假之鳴"的"鳴道"行爲。韓愈在《上丞相書》中稱自己"其業則讀書著文，歌頌堯、舜之道。鷄鳴而起，孜孜焉亦不爲利。其所讀皆聖人之書，楊、墨、釋、老之學無所入於其心。其所著皆約《六經》之旨而成文，抑邪與正，辨時俗之所惑"②。韓愈自謂其讀書著文均堅守儒家正統立場，主張"學所以爲道，文所以爲理"③。他重視"文"對于"道"所具有的巨大能動性，主張以文鳴道。"明道"是文之功能和作用，而"鳴道"則是文人承擔的使命和責任。"道"和"理"是韓愈讀書爲學、纘言爲文的目的所在。他把"道德"與"其外之文"并舉，把文與道統一在一起，認爲道爲文之本，文是道的光澤。讀書人立言之前，需要"養其根成而俟其實，加其膏而希其光。根之茂者其實遂，膏之沃者其光曄。仁義之人，其言藹如也"④。韓愈主張文章語言的自然和順之美，認爲美好的文章爲道德綻放的鮮花，而仁義之人因其思想涵養而和藹可親。

① 韓愈:《答李秀才書》，收入屈守元、常思春主編《韓愈全集校注》，第1526 頁。
② 韓愈:《上宰相書》，收入屈守元、常思春主編《韓愈全集校注》，第1238 頁。
③ 韓愈言:"讀書以爲學，纘言以爲文，非以誇多而鬥靡也；蓋學所以爲道，文所以爲理耳。苟行事得其宜，出言適其要，雖不吾面，吾將信其富於文學也。"見韓愈:《送陳秀才彤序》，收入屈守元、常思春主編《韓愈全集校注》，第1668 頁。
④ 韓愈:《答李翊書》，收入屈守元、常思春主編《韓愈全集校注》，第1454 頁。

韓愈文道觀可貴的創新是在主張文以明道的同時，提出"不平則鳴"之説。他認爲"大凡物不得其平則鳴"，文學要表達作家個人的思想情感，而不僅僅是作爲載道的工具而已。韓愈曾言自己"居窮守約，亦時有感激、怨懟、奇怪之辭，以求知於天下"，但同時也不悖于教化。① "不平則鳴"説體現了文學創作的内驅性，也賦予文學除載道之外的抒情言志的功能。韓愈贊美并同情"善鳴者"，他認爲歷代"善鳴者"所鳴之文構成了文學經典的滾滾長河。他批評魏晉以降文壇缺乏善鳴者，文章"其聲清以浮，其節數以急，其辭淫以哀，其志弛以肆，其爲言也，亂雜而五章"，難以企及古人，失却了古代之正聲雅韵。② "不平則鳴"觀念中包含了"鳴道"主張，也有表達作者個人情感意志的含義。葛曉音認爲古文成于韓柳的關鍵可能就在于其抒情性推動創作進入"自由的藝術領域"③。韓柳古文表現自我真性情而形成的文學抒情性特徵，是先秦兩漢的典、謨、誓、誥等政教色彩濃厚的官樣文章所沒有的。王涵分析韓愈"文統"論時，也指出他"將'道'與現實聯繫，

---

① 韓愈：《上宰相書》。收入屈守元、常思春主編《韓愈全集校注》，第 1238 頁。
② 韓愈言："人聲之精者爲言，文辭之於言，又其精也，尤擇其善鳴者而假之鳴……楚大國也，其亡也，以屈原鳴。臧孫辰、孟軻、荀卿以道鳴者也，楊朱、墨翟、管夷吾、晏嬰、老聃、申不害、韓非、慎到、田駢、鄒衍、尸佼、孫武、張儀、蘇秦之屬，皆以其術鳴。秦之興，李斯鳴之。漢之時，司馬遷、相如、揚雄最其善鳴者也。其下魏晉氏，鳴者不及於古，然亦未嘗絶也。就其善者，其聲清以浮，其節數以急，其辭淫以哀，其志弛以肆，其爲言也，亂雜而五章。將天醜其德莫之顧邪？何爲乎不鳴其善鳴者也？"見韓愈：《送孟東野序》。收入屈守元、常思春主編《韓愈全集校注》，第 1464 頁。
③ 葛曉音指出：韓柳"他們除寫作政治、哲學方面的議論文之外，還有相當一部分文章是發自真性情的窮苦愁思之聲"；"他們的創作個性雖然不同，但都使散文突破了正面闡述政治主張和哲學思想的應用範圍，改變了古文運動先驅以典、謨、誓、誥爲古文最高標準的傳統觀念。在應用文章中灌注了自己的個性、遭遇、感慨、意志和心緒，從而使散文跨入了自由的藝術領域"。見葛曉音：《古文成于韓柳的標志》，《學術月刊》1987 年第 1 期，第 62 頁。

又重視‘情’的作用”，促使古文獲得突破性成就。①

　　雖然韓愈在理論觀點上重道甚于文，但其創作總是被視爲有重文甚于道的特點。同是古文家，蘇軾《韓愈論》指責“韓愈之於聖人之道，蓋亦知好其名矣，而未能樂其實”，“其論至於理而不精，支離蕩佚，往往自叛其説”。② 比蘇軾批評更尖鋭的是理學家們，“宋代理學家都認爲韓愈對‘道’實有所見，但只是才高達到的識見，而没有踐履功夫，仍把時間精力消磨于詩文飲酒，未脱文人之習”③。韓愈和門弟子的文人氣質，受到了南宋朱熹的無情批評。朱熹認爲韓愈在詩酒、文辭上消磨了太多精力，以至于影響了他的求道、明道；他認爲韓愈不識“道”之本體，因爲韓愈的功力并没有完全用在求道上，“且於日用之間，亦未見其有以存養省察而體之於身也”，故而稱不上是真正的得道者。朱熹認爲韓愈“平生用力深處，終不離文字言語之工”，而于“道”則不甚深究，浪費了“文字語言之功”，修其辭未必能明其道。④ 韓愈

―――――――

① 王涵認爲：“韓愈的文論，上承孟子，下啓歐陽修等北宋古文家，他將‘道’與現實聯繫，又重視‘情’的作用，從而使儒家散文突破了由乏而無味的經典教條編織的狹小蘭窠，具有了恢宏的視野及生動的情韵，進入了新的創作天地。”見王涵：《韓愈的“文統”論》，《北京大學學報（哲學社會科學版）》1994年第6期，第89頁。
② 蘇軾撰，孔凡禮點校：《韓愈論》，《蘇軾文集》，卷四，第114頁。
③ 陳來：《宋明理學》。上海：華東師範大學出版社2004年版，第23頁。
④ 朱熹言：“蓋韓公之學見於《原道》者，雖有識大大用之流行，而於本然之全體，則疑其所未睹。且於日用之間，亦未見其有以存養省察而體之於身也。是以雖其所以自任不爲不重，而其平生用力深處，終不離乎文字語言之功。至其好樂之私，則又未能卓然有以自拔於流俗，所與游者，不過一時之文士。其於僧道，亦僅得毛千、暢觀、靈惠之流耳。是其身心内外，所立所資，不越乎此。亦何所據以爲息邪距詖之本，而充其所以自任之心乎？是以一旦放逐，憔悴、亡聊之中，無復平日飲博過從之樂，方且鬱鬱不能自遣。”朱熹：《與孟尚書》，《昌黎先生集考異》，卷五。收入朱杰人、嚴佐之、劉永翔主編《朱子全書》第19册。上海：上海古籍出版社；合肥：安徽教育出版社2002年版，第494頁。

所與游者均爲文士或者僧道，他們面臨窮達得失時未必能做到"孔顏之樂"或者"曾點之志"那樣的曠達、灑落。理學發展到朱熹時代已經開始進入"集大成"的總結升華時期。朱熹等人可謂是以後人的眼光和標準苛責前人。實際上，中唐時期的韓愈，能够宣導儒學復古，樹立古文復興的大旗，在當時已經是難能可貴的了。雖然韓愈對"道"的體認難以企及後來的理學家，對"道"有點"語焉不詳"，但其志于古道，宣導"文以明道"，這在當時已經走在前列了。

韓愈領導的古文運動具有推崇儒學、復興古道的文化意義，他對于文統的貢獻尤其受到史家贊譽。《新唐書》對韓愈的評價較之于《舊唐書》更高，指出韓愈之文"粹然一出於正，刊落陳言，橫鶩別驅，汪洋大肆，要之無抵捂聖人者"①，這概括出了韓愈古文"務去陳言"和"汪洋恣肆"的特徵。至于韓愈的文統地位，宋祁評曰：

> 自晋迄隋，老佛顯行，聖道不斷如帶，諸儒倚天下正議，助爲怪神，愈獨喟然引聖，爭四海之惑，雖蒙訕笑，跆而復奮，始若未之信，卒大顯於時。昔孟軻拒揚、墨，去孔子纔二百年；愈排二家，乃去千餘年，撥衰反正，功與齊而力倍之，所以過况、雄爲不少矣。自愈没，其言大行，學者仰之如泰山北斗云。(《韓愈傳》)②

《新唐書》雖有過度抬高韓愈的做法，但其肯定韓愈繼承孟軻，

---

① 歐陽修、宋祁：《韓愈傳》，《新唐書》，卷一七六，第 5269 頁。
② 同上。

"撥衰反正"弘揚儒學的道統地位，這有助于確立韓愈"一代文宗"的文統地位，樹立了宋人學習古文的榜樣，把宋初經學家沒有堅持到底的尊韓傳統發揚光大。韓愈有以道自任的高度歷史責任感，其《原道》提出的著名道統觀，明言斯道爲儒道，斯統爲道統。韓愈言：

> 斯吾所謂道也，非向所謂老與佛之道也。堯以是傳之舜，舜以是傳之禹，禹以是傳之湯，湯以是傳之文、武、周公，文、武、周公傳之孔子，孔子傳之孟軻。軻之死，不得其傳焉。(《原道》)①

韓愈所言之"道"即儒家孔孟之仁義道德，其内涵無外乎"博愛之謂仁，行而宜之之謂義，由是而之焉之謂道，足乎己無待於外之謂德"等。② 韓愈的道統觀受到孟子的啓發，韓愈《讀荀》言："始吾讀孟軻書，然後知孔子之道尊，聖人之道易行。"③ 其《送王秀才序》言"求觀聖人之道，必自孟子始"④。韓愈推崇孟子道統地位是因爲孟子能傳聖人之道。孟子很重視由堯、舜、禹、湯、文王、孔子等聖人構成的道統譜系，他認爲道統由于歷代聖賢或"見而知之"，或"聞而知之"，⑤ 而代代相傳。孟子去孔子不遠，對孔子親切有加且私淑于他，故于道統有傳承的責任。韓愈《原

---

① 韓愈：《原道》。收入屈守元、常思春主編《韓愈全集校注》，第 2663 頁。
② 同上書，第 2665 頁。
③ 韓愈：《讀荀》。收入屈守元、常思春主編《韓愈全集校注》，第 2717 頁。
④ 韓愈：《送王秀才序》。收入屈守元、常思春主編《韓愈全集校注》，第 2776 頁。
⑤ 朱熹：《孟子集注》，卷一四。收入氏撰《四書章句集注》，第 376—377 頁。

道》篇對道統序列的描述受到了《孟子》的影響，和孟子一樣，韓愈也具有道統傳承的自覺性，以"非我其誰"的道統傳人自居，① 欲全道"於己壞之後"，并以傳道爲使命。②

　　儒家道統譜系由歷代聖賢構成，主要包括了堯、舜、禹、湯、文、武、周公、孔子、孟子、韓愈，以及宋代的程頤、朱熹等人。其中由秦漢至宋代漫長的空窗期中，只有韓愈一人起到了承上啓下的作用。錢穆認爲，"治宋學必始于唐，而以昌黎韓氏爲之率"，"韓氏論學雖疏，然其排釋老而返之儒，昌言師道，確立道統，則皆宋儒之所濫觴也"。③ 韓愈思想對宋學影響甚大，其道統觀得到了理學家朱熹等人的積極呼應。④

---

① 韓愈言："自文王沒，武王、周公、成、康相與守之，禮樂皆在，及乎夫子，未久也；自夫子而及乎孟子，未久也；自孟子而及乎揚雄，亦未久也。……（天）如使茲人有知乎，非我其誰哉？其行道，其爲書，其化今，其傳後，必有在矣。……己之道，乃夫子、孟軻、揚雄所傳之道也。"見韓愈：《重答張籍書》。收入屈守元、常思春主編《韓愈全集校注》，第1333頁。

② 韓愈《與孟尚書書》言曰："韓愈之賢不及孟子，孟子不能救之於未亡之前，而韓愈乃欲全之於己壞之後，嗚呼，其亦不量其力。……雖然，使其道由愈而粗傳，雖滅死，萬萬無恨。"見屈守元、常思春主編：《韓愈全集校注》，第2350頁。

③ 錢穆：《引論》，《中國近三百年學術史》。北京：商務印書館1997年版，第2頁。

④ 朱熹言："夫堯、舜、禹，天下之大聖也，以天下相傳，天下之大事也。以天下之大聖，行天下之大事，而其授受之際，丁寧告誡，不過如此。則天下之理，豈有以加於此哉？自是以來，聖聖相承：若成湯、文、武之爲君，皋陶、尹、傅、周、召之爲臣，既皆以此而接夫道統之傳。若吾夫子，則雖不得其位，而所以繼往聖，開來學，其功反有賢於堯舜者。然當是時，見而知之者，惟顏氏、曾氏之傳得其宗。及曾氏之再傳，而復得夫子之孫子思。……自是又再傳以得孟氏，爲能推明是書，以承先聖之統。及其沒而遂失其傳焉。……然而尚幸此書之不泯，故程夫子兄弟者出，得有所考，以續夫千載不傳之緒；得有所據，以斥夫二家似是之非。蓋子思之功於是爲大，而微程夫子，則亦莫能因其語而得其心也。"見朱熹：《中庸章句》序言。收入氏撰《四書章句集注》，第15頁。

（三） 韓愈的文統譜系觀

和蕭統《文選》所主張的駢文統續不同，在韓愈時代，唐人已經顯示出比較普遍的古文統續觀念，他們上溯先秦兩漢，按時代順序論列古文家的貢獻和價值。比如，李華認爲"夫子之文章，偃商傳焉；偃商歿而孔伋孟軻作，蓋六經之遺也"。李華把文章視爲六經載體，《左傳》《國語》《爾雅》《荀子》《孟子》等則"輔佐五經"，對于注重表達個人情感、純粹審美的文學作品卻持批評態度，認爲"屈平宋玉哀而傷，靡而不返，六經之道遁矣"。① 可見他是把重道放在首位的。獨孤及曾對弟子梁蕭言稱"荀、孟樸而少文，屈、宋華而無根，有以取正，其賈生、史遷、班固云爾"②。他重視文與道的結合，肯定賈誼和司馬遷等人文章在文與道、文與質方面的統一性。稍後的柳冕注意到文與道之間的離合關係，從善文、知道和二者兼備等方面論文學，他反對離道之文，認爲屈、宋辭藻華章，不值得提倡。"自屈、宋以降，爲文者本於哀艷，務於恢誕，亡於比興，失古義矣。雖揚、馬形似，曹、劉骨氣，潘、陸麗藻，文多用寡，則是一技，君子不爲也。"③ 他主張文學比興和復古理念兼備，爲文不可失卻古義；宣導文與道的合一，認爲"文而知道，二者兼難。兼之者大君子之事，上之堯、舜、周、孔也，

---

① 李華：《贈禮部尚書清河孝公崔沔集序》。收入董誥等編《全唐文》，卷三一五，第3196頁。
② 梁蕭：《常州刺史獨孤及集後序》。收入董誥等編《全唐文》，卷五一八，第5261頁。
③ 柳冕：《與徐給事論文書》。收入董誥等編《全唐文》，卷五二七，第5357頁。

次之游、夏、荀、孟也，下之賈生、董仲舒也"①。柳冕肯定文學的質實與雅正，贊賞荀、孟、賈生、董仲舒之文。② 柳冕已經大致列出包括了荀、孟、賈生、董仲舒的文統序列。此外，如權德輿等人也關注到了賈誼、劉向、班固、揚雄、司馬遷、司馬相如等文人隊伍的獨立價值。唐代這些古文家開始把屈原、宋玉等文人騷客與孟軻、荀子、董仲舒等儒家學人安排在文、道兩個序列中，既認可道統傳承譜系，也認識到了道統之外的文統。

韓愈認爲"文"在國家治理和社會教化中具有重要價值。"先王之教"在于仁義道德，其依托于文、法、民、服、食等外在載體，而其"文"則在于《詩》《書》《易》《春秋》。③ 文與道不可分，聖人之道歷千載而猶在，依賴于孟軻、荀卿、揚雄等人之書。韓愈對孟、荀、揚等人書中之道進行了比較，認爲荀子"在軻、雄之間"④。韓愈以儒家六經和"能爲文"的漢代文學家爲學習榜樣，他認爲"漢朝人莫不能爲文，獨司馬相如、太史公、劉向、揚雄爲之最"⑤。

---

① 柳冕：《答徐州張尚書論文書》。收入董誥等編《全唐文》，卷五二七，第5358頁。

② 柳冕《與徐給事論文書》曰："蓋文有餘而質不足則流，才有餘而雅不足則蕩。流蕩不返，使人有淫麗之心，此文之病也。雄雖知之，而不能行之；行之者惟荀、孟、賈生、董仲舒而已。"見董誥等編：《全唐文》，卷五二七，第5357頁。

③ 韓愈：《原道》。收入屈守元、常思春主編《韓愈全集校注》，第2663頁。

④ 韓愈《讀荀》言："始吾讀孟軻書，然後知孔子之道尊，聖人之道易行；王易王，霸易霸也。以爲孔子之徒没，尊聖人者，孟氏而已。晚得揚雄書，益尊信孟氏。因雄書而孟氏益尊，則雄者，亦聖人之徒歟！聖人之道不傳於世。周之衰，好事者各以其説幹時君，紛紛藉藉相亂，六經與百家之説錯雜；然老師大儒猶在。火於秦，黄老於漢，其存而醇者，孟軻氏而止耳，揚雄氏而止耳。及得荀氏書，於是又知有荀氏者也。考其辭，時若不粹；要其歸，與孔子异者鮮矣：抑猶在軻、雄之間乎？"見屈守元、常思春主編：《韓愈全集校注》，第2717頁。

⑤ 韓愈：《答劉正夫書》。收入屈守元、常思春主編《韓愈全集校注》，第2050頁。

六經作爲儒家經典，承載着道統與文統的雙重負荷；真正標示着道統和文統開始分道揚鑣的是莊子、屈原、司馬遷、司馬相如、揚雄等文學家，他們構成的文統序列揭櫫了以"能文"爲特徵的文人群體的獨立價值。南宋末期黃震爲朱熹後學，其讀書記札《黃氏日鈔》認爲韓愈對儒家道統中人物的譜系排列比較合理，尤其是對孟子、荀子、揚雄等人的位次排列慎重且合理；在他看來，韓愈關于儒家道統在"軻之死，不得其傳"的評價"劑量諸儒，審矣"。①

宋人熱衷于議論韓愈，蘇軾、秦觀、張耒等人都曾著《韓愈論》。秦觀把文章範圍從集部拓寬至史部、子部，認爲"所謂文者，有論理之文，有叙事之文，有托詞之文，有成體之文"，而韓愈"本之以詩書，折之以孔氏"且自成體系的"成體之文"繼承了前代文章的多樣長處。② 秦觀認爲韓愈上承班馬屈宋，下啓韓門弟子和"唐宋八大家"，在古代文統中處于極其重要的位置。韓愈和杜甫一樣能"集詩文之大成"，這既是他們善于采擷衆家長處的結果，

① 黃震言韓愈《讀荀》"謂孟尊孔，揚尊孟，而荀在軻、雄之間，劑量審矣。是亦折其言而定之，蓋謂荀未嘗知尊孟故爾。若不於其言而於其人，揚則未必不劣於荀。此韓公他日獨以孟、荀并言歟？雖然，荀又豈孟伍哉？故又曰：'軻之死，不得其傳。'嗚呼，公之劑量諸儒，審矣！"見黃震：《黃氏日鈔》。杭州：浙江大學出版社 2013 年版，卷五九，第 1820 頁。

② 秦觀對于各種文體的分類："探道德之理，述性命之情，發天人之奧，明死生之變，此論理之文，如列禦寇、莊周之所作是也。靠同异，次舊聞，不虛美，不隱惡，人以爲實録，此叙事之文，如司馬遷、班固之所作是也。原本山川，極命草木，比物屬事，駭耳目，變心意，此托辭之文，如屈原、宋玉之所作是也。鈎列、莊之微，挾蘇、張之辯，撼班、馬之實，獵屈、宋之英，本之於《詩》《書》，折之以孔氏，此成體之文，韓愈之所作是也。"秦觀贊韓愈文章蓋世："鈎列、莊之微，挾蘇、張之辯，撼班、馬之實，獵屈、宋之英，本之於《詩》《書》，折之以孔氏，此成體之文，韓愈之所作是也。""蓋前之作者多矣，而莫有備於愈；後之作者亦多矣，而無以加於愈。故曰：總而論之，未有如韓愈者也。"見秦觀：《韓愈論》，《淮海集》，卷二三，收入《文淵閣四庫全書》第 1115 册。上海：上海古籍出版社 1989 年版，第 538—539 頁。

也是文體自身發展規律性的反映；他們順應了規律，代表當時詩文的最高成就。黃震推崇韓愈，認爲其思想符合儒家正統，孔孟而後，力排佛老，扶植綱常，辨析義理，"撥亂世而反之正"，韓愈一人而已。東坡《韓文公廟碑》則主要強調韓愈文學上的成就，對其維護道統、扶植綱常的貢獻没有給予足够重視，以"文起八代衰"論韓愈是小看、低估了韓愈的歷史地位。[1] 韓愈"斥異端、明聖道"有功于儒道的學術地位被黃震充分重視，因爲八代而下異端肆行，韓愈以《六經》之文倡于諸儒，其有補斯世不在孟子之下。

（四） 韓愈古文文法的因革

文法，簡言之就是文章的寫作方法、結構規律等。文法和文體密切相關，文法研究屬于文體學的一部分。古文文法是在長期發展過程中沉澱下來的寫作技法和藝術手段，它不僅包含了字法、詞法、句法、章法等言辭和文章的結構規律，還包括格調、意境、風格等内容。文法傳統及其發展規律是文統的有機構成部分和具體呈現。古文文統不僅體現在文章的思想内涵上，也表現在藝術形式的規律和傳承之上。

先秦是我國古代文體的濫觴期，後世文體幾乎可以溯源先秦，故章學誠認爲"後世之文，其體皆備於戰國"[2]。漢代文章類別基本趨于齊全，《文心雕龍》和《昭明文選》對古代文體都進行了專

---

[1] 黃震言："功有相因，理日以明。譬之事業，文公則撥亂世而反之正者也。我朝諸儒則於反正之後，究極治要，制禮作樂，躋世太平者也。文公之所以爲文者，其大若此，豈曰文起八代之衰，止於文人之文而已哉？"見黃震：《黃氏日鈔》，卷五九，第1839頁。

[2] 章學誠著、葉瑛校注：《詩教上》，《文史通義校注》，卷一，第60頁。

門研究，推動了文體的成熟和定型。魏晉時期文體多樣且多以駢儷爲特徵，這是文學獨立和自覺的表現；但駢儷文的泛濫和文體的僵化又呼喚文體革新。唐代古文運動對古文文辭、文風、文體、文法等方面變革的推動成效顯著。韓愈、柳宗元等人對傳記、序文、雜記、雜説、碑志、祭文、經解等文體進行了改革和創新，賦予了它們駢散結合、散句單行等文章體裁和行文體式特徵。元代郝經認爲，"自賈誼、董仲舒、劉向、揚雄、班固至韓、柳、歐、蘇氏，作爲文章，而有文章之法。皆以理爲辭，而文法自具。篇篇有法，句句有法，字字有法，所以爲百世之師也"①。明代羅萬藻也認爲，"文字之規矩繩墨，自唐宋而下所謂抑揚開闔起伏呼照之法，晉漢以上，絶無所聞，而韓、柳、歐、蘇諸大家設之，遂以爲家。出入有度，而神氣自流，故自上古之文至此别爲一界"②。宋代以後，人們日益重視韓、柳、歐、蘇等大家的古文文法地位，立之爲"文字之規矩繩墨"，這在"唐宋八大家"等人的努力下不斷推陳出新，得到了南宋文人的總結、認可與推廣。

韓愈把文學變革的目標確立爲復興儒道和古文，主張爲文在主旨、立意方面要繼承前代聖賢，"非三代、兩漢之書不敢觀，非聖人之志不敢存"；在語言表達方面要"取於心而注於手也，惟陳言之務去，嘎嘎乎其難哉"。③《舊唐書·韓愈傳》云：

　　自魏、晉已還，爲文者多拘偶對，而經誥之指歸，遷、雄

① 郝經：《答友人論文法書》，收入李修生主編《全元文》第４册，卷一二三，第154頁。
② 羅萬藻：《此觀堂集》。濟南：齊魯書社1997年版，第350頁。
③ 韓愈：《答李翊書》。收入屈守元、常思春主編《韓愈全集校注》，第1454頁。

之氣格，不復振起矣。故愈所爲文，務反近體，抒意立言，自成一家新語。後學之士，取爲師法。當時作者甚衆，無以過之，故世稱韓文焉。（《韓愈傳》）①

韓愈文章雖言"自成一家新語"，爲後學師法，其實也深受揚雄等人的影響。張籍曾言韓愈"獨得雄直氣，發爲古文章學，無不該貫"②。李翱則認爲韓愈"所爲文未嘗效前人之言"，文章可與揚雄并驅。③《新唐書·韓愈傳》記載韓愈"每言文章自漢司馬相如、太史公、劉向、揚雄後，作者不世出。故愈深探本元，卓然樹立，成一家言"④，突出了韓愈的文統地位。四庫館臣肯定了韓、柳借助"斫雕爲樸"消除六朝文格的不良影響，使"唐之古文，遂蔚然極盛"，可謂居于"首功"。⑤

　　韓愈對古文文法的貢獻體現在他繼承了先秦兩漢古文簡樸古拙的文法傳統，又開啓了唐宋古文奇崛和平易兩種路徑。前者奇崛艱險，晦澀難懂，有些文章還有以文爲戲、以文自娛之意；後者文從字順，自然流暢，多以文明道。皇甫湜繼承了韓愈的奇崛風格，李

---

① 劉昫：《韓愈傳》，《舊唐書》。北京：中華書局 1975 年版，卷一六〇，第 4204 頁。
② 張籍著，徐禮節、余恕誠校注：《祭退之》，《張籍集繫年校注》。北京：中華書局 2011 年版，卷七，第 913 頁。
③ 李翱《韓吏部行狀》言韓愈"深於文章，每以爲自揚雄之後，作者不出。其所爲文未嘗效前人之言，而固與之并。自貞元末，以至於茲。後進之士，其有志於古文者，莫不視公（韓愈）以爲法"。見董誥等編：《全唐文》第 7 册，卷六三九，第 6462 頁。
④ 歐陽修、宋祁：《韓愈傳》，《新唐書》，卷一七六，第 5265 頁。
⑤ 《四庫全書總目》言："考唐自貞觀以後，文士皆沿六朝之體。經開元、天寶，詩格大變，而文格猶襲舊規。元結與（獨孤）及始奮起淘除，蕭穎士、李華左右之。其後韓、柳繼起，唐之古文，遂蔚然極盛。斫雕爲樸，數子實居首功。"見永瑢等撰：《〈毗陵集〉提要》，《四庫全書總目》，卷一五〇，第 1285 頁。

翱則繼承了韓愈的平易風格。四庫館臣言皇甫湜"其文與李翱同出韓愈，翱得愈之醇，而湜得愈之奇崛"①。錢基博認爲：

> 愈之文，安雅而奇崛。李翱斅其安雅，皇甫湜得其奇崛，學焉而皆得其性之所近，原遠而末益分。其衍李翱之安雅一派者，至則爲歐陽修之神逸，不至則爲曾鞏、蘇轍之醇謹。其衍皇甫湜之奇崛一派者，至則爲王安石之峻峭，不至則爲蘇洵、蘇軾之奔放。（《現代中國文學史》）②

韓愈文統一分爲二，"安雅"與"奇崛"，影響宋人廣泛久遠，甚至到了金元時期，還出現"王若虛沿趙秉文一派，宗歐蘇，尚平易。而雷淵則承李屏山之緒，法韓愈，崇奇峭簡古"③ 的情況。

韓愈號召且積極創作了大量優秀古文，經常和友人後學切磋創作經驗，贊賞有志于古文創作的年輕人。韓愈主張氣盛言宜，認爲古文的精神氣質是作家道德心性的反映，因而作者要注重內在的修持，"所謂文者，必有諸其中，是故君子慎其實。實之美惡，其發也不掩。本深而末茂，形大而聲宏，行峻而言厲，心醇而氣和"④。《答李翊書》指出："根之茂者其實遂，膏之沃者其光曄。仁義之人，其言藹如也。""氣，水也；言，浮物也。水大而物之浮者大小

---

① 永瑢等撰：《〈皇甫持正集〉提要》，《四庫全書總目》，卷一五〇，第1291 頁。
② 錢基博：《現代中國文學史》。長沙：岳麓書社 2010 年版，第 23 頁。
③ 王樹林：《金代詩文與文獻研究》。北京：中華書局 2008 年版，第 5 頁。
④ 韓愈：《答尉遲生書》。收入屈守元、常思春主編《韓愈全集校注》，第1462 頁。

必浮。氣之與言猶是也，氣盛則言之短長與聲之高下者皆宜。"①
韓愈重視古文審美藝術特徵，把古文的抒情言志功能和切于實用的
體制特徵結合起來，確立了古文嶄新的審美風範，也開闢了藝術古
文的新天地。韓愈在藝術形式方面的貢獻和他在文道關係上對古文
文統的建構均舉足輕重。韓愈對于古文各文體的開拓、題材的豐富
以及精氣神的熔鑄都有杰出貢獻。錢穆認爲韓、柳古文文法不同于
先秦兩漢古文，"韓、柳之倡復古文，其實則與真古文復异。……
二公者，實乃站于純文學之立場，求取融化後起詩賦純文學之情趣
風神以納入于短篇散文之中，而使短篇散文亦得侵入純文學之閫
域，而確占一席地"②。錢穆看到韓、柳古文純文學性色彩更濃，
糅合詩、詞、歌、賦的情采，煥發出巨大的生命活力。

　　韓愈古文創作實現了文體的突破和融合，這在贈序和碑志兩種
文體上體現得尤其突出。其在贈序題材上突破了離情別緒的限制，
舉凡交游、論文、談藝、言政、論道、評史等都可以納入其中，且
語言生動形象、行文風格獨特、章法結構搖曳多姿，充滿了藝術魅
力。錢穆認爲韓愈的贈序是"無韵之詩"，"可謂之散文詩"，"不
失詩之神理韵味"。③ 自此，贈序在人際交往中運用極其普遍。韓
愈碑志文改變了單純刻板地介紹墓主生平事迹、褒貶功過是非的做
法，把碑志發展爲史傳文，塑造了許多生動的人物形象，同時把自
己對人物的贊譽、同情、憤懣等多種情感態度，借助爲墓主立傳而
氣勢充沛地表達出來，具有極强的感染力，因此稱得上是千古以來

① 韓愈：《答李翊書》。收入屈守元、常思春主編《韓愈全集校注》，第
　1455 頁。
② 錢穆：《雜論唐代古文運動》，收入氏著《中國學術思想史論叢》第四册。
　合肥：安徽教育出版社 2004 年版，第 53 頁。
③ 同上。

碑志撰寫最爲獨特者。韓愈用古文筆法寫作的《祭十二郎文》等哀祭文也稱得上千古至文，《古文觀止》評其曰："情之至者，自然流爲至文。讀此等文，須想其一面哭一面寫，字字是血，字字是淚。未嘗有意爲文，而文無不工，祭文中千古絶調。"[1] 韓愈在贈序、碑志等這些實用性文體上的革新，促成了古文語言、體裁和思想内涵等多方面的變革和發展，使古文獲得了極大的生命力。

總之，唐代韓愈明確提出文統的觀念，并把它與道統區別開來。他推尊儒家經典，主張"修辭明道"，重道甚于文，在創作實踐中却更重文甚于道，其人生具有濃厚的文士色彩。在韓愈描述的文統譜系中，代表人物爲左丘明、莊周、屈原、司馬遷、揚雄、司馬相如等文學家，代表作品爲《虞書》《夏書》《周誥》《殷盤》《春秋》《左氏》《易》《詩》等等，以及《莊》《騷》等文學審美價值更爲突出的作品。韓愈繼承了先秦兩漢古文簡樸古拙的文法傳統，斫雕爲樸，開啓唐宋古文奇崛和平易兩種文風路徑。一方面，奇崛文風在北宋前期得到了柳開、石介等古文家的繼承，也發展出"太學體"這一險怪文風；另一方面，明白曉暢的平易文風被歐、蘇等文學家傳承，在朱熹、張栻等理學家古文中也得到了體現。唐代古文運動對古文文統的建構和後代古文的發展都有積極的推動作用。從韓愈到歐陽修、蘇軾三個多世紀的歷史中，隨着古文運動的發展，古文文統逐步建構起來。唐宋古文運動一定意義上可以視爲古文文統的建構運動，它以文道關係爲核心，着眼于建構儒家思想在古文中的主導地位，注重排列文統發展演變的譜系，建立起古文文法規範。

---

[1] 吳楚材、吳調侯：《古文觀止》。杭州：浙江古籍出版社 2010 年版，卷八，第 238 頁。

誠然，學界認爲"文統"之説，蓋强調歷史譜係，并非简單枚舉前代能文之人、盛名之作而已，必須其間有師徒淵源關係或文學精神傳承。韓愈《進學解》首明"文統"之論，但昌黎所述文人和文學譜系，雖已非简單枚舉人物和作品，仍未能貫聯成"統"，因爲對文學傳承淵源和思想精神因革尚欠深入辨析；且此"文統"并不是嚴格從古文的視角來梳理，不僅稱不上古文文統，尚且必假"道統"之扶持也。逮北宋"歐蘇"之傳，方能于"周程"外另立一統，如此方可謂之古文"文統"。

第三章

宋代 "談經者" 和 "知道者" 的文道觀

　　有宋一代是文化學術繁榮的巔峰期。陳寅恪認爲宋代的學術與文化堪稱華夏文化代表，他指出，"宋代學術之復興，或新宋學之建立是已。華夏民族之文化，歷數千載之演進，造極於趙宋之世。後漸衰微，終必復振"①。陳寅恪也肯定宋代文學成就，認爲"六朝及天水一代，思想最爲自由，故文章亦臻上乘"②。宋人對其文學成就頗爲自信，楊萬里認爲，"古今文章，至我宋集大成矣"③。《宋史》認爲宋代道藝經術、道德性命之學等，"彬彬乎進於周之文"④。宋代文學家借鑒了先秦、兩漢及隋唐以來的文學創

---

① 陳寅恪：《鄧廣銘〈宋史職官志考證〉序》，收入氏著《金明館叢稿二編》。上海：上海古籍出版社1980年版，第245頁。
② 陳寅恪：《論再生緣》，《寒柳堂集》。上海：上海古籍出版社1980年版，第65頁。
③ 楊萬里撰，辛更儒箋校：《杉溪集後序》，《楊萬里集箋校》。北京：中華書局2007年版，卷八三，第3351頁。
④《宋史》言："宋有天下，先後三百餘年，考其治化之汙隆，風氣（轉下頁）

作經驗，造就了宋代文章集大成的鼎盛局面。關于宋代文學繁榮的深層原因，《宋史·文苑傳》從古代帝王"創業垂統"的視角，指出宋朝崇尚文教，文學興盛實源于王朝初創之際就確立的重用文臣政策，加上科舉制度等方面的推動，形成了有宋一代"鬱鬱乎文哉"的經術、道德、文學共同繁盛的面貌。①

一、宋代文統觀的分野

宋代社會文化環境、科舉制度及學術發展特點等因素共同促成了宋人常常身兼學者、文人和政客三種身份，《宋史》也分出了儒林、文苑、道學三傳。宋人常常學者、文人和政客三位一體，是跨界的、綜合的。他們首先是文人，然後纔是政治家、經學家、理學家等。宋代文人身份複雜，文學流派眾多。楊慶存《宋代散文研究》分出五代派、復古派、西昆派、古文派等，古文派又有文章派、經術派、議論派之別；此外散文還被分出蘇門派、太學派、道學派、文采派、抗戰派、事功派、永嘉派、道學辭章派、民族愛國派等。郭紹虞《中國文學批評史》把宋代文人分成古文家、道學家、政治家三類，其中古文家以歐陽修、曾鞏、三蘇等爲代表，道

（接上頁）之離合，雖不足以擬倫三代，然其時君汲汲於道藝，輔治之臣莫不以經術爲先務。學士搢紳先生，談道德性命之學，不絕於口，豈不彬彬乎進於周之文哉。"見脫脫等撰：《宋史》。北京：中華書局1977年版，卷二〇二，第5031頁。

① 《宋史·文苑傳》言："藝祖革命，首用文吏而奪武臣之權，宋之尚文，端本乎此。太宗、真宗其在藩邸，已有好學之名，作其即位，彌文日增，自時厥後，子孫相承，上之爲人君者，無不典學；下之爲人臣者，自宰相以至令錄，無不擢科，海內文士彬彬輩出焉。"見脫脫等撰：《文苑傳》，《宋史》，卷四三九，第12997頁。

學家以周敦頤、二程爲代表，政治家以司馬光、王安石、李覯爲代表。實際上各種分法都難以兼善，因爲宋人常常是學者、文人和政客的集合體。如王安石既是唐宋古文八大家之一，又是著名政治家、經學家；歐陽修著《易童子問》《詩本義》，蘇軾也有《書傳》《東坡易傳》等，可見這些古文家在經學及史學等方面均有很高造詣。那麼，從文學視角研究古文文統就要盡可能結合當時的歷史文化語境，不能戴着有色眼鏡"以今律古"，牽強附會地給古人戴上文學家、經學家、政治家、道學家等標籤和帽子，而要結合宋代社會文化語境和宋人在古文理論和創作方面的突出成就，依據約定俗成的文學批評史、學術思想史的研究慣例，進行比較合理且簡便的分類研究。將宋代士人分爲"談經者""知道者""能文者"三類，乃是宋人概舉，并不周密；自今返觀，仍將宋人分別置入這三類中，未免牽強，蓋亦有通過"談經"而遂能"知道"，或兼"能文"者也。如柳開實爲宋初首倡古文者，石介亦爲理學史的"宋初三先生"之一，他們之所以被歸入"談經者"，主要是因爲《宋史·儒林傳》所見北宋早期的尊經崇儒的學者群體有明顯不同于歐蘇文學家和程朱理學家之處。

　　區別宋代文人身份最好結合具體歷史語境。宋代程頤認爲，"今之學者歧而爲三：能文者謂之文士，談經者泥爲講師，知道者乃儒學也"[1]。程頤所謂"能文者"指歐陽修、蘇軾等文學家，"談經者"指宋初的柳開、石介等經學家，而"知道者"則是指二程和後來的朱熹等理學家。程頤這種劃分是依據宋代文人安身立命的看家本領作出的，即"談經""能文"和"知道"。就學問而言，

---

[1] 程顥、程頤：《河南程氏遺書》，卷六。收入氏著《二程集》。北京：中華書局1981年版，第95頁。

程頤認爲"古之學者一，今之學者三，异端不與焉。一曰文章之學，二曰訓詁之學，三曰儒者之學。欲趨道，舍儒者之學不可"①。自二程把北宋文人分爲"談經者""能文者""知道者"，把學問分爲"文章之學""訓詁之學""儒者之學"後，後代學者多有沿襲。如元代吳澄認爲"儒者之學分而三，秦漢以來則然矣，异端不與焉。有記誦之學，漢鄭康成、宋劉原父之類是也；有詞章之學，唐韓退之、宋歐陽永叔之類是也；有儒者之學，孟子而下，周、程、張、朱數君子而已"②。吳澄着眼于漢代到宋代這個更長的時段，分出記誦之學、詞章之學、儒者之學三類，其中以鄭玄、劉敞爲代表的"記誦之學"大致對應"談經者"的"訓詁之學"。這種對宋代文人的劃分大致符合當時的情况，到了南宋後期，又産生了以陳亮、葉適爲代表的浙東學派的事功之學。

"談經者""知道者"都重儒道，"能文者"對道和文道關係的看法有别于前兩類人。文道觀和身份、學統等密不可分，是文人類型區分的標志。王培友主張"爲了區别于以心性存養爲旨歸的'内聖'之學的'道學之士'，可以把程頤所講的'訓詁之士'與《宋史》所分的'儒林之士'統稱爲'傳統儒學之士'"，他認爲"文章之士""傳統儒學之士""道學之士"是兩宋士人探討文道關係的主要群體，這三類人在文道關係認識上表現出异向性。③ 這些文人共同體的身份和思想差异關涉他們對文道關係的本末、體用等的認識。

① 程顥、程頤：《河南程氏遺書》，卷一八。收入氏著《二程集》，第187頁。
② 吳澄：《評鄭夾漈通志答劉教諭》。收入李修生主編《全元文》第15册，卷四九九，第66頁。
③ 王培友：《論兩宋士人探討文道關係的异向性及其認識價值》，《南京師大學報（社會科學版）》2014年第2期，第130頁。

自漢末始，文學的風雅精神開始發生變化，由西漢時期一味歌頌大一統帝國雅頌正聲轉向批判現實政治的諷喻和表達自我情志的風騷。到了唐代，韓愈主張文以載道，提倡不平則鳴，柳宗元也認爲文學具有“辭令褒貶”和“導揚諷諭”的作用，既有“著述”又有“比興”。文學的雅頌主要以歌功頌德、潤色鴻業爲特徵，推崇古代聖人和經典，注重儒家正統思想和文學的教化功能；而風騷則以諷喻批判、抒情言志爲特徵，關注社會現實和作家的内心情致，注重發掘社會和人生意義。

宋代文道觀大致可以被劃分爲三類：其一，“談經者”（即傳統意義上的儒家學者）以雅頌爲本的文道觀；其二，“能文者”（即文章之士）以情致（風騷）爲本的文道觀；其三，“知道者”（即程朱等理學家）以道理（性理）爲本的文道觀。這種分法關注到了作家的身份，強調了文道關係在文學理論和實踐上的重要性，符合宋代尊崇儒家道統的文化語境。這種分類標準主要着眼於文學的思想内容，對文道關係、人倫道德、社會事功等問題比較關注，具有重道、務實的特色。由于文道關係是文統觀的核心，可以圍繞文道觀考察“談經者”“能文者”“知道者”三類文人的文統觀念的主要差異。經學家基本上以道統取代文統，他們觀念中的“文統”就是儒家道統；歐、蘇等古文家重道也重文，建構起了真正的文學本位的古文文統；程朱理學家重道甚于重文，在他們之後很多理學家也開始看重“歐蘇”文統，文統和道統并行不悖并逐漸走向融合。

《宋史》把儒林和道學分開立傳，後代學者習慣把宋儒分爲以歐、蘇等“能文者”爲代表的文章之儒和以程、朱等“知道者”爲代表的道學之儒。根據宋人對文道關係的看法，宋代文道觀大體上可以分出重道和重文兩種基本類型。前者主要是經學家和理學家，後者主要是歐、蘇等古文家。歐蘇古文家同樣重道，經學家和理學家也關注古文創作。在經學、理學和文學之間，有着"道"這一共同的思想基礎，這爲比較各種文道觀提供了條件。就整個宋代而言，"道"之内涵經歷了三個階段的變化。最初是經學家對復興儒家"古道"的提倡，然後是歐蘇古文家把對現實社會實踐規律的認識和情致體驗融入"道"中，程朱則把"道"局限在道學家的道德心性之説中。在文道關係上，經學家重道輕文，以道統取代文統，程朱理學家同樣重道輕文，歐蘇古文家則重視文學，關注古文的風神情致，推動了古文文統的完整建構。南宋以後，隨着人們對文道關係認識的深入，文與道之間的矛盾得以調和，文統與道統得到了并行不悖的發展。

宋代古文家、經學家、道學家對文統的態度有巨大的差別。郭紹虞認爲，宋人文統之説由古文家標榜門户、注重源流之風氣而來。"宋初一般人之'統'的觀念，大概猶混文與道而言之。到後來，道學家建立他們的道統，古文家建立他們的文統，便各不相謀了。"[①] 古文家文統和道學家道統之間存在明確分野。經學家、理學家重道輕文，其所論文統實爲道統。在重文還是重道的選擇上古文家常能做到兩者兼顧，文與道相得益彰。道統和文統都有具體的傳承譜系，道統中的道學家以其道德品行和學術思想確定道統位置，文統中的文學家則以其文學主張和創作成就確定文統地位，他們有着不同的譜系觀。

宋人重視儒家道統，儒家思想作爲集體無意識潛移默化地融入

---

① 郭紹虞:《中國文學批評史》上册，第 354 頁。

他們的精神世界，成爲其文化基因，這并不因身份、地域、家族、師承的區別而有所差別。在宋代，經學家、文學家和理學家在道統觀上有着很大的共通之處，雖然他們對文道關係及道的具體内涵理解不同，但都肯定儒家思想對文學的主導作用，都强調文章要載道、明道。經學家所言之道爲古道，他們崇古尊經頌聖，弘揚道統，主張以雅頌爲本的文道觀；文學家所言之道體現了對現實社會和作家思想情感的關注，主張以情致爲本的文道觀；理學家所言之道是儒家倫理道德和心性之學，主張以道學思想即道理爲本的文道觀。可見，對文道離合關係的關注成爲了宋代文統理論的基本特徵。

文道關係是文統觀的核心問題，也是歷代文論研究的重點。劉勰把文與道結合起來，認爲"道沿聖以垂文，聖因文而明道"①，文具有明道的職能。古文與古道相伴，古文的復興離不開儒學的崛起。明人屠隆曾論文道兩者的關係曰："黄虞以後，周孔以前，文與道合爲一。秦漢而下，文與道分爲二。……六朝工於文，而道則舛戾。宋儒合乎道，而文則淺庸。"② 無論是唐代的韓愈、柳宗元，還是宋代的經學家、理學家、古文家，都曾專門論述文道關係。究竟是重文、重道還是文道兼重，究竟是以文載道、以文明道，還是以文貫道，成了區別他們文道觀的標識。由于對道的本質和文道關係存在認識上的差異，宋代有崇古尊經的經學家、談性説理的理學家及重文重情的文學家三個不同的陣營。

---

① 劉勰著，黄叔琳注，李詳補注，楊明照校注拾遺：《增訂文心雕龍校注》，卷一，第 2 頁。
② 屠隆撰，李亮偉，張萍校注：《文論》，《〈由拳集〉校注》。杭州：浙江大學出版社 2016 年版，卷二三，第 636 頁。

二、由雅頌到道理的文道訴求

宋儒爲文大體上都重視傳承儒家道統，不過在不同時期、對不同群體而言，這一行爲的具體內涵有所不同，體現了他們對文道關係差异性的理解和處理態度。宋初的"談經者"爲反對五代以來儒道衰微的文壇局面，弘揚儒家道德禮制的主旋律，主張以歌功頌德的正聲推動文學趨向雅正；作爲理學家的"知道者"則側重于表達自己對道德性理之學的認識、對儒家正統的推重。當宋儒由傳統的儒家學者轉變爲理學家，他們的文道觀也隨之發生了變化。

（一）"談經者"的以雅頌爲本

在韓柳之後到宋初這段時期內，唐代古文運動只有少數呼應者，漸漸步入低谷。究其原因，有唐末五代世風日下，士人遑論道統傳承，古文後繼者才力不濟，"險怪"文風的不良影響，還有對李商隱文章華藻的追捧，以及宋初西昆體的廣泛流行等因素。宋初文壇翹楚者多爲五代舊臣，他們延續了五代"文尚頌美"的浮靡文風，文章講求駢儷偶對和華麗辭藻。徐鉉和李昉爲此時期的代表人物。宋初田錫的言論是當時詞臣歌功頌德、粉飾太平的心態的典型表現：

> 臣聞美盛德之形容謂之頌，抒深情於諷刺莫若詩，賦則敷布於皇風，歌亦揄揚於王化。下情上達，《周禮》所以建采詩

之官；君唱臣酬，《舜典》於是載賡歌之事。既逢清世，何讓古人。木鐸求規諷之詞，彌光聖德；金門獻芻蕘之説，式表忠懷。伏惟皇帝陛下以唐、虞莫大之德，修湯、武無敵之仁，富壽於生民，慈儉日至寶。……陛下既以文學知臣，臣敢不以文字報答陛下？（《進文集表》）①

田錫主張文學要發揚《詩經》風雅精神，敷布皇風，揄揚王化，下情上達，不讓古人；同時還要君唱臣酬，獻説表忠，彌光聖德，甚至于露骨地表明要"以文字報答陛下"，文章成爲獻忠的禮品，創作仿佛成爲君臣間的交易。在北宋初年，能够遥遥呼應韓柳古文文統的是柳開和王禹偁等人，他們反對和古文質樸務實精神背道而馳的"五代體"駢儷文風，其後繼者批判以楊億、劉筠爲代表的西昆體的形式主義習氣。從北宋建立的太祖建隆元年（960年）到歐陽修正式登上文壇的仁宗天聖十年（1032年），這七十餘年是北宋文學發展的初期階段，其中著名文人有生活在太祖、太宗、真宗三朝的王祐、臧丙、高錫、梁周翰、柳開、范杲、王禹偁、种放、孫何、孫僅、張景、高弁及後來的石介、孫復、胡瑗等人。身處從事經學著述和儒道發明的學術共同體，"談經者"的身份不同于歐蘇文學家和程朱理學家，他們的名録主要見于《宋史·儒林傳》。作爲宋代早期尊經崇儒的學者群體，"談經者"和理學興盛後專門研究性理的道學家們在學統上有着較大的差別，在學術路徑、思想傳承、師承淵源和立身行事、道德風範等諸多方面都表現出與之不同的獨特性。

---

① 田錫：《咸平集》。成都：巴蜀書社 2008 年版，卷二三，第 236 頁。

"談經者"在文學上主張復古崇儒，在一定程度上繼承了韓柳古文精神，爲後來歐、蘇等古文家的創作打下了創作基礎。石介曾作《宋頌》歌頌親政的宋仁宗，希望以此興隆雅正禮樂，"開太平之頌聲"，還曾作《慶曆聖德頌》爲范仲淹等人的慶曆新政"鼓"與"呼"。這繼承了古代文學的雅頌精神，強化了文學干預社會現實、傳播意識形態的政治教化功能。他們主張祛除五代柔靡文風及宋初西崑體形成的深厚積弊，從《詩經》的"風雅興寄"傳統出發，推崇韓柳文統和儒家道統，把儒家道統置于至高無上的地位。以雅頌爲本的文道觀主要以北宋初年的柳開、石介等經學家爲代表，從其爲文目的來看，他們主張傳承儒家道統，提倡文學的原道、徵聖、宗經作用，推崇韓柳古文文統。作爲宋代理學思想的先驅，他們重聖賢古道、輕情感意志，重雅頌精神、輕情致抒發，具有強烈的復古尊孔和擬古尚統意識。在文道關係上重道而輕文，推崇堯舜、孔孟以來的儒家道統，重視孟子、揚雄、王通、韓愈等人的文統地位，以儒家文統傳人自許。

北宋"談經者"以雅頌爲本的文道觀的興起，和統治者的佑文政策和思想領域的儒學復興密不可分。宋初古文承擔了文學革新和儒學復興等多重使命，繼承了唐代韓愈、柳宗元的古文理論和創作成就，同時結合了北宋士大夫張揚儒教、以名節相矜尚的經世思潮。如范仲淹曰：

> 堯典舜歌而下，文章之作醇醨迭變，代無窮乎。惟抑末揚本，去鄭復雅，左右聖人之道者難之。近則唐貞元、元和之間，韓退之主盟於文，而古道最盛。懿、僖以降，寖及五代，其體薄弱。皇朝柳仲途起而麾之，髦俊率從焉。仲途門人能師

經探道、有文於天下者多矣。(《尹師魯河南集序》)①

范仲淹認爲文章傳承聖人之道本非易事,韓愈主盟文壇時古道最盛,五代之後幸有柳開"師經探道",重振文風。復興古道是宋代文章的歷史責任,主張弘揚爲聖道"歌"與"呼"的雅頌傳統。柳開能開復古重道風氣之先,對古文文統的傳承起着重要的銜接作用。北宋前期以雅頌爲本的文道觀一直占據重要地位,經學家的古文創作有着和西昆體相似的歌功頌德色調。但他們思想保守,文風艱澀,影響了古文魅力的發揮,制約了古文理論和創作的創新。因此,由崇尚雅頌到提倡情致,由重道到重文,是宋代古文發展的必然選擇。

(二)"知道者"的以道理爲本

在宋代"道理最大"的集體無意識和文化氛圍中,特殊的歷史語境孕育了理學家以道理爲本的文道觀。這些"知道者"重道輕文,認爲文學僅僅是載道、傳道的工具,主張道本文末、以理爲宗,甚至認爲"作文害道"。他們把儒家的道德性理標榜爲文學之圭臬,賦予文學以儒家的文化品格和道德意識。不過,也有朱熹等理學家對韓愈、歐陽修、蘇軾等人的文學成就和文統地位給予了肯定,這反映了他們文道觀上存在的矛盾。

"道理最大"是理學家文道觀的思想根源,它經歷了由祖宗聖訓到集體無意識的演變過程。北宋開國以來奉行"道理最大"的國

---

① 范仲淹著,李勇先、王蓉貴校點:《范文正公文集》,卷八。收入《范仲淹全集》。成都:四川大學出版社 2007 年版,第 183 頁。

策，重視文教輕視武功，這種文化環境造就了宋人對理性思辨和內在精神追求的重視。道理一詞一般指事理、情理、規律、規範和法則等，到了宋代，道理有了更豐富的內涵，包括道德、性理甚至天命、天理等含義。沈括《夢溪筆談》記載："太祖皇帝嘗問趙普曰：'天下何物最大？'普熟思未答間，再問如前，普對曰：'道理最大。'上屢稱善。"① 從此有宋三百年，定天下垂後世，莫不由之。"道理最大"這條祖宗聖訓對宋代知識分子的思想境界和精神追求起到了極大的引導作用，它在君權和事功之外確立了另一種價值標杆，就是對天道及道德性命之理的學術追求。對此，史臣留正等人認爲，"天下唯道理最大，故有以萬乘之尊而屈於匹夫之一言，以四海之富而不得以私於其親與故者"② 。君王處事要順乎道理，不得爲一己之樂放縱私意而妄爲。士大夫有功于道理和儒家名教，這比浴血沙場、開拓邊疆的事功更有價值。

在古人"三不朽"的人生價值觀中，"立德""立功""立言"的先後順序在各時代多有不同。春秋時代以"立言"殿後，三國時以"立言"居先；唐代以"立功"居前，而宋代雖以"立德"居先，但同時也重視"立言"。趙普"道理最大"的觀念置道理于帝王將相功業之上，故而"此言一立，氣感類從；五星聚奎，异人間出：有濂溪周敦頤倡其始，有河南程顥、程頤衍其流，有關西張載翼其派。南渡以來，有朱熹以推廣之，有張栻以講明之。于是天下

---

① 沈括著、胡道静校注：《續筆談》，《新校正夢溪筆談》。北京：中華書局1957年版，第338—339頁。
② 汪聖鐸點校：《宋史全文》。北京：中華書局2016年版，卷二五上，第2070頁。

之士亦略聞古聖人之所謂道矣"①。"道理最大"推崇道統的至尊地位，對"君權至上"思想有制約作用，它極大地鼓舞了理學家們建構自己的思想學説。程朱理學家們在接受和闡釋儒家思想的同時，也把自己的心得體會融入其中。故宋朝之所以理學昌明，實兆于"道理最大"的國策。到了南宋淳祐元年（1241 年），理宗詔令贊揚周、張、程、朱等理學家使"千載絶學，始有指歸""孔子之道，益以大明於世"，② 從而在意識形態領域確立了理學的主流地位。"道理最大"主張的影響甚大，至明代吕坤仍然倡言："天地間唯理與勢爲最尊。雖然，理又尊之尊者也。廟堂之上言理，則天子不得以勢相奪。即奪焉，而理則常伸於天下萬世。故勢者，帝王之權也；理者，聖人之權也。帝王無聖人之理，則其權有時而屈。"③ 在"理"與"勢"、聖人與帝王之間，"理"最尊貴，帝王不得以其位勢奪聖人之"理"。

（三）　道之内涵：由聖賢古道到道德性理的變遷

有宋一代，經學家、理學家在文道關係上都是重道輕文的，但他們對"道"之内涵的理解因時代背景和學術思想的不同而有所差異。在宋初崇儒復古的世風影響下，文人多推崇儒家經典，有志于

---

① 姚勉：《廷對策》。收入曾棗莊、劉琳主編《全宋文》第 351 册，卷八一二八，第 325 頁。
② 理宗詔曰："孔子之道，自孟軻後不得其傳，至我朝周頤（周敦頤）、張載、程顥、程頤，真見力踐，深探聖域，千載絶學，始有指歸。中興以來，又得朱熹，精思明辨，表裏渾融，使《中庸》《大學》《論》《孟》之書，本末洞澈，孔子之道，益以大明於世。"見脱脱等撰：《理宗二》，《宋史》，卷四二，第 821 頁。
③ 吕坤：《談道》，《呻吟語》。長沙：岳麓書社 2016 年版，卷一，第 42 頁。

借助文章復古來復興古道。宋初張咏性情剛介，爲治嚴猛，以治蜀著稱，"文章雄健有氣骨"，有《乖崖先生文集》傳世。他認爲文章國典"誠萬代不易之道也"，可定人倫之序，爲正教所設、五常所施。① 自古以來文章承載正教五常，賢彦文士要傳聖賢古道以助教化。儒家五常、六籍爲萬古文章之本，"君臣父子，非文言無以定其分；朝會揖讓，非文言無以格其體；政以正之，非文言無以導其化；樂以和之，非文言無以節其變"②。不同于一般文人，北宋以柳開、石介爲代表的"談經者"是堅定的儒家衛道士，他們以經學見長，具有濃厚的儒家道統意識。爲弘揚儒家名教和士大夫名節，"談經者"一味頌聖贊經，復古尊孔，推崇三代時期的聖人和《詩經》《尚書》等經典中的雅章與頌篇。"談經者"既是理學先導，也是古文前驅，他們的文道觀帶有濃重的道統色彩，其所言之"道"爲"古道"，即由堯、舜、禹、周、孔等傳下來的儒家倫理道德。

《四庫全書總目》指出：

> 宋初承五代之弊，文體卑靡，穆修、柳開始追古格，復（孫復）與尹洙繼之，風氣初開，菁華未盛。……然復之文根柢經術，謹嚴峭潔，卓然爲儒者之言，與歐、蘇、曾、王千變

---

① 張咏《進文字表》言："文章興於邃古，文物備於三代。前聖有作，後聖所因，著之簡編，流爲國典，誠萬代不易之道也。率由齊上下之儀，定人倫之序。正教所設，作生民之坦途；五常所施，爲濟用之樞紐。是故聖君頤指於上，賢彦馳騖於下，文士之筆，斟酌於中。陳布道德，施張化風，有以懲，有以勸，有以規，有以諷。"見曾棗莊、劉琳主編：《全宋文》第6冊，卷一〇九，第87頁。
② 張咏：《答友生問文書》。收入曾棗莊、劉琳主編《全宋文》第6冊，卷一一一，第119頁。

萬化，務極文章之能事者，又別爲一格。（《孫明復小集》）①

館臣指出宋初經學家"別爲一格"的文章與歐、蘇等文學家的風格差異很大，宋初經學家的復古尊經和對古道的重視奠定了他們以道統爲文統的思想基礎。作爲北宋古文運動的先驅，柳開始學韓愈，"傳周公、孔子之道"②，所守者"乃先聖人之所公傳者也"③，他認爲古文寫作要"有意於聖人之道"④，孟子、揚雄、王通、韓愈之文"皆明先師夫子之道者也"⑤。據統計，"道"字在《河東先生集》中出現了四百五十五次，"古"字出現了二百二十次。柳開認爲"道"是"總名"，是一個形而上的概念，其具體内涵包括仁、義、禮、智、信等道之器，爲"衆人則教矣，賢人則舉矣，聖人則通矣"之對象。柳開以道自任，聲稱"自韓愈氏没，無人焉，今我所以成章者，亦將紹復先師夫子之道也"⑥。柳開"生而好古，長而勤道"⑦，後又宣稱"聖人之道果在於我"⑧，"吾之道，孔子、孟軻、揚雄、韓愈之道；吾之文，孔子、孟軻、揚雄、韓愈之文也"⑨。這説明柳開的文統觀是與其儒家思想血脉融合在一起的，其所謂"文"實指載道之文，"聖人之文章，《詩》《書》《禮》

① 永瑢等撰：《〈孫明復小集〉提要》，《四庫全書總目》，卷一五二，第1312頁。
② 柳開撰，李可風點校：《與廣南西路采訪司諫劉昌言書》，《柳開集》。北京：中華書局2015年版，卷九，第123頁。
③ 柳開撰，李可風點校：《答臧丙第一書》，《柳開集》，卷六，第72頁。
④ 柳開撰，李可風點校：《再與韓洎書》，《柳開集》，卷九，第131頁。
⑤ 柳開撰，李可風點校：《答臧丙第一書》，《柳開集》，卷六，第73頁。
⑥ 同上書，第74頁。
⑦ 柳開撰，李可風點校：《答臧丙第三書》，《柳開集》，卷六，第77頁。
⑧ 柳開撰，李可風點校：《答臧丙第二書》，《柳開集》，卷六，第74頁。
⑨ 柳開撰，李可風點校：《應責》，《柳開集》，卷一，第12頁。

《樂》也”，文與經趨同，範圍大大縮小；其所謂“道”實指儒家聖賢之道，“仁、義、禮、智、信，道之器也”①，揚雄、韓愈所著工于雕飾的辭賦和嘆老嗟卑的文字則不在此列。石介雖然古文創作成就不高，但由于他參與慶曆新政，具有一定的政治和文學影響力，成爲了北宋古文運動的鼓手。石介有着强烈的復興古道、拯救古文的願望，其言：“今斯文也，剥已極矣而不復，天豈遂喪斯文哉？斯文喪，則堯、舜、禹、湯、周公、孔子之道不可見矣。”②石介自詡“生而知道”，“不由鑽研而至，其性與聖人之道自合，故能言天人之際，性命之理”。③ 孫復認爲古代聖賢向來不顧自身進退、毁譽，其人生行事的標準就是“唯道所在而已”。郭紹虞指出：

> 自韓愈倡文道并重之說，于是後來的古文家往往論文主道，而蘄義理詞章之合而爲一。所以宋初柳開、穆修諸人之古文運動，實在也即是道學運動。易言之，宋初一般人之論文，不僅爲此後古文家論文主張之所本，也且爲道學家政治家論文主張之所出。表面上是古文運動，骨子裏早開道學的風氣。（《中國文學批評史》）④

宋初經學家古文的内涵是道學，開宋代道學之先。文章的内涵和風

① 柳開撰，李可風點校：《上王學士第三書》，《柳開集》，卷五，第 56 頁。
② 石介著，陳植鍔點校：《上張兵部書》，《徂徠石先生文集》。北京：中華書局 1984 年版，卷一二，第 141 頁。
③ 石介著，陳植鍔點校：《上范思遠書》，《徂徠石先生文集》，卷一三，第 150 頁。
④ 郭紹虞：《中國文學批評史》上册，第 337 頁。

格和歐、蘇等文學家的差別很大，經學家宣導儒道，文風艱澀，歐蘇則重視性情，文風自然流暢。

程朱理學是宋代儒學學理化發展的標誌。理學家所主張之"道"是形而上之"道"，它不同于歐蘇文學家所主張的源于社會實踐、着眼于解決現實問題的"道"。當然就理學家內部而言，他們在理論著述和學術傳播時所言之"道"，在內涵上也會有具體的差异。莫礪鋒關注到"文"和"道"的概念在朱熹等理學家的話語系統裏有着複雜的內涵和關係，他認爲朱熹所説的"道"，實際上包含了"先秦諸子對于‘道’的所有定義，而且幾種含義還互相融合，形成了一個內涵更豐富、更複雜的新概念，雖然他有時説到‘道’時僅僅取其某一方面的含義。而朱熹所謂的‘文’，也是有時指典章制度，有時指文字，并非總是指文章而言。這樣，不同含義的‘道’與不同含義的‘文’互相結合，形成了錯綜複雜甚至在表面上互相矛盾的‘文道’關係"①。具體區分的話，"道"在朱熹筆下有着天道、儒家學説、人倫秩序、文章的思想內容等多種意思，而"文"的概念內涵則包含了典章制度、文化學術（甚至包括射、御等技藝）、文字和文章（亦即及文學形式）這四個層面。宋代理學家們所言之"道"大體上是指儒家綱常倫理制度和道德心性學説。朱熹重視儒家義理，認爲文章須助發義理，以義理爲本。《朱子語類·論文》記載，朱熹認爲好文章"只要明義理。義理明，則利害自明。古今天下只是此理"。朱熹主張"要做好文字，須是理會道理""文章要理會本領，謂理""不必著意學如此文章，但須明理。理精後，文字自典實。伊川晚年文

---

① 莫礪鋒：《朱熹文學研究》。南京：南京大學出版社 2000 年版，第 110—111 頁。

字，如易傳，直是盛得水住！蘇子瞻雖氣豪善作文，終不免疏漏處”“主乎學問以明理，則自然發爲好文章”。① 他批評今人作文，“至説義理處，又不肯分曉”②，“今人不去講義理，只去學詩文，已落第二義”③。

理學家由于學派觀念的差異，存在朱熹理學和陸九淵心學之間以理爲本和以心爲本的區別。朱熹認爲“未有天地之先，畢竟也只是理。有此理，便有此天地；若無此理，便亦無天地，無人無物，都無該載了！有理，便有氣流行，發育萬物”④。朱熹提出“性，即理也。天以陰陽五行化生萬物，氣以成形，而理亦賦焉，猶命令也。于是人物之生，因各得其所賦之理，以爲健順五常之德，所謂性也”⑤。陸九淵的心學在道之本源方面和朱熹有着很大區別，他以心爲本，認爲心即理。陸九淵繼承了孟子“仁、義、禮、智，非外鑠我也，我固有之”的“四端”説，⑥ 注重主體的心性修養，認爲“四端者，即此心也；天之所以與我者，即此心也。人皆有是心，心皆具是理，心即理也”⑦。心與理通，心一理一，不容有二。和孟子一樣，他強調主體的主觀能動性，認爲“此理本天所以與我，非由外鑠，明得此理，即是主宰”⑧。陸九淵還認爲“道未有

<hr>

① 黎靖德編：《朱子語類》。北京：中華書局 1994 年版，卷一三九，第 3307—3322 頁。
② 同上書，第 3318 頁。
③ 黎靖德編：《朱子語類》，卷一四〇，第 3334 頁。
④ 黎靖德編：《朱子語類》，卷一，第 1 頁。
⑤ 朱熹：《中庸章句》。收入氏撰《四書章句集注》，第 17 頁。
⑥ 朱熹：《孟子集注》，卷一一。收入氏撰《四書章句集注》，第 328 頁。
⑦ 陸九淵著，鍾哲點校：《與李宰》，《陸九淵集》。北京：中華書局 1980 年版，卷一一，第 149 頁。
⑧ 陸九淵著，鍾哲點校：《與曾宅之》，《陸九淵集》，卷一，第 4 頁。

外乎其心者"①，"道外無事，事外無道"②。人之自心既是認識的主體，又是認識的客體，二者同一。在心與物的關係上，陸九淵主張"收拾精神，自作主宰，萬物皆備於我"③，良知不慮而知，良能不學而能。朱熹主張的"性即理"和陸九淵主張的"心即理"之間的區別，影響了他們的爲學門徑和踐履方式，也影響了他們對文道關係中"道"之內涵的認識。陸九淵發明本心、六經注我的學術思想體現在爲文上，強調文章要自出精神，寫出自我胸襟。④《年譜》記載陸九淵學生朱濟道、朱亨道兄弟言曰："其有意作文者，令收拾精神，涵養德性，根本既正，不患不能作文。"⑤陸九淵認爲即便是參加科舉考試也要發明本心，道出平日所學，"由是而進於場屋，其文必皆道平日之學、胸中之蘊，而不詭於聖人"⑥，"不要被場屋、富貴之念羈絆，直截將他天下事如吾家事相似，就實論量"⑦。陸九淵主張文章要反映的"自出精神"和"自己胸襟"就其思想內核而言不外乎其心學主張，但其精神外衣與蘇軾所主張的深于性命自得之道有相似之處。

---

① 陸九淵著，鍾哲點校：《敬齋記》，《陸九淵集》，卷一九，第 228 頁。
② 陸九淵著，鍾哲點校：《語錄上》，《陸九淵集》，卷三四，第 395 頁。
③ 陸九淵著，鍾哲點校：《語錄下》，《陸九淵集》，卷三五，第 455—456 頁。
④ 陸九淵《與吳仲時》言曰："他人文字議論，但謾作公案事實，我却自出精神與他披判，不要與他牽絆，我却會斡旋運用得他，方始是自己胸襟。途間除看文字外，不妨以天下事逐一自題評研核，庶幾觀它人之文，自有所發。"見陸九淵著，鍾哲點校：《陸九淵集》，卷六，第 88 頁。
⑤ 陸九淵著，鍾哲點校：《年譜》，《陸九淵集》，卷三六，第 489 頁。
⑥ 陸九淵著，鍾哲點校：《白鹿洞書院論語講義》，《陸九淵集》，卷二二，第 276 頁。
⑦ 陸九淵著，鍾哲點校：《與吳仲時》，《陸九淵集》，卷六，第 88 頁。

三、"談經者"和"知道者"文道觀的嬗變

（一）"談經者"道本文末的文道觀

在古代文論體系中，文道關係一直占據着核心和樞紐的地位，是文人學者不能繞開的話題。相對于前代，宋人更關注文與道、文統與道統的關係。郭紹虞認爲漢代王充《論衡·超奇》爲文統説之濫觴，荀子曾得孟子之文統，"宋初之文與道的運動，可以視作韓愈之再生。一切論調主張與態度無一不是韓愈精神之復現"①。宋初的"談經者"没有把文統和道統分開，常常把古文與古道相提并論，他們重聖賢遺訓而輕自我意志，重雅頌而輕情致。在文道關係上，經學家們認爲文只是形而下之"器"——器物工具而已。如柳開言曰：

> 文章爲道之筌也，筌可妄作乎？筌之不良，獲斯失矣。女惡容之厚於德，不惡德之厚於容也。文惡辭之華於理，不惡理之華於辭也。理華於辭，則有可視。（《柳開集》）②

柳開視文章僅僅爲道之筌，文章應重理而輕華。他又把道比作大海，文猶如渡海之器具，"欲行古人之道，反類今人之文，譬乎游於海者乘之以驥，可乎哉？"③ 他認爲今人之文猶如騎馬渡海，是難

---

① 郭紹虞：《中國文學批評史》上册，第333頁。
② 柳開撰，李可風點校：《上王學士第三書》，《柳開集》，卷五，第58頁。
③ 柳開撰，李可風點校：《應責》，《柳開集》，卷一，第12頁。

以傳道的。柳開看待文章價值，認爲"文取於古，則實而有華；文取於今，則華而無實。實有其華，則曰經緯人之文也，政在其中矣；華而無實，則非經緯人之文也，政亡其中矣。政亡其中，則理世不足以觀之也"①。這顯然有重古輕今、重質輕文、重道輕文的傾向。

"談經者"多持"文本于道""道本文末"的觀點，如石介認爲文生于道、文本于經——大道出于《三墳》，常道出于《五典》，文則出自大道、常道和六經。②石介主張文章"必本於教化仁義，根於禮樂刑政，而後爲之文辭"③。文章只是道德教化的傳聲筒，文統傳承只是道統運行的方式和外化而已。孫復認爲：

> 文者，道之用也；道者，教之本也。《詩》《書》《禮》《樂》《大易》《春秋》皆文也，總而謂之經者也。以其終於孔子之手，尊而異爾！斯聖人之文也。後人力薄，不克以嗣。但當左右名教，夾輔聖人而已。或則列聖人之微旨，或則名諸子之异端……必皆臨事揣實，有感而作。爲論爲議，爲書、疏、歌、詩、贊、頌、箴、銘、解、說之類，雖其目甚多，同歸於道中，皆謂之文也。……至於終始仁義，不叛不雜者，惟董仲舒、揚雄、王通、韓愈而已。（《答張洞書》）④

---

① 柳開撰，李可風點校：《答臧丙第二書》，《柳開集》，卷六，第75頁。
② 石介《上蔡樞副書》言曰："三皇之書，言大道也，謂之《三墳》；五帝之書，言常道也，謂之《五典》：文之所由迹也。四始六義存乎《詩》，典謨誥誓存乎《書》，安上治民存乎《禮》，移風易俗存乎《樂》，窮理盡性存乎《易》，懲惡勸善存乎《春秋》：文之所由著也。"見石介著，陳植鍔點校：《徂徠石先生文集》，卷一三，第143頁。
③ 石介著，陳植鍔點校：《上趙先生書》，《徂徠石先生文集》，卷一二，第135頁。
④ 孫復：《答張洞書》。收入曾棗莊、劉琳主編《全宋文》第19冊，卷四〇一，第294頁。

孫復認爲六經是聖人之文，和儒道聯繫在一起，後世文章也應該具有"左右名教，夾輔聖人"的職能和經世價值。只有董仲舒、揚雄、王通、韓愈的文章做到了這一點，能終始仁義，堅守儒道。

　　基于衛道的立場，"談經者"們把文與道對立起來，認爲雕琢華麗之文于道無益。柳開反對"華而不實，取其刻削爲工，聲律爲能"的雕琢之文，認爲"刻削傷於樸，聲律薄於德，無樸與德，於仁義禮知信也何？"① 石介認爲專力爲文是背本趨末之舉，他抨擊西昆體"遺兩儀、三綱、五常、九疇"，"弃禮樂、孝悌、功業、教化、刑政、號令"。② 仁宗景祐二年（1035 年），石介答歐陽修書言己文字實不足以動人，書法也很怪異，但能專正道，不叛聖人，"無悖理害教者"；且其"深病世俗之務爲浮薄，不敦本實，以喪名節，以亂風俗"，極爲憎惡包含文風浮薄者的"輕浮險怪放逸奇民"，希望"絕其本源，以長君子名教，以厚天下風俗"。③

（二）"知道者"由文道衝突、文道調和到文理融合的文道觀

　　在"道理最大"的集體無意識的引導下，宋代理學家建構起以道理爲本的文道觀。這些"知道者"的文統觀具有濃厚的道統色

① 柳開撰，李可風點校：《上王學士第三書》，《柳開集》，卷五，第 57 頁。
② 石介《上蔡樞副書》言："今夫文者，以風雲爲之體，花木爲之象，醲華爲之質，韵句爲之數，聲律爲之本，雕鏤爲之飾，組綉爲之美，浮淺爲之容，華丹爲之明，對偶爲之綱，鄭衛爲之聲，浮薄相扇，風流忘返，遺兩儀、三綱、五常、九疇而爲之文也，弃禮樂、孝悌、功業、教化、刑政、號令而爲之文也。"見石介著，陳植鍔點校：《徂徠石先生文集》，卷一三，第 144 頁。
③ 石介著，陳植鍔點校：《答歐陽永叔書》，《徂徠石先生文集》，卷一五，第 175 頁。

彩，他們把文統混同于道統，重道而輕文，忽略了文學的獨立價值。就整個宋代來看，關于文道關係及文統與道統的關係，理學家們的觀點和傾向因人、因時而有差異。他們的文道觀發展過程大致可分爲三個階段，每個階段對應不同的類型。第一階段以二程和朱熹爲代表，主張"作文害道"和"道本文末"。朱熹生于程頤逝世二十三年之後，作爲二程學統傳人，他繼承了兩人重道輕文的觀念。不同于二程堅定的"道本文末"立場，朱熹的理論主張和創作實踐存在一定的自我矛盾之處，他的文學藝術成就甚高，很多時候也重視文學的獨立價值。第二階段代表人物爲陸九淵和張栻。他們和朱熹是同時代的學術摯友，但與朱熹的文道觀有很大差異。陸九淵和張栻既不像程頤那樣偏激地否定所有文學，也不像朱熹那樣主張"道本文末"，而是有調和文道的趨向，對"程朱"文道觀有所糾偏。他們同時重視義理和性情，在古文創作上也得到了世人認可的創作成就。第三階段代表人物爲真德秀和魏了翁。二人爲朱熹學統正傳，也是理學思想成爲正統意識形態的推動者。他們繼承了程朱重道輕文的觀念，在理學盛行的時代主張以理義爲本，"德本文末"，"行有餘力，則以學文"。另外，他們認爲文與道可以實現融合，提倡學歸程朱，文歸歐蘇，體現出一定的時代進步性。整體而言，宋代理學家們的文道觀大致是以儒家思想爲本，以文學辭章爲末事，他們對文學的重視程度隨着時代的推移而逐漸加深。

 1. 文道衝突："作文害道"與"道本文末"

 北宋以二程爲代表的理學家重道輕文，僅僅把文視爲載道的工具，他們認爲相對于儒家道德性理而言，文辭不足爲貴。周敦頤言："文，所以載道也。輪轅飾而人弗庸，徒飾也，況虛車乎！文辭，藝也；道德，實也。……不知務道德，而第以文辭爲能者，藝焉而已。噫！弊也久矣。"① 周敦頤并不是完全否定文辭，只是認爲"第以文辭爲能者"停留在膚淺的技藝層面，道德纔是文章之實。程頤則更進一步，把文學才華視爲學者大敵，認爲"今之學者有三弊：一溺於文章，二牽於訓詁，三惑於异端。苟無此三者，則將何歸？必趨於道矣"②。所謂"溺於文章"，主要是指蘇軾之類文人對文學創作的重視。程頤將"溺於文章"與"趨於道"直接對立，認爲"古之學者，惟務養情性，其他則不學。今爲文者，專務章句，悦人耳目。既務樂人，非俳優而何？"③ 程頤主張讀書人應全身心投入到儒家聖賢事業當中，不以文章爲能事。程頤《上仁宗皇帝書》言："詞賦之中，非有治天下之道也。人學以取科第，積日纍久，至於卿相。帝王之道，教化之本，豈嘗知之？"④ 程頤在回答學生"作文害道否"疑問時，語氣確鑿地答曰：

　　害也。凡爲文，不專意則不工，若專意則志局於此，又安能與天地同其大也？《書》曰"玩物喪志"，爲文亦玩物也。……今爲文者，專務章句，"悦人耳目。既務悦人，非俳優而何？"曰："古者學爲文否？"曰："人見《六經》，便以謂聖人亦作文，不知聖人亦攄發胸中所蘊，自成文耳。所謂'有德者必有言'也。"曰："游、夏稱文學，何也？"曰："游、夏亦何嘗秉筆學爲詞章也？且如'觀乎天文以察時變，觀乎人

① 周敦頤著，陳克明點校：《通書·文辭》。收入《周敦頤集》。北京：中華書局1990年版，第34頁。
② 程顥、程頤：《河南程氏遺書》，卷一八。收入氏著《二程集》，第187頁。
③ 同上書，第239頁。
④ 程顥、程頤：《文集》，卷五。收入氏著《二程集》，第513頁。

文以化成天下’，此豈詞章之文也?"（《伊川先生語四》)①

在程頤的觀念中，古聖人所爲之"文"是德者之言，可用于人文化成，并没有純粹的辭章之文。作文害道觀念的提出基于程頤以誠爲本的爲學態度。他曾認爲秦觀詞句"名繮利鎖，天還知道，和天也瘦"② 欺辱上天，其實此詞表現的是士子羈留宦海，身心疲憊的滄桑感，倒不覺對天有何不敬。③ 程頤之所以對文學有如此迂腐可笑的見解，是出于他對文道關係的偏執理解。

周敦頤有文以載道之説，程頤進一步作言作文害道，他們都忽視了文相對于道所具有的重要性和獨立價值。相對于程頤，朱熹的文道觀没有那麼偏頗，他比較重視文章的價值，主張"道本文末""文道合一"。朱熹認爲文與道之間有着緊密聯繫，基于理一分殊的哲學觀念，他反對將文與道割裂開來。他指出，"道者，文之根本；文者，道之枝葉。惟其根本乎道，所以發之於文，皆道也。三代聖賢文章，皆從此心寫出，文便是道"④。雖然朱熹主張文章以道爲本，但并没有完全抛弃文，相反，朱熹認爲"文便是道"，文與道不可分開。在《讀唐志》中朱熹指出，"聖賢之心，既有是精明純粹之實以旁薄充塞乎其内，則其著見於外者，亦必自然條理分明，

---

① 程顥、程頤:《伊川先生語四》，《河南程氏遺書》，卷一八。收入氏著《二程集》，第 239 頁。
② 秦觀:《水龍吟·小樓連遠橫空》句"天還知道，和天也瘦"。見唐圭璋:《全宋詞》。北京: 中華書局 1965 年版，第 456 頁。
③《河南程氏外書》記載程頤一日偶見秦觀（1049—1100），問曰:"'天若知也和天瘦'，是公詞否?"少游意伊川稱賞之，拱手遜謝。伊川云:"上穹尊嚴，安得易而侮之?"少游面色騂然。見程顥、程頤:《傳聞雜記》，《河南程氏外書》，卷一二。收入氏著《二程集》，第 442 頁。
④ 黎靖德編:《朱子語類》，卷一三九，第 3319 頁。

光輝發越而不可掩蓋，不必托於言語、著於簡册而後謂之文，但自一身接於萬事，凡其語默動静，人可得而見者，無所適而非文也"①。儒家聖賢精明純粹之道充于内而見于外，自然爲文，内道外文，道文一體。朱熹否定"文者，貫道之器"的觀點，認爲"這文皆是從道中流出，豈有文反能貫道之理？文是文，道是道。文只如吃飯時下飯耳。若以文貫道，却是把本爲末"②。朱熹認爲"以文貫道"的説法抬高了文的地位和作用，反倒有文本道末的意思；否定了文只是道的外部表現而已這一觀點。朱熹重視文與道的相互依存關係，主張道外無文，認爲"文而無理，又安足以爲文乎？蓋道無適而不存者也。故即文以講道，則文與道兩得而以一貫之；否則亦將兩失之"③。朱熹還言："夫文與道，果同耶？异耶？若道外有物，則爲文可以肆意妄言而無害於道。惟夫道外無物，則言而一有不合於道者，則於道爲有害，但其害有緩急深淺而已。"④朱熹從理學的本體論出發，認爲文道關係是體用關係，是本體和現象、形而上與形而下的不同，二者一體不可分割，相互依存不能分離，又彼此區别不相混雜。

朱熹肯定韓愈能够認識前代文人之陋而"概然號於一世，欲去陳言以追《詩》《書》六藝之作"的復古創新精神，但也嚴肅批評韓愈"自朝至暮，至少至老，只是火急去弄文章，而於經綸實務不

---

① 朱熹：《讀唐志》，《晦庵先生朱文公文集》，卷七〇。收入朱杰人、嚴佐之、劉永翔主編《朱子全書》第 23 册，第 3374 頁。
② 黎靖德編：《朱子語類》，卷一三九，第 3305 頁。
③ 朱熹：《與汪尚書》，《晦庵先生朱文公文集》，卷三〇。收入朱杰人、嚴佐之、劉永翔主編《朱子全書》第 21 册，第 1305 頁。
④ 朱熹：《答吕伯恭》，《晦庵先生朱文公文集》，卷三三。收入朱杰人、嚴佐之、劉永翔主編《朱子全書》第 21 册，第 1428 頁。

曾究心"；① 他還批評文人不能做到傳承道統，認爲"孟軻氏没，聖學失傳，天下之士背本趨末，不求知道養德以充其内，而汲汲乎徒以文章爲事業"②。朱熹認爲孟子之後，只有周敦頤的《太極圖説》和張載的《西銘》稱得上是好文章，而屈原、宋玉等人的文章究其主旨而言不過是"悲愁""放曠"罷了。"宋玉、相如、王褒、揚雄之徒，則一以浮華爲尚，而無實之可言矣。"③ 朱熹認爲"歐公之文則稍近于道，不爲空言"④，"其文之妙，蓋已不愧於韓氏"，"然考之其終身之言與其行事之實，則恐其亦未免於韓氏之病也"⑤。總之，朱熹認爲韓愈、歐陽修重文甚于重道，他們的興趣在文而不在道，或者説他們只是道其所道，而偏離了儒家之道，終歸是落入下乘。

朱熹重視文章義理的醇正，排斥佛教和道教等異端思想。他談論文士之失，認爲"文章之士，下梢頭都靠不得"，因爲"今曉得義理底人，少間被物欲激搏，猶自一强一弱，一勝一負"。他認爲歐陽修早年的《本論》"猶是一片好文章，有頭尾"，晚年做《六一居士傳》追求心性自適，"更不成説話，分明是自納敗闕"。朱熹認爲蘇軾晚年過海，《化峻靈王廟碑》引用上帝、僧尼、灾異等故事傳説，便顯得"更不成議論，似喪心人説話"。蘇洵"文高，只議論乖角"，"文字初亦喜看，後覺得自家意思都不正當。以此知

---

① 黎靖德編：《朱子語類》，卷一三七，第3255。
② 朱熹：《讀唐志》，《晦庵先生朱文公文集》，卷七〇。收入朱杰人、嚴佐之、劉永翔主編《朱子全書》第23册，第3374頁。
③ 同上書，第3375頁。
④ 黎靖德編：《朱子語類》，卷一三九，第3319頁。
⑤ 朱熹：《讀唐志》，《晦庵先生朱文公文集》，卷七〇。收入朱杰人、嚴佐之、劉永翔主編《朱子全書》第23册，第3375頁。

人不可看此等文字，固宜以歐曾文字爲正"。朱熹對曾鞏文章比較認可，認爲曾鞏"文字依傍道理做，不爲空言"，"只是關鍵緊要處，也説得寬緩不分明。緣他見處不徹，本無根本工夫，所以如此。但比之東坡，則較質而近理。東坡則華艷處多"。朱熹認爲"蘇軾文害道，甚於老佛"。①

朱熹能把文和道結合起來是一個很大的進步。他認爲文都是從道中流出，"發之於文，皆道也"，這凸顯了道的根本性和決定性。他批判蘇軾文章"文自文而道自道，待作文時，旋去討個道來入放裏面，此是它大病處"，故而"大本都差"。② 朱熹認爲蘇軾在没有真正悟道的情況下，强自論道，道只是用來被他拿來妝點門面而已。"韓退之及歐、蘇諸公議論，不過是主於文詞，少間却是邊頭帶説得些道理，其本意終自可見。"③ 朱熹認爲凡韓愈、歐陽修諸公以文名者皆疏于義理，這就是文學家與理學家的思想鴻溝所在。

2. 文道調和："文與道合"與"知道健文"

理學家以道爲本，把文作爲道的附庸；文學家則重視主觀情感的表達，重視文學的藝術性。朱熹主張文道合一，否定道外之文的獨立價值，這是把道理神聖化，把文學變成載道之具。不過，相對于周敦頤和二程的文道觀，朱熹對待文學的態度已經公允很多。錢穆認爲：

---

① 黎靖德編：《朱子語類》，卷一三九，第3306—3314頁。
② 朱熹此處認爲"吾所謂文，必與道俱"出自蘇軾之口，實際上是蘇軾對歐陽修言語的轉述。蘇軾贊同歐陽修的這個説法，故朱熹抨擊蘇軾大致不差。見黎靖德編：《朱子語類》，卷一三九，第3319頁。
③ 黎靖德編：《朱子語類》，卷一三七，第3276頁。

輕薄藝文，實爲宋代理學家之通病。惟朱子無其失。其所懸文道合一之論，當可懸爲理學文學雙方所應共赴之標的。惜乎後世之講學論文者，精神氣魄，不足以副此，而理學與文苑，遂終於一分而不可合。果能奉朱子之言以爲兩家之明訓，於此二途，宜各有益，固不得目爲乃理學家論文之見而忽之。（《朱子新學案》）①

錢穆對朱子"文道合一"理念在後世沒有得到很好的繼承、理學與文苑最終分道揚鑣而感到深深的遺憾。同爲理學家，陸九淵和張栻的文道觀和朱熹的有很大互補性，二人不像朱熹那樣主張"道本文末"，"發之於文皆道也"，以"文便是道"的説辭來否定文的獨立性；相反，他們比較重視文與道、藝與道的關係，且自身也是善文者，所作理學古文頗有章法。他們重道也重文，關注文學的載道、明道功能，雖然也認爲器物層面的文章技法終爲末事，但對文的獨立價值有了一定的認識。陸九淵關于道藝關係的看法和蘇軾頗爲接近，蘇軾主張有道有藝，道藝合一，陸九淵也認爲藝與道不可分，"藝者，天下之所用，人之所不能不習者也。游於其間，固無害其志道、據德、依仁，而其道、其德、其仁，亦於是而有可見者矣。故曰'游於藝'"②。他認爲有用之藝不妨礙道，相反，"游於藝"有助于德行的提升。藝和道不可分離，離開了道的藝就會走上歧途。"主於道，則欲消而藝亦進。主於藝，則欲熾而道亡，藝亦不進。""藝即是道，道即是藝。"③ 總之，藝與道不可分，文與道亦

① 錢穆：《朱子新學案》下册。成都：巴蜀書社 1986 年版，第 1700 頁。
② 陸九淵著，鍾哲點校：《論語説》，《陸九淵集》，卷二一，第 265 頁。
③ 陸九淵著，鍾哲點校：《語錄下》，《陸九淵集》，卷三五，第 433、473 頁。

不可分。

　　陸九淵對其兄陸九韶"文所以明道，辭達足矣"的觀點持有異議，他認爲文道合一不可分離，文之自身有其獨立價值和重要性。陸九淵認爲，"文道爲一體，有道則有文。文道若背馳，人欲必熾燃"。"李白、杜甫、陶淵明皆有志於吾道"。雖然如此，作爲理學家，陸九淵還是以道理作爲文章之本，他認爲文是道的表現，"和順於道德而理於義，窮理盡性以至於命，這方是文。文不到這裏，說甚文"。① 陸九淵把文與和順道德、窮理盡性聯繫在一起，認爲文是理義、性命的自然表現，明道自然有文。讀書當以明道爲要，而作文是次要的事情。"讀書作文，亦是吾人事。但讀書本不爲作文，作文其末也。有其本必有其末，未聞有本盛而末不茂者。若本末倒置，則所謂文亦可知矣。"② 基于先道後文的觀念，陸九淵認爲韓愈"蓋欲因學文而學道"是"倒做"。③ 陸九淵主張爲文重本，"有德者必有言，誠有其實，必有其文"④。陸九淵認爲"文以理爲主，荀子於理有蔽，所以文不雅馴"⑤，"文采縱不足，亦非大患，況學之不已，豈有不能者"⑥。陸九淵重視義理，反對因爲關注文辭而影響對道的接受。他每爲學生解說經義，"必令文義明暢，欲不勞其思索，不起其疑惑，使末不害本，文不妨實"⑦。孔

---

① 陸九淵著，鍾哲點校：《語錄上》，《陸九淵集》，卷三四，第 410、424 頁。
② 陸九淵著，鍾哲點校：《與曾敬之》，《陸九淵集》，卷一，第 58 頁。
③ 陸九淵著，鍾哲點校：《語錄上》，《陸九淵集》，卷三四，第 399 頁。
④ 陸九淵《與吳子嗣》言曰："文字之及，條理燦然，弗畔於道，尤以爲慶！第當勉致其實，毋倚於文辭。不言而信，存乎德行。有德者必有言，誠有其實，必有其文。實者，本也；文者，末也。今人之習，所重在末，豈惟喪本，終將并其末而失之矣。"見陸九淵著，鍾哲點校：《陸九淵集》，卷一一，第 145 頁。
⑤ 陸九淵著，鍾哲點校：《語錄下》，《陸九淵集》，卷三五，第 466 頁。
⑥ 陸九淵著，鍾哲點校：《與包詳道》，《陸九淵集》，卷六，第 83 頁。
⑦ 陸九淵著，鍾哲點校：《與胥必先》，《陸九淵集》，卷一四，第 186 頁。

煒《文安謚議》言陸九淵"推其學以爲文，則辭達而不争乎雕鐫，理勝而無用乎繚繞，無意於文，而文自爾工"①。《年譜》云："逮論其文，則嘗語學者以窮理實則文皆實，又以凡文之不進者，由學之不進。先生之文，即理與學也，故精明透徹，且多發前人之所未發，炳蔚如也。"② 陸九淵以學爲文，以理爲文，重視爲文之本，不再把文放在道的對立面了。相對于那些"文以害道"的看法，陸九淵的態度更爲務實和積極。

張栻自幼蒙受家學，甚早浸潤儒道，"年十四，脱然可與語聖人之道"③。胡宏向張栻傳授"孔門論仁親切之旨"④，視其爲二程洛學傳人。張栻後來成爲湖湘學集大成者，其道學門徑正，進學深，《宋史》把他列入《道學傳》。朱熹稱贊他"知道而健於文"，⑤ 這概括出了張栻之道與文兩分兩洽的特點。張栻爲文重視體道，其文學才華得到後人的推崇，清代陳鐘祥在重刊《張南軒先生詩文集》時序曰：

　　其講義表疏，則開國承家，藹然忠孝之言，與富、范諸公相揖讓也；其學記序説，則發聾啓聵，毅然絕續自任，與歐、曾諸子相頡頏也；其古近體詩，則能兼陶、韋之趣，説理而不流於腐，言情而最得其真；其史論則克綜馬、班

---

① 陸九淵著，鍾哲點校：《文安謚議》，《陸九淵集》，卷三三，第385—386頁。
② 陸九淵著，鍾哲點校：《年譜》，《陸九淵集》，卷三六，第532頁。
③ 羅大經："高宗眷紫岩條"條，《鶴林玉露》丙編。北京：中華書局2008年版，卷一，第242頁。
④ 脱脱等撰：《道學傳》，《宋史》，卷四二九，第12770頁。
⑤ 朱熹：《跋張敬夫爲石子重作傳心閣銘》。收入曾棗莊、李凱、彭君華《宋文紀事》下册。成都：四川大學出版社1995年版，卷八五，第1260頁。

之長，深明乎治亂之故，切究乎賢奸之迹。至其與當時友朋論學諸啓，及與元晦秘書，則又合周、程、張、邵性道之淵源，天人之精蘊，而獨探其奧、抉其微，與諸子相發明，六經爲羽翼。（《叙》）①

張栻不僅在理學方面和周、程、邵、朱諸子相互發明，探奧抉微，在道德文章方面也是忠孝節義沛然充盈，言志抒情衆體兼善，講史論政獨樹一幟，庶幾可以和歐、蘇等古文大家并駕齊驅。

作爲理學家，張栻同樣是重道的，他不贊成讀書人爲了文辭之工而忽略儒學義理。他認爲書院教育"抑豈使子習爲言語文詞之工而已乎？蓋欲成就人才，以傳斯道而濟斯民也"②。他支持劉珙重修岳麓書院，親自執教并實際主持了岳麓書院的日常管理工作，發揚了岳麓書院自朱洞、周式以來的優良辦學傳統。張栻認爲一切"誦詩、讀書、講禮、習樂"的行爲，都應該以"涵泳其性情，而興發於義理"爲目的。③ 張栻認爲"經生、文士，自歧爲二途"④，有着不同的爲學目的。他批判佛道等異端思想的不良影響，認爲讀書人若一味重視文學辭藻而忽視德行修養，即所謂耽于文辭，爲文采所眩，再加上被佛教、道家等思潮衝擊，就會迷失爲學的本真方

---

① 陳鐘祥：《叙》，張栻：《張栻集》第二册。長沙：岳麓書社 2010 年版，第 433 頁。
② 張栻：《潭州重修岳麓書院記》。收入曾棗莊、劉琳主編《全宋文》第 255 册，卷五七三九，第 368 頁。
③ 張栻：《雷州學記》。收入曾棗莊、劉琳主編：《全宋文》第 255 册，卷五七三九，第 364 頁。
④ 張栻：《道州重建濂溪周先生祠堂記》。收入曾棗莊、劉琳主編《全宋文》第 255 册，卷五七三九，第 374 頁。

向，失去儒家格物致知、修齊治平的人生追求。① 張栻不是從本質上輕視文學，只是擔心學子們像被异端所惑一樣，沉迷于文學不能自拔。

3. 文理融合："以理爲宗"與"理義本心"

北宋經學家們重視復古，主張尊經、崇聖和傳道，南宋的理學家們則不滿足于僅傳承前輩的衣鉢，他們更願意表達自己的道學見識和人生哲思感悟。理學家們善于論"理""理義"，也慣于以理論文，相對于經學家推崇儒家聖賢古道，理學家的道德性理之學中融入了他們自己的人生體驗和理想情懷，在文道關係上提倡以道理、理義爲宗，主張文與道的共處和融合。

程朱理學傳至南宋真德秀和魏了翁二人後，得到了發揚光大，最終成爲顯學，被統治者接受爲正統意識形態。真德秀爲學尊崇程朱，執着正統。作爲文章大家，史載其"立朝不滿十年，奏疏無慮數十萬言，皆切當世要務，直聲震朝廷。四方人士誦其文，想見其風采"②。真德秀"每上一諫疏，草一制誥，朝大夫與都人士爭相傳寫"③。真德秀認爲文章要切實用，關世教，故宣導鳴道之文，認爲"精義所以致用，利用所以崇德"，主張"理用并重"。④ 正如

① 張栻《桂林軍學記》言："蓋自异端之説行，而士迷其本真，文采之習勝，而士趨於蹇淺，又況平日群居之所從事，不過爲覓舉謀利計耳。如是而讀聖賢之書，不亦難乎！故學者當以立志爲先，不爲异端怵，不爲文采眩，不爲利禄汩，而後庶幾可以言讀書矣。"見曾棗莊、劉琳主編：《全宋文》第 255 册，卷五七三九，第 360 頁。
② 脱脱等撰：《儒林七》，《宋史》，卷四三七，第 12964 頁。
③ 王邁：《真西山集後序》，《臞軒集》，卷五。收入曾棗莊、李凱、彭君華《宋文紀事》下册。成都：四川大學出版社 1995 年版，卷九三，第 1387 頁。
④ 真德秀：《鉛山縣修學記》，《西山先生真文忠公文集》。臺北：臺灣商務印書館 2011 年版，卷二五，第 386 頁。

羅根澤所言，"明理義是朱熹的意見，切世用是葉適的意見……性命道德是朱熹之學，古今世變是葉適之學。真德秀説'其致一也'，知在揉合兩派；以揉合兩派的觀點選文，也以揉合兩派的觀點評文"①。真德秀曾贊揚湯德威文章曰："談義理不騖於虛無高遠，而必反求之身心；考事實不泥於成敗得失，而必鈎索其隱微；論文章不溺於華靡新奇，而必先乎正大。要其歸以切實用、關世教爲主。"② 真德秀重實學、實功，認爲"文辭末也，事業本也。……平生用力，僅在筆墨蹊徑中，不過與詞客騷人角一日之譽，則亦何貴之有？"相較于事業，文辭之功顯得微不足道，故而真德秀提倡"以實學見實用，以實志起實功"。③

真德秀主張文章要明義理，他認爲張栻、朱熹文章應該成爲士子應舉、進學、修身的必讀之作，其原因在于：

> 蓋其本深末茂，有不期然而然者。學者誠能誦而習之，則於義理之精微既有所得，發之於文，亦必意趣深長，議論精確，以之應舉，直餘事爾。若徒諷咏膚淺之文，掇拾陳腐之語，見聞既陋，器識可知。雖使幸而獲選，其不能大有所立必矣。(《勸學文》)④

真德秀認爲本深纔能末茂，視理義爲文章宗旨所在，主張"以詩人

---

① 羅根澤：《中國文學批評史》下册。上海：上海人民出版社 2015 年版，第764 頁。
② 真德秀：《湯武康墓志銘》，《西山先生真文忠公文集》，卷四二，第 651 頁。
③ 真德秀：《沉簡齋四益集序》，《西山先生真文忠公文集》，卷二八，第436 頁。
④ 真德秀：《勸學文》，《西山先生真文忠公文集》，卷四○，第 601 頁。

比興之體，發聖門理義之秘"①，注重"有益之言"和"近理之言"，是典型的理學家腔調，視文章爲傳道説理、明心見性的工具。真德秀"晚歲論文，尤尚義理，本教化，於古今之作，視其格言名論多者取焉，若徒華藻而於義無所當者，不録也"②。真德秀在爲彭龜年《忠肅文集》所作之跋中言：

> 漢西都文章最盛，至有唐爲尤盛，然其發揮理義，有補世教者，董仲舒氏、韓愈氏而止爾。國朝文治猥興，歐、王、曾、蘇以大手筆追還古作，高處不減二子。至濂、洛諸先生出，雖非有意爲文，而片言隻辭，貫綜至理，若《太極》《西銘》等作，直與六經相出入，又非董、韓之可匹矣。然則文章在漢、唐未足言盛，至我朝乃爲盛爾。忠肅彭公以濂洛爲師者也，故見諸著述，大抵鳴道之文，而非復文人之文。（《跋彭忠肅文集》）③

真德秀以濂洛學者的鳴道之文區別于文人之文，他認爲即便是漢唐有董仲舒、韓愈這些文章高手，但相較于宋代，還是稱不上文章之盛。真德秀提倡崇尚名節，在道德和文章之間，他推尊道德，認爲"言語文章者飾身之華，道德仁義者修身之實"④。真德秀言：

> 文章二字非止於言語詞章而已，聖人盛德蘊於中，而輝光

---

① 真德秀：《咏古詩序》，《西山先生真文忠公文集》，卷二七，第 430 頁。
② 劉克莊：《西山真文忠公行狀下》，《後村先生大全集》，卷九八。收入曾棗莊、劉琳主編《全宋文》第 330 册，卷七六一〇，第 420 頁。
③ 真德秀：《跋彭忠肅文集》，《西山先生真文忠公文集》，卷三六，第 565 頁。
④ 真德秀：《楊實之字説》，《西山先生真文忠公文集》，卷三三，第 512 頁。

發於外，如威儀之中度，語言之當理，皆文也。堯之文思、舜之文明，孔子稱堯曰："煥乎其有文章"。子貢曰："夫子之文章"，皆此之謂。至於二字之義，則五色錯而成文，黑白合而成章。文者，燦然有文之謂；章者，蔚然有章之謂。章猶條也。六經、《論語》之言文章，皆取其自然形見者。後世始以筆墨著述爲文，與聖賢之所謂文者异矣。（《問文章性與天道》）①

真德秀認爲古代聖賢之文是聖人盛德的自然外化，後世僅憑筆墨著述爲文，是難以企及古人的。在道德與文章之間，"蓋道德者，君子成身之本，功名則因乎時，而詞章又其末也"②；"辭章革緛，特藻飾之靡爾。聖門教人，具有本末。故曰'行有餘力，則以學文'"③。爲學者當以行爲本，以文爲末，本基既設，文飾方存。

《宋史》載魏了翁"年十五，著《韓愈論》，抑揚頓挫，有作者風"④。魏了翁《渠陽集》輯詩文十八卷二百六十三篇，分爲古詩、書、記、序、銘、跋、墓志銘等類別，其中墓志銘約占全書三成以上。明代吳寬稱魏了翁"以立朝大節及講明道學之功，當時與真文忠公相上下，故人以'真魏'并稱"⑤。魏了翁重視爲文之本，他認爲：

---

① 真德秀：《問文章性與天道》，《西山先生真文忠公文集》，卷三一，第482頁。
② 真德秀：《許介之詩卷》，《西山先生真文忠公文集》，卷三四，第535—536頁。
③ 真德秀：《建寧府重修府學記》，《西山先生真文忠公文集》，卷二六，第401頁。
④ 脫脫等撰：《儒林七》，《宋史》，卷四三七，第12965頁。
⑤ 吳寬：《敕祀鶴山先生魏文靖公記》。收入顧沅輯《吳郡文編》第3冊。上海：上海古籍出版社2011年版，卷八四，第194頁。

　　古之學者，自孝悌謹信泛愛親仁，先立乎其本，逮其有餘力也從事於學文。文云者，亦非若後世嘩然後衆取寵之文也。游於藝以博其趣，多識前言往行以蓄其德，本末兼該，內外交養，故言根於有德，而辭所以立誠，先儒所謂"篤其實而藝者書之"，蓋非有意於爲文也。後之人稍涉文藝則沾沾自喜，玩心於華藻，以爲天下之美盡在於是，而本之則無，終於小技而已矣。然則雖充厨盈几，君子奚貴焉？（《坐忘居士房公文集序》）①

　　魏了翁提倡學者須先立乎爲人之本，學有餘力而爲文，"言根於有德而辭所以立誠"，爲文亦有其本。② 魏了翁將文章分爲聖賢之言和文人之言，聖賢之言以理爲先，文人之言以文爲先。文辭之士芸芸多家，然其言"有之無補、無之無闕"，沒有多大的實際價值，而聖賢之言則是"無是言則理有闕"，③ 故而理學家文章的價值巨大。魏了翁認爲"理義本心如暾日，詞章末技謾流螢"④，贊賞黃侍郎文章"片言寸牘得諸脱口肆筆之餘，亦皆根於理義，不徒爲漁獵掇拾爲工"⑤。他贊揚王養正"義理之養華皓不渝，時以其餘發諸文藝，往往一事物之微，一蟲魚之細，推而根極理亂之變，斂而

---

① 魏了翁：《坐忘居士房公文集序》，《鶴山先生大全文集》。臺北：臺灣商務印書館 2011 年版，卷五一，第 436 頁。
② 魏了翁：《坐忘居士房公文集序》。收入曾棗莊、劉琳主編《全宋文》第 310 冊，卷七〇七八，第 5 頁。
③ 魏了翁：《彭忠肅公止堂文集序》，《鶴山先生大全文集》，卷五四，第 457—458 頁。
④ 魏了翁：《和蔣成甫見貽生日韵二首》，《鶴山先生大全文集》，卷一一，第 120 頁。
⑤ 魏了翁：《黃侍郎定勝堂文集序》，《鶴山先生大全文集》，卷五一，第 438 頁。

消息進修之候，有昔人所未發者"①。他認爲學者應有義理之養，纔能在藝文中發他人未發之覆。理學家常把道德義理與文章辭藻對立起來，魏了翁雖認爲文辭爲"小技"，但也肯定文辭的價值，沒有執拗地主張"道本文末"，而只是强調"理義本心"，提倡文人要"玩心於六經"，"沉潛乎義理，奮發乎文章"②。"以本論文"避免了經學家執拗於古道的頑固守舊和道學家空談性理的狹隘迂腐，既體現了宋儒對倫理道德修養的重視，又顯示了文人學者對完善人格的追求，具有較大的進步性。

魏了翁重視文和氣、志、學的關係，認爲文不僅僅承載道理，還表現豐富的才學和情志等。他重視才、命、志、學之間的互動，主張實現文辭與性、氣、情、道的有機結合。魏了翁指出："文乎文乎，其根諸氣、命於志、成於學乎！"③ "今之文，古所謂辭也。……蓋辭根於氣，氣命於志，志立於學。氣之薄厚、志之小大、學之粹駁，則辭之險易正邪從之。"④ 氣、志、學爲文辭之驅動力，文辭隨着它們的浮動而變化。魏了翁認爲文人陋習非一日可致，"靈均以來文詞之士興，已有虛驕恃氣之習，魏晋而後則直以纖文麗藻爲學問之極致"⑤。魏了翁對于"張景陽奪錦，郭景純徵筆"等所謂江郎才盡的傳説頗不以爲然，他認爲氣血有時而盡，但才志老且彌堅，三代以上聖賢"歷年彌久則德盛仁熟，故雖從心所

---

① 魏了翁：《番易王養正雙岩集序》，《鶴山先生大全文集》，卷五四，第463頁。
② 魏了翁：《古郫徐君詩史字韵序》。收入曾棗莊、劉琳主編《全宋文》第310册，卷七〇七九，第20頁。
③ 魏了翁：《游誠之默齋集序》，《鶴山先生大全文集》，卷五四，第463頁。
④ 魏了翁：《攻媿樓宣獻公文集序》，《鶴山先生大全文集》，卷五六，第471頁。
⑤ 魏了翁：《浦城夢筆山房記》，《鶴山先生大全文集》，卷四九，第418頁。

欲罔有擇言，皆足以信今"①。清代梁章鉅認爲"惟前人論才盡者，以宋魏了翁之説爲最正，然是講學家言，未可以概古今之才士"②。

綜上可見，理學家文道觀在重道輕文方面，程頤走得最遠，他的"作文害道"觀把文與道對立起來，完全否定文學的價值。朱熹雖然主張"文道合一"，但反對把文視爲貫道之器，這貶低了文的獨立價值。陸九淵主張文與道合，文不離道，但又主張"道本文末"，有德者必有言。張栻受到湖湘學統影響，爲文重視道德性情，衆體兼善，"知道而健於文"。朱熹學統傳人真德秀和魏了翁都是文章高手和理學名家，他們主張以理爲本，發明文學的"理義本心"，實際上抬高了文學的地位，促進了文與道、文統與道統的融合。

四、"談經者"和"知道者"的文統譜系觀

所謂文統譜系即古文文統發展演變的脉絡和順序，亦即文統傳承的源流譜系。"譜"是對事物類别或系統的歸納，《文心雕龍·書記》言："總領黎庶，則有譜籍簿録。""譜者，普也。注序世統，事資周普。"③ 宋人編纂大量譜録，尤衾《遂初堂書目》始列"譜録類"之目。根據古文發展的具體狀況，宋代文統譜系有宏觀與微觀、大與小的區别，宏觀的"大"文統譜系指經由堯、舜、禹、湯、文、武、周公、孔、孟，發展到韓愈、歐陽修的文統脉

① 魏了翁：《浦城夢筆山房記》，《鶴山先生大全文集》，卷四九，第418頁。
② 梁章鉅："劉芙初編修"條，《浪迹叢談》。厦門：福建人民出版社1983年版，卷一，第8頁。
③ 劉勰著，黄叔琳注，李詳補注，楊明照校注拾遺：《增訂文心雕龍校注》，卷五，第343頁。

絡；宋代微觀的"小"文統譜系指的是以歐陽修、蘇軾等宋六家爲核心的宋代古文發展譜系，向前可追溯到穆修、王禹偁等古文先驅及柳開、孫復等經學家，向後可延伸至蘇門門人及浙東學派葉適等人，從而形成一個縱橫交織的古文譜系網絡。此外，結合具體的學派、師承關係，還可以區分出一些其他具體而微的古文傳承脉絡。

（一） 宋代文人的尚統意識

追本溯源，正統論當從孔子《春秋》《公羊傳》之"大一統"談起。古代史學研究本之于《春秋》，史學視閾中的正統觀當始于《春秋》之撥亂反正。《公羊傳》發揚《春秋》編年統紀的正統理念，如釋隱西元年爲"春王正月"，釋文西元年、莊西元年爲"春王正月，公即位"等。書元年所以慎始，正其本實爲治史之首務，王位政統的主賓、正閏之論，由此而起。饒宗頤認爲，中國古代史學正統論的主要理論依據有二：一爲鄒衍五德運轉之説，一爲《公羊》學衍生"大一統"之論。《春秋》言統續原本之于朝代時間承接，唐代皇甫湜等正閏之説則主張爲保持正統，可以放弃若干閏位，"超代"而遥接遠代。宋代歐陽修撰《正統論》、司馬光撰《資治通鑒》和蘇軾撰《正統總論》等皆從空間視角立論，主張"天下一統"的正統論。宋代《春秋》之學興盛。北宋重尊王，主張"大一統"之説；王安石廢《春秋》後，胡安國著《春秋傳》用夏變夷，在宋儒《春秋》學著作中最爲顯赫，可見南宋重攘夷。歐陽修、司馬光重史實輕道德，兼顧名實與道德者則有章望之著《明統》分別正統與霸統。明代方孝孺始置夷狄之統于變統，取《春秋》以立義，著《釋統》《後正統論》等分別正統與變統。自韓愈著《原道》後，儒家道統承傳之説確立，朱熹《通鑒綱目》等喜爲道統之説。自李元綱著《聖門事業圖》排列"傳道正統"、黄榦《聖賢道統傳授總叙》進一步標揭道統之後，正統之論中史統與道統日益密切。明代楊維楨《正統辨》認爲元統宜接宋，不可接遼金，主張以道統配合政統，此後道統觀念更爲人所重視。王禕《正統論》沿襲歐陽修之説，認爲元代合天下爲一，復其正統。清代袁枚頗非道統，認爲"夫道無統也，若大路然"①，梁廷楠也認爲天下有正統而無道統。饒宗頤認爲"正之義尤重於統"，是自古以來的天經地義。②

有宋一代"學統四起"，除了理學的濂、洛、關、閩諸家之外，尚有王安石的荆公新學、司馬光的温公之學、浙東功利學派等都在學術史上占據了重要的地位。宋學各學派思想體系初創，對儒學的重視和文學變革的呼聲都比較高。宋人的"尚統"理念充分表現在對政統、道統和文統的推尊扶正意識上，這種意識的形成和北宋面臨四境强敵威脅的局面以及南宋偏安江南的政治文化格局是分不開的。宋王朝政權來自五代十國的亂局，立國之初就存在王朝主"火德"還是"土德"的争辯。士大夫或以爲北宋政權爲後周所禪讓，周主"木德"，故宋王朝當爲"火德"尚赤；但也有認爲本朝當超越五代上承唐朝而爲"金德"，北宋伊始對正統的重視由此可見一斑。北宋《春秋》學的泛起與推崇尊王攘夷、天下一統的王權意識有關，故尚"統"思潮是爲北宋政權和歷史形態謀求合法性的

---

① 袁枚：《代潘學士答雷翠庭祭酒書》，《小倉山房文集》。浙江：浙江古籍出版社 2015 年版，文集卷一七，第 335 頁。
② 饒宗頤：《中國史學上之正統論》。上海：上海遠東出版社 1996 年版，第 74—79 頁。

理性表現，其情形恰如錢鍾書先生所言的“天下只此一家，古今相傳一脉”①。

學術上的尚統意識就體現在宋代學術流變的複雜歷程中。就“統”而言，宋學領域存在學統、道統、政統、文統和史統等多樣統續，它們彼此之間有着複雜關聯。宋代的正統論理論非常豐富和發達，正如周裕鍇所指出：

> 由于北宋封建統一王朝的政治需要，不絕如縷的韓愈正統儒學重振聲威，柳開發其源，穆修助其瀾，石介揚其波，歐陽修匯其成。流進文學界，形成“文統”；流進思想界，形成“道統”；流進史學界，形成“正統”。②

儒家正統思想對于文史哲等領域的影響，反映了宋代各種“統”在思想本源上的統一性，文統與當時社會崇尚正統的思想意識密不可分。正統論本屬于傳統史學的一個重要命題，它以王朝或者政權的合法性問題爲核心，關注政權更替和政統淵源等問題。正統序列每一個環節都寄寓着特殊的時代和社會含義。在宋代學術史上，正統論是最爲突出的命題，影響了史學、哲學、文學等多個領域。宋代論正統者不勝枚舉，如張方平《南北正統論》、歐陽修《正統論》、蘇軾《後正統論》、章望之《明統論》、畢仲游《正統議》、陳師道《正統論》、廖行之《問正統策》、周密《論正閏》、鄭思肖《古今

---

① 見中國科學院文學研究所“中國文學史編寫組”編寫：《中國文學史》（二）。北京：人民文學出版社1962年版，第542頁。
② 周裕鍇：《蘇軾黃庭堅詩歌理論之比較》，《文學評論》1983年第4期，第88頁。

正統大論》等。隨着北宋《春秋》學的泛起，有關正統的爭鳴趨向激烈，諸如孫復、歐陽修等人都在關注此論題。我國古代學術具有文史哲渾融一體的特點，宋代的文統、史統、道統等觀念相互交叉，彼此影響。史學上的正統思想很容易被遷移到文學領域中，文學的原道、徵聖、宗經思想就是正統論的表現。

在歐陽修之前，种放重視《春秋》義法的"元經"地位，對《春秋》學的意義及其對文統的影響有所揭示。《春秋》作爲元經的正統價值在种放的宗經意識中尤其得到凸顯。种放言：

> 聖人之旨，總著乎經；經之旨，咸隱乎詞。求聖人之旨，則窮乎經而味其辭，湛乎思而一其信，斯所以索聖人之道者也。觀乎《易》，則知道集乎天地，通諸變而不私；《春秋》元經，則知帝尊乎萬物，謫其邪以守正。……蓋文武變化，皆本乎正。正者，正天子之尊者也。蓋元經大意，在乎獎正王室，抑弱臣妾，亟削强亂。故曰而月之，則稱王正以冠其首；夷而狄之，則稱王禮以黜其爵。豈非聖人立正之微旨耶？今之文求乎正者，必宗乎經；宗乎經，必尊乎天子，立國家爲事，斯得其正矣。(《送張生赴舉序》)①

种放認爲和《春秋》經之"稱王正""稱王禮"的目的一樣，爲文亦要"求乎正"，宗乎經徵乎聖；文章爲經國之大業，故爲文必須使其文統醇正，道統端正，合乎儒家經典要旨，即"得其正"。种放是北宋儒學復興和道統傳承中的重要一環，《宋史·朱震傳》曾

---

① 种放：《送張生赴舉序》。收入曾棗莊、劉琳主編《全宋文》第 10 冊，卷二〇六，第 214 頁。

言"陳摶以《先天圖》傳种放，放傳穆修，穆修傳李之才，之才傳邵雍。放以《河圖》《洛書》傳李溉，李溉傳許堅，堅傳范諤昌，諤昌傳劉牧。穆修以《太極圖》傳周敦頤，敦頤傳程顥、程頤"①。种放少年時候在父兄的教誨下曾從事"章句奇偶之學"，其古文具有紆徐委婉、平淡自然的特點。种放重視正統的觀念反映在文學方面爲對文統的關注，他的《退士傳》描述其尊聖人之道，"條自古之文精粹者，漢則揚子雲，隋則王仲淹，唐則韓退之。然以退之當子雲而先仲淹，次則蜕之文，樵之《經》《緯》，皮氏《文藪》，陸氏《叢書》，皆句句明白，剔奸塞回，無所忌諱。使學者窺之，則有列聖道德仁義之用"②。种放關注到文與道之間的密切關係，重道亦重文，故把韓愈之文排列在王通之前，這説明他比較重視文學的獨立價值，認識到文統與道統的界限所在。种放對北宋古文創作具有一定的推動作用，穆修、尹洙、李之才、祖無擇、蘇舜欽和歐陽修等都和他具有直接或者間接的學統傳承關係。

歐陽修的正統觀對其史學研究和文學批評都有滲透。歐陽修曾于康定元年（1040年）在原有正統七論的基礎上，撰成《正統論序論》《正統論上》《正統論下》，從而奠定了他在北宋《春秋》學中的重要地位。清代何焯認爲"古今論正統者，當以公（歐陽修）爲第一"③。歐陽修認爲"正統之説，始於孔子《春秋》之作"，其《原正統論》言曰：

① 脱脱等撰：《朱震傳》，《宋史》。北京：中華書局1977年版，卷四三五，第12908頁。
② 种放：《退士傳》。收入曾棗莊、劉琳主編《全宋文》第10冊，卷二〇六，第221頁。
③ 何焯：《歐陽文忠公文上》，《義門讀書記》中冊。北京：中華書局1987年版，卷三八，第681頁。

　　當東周之遷，王室微弱，吳、徐并僭，天下三王，而天子號令不能加於諸侯，其《詩》下同於列國，天下之人莫知正統。仲尼以爲周平雖始衰之王，而正統在周也。乃作《春秋》，自平王以下，常以推尊周室，明正統之所在。（《原正統論》）①

　　"明正統之所在"是孔子著《春秋》的目的，平王東遷，王室微弱，但因爲周是天下正脉、正統所在，周室雖衰，不可不尊。至于何爲"正統"，歐陽修《正統論序論》指出，"正統，王者所以一民而臨天下"②。《正統論上》曰："《傳》曰'君子大居正。'又曰'王者大一統。'正者，所以正天下之不正也；統者，所以合天下之不一也。由不正與不一，然後正統之論作。"③　《正統論下》曰："夫居天下之正，合天下於一，斯正統矣。堯、舜、夏、商、周、秦、漢、唐是也。"④ 歐陽修認爲"正天下之不正""合天下之不一"，即爲正統。"若夫推天下之至公，據天下之大義，究其興廢，迹其本末，辨其可疑之際，則不同之論息，而正統明矣。"⑤ 在是否符合正統的判斷上，歐陽修提出了一些思想原則。在歷代所謂正統的王朝中，歐陽修最爲推崇漢、唐、宋，其原因是三朝"仗義"、依德，"斷而不以其勢，舍漢、唐、我宋，非正統也"⑥。正統的確立需要聖人施行仁政，愛護人民，道之所存，正統之所存，名與實

---

① 歐陽修著，李逸安點校：《原正統論》，《歐陽修全集》，卷一六，第 276 頁。
② 歐陽修著，李逸安點校：《正統論序論》，《歐陽修全集》，卷一六，第 266 頁。
③ 歐陽修著，李逸安點校：《正統論上》，《歐陽修全集》，卷一六，第 267 頁。
④ 同上書，第 269 頁。
⑤ 歐陽修著，李逸安點校：《原正統論》，《歐陽修全集》，卷一六，第 277—278 頁。
⑥ 歐陽修著，李逸安點校：《正統辨下》，《歐陽修全集》，卷六〇，第 864 頁。

是相符的。

　　和歐陽修正統論相爲補充的還有其"絕統論"。"正統論"主要是針對王朝政權的統續即政統而言。由于歷史發展中諸多朝代政權斷續分合，政統會出現中斷變更、搖擺漂移的現象，没有一貫的政權就難以判斷正統。歐陽修認爲正統會有斷裂的時候，有續有絕。正統從堯、舜、禹時代到北宋經歷了"三絕三續"的波折。"正統之序，上自堯舜，歷夏、商、秦、漢而絕，晋得之而又絕，隋、唐得之而又絕。自堯、舜以來，三絕而復續。唯有絕而有續，然後是非公，予奪當，而正統明。"[1] 正統發展到漢之後的三國時期，晋之後的南北朝時期，唐之後的五代時期，均成爲"絕統"。正統的"絕"與"續"是基本的歷史發展規律，也正是這種統續的斷絶和接替纔使得後人能够從歷史的銜接縫隙中探究政權的正統性和合法性，從而避免或減少對統一或割據政權的爭議和曲解，減少圓鑿方枘的無益爭辯。

　　歐陽修的"絕統論"似乎是受到了韓愈道統觀的影響，韓愈的道統説之中也有絕統的觀念。韓愈"文起八代之衰，道濟天下之溺"，在文統和道統"絕統"後挽狂瀾于既倒，扶大厦之將傾。韓愈的説法中也暗示了道統具有"絕"與"續"的發展特點，他認爲堯以是傳之舜，繼而禹、湯、文、武、周公、孔子、孟軻相沿，"軻之死，不得其傳焉"[2]。雖然韓愈也認爲漢代揚雄發揚了孟子思想，其《讀荀》言"晚得揚雄書，益尊信孟氏。因雄書而孟氏益

---

① 歐陽修著，李逸安點校：《正統辨下》，《歐陽修全集》，卷六〇，第269—270頁。
② 韓愈：《原道》。收入屈守元、常思春主編《韓愈全集校注》，第2665頁。

尊，則雄者亦聖人之徒歟"①，讀揚雄之書纔得以見出孟子的思想來，但揚雄并不被韓愈列入道統序列之內。既然道統在孟子之後成爲絕統，那麽，爲道統續命的責任自然就落在韓愈自己身上。韓愈言："天不欲使茲人有知乎，則吾之命不可期；如使茲人有知乎，非我其誰哉？其行道，其爲書，其化今，其傳後，必有在矣。"②天下之道的傳承"非我其誰"，這種魄力來自于行道的堅定信念，韓愈堅信"己之道乃夫子、孟軻、揚雄所傳之道也"。③

　　宋代學者們的正統觀念更爲突出，歐陽修《新五代史》以《春秋》《史記》史法爲榜樣，以儒家正統爲準繩，梳理歷史興亡規律，追求實現史統與文統的有機結合。歐陽修以一己之力所撰的《新五代史》常在開篇或者篇末以"嗚呼"領起議論，表達他對歷史的評論，"有善善惡惡之志"④，頗具太史公筆法特色。其子歐陽發《先公事迹》指出歐陽修因《五代史》爲亂世之書而尤爲留心。歐陽修認爲"昔孔子作《春秋》，因亂世而立治法。余述本紀，以治法而正亂君"。此書"文省而事備，其所辨正前史之失甚多"，⑤對《春秋》"微言大義"筆法有着良好的傳承。《新五代史》以《春秋》爲圭臬的做法受到了廣泛的肯定，四庫館臣贊揚其"大致褒貶祖《春秋》，故義例謹嚴。敘述祖《史記》，故文章高簡"⑥。

----

① 韓愈：《讀荀》。收入屈守元、常思春主編《韓愈全集校注》，第2717頁。
② 韓愈：《重答張籍書》。收入屈守元、常思春主編《韓愈全集校注》，第1334頁。
③ 同上。
④ 歐陽修著，李逸安點校：《王彦章畫像記》，《歐陽修全集》，卷三九，第571頁。
⑤ 歐陽發：《先公事迹》。收入歐陽修著，李逸安點校《歐陽修全集》，附錄卷二，第2628頁。
⑥ 永瑢等撰：《〈新五代史〉提要》，《四庫全書總目》，卷四十六，第411頁。

歐陽修以一己之意而爲《新五代史》，此不同于《新唐書》，"議者謂《唐書》蓋不盡出公意"①。歐陽修常感嘆五代時期人倫大壞、天理絕滅，"搢紳之士安其禄而立其朝，充然無復廉耻之色"②。陳寅恪認爲歐陽修推崇韓愈文，以韓愈古文文法著史，"作《義兒》《馮道》諸傳，貶斥勢利，尊崇氣節，遂一匡五代之澆漓，返之淳正"③。這反映了歐陽修學術文史融合的特點。但這種筆法招來了一些批評論調，認爲歐陽修和韓愈一樣把歷史觀和文學觀混同起來，以文學筆法爲史學。如清代章學誠言：

> 昌黎之於史學，實無所解，即其叙事之文，亦出辭章之善，而非有"比事屬辭""心知其意"之遺法也。其列叙古人，若屈、孟、馬、揚之流，直乙太史百三十篇與相如、揚雄辭賦同觀，以至規矩方圓如孟堅，卓識別裁如承祚，而不屑一顧盼焉，安在可以言史學哉！歐陽步趨昌黎，故《唐書》與《五代史》，雖有佳篇，不越文士學究之見，其於史學，未可言也。（《書朱陸篇後》）④

章學誠視《新五代史》爲"文士學究之見"，認爲其缺乏史學的嚴謹。《新五代史》在義例、筆法上，和被稱爲"無韵之《離騷》"的《史記》有些相似，故章學誠認爲歐陽修這是受到了韓愈的影響，對韓歐二人的史學才能一概加以否定。

---

① 趙與時：《賓退録》。北京：中華書局1985年版，卷五，第56頁。
② 歐陽修：《新五代史》。北京：中華書局1974年版，卷三四，第369頁。
③ 陳寅恪：《贈蔣秉南序》，《寒柳堂集》，第162頁。
④ 章學誠著、葉瑛校注：《書朱陸篇後》，《文史通義校注》，卷三附録，第274頁。

正統論是宋人關注的熱點問題，由于對歐陽修的《正統論》不滿，章望之作《明統論》否定歐陽修。《宋史·章望之傳》載："歐陽修論魏、梁爲正統，望之以爲非，著《明統》三篇。"① 章望之指出歐陽修以不正之人居于正統不妥，他以王霸觀念看待正統，分"統"爲正統和霸統。蘇軾又著《正統論》三篇，呼應歐陽修而反駁章望之。蘇軾認爲"正統之論起於歐陽子，霸統之説起於章子"，他贊成歐陽修之説，然其正統論有异于歐陽修之處，其言曰："歐陽子之所與者，吾之所與也。歐陽子之所以與之者非吾之所以與之也。歐陽子重與之，而吾輕與之。""歐陽子曰皆正統，是以名言者也。章子曰正統，又曰霸統，是以實言者也。歐陽子以名言而純乎名，章子以實言而不盡乎實。"蘇軾的正統論和名實觀統一在一起，其言曰："正統者，何耶？名耶，實耶？正統之説曰：'正者，所以正天下之不正也；統者，所以合天下之不一也。'""正統者，名之所在焉而已"，"莫若純乎名"，名與實要相符。② 蘇門陳師道也有《正統論》，認爲所謂正統，當統一而君臨天下，故把周代以來的政權分爲有位而不統一、有天下而無位、有其統而爲閏、無其統而僞以及上下無所始終者五種類型。

歐、蘇之外，司馬光《資治通鑒》主張正閏之辨，朱熹的《通鑒綱目》主旨在于正統論，分王朝統系爲正統、列國、篡賊、建國、僭國等，而正統只有周、秦、漢、晋、隋、唐。鄭思肖《心史》論古今正統，認爲"憑史斷史，亦流於史，視經斷史，庶合於理"，而聖人、正統和天下在根本上應該統一，得其一者未必有另外二者。其論調頗有思辨色彩，且有不同于歐陽修、蘇軾之處。

---

① 脱脱等撰：《章望之傳》，《宋史》，卷四四三，第13098頁。
② 蘇軾撰，孔凡禮點校：《正統論》，《蘇軾文集》，卷四，第120—123頁。

金元明清時期，正統之論依舊熱烈。除元代脫脫總裁編撰宋、金、遼三部史書外，圍繞統紀正朔等問題，還有謝修端撰《辨遼宋金正統》、王理撰《三史正統論》、楊維楨撰《正統辨》、王禕撰《正統論》等。很多學者以明統爲己任，統紀之學頗受重視。如明代方孝孺曾作《釋統》和《後正統論》等，其説多有沿襲歐陽修之處，主張"《春秋》大居正"和"王者大一統"爲正統之所本，提出正統、附統和變統之説。三代爲正統，漢唐宋可爲正統；變統則不正，如篡臣、賊名、夷狄，夷狄僭取中國和女后占據天位均爲變統，變統雖有天下，但由天人道德觀之不可附于正統。饒宗頤認爲，"方氏《釋統》之作，足與歐陽修媲美，實爲正統論之後殿"①。楊鐵崖《正統辨》、楊升庵《廣正統論》關注到道統和正統的互動關係，清代熊賜履《學統》等著述在學術史研究中融入了正統論。王船山《讀通鑒論》對歷代正統觀多有批判之論。魏禧《正統論》分古今之統爲正統、偏統和竊統，并以秦、西晉、隋和北宋爲竊統。邵廷采《正統論》認爲有"天行之統"和"人心之統"，以道德高下來定是非曲直和正統與否，這一看法和方孝孺的觀點有所呼應。此外清代葉燮《正統論》、徐世佐《正統論》、梁啓超《論正統》等都發表過對正統的看法。

整體而言，宋代以來，正統論者和不持正統論者代不乏人，其論調如百川歸海。儘管具體爭執之處千差萬别，但宏觀層面的思想宗旨總是趨于統一。柳詒徵《國史要義》專論史統，對歷代正統論辨析异同和源流後指出，"既知不持正統論者之同一尚統一、尚正義，其所持之正義，同一去無道開有德，不私一姓，是實吾國傳統

---

① 饒宗頤：《中國史學上之正統論》，第74—79頁。

之史義。即亦可以明于持正統論者之基本觀念，亦無異于不持正統論者。"柳詒徵同時還指出，"宋人反覆詳究正統論者，以歐公爲最"①。反觀宋代，由于推崇正統，宋人的道統、史統、學統、文統等方面的尚統意識具有内在學理上的統一性，彼此互相溝通、滲透和遷移。如蘇轍《歐陽文忠公神道碑》論歐陽修古文正統曰：

> 昔孔子生於衰周而識文武之道，其稱曰："文王既没，文不在兹乎?"雖一時諸侯不能用，功業不見於天下，而其文卒不可掩。孔子既没，諸弟子如子貢、子夏皆以文名於世。數傳之後，子思、孟子、孫卿并爲諸侯師。秦人雖以塗炭遇之，不能廢也。及漢祖以干戈定亂，紛紜未已，而叔孫通、陸賈之徒，以《詩》《書》《禮》《樂》彌縫其闕矣。其後賈誼、董仲舒相繼而起，則西漢之文後世莫能仿佛。蓋孔氏之遺烈，其所及者如此。自漢以來，更魏、晋，歷南、北，文弊極矣。雖唐正觀、開元之盛，而文氣衰弱，燕許之流，倔强其間，卒不能振。惟韓退之一變復古，闊其頹波，東注之海，遂復西漢之舊。自退之以來，五代相承，天下不知所以爲文。祖宗之治，禮文法度，追迹漢、唐，而文章之士楊、劉而已。及公之文行於天下，乃復無愧於古。於乎! 自孔子至今，千數百年，文章廢而復興，惟得二人焉，夫豈偶然哉也?（《歐陽文忠公神道碑》）②

蘇轍從道統之傳論及歷代文章之升降，關注歷代文統之傳，突出了

---

① 柳詒徵：《國史要義》。長沙：岳麓書社 2010 年版，第 72 頁。
② 蘇轍著，陳宏天、高秀芳點校：《歐陽文忠公神道碑》，《蘇轍集》。北京：中華書局 1990 年版，卷二三，第 1136 頁。

韓愈、歐陽修在文統上的地位，認爲韓歐古文家不同于楊億、劉筠等文章之士之處在于能傳古道和古文之統，故爲文統正傳。尚統既是宋人普遍意識，也是宋代學術和文學的基本特點，宋代文人創作多有標舉其文統淵源的習氣。《四庫全書總目》言："自南宋至明，凡説經、講學、論文，皆各立門户。大抵數名人爲之主，而依草附木者，囂然助之。"① 因此説"尊重傳統，維護正統，崇尚典範，是宋代文學創作和文學研究的一貫精神，而經宋人鼓吹樹立起的這些典範對此後的文學發展産生了十分深遠的影響"②。如韓愈文統在古文發展史上的價值和地位和宋人的推崇是分不開的。錢鍾書曾言："韓退之之在宋代，可謂千秋萬代，名不寂寞矣。"③ 郭紹虞也認爲："宋初之文與道運動，可以看作韓愈的再生。一切論調主張與態度無一不是韓愈精神的復現。最明顯的，即是'統'的觀念。因有這'統'的觀念，所以有信仰，所以能奮鬥。"④ 北宋對韓愈文統的繼承始于對韓愈古文成就的發掘和繼承。

（二）"談經者"被道統遮蔽的文統譜系觀

北宋初年，韓柳古文文統經過晚唐五代駢儷浮靡文風的衝擊已經變得不絶如縷，很少有人關注韓愈之文。"以文章爲天下所宗"的晏殊曾言其"少時聞群進士盛稱韓柳，茫然未測其端"，其所謂"群進士"是指當時推重韓文的柳開、王禹偁等人；等到晏殊入職

---

① 永瑢等撰：《凡例》，《四庫全書總目》，卷首，第 18 頁。
② 郭英德、謝思煒：《中國古典文學研究史》，第 340 頁。
③ 錢鍾書：《談藝録》。北京：中華書局 1984 年版，第 62 頁。
④ 郭紹虞：《中國文學批評史》上册，第 333 頁。

館閣，彼時西昆體風行，"雋賢方習聲律，飾歌頌，誚韓柳之迂滯"；待晏殊經歷罷官等人生坎坷後，纔認識到"韓柳之獲高名爲不誣也"。①宋初接受韓愈古文經歷了一個曲折過程，當時能認識到其價值的人可謂鳳毛麟角。柳開繼承了韓愈的古文傳統，同時推崇儒家道統，把古文文統和儒家道統緊密聯繫在一起；創作上他繼承了韓愈古文奇崛生澀的文風，爲文詞澀言苦，意脉糾纏而晦澀。《四庫全書總目》言："今第就其文而論，則宋朝變偶儷爲古文，實自開始。惟體近艱澀，是其所短耳。……要其轉移風氣，於文格實爲有功，謂之明而未融則可。"②柳開在古文理論和創作方面的探索，有力矯卑弱文風之功。這在宋初可謂導夫先路，對宋代古文發展有着深遠的影響。

作爲古文先驅，柳開當時并不孤獨，此時文壇已有古文興起的趨勢。張景《柳開行狀》記載柳開"游場屋，携文詣故兵部尚書楊公昭儉，楊公曰：'子之文章，世無如者已二百年餘矣。'崖相盧公（盧多遜）方在翰林，一見公，謂公奇士無敵。開寶六年，太祖御講武殿復試禮部貢士，公年二十有七，一舉登進士第"③。柳開能得到楊昭儉、盧多遜諸公的激賞，説明當時文風變革已經暗流涌動，志同道合者在古文創作上互相推重，蔚成氣候，其中不乏主持科舉的高官，如宋白、王祜、梁周翰等。《宋史》記載，"五代以來，文體卑弱。周翰與高錫、柳開、范杲習尚淳古，齊名友善，當時有'高、梁、柳、范'之稱"④。張景《柳開行狀》言：

---

① 晏殊：《與富監丞書》。收入曾棗莊、劉琳主編《全宋文》第19冊，卷三九八，第221—222頁。
② 永瑢等撰：《〈河東集〉提要》，《四庫全書總目》，卷一五二，第1305頁。
③ 柳開撰，李可風點校：《柳公行狀》，《柳開集》，附錄，第216頁。
④ 脱脱等撰：《梁周翰傳》，《宋史》，卷四三九，第10133頁。

故大諫范公杲方好古學，少有大名，特愛公文，常口誦於朝野間，爲公之牒，世因稱爲"柳、范"。當時有名之士，咸望公求交焉。故閣老王公祐方守魏，公以書謁之。時王公與陶穀、扈載齊名，未嘗以文許人。及得公書，謂公曰："不意子之文出於今世，真古之文章也。"自是學者益大信於公。（《柳開行狀》）①

以古文相推重，以儒道相砥礪，這是宋初經學家的突出特徵。

柳開能自覺地培養後學，提携同志，努力改變文氣，例如他曾指教臧丙常觀韓愈和他自己的古文。柳開的著名門人有張景、高弁等，其古文同好有孫傳、孫僅、丁謂、韓洎等。淳化二年（991年）進士科考試中，孫傳中狀元，丁謂考取第四名，柳開欣慰言曰："仲瞻爾數子，吾道終焉寄。無爲忽於予，斯文幸專繼。"② 後來石介詩歌《寄張績禹功》描繪宋初文壇群英薈萃狀貌曰：

吾宋開國來，文人如櫛比。黄州（王禹偁）才專勝，漢公（孫何）氣全粹。晦之（張景）號絶群，平地走虎兕。謂之（丁謂）雖駁雜，亦文中騏驥。白積及盧震，江沱自爲水。朱嚴兼孫僅，培塿對岳峙。卒能霸斯文，河東柳開氏。（《寄張績禹功》）③

---

① 張景：《柳開行狀》。收入曾棗莊、劉琳主編《全宋文》第 13 册，卷二七一，第 355 頁。
② 柳開撰，李可風點校：《贈諸進士詩》，《柳開集》，卷一三，第 180 頁。
③ 石介著，陳植鍔點校：《寄張績禹功》，《徂徠石先生文集》，卷二，第 17 頁。

雖然柳開古文"終未脫草昧之氣"，但有識之士已經認識到其巨大價值。不過柳開在當時的影響基本僅限于和他關係密切的"朋友圈"及門下弟子，如陳亮認爲那樣，"柳仲塗以當世大儒從事古學，卒不能麾天下以從己"①。韓琦亦曰："文章自唐衰，歷五代，日淪淺俗，浸以大敝。本朝柳公仲塗始以古道發明之，後卒不能振。"②可見在宋初古文的復興任重而道遠。

宋初經學家的古文文統觀中，古文譜系的排列首先是上溯古代先王和孔孟聖人，表現出強烈的復古尊孔和徵聖宗經意識。經學家以道統爲文統，他們連接先聖先賢的津梁就是距此時不太久遠的韓愈；但後來又不滿韓愈的文人習氣，出于儒家信仰和對道統的推崇，對待韓愈的態度漸漸轉爲批評指摘。圍繞揚雄、韓愈等人能否進入文統或者道統，宋代學人常有紛爭。韓愈的古文文統地位在宋代首先得到了柳開的肯定。柳開早年，父兄曾"誡以從俗爲急務，野夫略不動意，益堅古心，惟談孔、孟、荀、揚、王（王通）、韓以爲企迹"③。柳開認爲"文之最者曰元、韓、柳、陸"，他把韓愈列入文統譜系，贊揚其能傳孔子之道。柳開《昌黎集後序》言：

> 自下至於先生，聖人之經籍雖皆殘缺，其道猶備。先生於時作文章，諷頌規戒、答論問說，淳然一歸於夫子之旨，而言之過於孟子與揚子遠矣。先生之於爲文，有善者益而成之，惡

---

① 陳亮著，鄧廣銘點校：《變文格》，《陳亮集》。北京：中華書局 1987 年版，卷一二，第 135 頁。
② 韓琦：《尹洙墓表》。收入李之亮、徐正英箋注《安陽集編年箋注》下冊，成都：巴蜀書社 2000 年版，第 1458 頁。
③ 柳開撰，李可風點校：《東郊野夫傳》，《柳開集》，卷二，第 15 頁。

者化而革之。各婉其旨，使無勃然而生於亂者也。（《昌黎集後序》）①

柳開認爲韓愈文章繼承了聖人之旨意與六經之文統，成善革惡，可與六經相比附，韓愈遠超孟子、揚子，更不可與“章句之徒”視爲同流。柳開對于愛好韓愈文章的學人很是贊賞，稱贊韓愈後人韓洎的古文“頗有吏部之梗概”②。他認爲孟子和揚雄僅能著書立説，而韓愈之詩文“皆用於世者也。與《尚書》之號令，《春秋》之褒貶，《大易》之通變，《詩》之風賦，《禮》《樂》之沿襲，《經》之教授，《語》之訓導，酌於先生之心，與夫子旨，無有异趣者也”③。柳開認爲韓愈文章能傳聖人之道，又能用于當時，這是孟子和揚雄難以企及的。

柳開没有能把古文與古道、文統與道統分開，其文統觀深受道統遮蔽。他感嘆“聖人之道，傳之以有時矣”，自認爲“三代已前，我得而知之；三代已後，我得而言之”。他極力推崇孔子，認爲其“大聖人也，過於堯、舜、文、武、周公輩”，惜乎上天“付其德而不付其位”。柳開從“先師夫子之書”開始論列，依次對孟軻氏、揚雄氏、王通氏、韓愈氏之書“明先師夫子之道”的貢獻予以肯定，最後自信地宣稱“今我之所以成章者，亦將紹復先師夫子之道也”。④ 柳開把古道與古文相提并論，認爲寫古文纔能傳古道。他明確提出：“吾之道，孔子、孟軻、揚雄、韓愈之道；吾之文，

---

① 柳開撰，李可風點校：《昌黎集後序》，《柳開集》，卷一一，第156頁。
② 柳開撰，李可風點校：《再與韓洎書》，《柳開集》，卷九，第131頁。
③ 柳開撰，李可風點校：《昌黎集後序》，《柳開集》，卷一一，第156頁。
④ 柳開撰，李可風點校：《答臧丙第一書》，《柳開集》，卷六，第72—74頁。

孔子、孟軻、揚雄、韓愈之文也。"① 在柳開的觀念中，文統和道統是統一的，即兩位一體，道統和文統的傳承者均爲"孔子、孟軻、揚雄、韓愈"，他沒有把屈原、司馬遷等人列入其中。柳開指出，"《孟子》十四篇，軻之書也；揚之《太玄》《法言》，雄之書也；《王氏六經》，通之書也。焉學能至哉！韓氏有其文，次乎下也"②。柳開在文統序列裏面加入了韓愈、揚雄、王通，這使得文統譜系更爲豐富和細緻，也使得宋初古文文統的儒學色彩更爲濃厚。此後，孔道輔也曾繪製孟軻、荀卿、揚雄、王通、韓愈五賢像，供奉于兗州夫子廟。

　　柳開的文統觀念，得到了"宋初三先生"胡瑗、孫復和石介的響應。孫復曾言："自夫子沒，諸儒學其道，得其門而入者鮮矣，唯孟軻氏、荀卿氏、揚雄氏、韓愈氏而已。"③ 其《通道堂記》言曰："吾之所爲道者，堯、舜、禹、湯、文、武、周公、孔子之道也，孟軻、荀卿、揚雄、王通、韓愈之道也。"④ 他有着和韓愈等人一以貫之的道統觀，也把孟軻、荀卿、揚雄、王通、韓愈這些文學成就突出者視爲道統傳人，并向這些前輩學習三十年而不知進退。孫復把孔子以上聖賢視爲道統和文統的創立者，而孔子以下則爲守道者。他認爲"至於始終仁義，不叛不離者，惟董仲舒、揚雄、王通、韓愈而已"⑤，又在文統譜系裏面增加了董仲舒。

① 柳開撰，李可風點校：《應責》，《柳開集》，卷一，第 12 頁。
② 柳開撰，李可風點校：《上王學士第三書》，《柳開集》，卷五，第 57 頁。
③ 孫復：《上孔給事書》。收入曾棗莊、劉琳主編《全宋文》第 19 册，卷四〇一，第 292 頁。
④ 孫復：《通道堂記》。收入曾棗莊、劉琳主編《全宋文》第 19 册，卷四〇一，第 313 頁。
⑤ 孫復：《答張洞書》。收入曾棗莊、劉琳主編《全宋文》第 19 册，卷四〇一，第 294 頁。

作爲柳開的追隨者，晚出生大約半個世紀的石介有着鮮明的"斯文"傳承憂患意識，他經常慶幸斯文代有傳人，如言"四五十年來，斯文何屯塞。……天使扶斯文，淳風應可逍"①。"卒能霸斯文，昌黎韓夫子。……卒能霸斯文，河東柳開氏。嗟籲河東没，斯文乃屯否"②，稱贊張安道"上使斯文淳，下使斯民樸"③。石介對孫復尤其推崇，認爲其爲韓愈之後"賢人之窮者"，孫復述作"上宗周、孔，下擬韓、孟"④，可以繼承韓愈之統。石介批評西昆體文章掩天下人耳目，使人不聞周公、孔子、孟軻、揚雄、文中子、吏部之道。石介將柳開列入了文統之中，認爲"孔子下千有餘年，能舉之者孟軻氏、荀卿氏、揚雄氏、文中子、吏部、崇儀（柳開）而已"⑤。石介言其"日坐堂上，則以二帝三王之《書》、周公之《禮》、周時之《詩》、伏羲、文王、孔子之《易》及孔子之《春秋》，與諸生相講論。堯、舜、禹、湯、文王、周公、孔子之道，不嘗離於口也；三才、九疇、五常之教，不嘗違諸身也"⑥。石介把儒家之道與文視爲一體，認爲：

　　道始於伏羲，而成終於孔子。道已終成矣，不生聖人可

① 石介著，陳植鍔點校：《寄明復熙道》，《徂徠石先生文集》，卷三，第27頁。
② 石介著，陳植鍔點校：《贈張績禹功》，《徂徠石先生文集》，卷二，第17頁。
③ 石介著，陳植鍔點校：《安道登茂材异等科》，《徂徠石先生文集》，卷三，第27頁。
④ 石介著，陳植鍔點校：《泰山書院記》，《徂徠石先生文集》，卷一九，第224頁。
⑤ 石介著，陳植鍔點校：《與君貺學士書》，《徂徠石先生文集》，卷一五，第180—181頁。
⑥ 石介著，陳植鍔點校：《答歐陽永叔書》，《徂徠石先生文集》，卷一五，第176頁。

宋代古文文統研究

也。故自孔子來二千餘年矣，不生聖人。若孟軻氏、揚雄氏、王通氏、韓愈氏，祖述孔子而師尊之，其智足以爲賢。……若柳仲塗、孫漢公、張晦之、賈公疏，祖述吏部而歸尊之，其智實降。噫！伏羲氏、神農氏、黃帝氏、少昊氏、顓頊氏、高辛氏、唐堯氏、虞舜氏、禹、湯氏、文、武、周公、孔子者十有四聖人，孔子爲聖人之至。（《尊韓》）①

相對于柳開所列的文統譜系，石介去掉了董仲舒。石介將這一文統譜系分爲上下兩段序列，孔子以上爲聖人，孔子以下爲賢人；可見石介所列譜系實爲道統譜系，其《與張秀才書》提出的"伏羲、神農、黃帝、堯、舜、禹、湯、文、武、周公、孔子所以爲文之道"，實質上還是道統。

　　經過歷史的層纍，北宋經學家所主張的文統譜系中，除了普遍被認可的道統中人，又加入了他們認可的能以文傳道之人，整體譜系大致爲：堯、舜、禹、湯、文、武、周公、孔子、孟軻、荀卿、董仲舒、揚雄、王通、韓愈、柳開、孫復。另外，祖無擇《李泰伯退居類稿序》在孔子之後的斯文之統中，列出了孟軻、荀子、賈誼、董仲舒、揚雄、王通等"作者"，較一般觀點多出了賈誼一人，認爲他們都是"位不得、志不行"，故三代之風難以恢復。經學家對韓愈的態度是先推崇而後貶抑。韓愈雖創道統和文統之説，但他在宋代逐漸被排除在道統之外。"談經者"以道統眼光看待文統，柳開、孫復能躋身文統之列，依然是因爲他們推崇道統、以文傳道的緣故。

---

① 石介著，陳植鍔點校：《尊韓》，《徂徠石先生文集》，卷七，第79頁。

（三）"知道者"學統與文統譜系觀的糾纏

理學家們重道輕文，以道論文，以理爲文，他們的文學思想和理學觀念不可分割。和朱熹同時代的李元綱所作《聖門事業圖》，其"傳道正統"列出堯、舜、禹、湯、文、武、周公、孔子、曾子、顏子、子思、孟子和二程的道統譜系，其中沒有韓愈。[①] "知道者"不願把韓愈放進道統譜系，《宋史·道學傳》對理學家譜系做了梳理，列出周敦頤、程顥、程頤、張載、邵雍、朱熹、張栻及二程門人和朱熹門人，其中最爲典型的代表爲二程和朱熹。他們認爲以二程和朱熹爲代表的理學古文家對文學發展規律有深刻的認識，對古文的因革傳承有其獨特的看法，表現更爲出色。宋代"知道者"文統觀的獨特之處在于既重視"文"的因革，又強調"道"的傳承，對單純以文采辭藻聞名的文人很是鄙薄。

1. 以道統爲内核的學統譜系觀

文統的形成和發展受到學統、道統等因素制約，理學家的文統譜系觀常和他們的學統、道統譜系觀念糾纏在一起，甚或以道統、學統來取代文統。隨着古文創作的發展，直至南宋一些優秀的理學古文家如朱熹、呂祖謙等人在其文章中纔表達了除道德心性之外更多的内涵，如作家的思想情感和審美意識等，此時文學與理學、文統與道統方有了融合的契機。文學家和理學家的身份開始重合，理學家也會成爲文學龍門，于是學派之中會再分文派，學統與文統便逐漸糾纏在一起。因此，既不能把理學家排斥在文學殿堂之外，也

---

① 李元綱：《聖門事業圖》。北京：中華書局 1991 年版，第 1 頁。

不能武斷地判定所有理學家都是反文學的，這并不符合宋代文學的
實際狀況。理學家非常重視其學統傳承，維護自己的學術正統；所
以他們在學統譜系中總將自己列在聖人之後，有意識地排斥佛教、
道教等"异端"。在他們看來，越是靠近道統，學統便越正宗。

　　理學家對文統譜系的看法建立在其儒家學統觀念之上。清代理
學名臣熊賜履《學統》一書把學統分爲正統、翼統、附統、雜統、
异統等。孔子爲正統之主，顏子、曾子、子思子、孟子、周敦頤、
程顥、程頤、朱熹八子并列正統；翼統包括閔子、冉求、子貢、有
若、言偃、卜商、董仲舒、韓愈、張載、邵雍、司馬光、尹和靖、
胡安國、楊時、羅從彥、李侗、張栻、黃榦、蔡沈、真德秀等；附
統包括冉伯牛、子路、子由、子張、公孫龍、左丘明、公羊高、谷
梁赤、孔安國、伏生、高堂生、毛萇等，宋代的其他經學家和道學
家均在附統之列；荀子和揚雄被列入雜學，老子、莊子、揚雄、墨
子、告子、道家、釋氏等則被列入异學。熊賜履所建構的這個龐大
的儒學學統體系顯然是以道統爲中心的，其所謂"正統"中孔子、
顏子、曾子、子思、孟子、周敦頤、程顥、程頤、朱熹等人，實爲
道統人物。宋代古文名家如歐陽修、蘇軾等"宋六家"甚至被排除
在翼統、附統之外，倒是將很多理學古文家歸入翼統、附統。熊賜
履所勾勒的這個譜系一定程度上反映了道統與文統的離合關係，文
統和道統在韓愈、司馬光等人身上發生交叉重合，但更多時候是分
道揚鑣的。

　　宋代理學家具有强烈的學統意識，并自覺致力于學統建構和學
派門戶維持。程頤推尊程顥爲儒家道統和學統傳人，元豐八年
（1085年）程顥離世，程頤所撰墓表稱："周公没，聖人之道不行。
孟軻死，聖人之學不傳。……先生生千四百年之後，得不傳之學於

遺經，志將以斯道覺斯民。……聖人之道得先生而後明，爲功大矣。”① “得不傳之學於遺經”之説似乎忽略了周敦頤對二程的學術影響；正是周子之後，二程學統纔受到了重視。元祐元年（1086年），朱光庭等人在推舉程頤入侍經筵任崇政殿説書時，稱贊程頤乃“天民之先覺，聖世之真儒”，“有經天緯地之才，有制禮作樂之具，聖人之道至此而傳”。② 政和二年（1112 年），程頤去世後，其子程端中贊稱儒道“自秦漢以下，泯没無傳，惟伊川先生，以出類之才，獨立乎百世之後，天下學士大夫，至先生而復明。……其功豈不優於孟子哉?”③《宋元學案》認爲周子之學爲二程學統所自，只是二程跟隨周子時間不長，故二程後學對此有所忽略。④ 朱熹把周敦頤視爲孔孟和二程之間的一環，其《奉安濂溪先生祠文》言周敦頤“道學淵懿，得傳於天，上繼孔顏，下啓程氏，使當世學者得見聖賢千載之上，如聞其聲，如睹其容，授受服行，措諸事業，傳諸永久，而不失其正，其功烈之盛，蓋自孟氏以來未始有也”⑤。

---

① 程顥、程頤:《明道先生墓表》,《河南程氏文集》,卷一一。收入氏著《二程集》,第 640 頁。
② 李心傳:《伊川先生授西京國子監教授制詞》,《道命錄》。北京: 中華書局1985 年版,卷一,第 2 頁。
③ 程顥、程頤:《目錄》,《河南程氏文集》。收入氏著《二程集》,第 24 頁。
④ 《宋元學案》記載,謝山（全祖望）《周程學統論》認爲二程之傳并云從學周子,“觀明道之自言曰:‘自再見茂叔,吟風弄月以歸,有“吾與點也”之意。’則非於周子竟無所得者。明道行狀雖謂其‘泛濫於諸家,出入於佛、老者幾十年,反求諸六經而後得之’,而要其慨然求道之志,得於茂叔之所聞者,亦不能没其自也。……二程子之所以未盡其藴者,蓋其問學在慶曆六年,周子即以是歲遷秩而去,追隨不甚久也。”見黄宗羲、全祖望:《濂溪學案下》,《宋元學案》。北京: 中華書局 1986 年版,卷一二,第 532 頁。
⑤ 朱熹:《晦庵先生朱文公文集》,卷八六。收入朱杰人、嚴佐之、劉永翔主編《朱子全書》第 24 册,第 4038 頁。

朱熹非常推崇程頤、程顥在儒家學統上的重要地位，朱熹學統無疑得二程正傳。此外楊時也從學二程，并有"程門立雪"典故傳譽。"吾道南矣"之説顯示了楊時"道南正脉"的學統地位及其與二程的親密關係。"南劍三先生"楊時、羅從彥、李侗將洛學南傳，從而開啓了閩學時代。《宋史》載楊時既渡江，"東南學者推時爲程氏正宗"，"凡紹興初崇尚元祐學術，而朱熹、張栻之學得程氏之正，其源委脉絡皆出於時"。[1] 朱熹有和程頤相似的入侍經筵經歷。紹熙五年（1194）朱熹入講《大學》等儒家經典，爲時僅僅四十六日，授命制詞曰："若程頤之在元祐，如尹焞之於紹興。副吾尊德樂義之誠，究爾正心誠意之説。"[2] 寧宗對其期望甚高，以"帝王師"身份待之。朱熹拳拳服膺于二程、孔孟學統傳承，其《建康府學明道先生祠記》記録劉珙言曰："吾少讀程氏書，則已知先生之道學德行，實繼孔孟不傳之統。"[3] 朱熹《大學章句序》言："河南程氏兩夫子出，而有以接乎孟氏之傳。……聖經賢傳之指，粲然復明於世。雖以熹之不敏，亦幸私淑而與有聞焉。"[4] 朱熹雖然是私淑二程，但後人大多認可其秉承二程學統的地位。對于朱熹和二程的關係，學界的爭議點在于他們的傳承代際。《宋元學案》言："朱子之學，自溯其得力於延平，至於籍溪、屏山、白水，則皆以爲嘗從之游而未得其要者，然未嘗不執弟子之禮。"[5] "楊文靖公四傳而得朱子，致廣大，盡精微，綜羅百代矣！"王梓材按語曰："自

---

① 脱脱等撰：《道學二》，《宋史》，卷四二八，第 12743 頁。
② 李心傳：《晦庵先生除焕章閣待制侍講誥詞》，《道命録》，卷七上，第 57 頁。
③ 朱熹：《建康府學明道先生祠記》，《晦庵先生朱文公文集》，卷七八。收入朱杰人、嚴佐之、劉永翔主編《朱子全書》第 24 册，第 3732 頁。
④ 朱熹：《四書章句集注》，第 2 頁。
⑤ 黄宗羲、全祖望：《濂溪學案下》，《宋元學案》，卷一二，第 532 頁。

楊而羅而李而朱，僅得三傳。其云四傳者，統言之也。"①《宋元學案》認爲諸儒學派自龜山而豫章爲一傳，自豫章而延平爲再傳，自延平而朱子爲三傳。謂文靖四傳而得朱子，蓋統四先生言之。其實朱子本師劉白水，爲龜山門人，亦只是再傳罷了。當然，再傳、三傳還是四傳，這并不影響朱子作爲二程學術正統傳人的地位。關于朱熹對儒學學統的貢獻，黃榦所著朱熹行狀言：

> 竊聞道之正統，待人而後傳，自周以來，任傳道之責，得
> 統之正者，不過數人，而能使斯道章章較著者，一二人而止
> 耳。由孔子而後，曾子、子思繼其微，至孟子而始著。由孟子
> 而後，周、程、張子繼其絶，至先生而始著。（《朝奉大夫文
> 華閣待制贈寶謨閣直學士通議大夫謚文朱先生行狀》）②

的確，在儒學史上，既能任傳道之責，又能得統之正者，少之又少。朱子門人陳淳認爲朱熹"集諸儒之大成，而嗣周程之嫡統，萃乎洙泗、濂洛之淵源者也"③。《宋史》對朱熹整理六經的貢獻評價甚高：

> 迄宋南渡，新安朱熹得程氏正傳，其學加親切焉。大抵以
> 格物致知爲先，明善誠身爲要，凡《詩》《書》六藝之文，與
> 夫孔孟之遺言，顚錯於秦火，支離於漢儒，幽沉於魏晋六朝

---

① 黃宗羲、全祖望：《宋元儒學案序録》，《宋元學案》，卷首，第10頁。
② 黃榦：《朝奉大夫文華閣待制贈寶謨閣直學士通議大夫謚文朱先生行狀》。收入曾棗莊、劉琳主編《全宋文》第288冊，卷六五五九，第453頁。
③ 陳淳：《嚴陵講義·師友淵源》，《北溪字義》。北京：中華書局1983年版，第77頁。

者，至是皆焕然而大明，秩然而各得其所。此宋儒之學所以度越諸子，而上接孟氏者歟。(《道學傳》)①

六經與孔孟之説作爲儒學基礎，至朱熹使之正大光明，甚有功于宋明新儒學。朱熹不僅傳承斯文、延續二程學統，而且使之更加親切于人倫日用，具有更大的社會功利價值，可資于“天德王道之治”。錢穆從縱向的歷史發展視角，指出朱熹後來居上、居高臨下對二程學統有所發明，正如二程對孔孟學説的發明廣大一樣。②至于朱熹學統在後代的傳承譜系，章學誠《文史通義》指出：

> 沿其學者，一傳而爲勉齋、九峰（蔡沈），再傳而爲西山、鶴山、東發（黄震）、厚齋（王應麟），三傳而爲仁山（金履祥）、白雲（許謙），四傳而爲潛溪（宋濂）、義烏（王禕），五傳而爲寧人（顧炎武）、百詩（閻若璩），則皆服古通經，學求其是，而非專己守殘，空言性命之流也。（《朱陸》）③

---

① 關于北宋理學學脉，《宋史》描述曰：“千有餘載，至宋中葉，周敦頤出於舂陵，乃得聖賢不傳之學，作《太極圖説》《通書》，推明陰陽五行之理，命於天而性於人者，了若指掌。張載作《西銘》，又極理一分殊之旨，然後道之大原出於天者，灼然而無疑焉。仁宗明道初年，程顥及弟頤實生，及長，受業周氏，已乃擴大其所聞，表章《大學》《中庸》二篇，與《語》《孟》并行，於是上自帝王傳心之奥，下至初學入德之門。融會貫通，無復餘藴。”見脱脱等撰：《道學傳》，《宋史》，卷四二七，第 12710 頁。
② 錢穆認爲，“朱子爲學途徑，本亦自程門上窺二程，又自二程上通語孟。此與當時一般理學家大體無异。逮其進而益深，乃軌轍大變。蓋自語孟下觀二程，又自二程下觀程門，而後其間之得失違合，乃一一昭揭無可隱遁”。見錢穆：《朱子新學案》中册，第 846 頁。
③ 章學誠著、葉瑛校注：《朱陸》，《文史通義校注》，卷三，第 264 頁。

可見朱熹學統源遠流長，其"服古通經，學求其是"的學術特徵對元明清時期的學術發展有很大影響。

當時和朱熹理學學統明顯不同的有陸九淵的心學學統。陸九淵被視爲南宋心學一派的開創者，和朱熹并稱"朱陸"。陸九淵學説經楊簡等"甬上四學者"和其他學者傳承，又經過明代王陽明的發展，也成爲了主流的學術思潮，同樣被視爲儒家正統，最終形成了宋明理學史上程朱理學和陸王心學兩峰并峙的局面。陸九淵家族九世聚居，家學淵源頗深，九世祖陸希聲、高祖陸有程等在學術上都很有造詣。陸九淵自幼對宇宙天理等深奧事物感興趣，他在六兄弟中排行第六，和四兄陸九韶（梭山）、五兄陸九齡（復齋）均以學行聞名，被鄉里稱贊"三陸子之學"。全祖望認爲"三陸子之學，梭山啓之，復齋昌之，象山成之"①。陸氏家學重視典籍，強調踐履。陸九淵父親陸賀的學行及其家族重禮儀的風尚在當時都頗受贊譽，其"生有異秉，端重不伐，究心典籍，見於躬行。酌先儒冠、婚、喪、祭之禮，行之家，家道之整，著聞州里"②。陸九淵的學問淵源在家學之外，莫知所宗。朱熹認爲陸九淵"天資也高，不知師誰"。③ 全祖望曾言：

> （洛學）入吳也以王信伯。信伯極爲龜山所許，而晦翁最貶之，其後陽明又最稱之。予讀信伯集，頗啓象山之萌芽。其貶之者以此，其稱之者亦以此。象山之學，本無所承，東發以

---

① 黄宗羲、全祖望：《梭山復齋學案》，《宋元學案》，卷五七，第1862頁。
② 陸九淵著，鍾哲點校：《全州教授陸先生行狀》，《陸九淵集》，卷二七，第312頁。
③ 黎靖德編：《朱子語類》，卷一二四，第2969頁。

爲遙出於上蔡（謝良佐），予以爲兼出於信伯。蓋程門已有此一種矣。（《震澤學案》）①

全祖望認爲王信伯"頗啓象山之萌芽"，黃震則認爲象山之學遙出于謝良佐。陸九淵對程顥的思想比較贊同，二人似有師承淵源關係。《陸九淵集·語録》記載："二程見周茂叔後，吟風弄月而歸，有'吾與點也'之意。後來明道此意却存，伊川已失此意。"嚴松所録《語録》記陸九淵言曰："元晦似伊川，欽夫似明道。伊川蔽錮深，明道却通疏。"②《宋元學案》認爲陸九淵之學本乎孟子，集程門後學大成，"宗傳亦最廣"③。"上蔡之説，一轉而爲張子韶，子韶一轉而爲陸子静。上蔡所不敢衝突者，子韶盡衝突；子韶所不敢衝突者，子静盡衝突。"④ 從這裏看出，程顥之學，經由謝良佐、王蘋、張九成、林季仲等人傳至陸九淵，流傳廣而變異大，陸九淵學統大抵如此。

陸九淵的道統序列觀與朱熹也有差別。朱熹所建構的道統譜系大致爲：伏羲、神農、黃帝、堯、舜、禹、湯、文、武、皋陶、伊、傅、周、召、孔子、顔子、曾子、子思、孟軻、周敦頤、二程、張載和朱熹。朱熹秉持儒家"十六字心傳"即一

---

① 黃宗羲、全祖望：《震澤學案》，《宋元學案》，卷二九，第 1047 頁。
② 陸九淵著，鍾哲點校：《語録上》，《陸九淵集》，卷三四，第 401、413 頁。
③ "象山之學，先立乎其大者，本乎孟子，足以貶末俗口耳支離之學。但象山天分高，出語驚人，或失於偏而不自知，是則其病也。程門自謝上蔡以後，王信伯、林竹軒、張無垢至於林艾軒，皆其前茅，及象山而大成，而其宗傳亦最廣。"見黃宗羲、全祖望：《象山學案》，《宋元學案》，卷五八，第 1884 頁。
④ 黃宗羲、全祖望：《上蔡學案》，《宋元學案》，卷二四，第 931 頁。

以貫之的道，① 陸九淵也以道統傳人自居，但其道乃"因讀《孟子》而自得之"②，其思想源于《論》《孟》，受到孟子"先立乎其大""心之官則思"等觀念的引發，從而重視心性。程、朱認爲他們得孟子不傳之絶學，陸九淵則認爲孔子之學"自曾子傳之子思，子思傳之孟子，乃得其傳者，外此則不可以言道"③，"自謂孟子之後，至是而始一明也"④。陸九淵自認繼承了孟子道統，他把韓愈、程、朱等人都排除在他的心學學統之外。他曾言，"韓退之言：'軻死不得其傳。'固不敢誣後世無賢者，然直是至伊洛諸公，得千載不傳之學。但草創未爲光明，到今日若不大段光明，更幹當甚事？"⑤ 陸九淵否定朱熹等人所認可的道統和學統序列，其言曰：

　　　由孟子而來，千有五百餘年之間，以儒名者甚衆，而荀、揚、王、韓獨著，專場蓋代，天下歸之，非止朋游黨與之私也。若曰傳堯、舜之道，續孔孟之統，則不容以形似假借，天下萬世之公，亦終不可厚誣也。至於近時伊洛諸賢，研道益深，講道益詳，志向之專，踐行之篤，乃漢唐所無有，其所植立成就，可謂盛矣！然江漢以灌之，秋陽以暴之，未見其如曾子之能信其皜皜；肫肫其仁，淵淵其淵，未見其如子思之能達其浩浩；正人心，息邪説，距詖行，放淫辭，未見其如孟子之

---

① 朱熹《中庸章句序》言："蓋自上古聖神繼天立極，而道統之傳有自來矣。其見於經，則'允執厥中'者，堯之所以授舜也；'人心惟危，道心惟微，惟精惟一，允執厥中'者，舜之所以授禹也。堯之一言，至矣，盡矣！"見氏撰：《四書章句集注》，第14頁。
② 陸九淵著，鍾哲點校：《語録下》，《陸九淵集》，卷三五，第471頁。
③ 陸九淵著，鍾哲點校：《與李省幹》，《陸九淵集》，卷一，第15頁。
④ 陸九淵著，鍾哲點校：《與路彥彬》，《陸九淵集》，卷十，第134頁。
⑤ 陸九淵著，鍾哲點校：《語録下》，《陸九淵集》，卷三五，第436頁。

長於知言，而有以承三聖也。（《與侄孫濬》）①

陸九淵認爲伊洛諸賢雖然鑽研頗深，但難以企及曾子、子思、孟子，故而難言他們直接繼承了孔孟之統。陸九淵這種儒學學統譜系"解構"中蘊含着一種"建構"，他對伊洛學統的質疑實爲自己學統地位的確立清理場地。陸九淵弟子孔煒言其師"唯孟軻氏書是崇是信"②。明代心學大師王陽明也認爲"聖人之學，心學也"，"陸氏之學，孟氏之學也"。③

宋代理學家多出入佛禪，全祖望言："兩宋諸儒，門庭徑路半出佛老。"④ 陸九淵強調"存心、養心、求放心"的"發明本心"，與佛教所提倡的"明心見性"相似；在爲學上陸九淵強調類似禪宗頓悟的"易簡"功夫，如其言："念慮之正不正，在頃刻之間。念慮之不正者，頃刻而知之，即可以正；念慮之正者，頃刻而失之，即是不正。此事皆在其心。"⑤ 正因爲陸九淵心學與禪學在功夫論和方法論上具有相似性，朱熹批判陸九淵心學爲"挂羊頭賣狗肉"的禪學。"陰實祖用其説，而改頭換面，陽諱其所自來也"，"他禪家自愛如此"。⑥ 陸九淵對道理的"不説破"，要人自悟，這恰如禪學的悟法。其實朱熹的學術思想也免不了對佛道的暗中接納和吸收，然其毫不客氣地批判陸九淵、蘇軾等人的"异端"表現，這説

① 陸九淵著，鍾哲點校：《與侄孫濬》，《陸九淵集》，卷一，第 12 頁。
② 陸九淵著，鍾哲點校：《文安謚議》，《陸九淵集》，卷三三，第 385 頁。
③ 王守仁：《象山文集序》，《王陽明全集》。北京：中國畫報出版社 2016 年版，卷七，第 277 頁。
④ 全祖望：《附錄·題真西山集》。收入黃宗羲、全祖望《宋元學案》，卷八一，第 2708 頁。
⑤ 陸九淵著，鍾哲點校：《雜著·雜説》，《陸九淵集》，卷二二，第 270 頁。
⑥ 黎靖德編：《朱子語類》，卷一〇四，第 2620 頁。

明了宋代理學家們是在有意識地通過建構理學的理論體系來超越自我的局限，超越佛教和道家思想理論。這一點爲宋明理學成爲社會主流意識形態打下了思想理論基礎。

2. 以儒家義理爲綱的文統建構

宋代經學家把文道關係中"道"的内涵界定爲孔孟古道，理學家則側重于道德性理之説。他們都不重視作家個人思想情感的表現，這勢必造成文章的重道與重情、功利性與審美性的二元對立。謝無量比較重視程朱理學家的文章，他認爲：

> 宋之文章，約有三變，西昆一派刀筆之文，此就五代文體，而少加整切者也；柳、穆、歐、蘇之古文，此遠宗經子，而近希韓、柳，以騁其議論，極其體勢者也；程朱一派性理之文，則沖容平易，以發揮道義温厚爾雅爲則，而不矜才藻馳驟者也。（《中國大文學史》）①

謝無量把理學家的"性理之文"與西昆派的"刀筆之文"、"歐蘇"之古文相提并論，充分肯定理學家文章的文學史價值。以歐陽修、蘇軾爲代表的文學家所作古文體現出重視文章抒情言志的特點，然理學家總是試圖約束文學家這一傾向。朱熹等人借助理學的力量，把古文視爲載道的工具，強調其社會教化功能，這對于傳承儒家道統有促進作用。朱熹論文常從儒道的視角出發，其《讀唐志》指出背離儒家道統的文字均爲"不能一出於道"、背本趨末的無本之言；他最爲否定的是既無本又無實

---

① 謝無量：《中國大文學史》。上海：中華書局 1940 年版，卷八，第四編第十章，第 2 頁。

的浮華之文，無本君子羞之，無實則一無可取。朱熹指出韓愈所論的文統譜系以屈原、孟軻、司馬遷、司馬相如、揚雄等文士爲主，重道的董仲舒、賈誼反而不受韓愈重視。① 對于唐宋韓歐古文，朱熹批判韓愈文章"出於諂諛戲豫放浪而無實者自不爲少"，其于道徒能言其大體，未見有探討服行之效；而歐陽修亦未免于韓氏之病。韓愈師徒乃至于歐陽修等文人，"未必裂道與文以爲兩物"，即以文取代道，以文統代替道統。② 不過朱熹在批判包括韓歐在內的歷代文人時，已經在道統的對立面樹立起了一個文統的傳承譜系，那些被他指摘離經叛道的文人恰恰是優秀的文學家。

　　可見，重道輕文的朱熹認爲文須有實、文須原道，如若不然，便爲無根之文。他對道德性理的這種推重完全不同于韓歐古文家。

① 朱熹《讀唐志》言："孟軻氏没，聖學失傳。天下之士背本趨末，不求知道養德以充其內，而汲汲乎徒以文章爲事業。然在戰國之時，若申、商、孫、吳之術，蘇、張、范、蔡之辯，列御寇、莊周、荀况之言，屈平之賦，以至秦漢之間韓非、李斯、陸生、賈傅、董相、史遷、劉向、班固，下至嚴、安、徐、樂之流，猶皆先有其實，而後托之於言。唯其無本，而不能一出於道，是以君子猶或羞之。及至宋玉、相如、王褒、揚雄之徒，則一以浮華爲尚，而無實之可言矣。"見朱熹：《晦庵先生朱文公文集》，卷七〇。收入朱杰人、嚴佐之、劉永翔主編《朱子全書》第 23 冊，第 3374 頁。

② 朱熹《讀唐志》言："然今讀其（韓愈）書，則其出于諂諛戲豫放浪而無實者自不爲少。若夫所原之道，則亦徒能言其大體，而未見其有探討服行之效，使其言之爲文者皆必由是以出也。故其論古人，則又直以屈原、孟軻、馬遷、相如、揚雄爲一等，而猶不及於董、賈。其論當世之弊，則但以詞不已出而遂有神徂聖伏之嘆。于其徒之論，亦但以剽掠僭竊爲文之病，大振頹風，教人自爲爲韓之功。則其師生之間、傳受之際，蓋未免裂道與文以爲兩物，而於其輕重緩急、本末賓主之分，又未免于倒懸而逆置之也。自是以來，又復衰歇數十百年，而後歐陽子出。其文之妙，蓋已不愧於韓氏，而其曰'治出於一'云者，則自荀、揚以下皆不能及，而韓亦未有聞焉，是則疑若幾于道矣。然考其終身之言，與其行事之實，則恐其亦未免於韓氏之病也。"見朱熹：《晦庵先生朱文公文集》，卷七〇。收入朱杰人、嚴佐之、劉永翔主編《朱子全書》第 23 冊，第 3375 頁。

祝尚書認爲，"朱熹在構建'新道統'的同時，又力圖在'道之文'的框架中，構建起符合理學文學觀的詩文統緒"，稱之爲"新文統"。朱熹等人的新文統"不像韓愈'文統'那樣以有傑出文學成就的作家爲綱，而是以'義理'爲綱"；"這個'統'所統的不是文學詞章，而是文學形式化了的義理"。① 祝尚書關於朱熹"新文統"的提法，抓住了理學家以道德義理爲文統之本的特徵。朱熹對"理"的強調實質上沿襲了經學家的重道輕文觀念。所以，若言朱熹的文統觀是新的，僅僅新在以"理"易"道"，以理學家的道德義理來置換經學家的崇儒守經。所以說，真正的"新文統"還是以歐陽修、蘇軾爲代表的那種既區別于道統又能夠回歸文學本位的文道兼重的古文文統。

　　雖然宋代理學家的文章格外突出重道這一特點，但理學家的作品并非乏善可陳，一些才華出衆的理學家也可以寫出饒有理趣的文章。如周敦頤的文章被朱熹贊爲"親切簡要，不爲空言"②，其《愛蓮說》以蓮爲比、借蓮自況，有道之言騈散結合，音韵和諧，咏物精工傳神。張載的《西銘》爲"文之粹者"，規模宏大，條理精密，意極完備，被程頤贊爲韓愈《原道》篇之"宗祖"。程頤認爲"孟子而後，却只有《原道》一篇，其間語固多病，然要之大意盡近理。若《西銘》，則是《原道》之宗祖也。《原道》却只說到道，元未到得《西銘》意思"③。曾國藩稱贊朱熹"其文于浩瀚

① 祝尚書：《論宋代理學家的"新文統"》，第80、87頁。
② 朱熹：《通書後記》。收入周敦頤著，陳克明點校《周敦頤集》，卷二，第49頁。
③ 程顥、程頤：《元豐己未吕與叔東見二先生語》，《河南程氏遺書》，卷二上。收入氏著《二程集》，第37頁。

詳盡之中，鑄語亦幾經洗練，即以文論，固亦卓然大宗"①。陳康
黼言："南宋之文，必以朱子爲大家"，朱熹"爲文師法韓、曾，
一出自然，可謂南宋以來卓然一大家。然後進效之，理不足以舉其
詞，未得其精深，徒得其柔緩，于是冗遝萎苶之弊起矣"②。可見，
古文發展到了南宋朱熹時，理學家之文章已經蔚爲一派，成爲了宋
代古文主流的發展方向。朱熹則可被視爲宋代古文文統之重要
代表。

但普遍存在的重道輕文觀念還是在一定程度上束縛了理學家才
華的發揮。就整體而言，理學家古文藝術成就難以企及韓、柳、
歐、蘇諸人。理學家重道輕文的這一理論主張與其創作實踐產生了
矛盾和分歧。理學對文學更多是起到了消極作用，因爲它在很大程
度上消解了文學的獨立性和審美價值。關于宋代理學與文學的關
係，范文瀾曾經説：

> 起初道統與文統不分別，合力攻擊佛老西昆（四六文）。
> 到歐陽修、周敦頤文與道分界漸顯。歐以古文爲主，道學爲
> 附；周以道學爲主，古文爲附，但彼此還没有衝突。……到蘇
> 軾、二程（程顥、程頤）文與道完全分離，蘇主張文學完全
> 離道學而獨立，二程主張道學完全離文學而獨立，説文學是
> "玩物喪志"。兩派鬥爭極烈，歷史家稱爲"蜀洛之争"。這
> 一分裂，説明經學已經戰勝佛老與西昆，古文與道學各能獨

---

① 曾國藩：《覆吳竹如侍郎》，《曾國藩書信》。北京：中國致公出版社 2011 年
　版，第 393 頁。
② 陳康黼：《古今文派述略·宋及金元時之文派》。收入王水照《歷代文話》
　第 9 册，第 8168 頁。

立發展。(《中國經學史的演變》)①

范文瀾大致刻畫出了北宋時期理學與古文的互動關係。二程和朱熹作爲理學古文家和歐、蘇等文學家的鬥爭實際上是道統和文統兩條戰綫上的鬥爭。他們一方面批判文學家的"以文害道",維護道統的主導地位;另一方面也要整合理學和古文,以衛道責任和理學精神來建立他們自己的理學文統。這就導致了文與道、文統與道統之間的衝突愈加尖銳。理學家與文學家在文統觀念上的分野,正如祝尚書指出的那樣,"韓愈的'文統'游離在'道統'之外,統的是包括'百家之編'在内的所有的'文',而以詞章爲主;理學家的'文統'則僅僅是'道'這個'根本'生出來的'枝葉',它從屬于'道統',統的只是'道之文',實即源流匯一後的'流'"②。當理學家和文學家對峙的時候,這種道與文、道統與文統的分歧更爲明顯。

程、朱等"知道者"對宋代古文傳承的脉絡和譜系有比較豐富的觀點和看法,他們立論的基礎離不開原道、徵聖、宗經觀念以及對道德義理的重視。理學家普遍崇古重經,推崇三代兩漢之文,甚至認爲今不如昔,否定文章辭藻和寫作技巧。在文與質方面,朱熹反對一味追求華美辭藻和聲律,肯定質實雅正的載道之文。朱熹還推崇前代文字,有重古輕今的傾向,認爲"韓文力量不如漢文,漢文不如先秦戰國"。"漢初賈誼之文質實,晁錯説利害處好。""大抵武帝以前文雄健,武帝以後更實。到杜欽、谷永書,又太弱

---

① 中國社會科學院近代史研究所編:《范文瀾歷史論文選集》。北京:中國社會科學出版社 1979 年版, 第 287 頁。
② 祝尚書:《論宋代理學家的"新文統"》, 第 85 頁。

無歸宿了。""東漢文章更不如，漸漸趨於對偶。""漢末以後，只做屬對文字，直至後來，只管弱。"① 朱熹厚古薄今的文學史觀和劉勰《文心雕龍》的一些觀點相近，劉勰認爲："黃唐淳而質，虞夏質而辨，商周麗而雅，楚漢侈而艷，魏晉淺而綺，宋初訛而新。從質及訛，彌近彌淡。何則? 競今疏古，風昧氣衰也。"② 朱熹推崇古代聖賢經典的這一崇古尊經觀念，與其對文章與社會背景關係的認識相關，他認爲有"有治世之文，有衰世之文，有亂世之文"，"大率文章盛，則國家却衰"。此外，朱熹認爲"文本于經"，"六經，治世之文也"，《國語》爲衰世之文，《戰國策》爲亂世之文，這就是其"文三世"的觀念。朱熹重視宋人"擬聖作經"的做法，認爲"李泰伯（李覯）文實得之經中，雖淺，然皆自大處起議論"。"老蘇父子自史中《戰國策》得之，故皆自小處起議論，歐公喜之。""劉貢父文字工於模仿，學《公羊》《儀禮》。""劉原父才思極多，涌將出來，每作文，多法古，絕相似。有幾件文字學禮記，春秋説學公谷，文勝貢父。"③

朱熹認爲古人作文存在着因革和模擬現象，他肯定這種對前代經典的傳承和因襲。朱熹指出，"前輩作文者，古文有名文字，皆類比作一篇。故後有所作時，左右逢源"。他認爲，"古人作文作詩，多是模仿前人而作之。蓋學之既久，自然純熟。如相如《封禪書》，模仿極多。柳子厚見其如此，却作《貞符》以反之，然其文體亦不免乎蹈襲也"。"柳子厚文有所模仿者極精，如《自解》諸

---

① 黎靖德編:《朱子語類》，卷一三九，第3298—3302頁。
② 劉勰著，黃叔琳注，李詳補注，楊明照校注拾遺:《增訂文心雕龍校注》，卷六，第393頁。
③ 黎靖德編:《論文上》，《朱子語類》，卷一三九，第3297—3307頁。

書，是仿司馬遷《與任安書》。劉原父作文便有所仿。""柳（宗元）學人處便絶似。《平淮西雅》之類甚似《詩》，詩學陶者便似陶。韓亦不必如此，自有好處，如《平淮西碑》。"朱熹列出一些文章模擬現象，如指出"《賓戲》《解嘲》《劇秦》《貞符》諸文字，皆祖宋玉之文，《進學解》亦此類"。"東坡《墨君堂記》，只起頭不合説破'竹'字。不然，便似毛穎傳。"朱熹還詳細分析了曾鞏和陳師道之間的文章技法因革關係，他在回答"後山是宗南豐文否"時指出，"南豐過荆襄，後山携所作以謁之。南豐一見愛之，因留款語"。南豐對後山之文精加删改，後山"因嘆服，遂以爲法。所以後山文字簡潔如此"，遂成爲一段文壇佳話。關于如何成功地實現文章模擬和提升，朱熹主張重視"意思"和"語脉"方面的因革，其言曰："人做文章，若是仔細看得一般文字熟，少間做出文字，意思語脉自是相似。讀得韓文熟，便做出韓文底文字；讀得蘇文熟，便做出蘇文底文字。"朱熹關注到古人作詩爲文的擬古傾向，在"意思""句語""血脉""語脉""意脉""勢向"等方面的效仿現象，認爲這是學文學詩的正確路徑，"依正底路脉做將去，少間文章自會高人"。[①]

朱熹對歷代文章發展過程和特徵都有評騭，其雖零碎但大體系統的文論描繪出了文統發展的基本脉絡，列出了一系列的經典作家和作品，以此構成了一個傳承譜系。《朱子語類》記載朱熹及其弟子論文語録曰：

> 漢末以後，只做屬對文字，直至後來，只管弱。如蘇頲著

---

① 黎靖德編：《論文上》，《朱子語類》，卷一三九，第3206—3321頁。

力要變，變不得。直至韓文公出來，盡掃去了，方做成古文。然亦止做得未屬對合偶以前體格，然當時亦無人信他。故其文亦變不盡，纔有一二大儒略相效，以下并只依舊。到得陸宣公奏議，只是雙關做去。又如子厚亦自有雙關之文，向來道是他初年文字。後將年譜看，乃是晚年文字，蓋是他效世間模樣做則劇耳。文氣衰弱，直至五代，竟無能變。到尹師魯、歐公幾人出來，一向變了。其間亦有欲變而不能者，然大概都要變。所以做古文自是古文，四六自是四六，却不滾雜。……漢初賈誼之文質實。晁錯說利害處好，答制策便亂道。董仲舒之文緩弱，其答賢良策，不答所問切處；至無緊要處，有纍數百言。東漢文章尤更不如，漸漸趨於對偶。如楊震輩皆尚讖緯，張平子非之。然平子之意，又却理會風角、鳥占，何愈於讖緯！陵夷至於三國兩晉，則文氣日卑矣。(《論文上》)①

朱熹關注到賈誼、晁錯、董仲舒、張衡、司馬遷、司馬相如、班固、揚雄、蘇頲、韓愈、陸贄、柳宗元、尹洙、歐陽修等人在文統中的地位和影響，對古文與駢文的離合關係進行分析，肯定了韓愈、歐陽修推動古文發展的重要作用。對于宋代文章發展的歷程，朱熹有一個大致的描繪：

> 國初文章，皆嚴重老成。嘗觀嘉祐以前誥詞等，言語有甚拙者，而其人才皆是當世有名之士。蓋其文雖拙，而其辭謹重，有欲工而不能之意，所以風俗渾厚。至歐公文字，好

139

---

① 黎靖德編：《論文上》，《朱子語類》，卷一三九，第3298—3299頁。

底便十分好，然猶有甚拙底，未散得他和氣。到東坡文字便已馳騁，忒巧了。及宣政間，則窮極華麗，都散了和氣。（《論文上》）①

前輩文字規模巨集閎，論議雄偉，不爲脂闈嫵媚之態，其風氣習俗蓋如此。故宣和之後，建紹繼起，危亂雖極，而士氣不衰，觀曾公之文，亦可以見其彷彿矣。近歲以來，能言之士例以容冶調笑爲工，無復丈夫之氣，識者蓋深憂之，而不能有以正也。（《跋曾仲恭文》）②

朱熹認爲文章經過了宋初的拙樸謹重、歐陽修的沖淡自然、蘇軾的馳騁文字，最終發展到北宋末年的窮極華麗，南渡之後就只有曾鞏侄孫曾晦之等少數人的文章可以偶見前輩宏閎雄偉文字模樣，到後來就流于"容冶調笑爲工"，文風日下。

和朱熹相似，南宋許多理學家都非常關注古文文統傳承問題。真德秀認爲宋代除了歐、王、曾、蘇等"大手筆"之外，濂、洛諸先生《太極》《西銘》等作品也"直與六經相出入"，③ 甚至可以超越董仲舒、韓愈等人。這是把理學家著述的"鳴道之文"也列入文統之中。黃震《黃氏日鈔》把析理與評文、考辨與感悟結合起來，顯示出既符合儒家正統思想，又包含個人獨特感悟的文學批評特點。在學統上，黃震作爲朱熹的第四代門人，繼承了程朱理學的衣鉢。全祖望曾言"四明之傳，宗朱氏者，東發爲最"④。黃震有

---

① 黎靖德編：《論文上》，《朱子語類》，卷一三九，第3307頁。
② 朱熹：《跋曾仲恭文》。收入曾棗莊、劉琳主編《全宋文》第251冊，卷五六三〇，第453頁。
③ 真德秀：《跋彭忠肅文集》，《西山先生真文忠公文集》，卷三六，第565頁。
④ 黃宗羲、全祖望：《東發學案》，《宋元學案》，卷八六，第2884頁。

着和程朱理學家相同的道統觀念，他所主張的文統譜系與道統密切相關，只有思想合乎儒家正統的文人才能被他接納入文統圖譜。黄震論蘇軾之"叙説"言：

> 引伊尹、太公、管、樂、淮陰、諸葛，證范文正公以事業之素定於畎畝，材品雖不同，文正真無愧古人者也。引孔、孟、昌黎，證歐陽子以斯文之可以扶世變。然歐陽子闢异端，追古作真與昌黎等，推而達之孔孟之斯文，尚有濂洛在，且非此之謂文也。其末也，復斷自韓愈以下，雜引陸贄、李白爲比，而不復言孔、孟，豈蘇子雖推本孔、孟，藉以張大之，而其劑量則固自有在耶？（《黄氏日鈔》）①

黄震對蘇軾所列舉的文統譜系并不認可，認爲陸贄、李白等人不適合被放在文統之中，不配和孔孟、韓愈等人相提并論。黄震注意到宋代道統與文統存在關係，他認爲"求義理者，必於伊、洛；言文章者，必於歐、蘇"，其言曰：

> 唐文三變，至韓文公方能盡掃八代之衰，追配六經之作。嗚呼！亦難哉！文公没，未幾，俳語之習已復如舊。天下事創之難，而傳之尤不易，故治日常少而亂日常多，蓋往往而然矣。歐陽公起，十歲孤童，得文公遺文六卷於李氏敝簏，酷好而疾趨之，能使古文粲然復興，今垂三百年，如公尚存時。非有卓絶之資，超絶前古，疇克至此？迹其文詞，盡温而自然暢

---

① 黄震：《黄氏日鈔》，卷六二，第1903頁。

達，夫豈人力之所可強！宋興百年，元氣胥會，鍾之异人，固應然爾。蘇文忠公繼生，是時公實奬被而與之俱。歐陽公之模寫事情，使人宛然如見；蘇公之開陳治道，使人惻然動心，皆前無古人矣。然蘇公以公繼韓文公，上達孔、孟，謂即孔子之所謂斯文，此則其一門之授受所見然耳。公雖亦闢异端，而不免歸尊老氏，思慕至人；辨《繫辭》非聖人之言，謂嬴秦當繼三代之統。視韓文公《原道》《原性》等作，已恐不同，況孔子之所謂斯文者，又非言語文字之云乎？故求義理者，必於伊、洛；言文章者，必於歐、蘇。（《讀歐文》）①

此段話中，黃震對宋代以韓愈、歐陽修、蘇軾等人爲代表的文統傳承譜系進行了描述。他不認爲歐陽修能繼韓愈而上達孔孟。因爲歐氏的思想主張和韓愈已有差异，因時代相隔久遠，與孔孟思想的差距自然更大了。"程朱"義理和"歐蘇"文章分途發展各自臻於極致，道統和文統相輔相成，共同造就了有宋一代的昌盛文化。

---

① 黃震：《黃氏日鈔》，卷六一，第 1898 頁。

第四章

文道離合與文章正宗的推崇

　　關于道的内涵和文道關係的不同看法，成爲了宋代"談經者" "能文者"和"知道者"之間的分水嶺，從而形成了文與道之間的張力及文統與道統之間的分野。經學家和理學家們强調道對文的主導地位，輕視文章之士，造成了重道與重文兩種傾向之間的巨大鴻溝，不同地域、學派和身份的文人之間由此産生觀念和行爲上的矛盾和衝突。

一、文與道的衝突

（一）　山東儒生與洛下才子的文道對立

　　梅堯臣曾在其詩中對天聖年間（1023—1032）西京洛陽錢惟演

幕府的文人生活進行了生動刻畫：

> 我來自楚君自吳，相遇泛波銜舳艫。時時舉酒共笑樂，莫問罌盎有與無。醉憶曩同吾永叔，倒冠落佩來西都。是時豪快不顧俗，留守贈梣少尹俱。高吟持去擁鼻學，雅閣付唱纖腰姝。山東腐儒漫側目，洛下才子爭歸趨。自茲離散二十載，不復更有一日娛。如今舊友已無幾，歲晚得子欣為徒。（《四月二十七日與王正仲飲》）①

"洛下才子"是指錢惟演、歐陽修、尹洙、梅堯臣等人，他們在洛陽快意詩酒的放達行為招來了"山東腐儒"側目而視的鄙弃。兩個群體之間存在巨大的思想觀念和人生志趣上的差异，其背後有着複雜的歷史文化原因。

　　南北朝以來，南方和北方經濟生活、地域文化等方面的差異漸漸明顯。就學術而言，北朝重經學，南朝則以文學見長，這種差異影響到了唐代的文學風貌。誠如《隋書・文學傳序》所言："江左宮商發越，貴於清綺；河朔辭義貞剛，重乎氣質。氣質則理勝其辭，清綺則文過其意，此其南北詞人得失之大較也。"②唐代古文家除了皇甫湜、沈亞之等少數人外，大多為北方人士。劉師培《南北文學不同論》指出北方之民多尚實際，南方之民多尚虛無。"民崇實際，故所著之文，不外記事、析理二端。民尚虛無，故所著之

---

① 梅堯臣著，朱東潤校注：《四月二十七日與王正仲飲》，《梅堯臣集編年校注》。上海：上海古籍出版社 2006 年版，卷二一，第 561 頁。
② 魏徵著：《隋書》。北京：中華書局 1973 年版，卷七六，第 1730 頁。

文，或爲言志、抒情之體。"① 劉師培《南北學派不同論》認爲
"昌黎崛起北陲，易偶爲奇，語重句奇，閎中肆外，其魄力之雄，
直追秦漢，雖模擬之習未除，然起衰之功不可没也。習之、持正、
可之，咸奉韓文爲圭臬，古質渾雄，唐代罕倫"②。北宋經學家多
爲北方人，尤以齊魯孔孟故里爲多。如柳開爲大名（今屬河北邯
鄲）人，孫復爲晋州平陽（今山西臨汾）人，石介爲兗州奉符
（今屬山東泰安）人。

京東路是宋代設置的一級行政區，以京城爲界，其東諸州皆歸
其統轄，大致涵蓋了今山東大部、河南東部、安徽北部和江蘇西北
部。京東文人性格多質樸無華，坦率骨鯁，由於地處孔孟故里，他
們尚儒尊孔的復古理念尤其突出。西漢司馬遷曾言："鄒魯濱洙泗，
猶有周公遺風，俗好儒。"③《宋史·地理志》稱京東地區"其俗重
禮義，勤耕紝""政教所出，五方雜居""大率東人皆樸魯純直，
甚者失之滯固，然專經之士爲多"。④ 北宋文人深受統治者重視，
他們也樂意爲君王所用。據載，"國初故事，多用齊、魯鄙樸經
生爲縣令"⑤，"魯之學者始稍稍自奮，白袍舉子，大裾長紳，雜
出戎馬介士之間"⑥。京東地區作爲儒家文化發祥地，崇尚禮儀經
術，重視科舉教育。京東學人張方平曾有詩句盛贊京東古風曰：

---

① 劉師培：《清儒得失論·劉師培論學雜稿》。北京：中國人民大學出版社
　2004 年版，第 253 頁。
② 劉師培：《中國中古文學史講義》。南京：鳳凰出版社 2011 年版，第 262 頁。
③ 司馬遷撰，司馬貞索隱，張守節正義：《貨殖列傳》，《史記》，卷一二九，
　第 3266 頁。
④ 脱脱等撰：《地理志》，《宋史》，卷八五，第 2112 頁。
⑤ 王銍：《默記》。北京：中華書局 1981 年版，卷中，第 22 頁。
⑥ 馬端臨：《舉士》，《文獻通考》。北京：中華書局 2011 年版，卷三〇，第
　875 頁。

"鄒魯衣冠古士鄉，義方不獨有扶陽。德名垂世先君子，經術傳家小太常。"① 京東文人具有繼承孔孟道統的集體無意識，石介認爲，"夫求聖人之道者，必自魯始。魯，周公之所封也，孔子之所出地，聖人之道盡在魯矣"②。石介《上孔徐州》言道："魯，周公之國也；閣下，聖師之後也。道將興，必自魯始，魯將復聖人之教，必自閣下先。故天下常引領望於魯，常一心屬於閣下。"③ 石介贊揚京東之地"聖人遺風烈，生民多材良"④，"王化周南始，儒縫魯俗通"⑤，其對于京東作爲儒學聖地充滿了自豪感。

北宋山東文人之學被稱爲"東學"，宋代劉荀曾言：

　　"石介"師泰山孫明復，躬耕徂徠山下，學者稱徂徠先生，世謂之東學。……東學之倡，自孫、石二先生始。歐陽文忠公謂孫明復居泰山之陽，魯多學者，其尤賢而有道者石介，自介而下，皆以弟子事之。……魯人既素重此二人"石介、孔道輔"，由是始識師弟子之禮，莫不嗟嘆。祖無擇、姜潛、龔鼎臣、張洞、劉牧、李縕皆其門人也。王沂公、李文定公、范文正公、士建中、賈同，皆其師友也。（《勤者修業之本》）⑥

① 張方平：《兖海孫學士寄晝錦編述先德宣公進退之美報之長句四韵奉揚盛事》，《樂全集》。上海：商務印書館1935年版。
② 石介著，陳植鍔點校：《歸魯名張生》，《徂徠石先生文集》，卷七，第82頁。
③ 石介著，陳植鍔點校：《上孔徐州》，《徂徠石先生文集》，卷一四，第170頁。
④ 石介著，陳植鍔點校：《贈李常李堂》，《徂徠石先生文集》，卷三，第30頁。
⑤ 石介著，陳植鍔點校：《留守待制視學》，《徂徠石先生文集》，卷四，第42頁。
⑥ 劉荀：《明本釋》。北京：中華書局1985年版，卷上，第11頁。

可見"東學"之興對山東文化的發展促進很大。北宋京東文人晁補之言："東北俗椎魯，雖信美或不知擇而居，居之或不愛，愛而不能以語人，語人而不能誇以大之，故皆不顯。"① 由于地域文化影響而形成的文化性格不同，再加上身份和觀念的差異，經學家和文人常常是彼此看不順眼。唐代李白于開元二十四年（736 年）初次漫游山東，就受到山東儒生嘲諷："顧余不及仕，學劍來山東。舉鞭訪前途，穆笑汶上翁。"② 當然，恃才自傲的李白對山東腐儒也頗爲輕視，後來有詩反脣相譏曰："魯叟談五經，白髮死章句。問以經濟策，茫如墜烟霧。足著遠游履，首戴方山巾。緩步從直道，未行先起塵。秦家丞相府，不重褒衣人。君非叔孫通，與我本殊倫。時事且未達，歸耕汶水濱。"③ 李白還曾言"羞作濟南生，九十誦古文"④，認爲"魯國一杯水，難容橫海鱗"⑤。由于山東儒生與文人才子素不相能，到了宋代就演化爲"山東腐儒"與"洛下才子"兩個群體文化理念之間的衝突。和"山東腐儒"類似的還有"山東學究""京東學究"等帶有貶損意義的稱呼。如宋初"太宗欲相趙普，或譖之曰：'普，山東學究，惟能讀論語耳。'"⑥ 蘇軾曾批評石介弟子杜默曰："吾觀杜默豪氣，正是京東學究飲私酒食瘴死牛肉醉飽後所發者也。作詩狂怪，至盧仝、馬异極矣，若更

---

① 晁補之：《拱翠堂記》。收入曾棗莊、劉琳主編《全宋文》第 127 册，卷二七三八，第 14 頁。
② 呂華明、程安庸、劉金平著：《李太白年譜補正》。北京：中華書局 2012 年版，第 206 頁。
③ 李白著，王琦注：《嘲魯儒》，《李太白全集》。北京：中華書局 1977 年版，第 1157 頁。
④ 李白著，王琦注：《贈何七判官昌浩》，《李太白全集》，第 482 頁。
⑤ 李白著，王琦注：《送魯郡劉長史遷弘農長史》，《李太白全集》，第 791 頁。
⑥ 張光祖：《言行龜鑒》。瀋陽：遼寧教育出版社 2001 年版，卷一，第 1 頁。

求奇，便作杜默。"① 蘇轍也曾作詩挖苦京東儒生曰："東方書生多愚魯，閉門誦書口生土。窗中白首抱遺編，自信此書傳父祖。闢雍新說從上公，冊除僕射酬元功。太常弟子不知數，日夜吟諷如寒蟲。四方窺覦不能得，一卷百金猶復惜。康成穎達弃塵灰，老聃瞿曇更出入。舊書句句傳先師，中途欲弃還自疑。"② 可見，文人才子和山東儒生之間長期存在學術和文化觀念上的差異。在文人才子看來，儒生守遺訓舊說，皓首窮經，不能與時俱進，這已經成爲他們的一個身份標籤。

當然，北宋京東文人并不全是朱熹曾稱"見識卑陋而胡説"③之"山東學究"。如張齊賢、王禹偁、張咏、王沔、王曾、龐籍等等，這些優秀的官員均爲京東人士，范仲淹也深受京東文化濡染。京東文人中還有另類的叛逆者——"東州逸黨"，如范諷、劉潛、石曼卿等人，他們詆訶六籍、毀訾三皇、放浪形骸、豪俠尚武的言行舉止和石介、孫復等人所構成的"名教黨"形成了鮮明的對立。

大致而言，"山東腐儒"主要指宋初孫復、石介等經學家，而"洛陽才子"則指歐陽修、梅堯臣等文學家。前者以孔孟思想和傳統經學相尚，推重儒家道統，如石介主張"讀書不取其言辭，直以根本乎聖人之道；爲文不尚其浮華，直以宗樹乎聖人之教"④；後者則以文學創作的才華相爲推重，一時蔚然成風。"山東腐儒漫側目，洛下才子爭歸趨"局面的出現反映了傳統保守的經學家與奔放

---

① 蘇軾撰，孔凡禮點校：《評杜默詩》，《蘇軾文集》，卷六八，第 2131 頁。
② 蘇轍著，陳宏天、高秀芳點校：《東方書生行》，《蘇轍集》，卷五，第 99 頁。
③ 白壽彝：《朱熹辨偽書語》。北京：樸社出版經理部 1933 年版，第 69 頁。
④ 石介著，陳植鍔點校：《代鄆州通判李屯田薦士建中表》，《徂徠石先生文集》，卷二○，第 241 頁。

浪漫的文學家的區別。"山東腐儒"故步自封、困守道統，"洛陽才子"則積極開闢古文新天地，北宋經學家和文學家逐漸形成了兩個不同的陣營。而以洛陽爲中心的文人群體中，南方人居多，如錢惟演爲錢塘（今浙江杭州）人，歐陽修爲吉州永豐（今屬江西吉安）人。唐宋古文運動雖然最初由北方的韓愈、柳宗元和柳開、石介等人發起，但經過南北文化、文學的融合，最終變成了由南方人歐陽修、蘇軾領導，實現了文道、文情與文法的完美結合，走向了輝煌。

總之，以"山東腐儒"爲代表的經學家和以"洛下才子"爲代表的文學家，他們的文道觀念和看待文學的態度有着巨大差別，形成了特色鮮明的兩大文化群體。"山東腐儒"基本上屬于"談經者"，即經學家隊伍，"洛下才子"則屬于"能文者"，即文學家的陣營。這對宋代文壇具有長期的重要影響。

（二）　由"洛學興而文字壞"看文道分裂

所謂"斯文大節目"，實質上是宋代文學發展中的重要節點和契機。每一個"節目"的發生和落幕，都促進了古文創作走上更爲健康平坦的發展道路。"昆體勝而古道衰"和"洛學興而文字壞"之說，反映了從歐陽修到葉適、劉克莊等人對文道離合關係的關注，表達了他們希望文與道統一、情與理和諧的訴求。透過"昆體勝而古道衰"這一"節目"，可以看到以西昆體爲代表的詞臣文統對文壇的影響，以及歐陽修以古道變西昆所創造出的古文新文風的成就。因爲程、朱等理學家"爲洛學者皆崇性理而抑藝文"，這一重道輕文傾向造成了文壇語録體流行、文風萎靡不振；對此，南宋浙東文派葉適等人指摘"洛學興而文字壞"這一現象，隱含了他們"欲合周程歐蘇之裂"的願望，希望通過溝通理學與文學來消解道與文的張力，推動道統與文統的聯姻。

南宋景定元年（1260 年），與劉克莊同朝的陳平湖"出所論著十餘帙"，讓劉克莊爲之評論。劉克莊贊美陳平湖文章，"出入經史，貫通倫類"，"研理學，衍師説，章分句析，千條萬緒會歸於一，雖立雪飽參者有愧色"。陳平湖文章體裁多樣且衆體兼善，"臺閣之文温潤，金石之作古雅，有似汪（藻）、綦（崇禮）者，有似蘇（軾）、曾（鞏）者，有似《騷》《選》者，有似唐風者。可謂無昆體之偏，而得洛學之全矣。"[1] 陳平湖文章能做到實用與審美的統一，文采與哲理兼顧，文與道俱全。劉克莊于是有所感嘆，其《平湖集序》言曰：

> 本朝五星聚奎，文治比漢唐尤盛。三百餘年間，斯文大節目有二，歐陽公謂昆體勝而古道衰，至水心葉公則謂洛學興而文字壞。歐、葉皆大宗師，其論如此。余謂昆體若少理致，然東封西祀、粉飾太平之典恐非穆修、柳開輩所長；伊洛若欠華藻，然《通書》《西銘》遂與六經并行，亦恐黄、秦、晁、張諸人所未嘗講。（《平湖集序》）[2]

宋代文壇上歐陽修和葉適同爲一代"文宗""大宗師"，歐陽修提出"昆體勝而古道衰"，葉適認爲"洛學興而文字壞"。劉克莊認

---

① 劉克莊：《平湖集序》，《後村先生大全集》，卷九八。收入曾棗莊、劉琳主編《全宋文》第 329 册，卷七五七〇，第 164 頁。
② 同上書，第 163 頁。

爲二人的看法都有偏頗之處，他既肯定昆體文章潤色鴻業的實用功能，也不否定理學古文的載道作用。他認識到文與道、文學與學術之間的區別，没有片面地否定文學或者理學，而是折中地認爲昆體時文可用于封禪祭祀，粉飾太平，其非古文家所擅長。昆體雖少理致，但作爲應用文體有其實用功能，也有助于促進駢儷之句和散句單行的結合，對古文家有一定的借鑒意義。故葉適認爲不能一概否定昆體。

另外，理學古文優秀者可與六經并行，其對道德性理的闡發非文人之所長。在宋代這個推崇儒道、文治昌盛的時代，歐陽修所謂的"昆體勝而古道衰"，葉適所謂的"洛學興而文字壞"，都是學界關注的"斯文大節目"。劉克莊重視文道關係及其在文學發展中的離合情况，可見其眼光有獨到深刻之處。但他并没有像歐陽修和葉適那樣的文學成就，正如羅根澤所説，劉克莊"據知變的觀念，遠宗歐陽，近承葉適。可惜未能像歐陽的以古道變昆體，也未能像葉適的以文字變理學，結果只有變的意念，没有變的路途"①。

劉克莊認爲葉適主張"洛學興而文字壞"，但在葉適的著作中并没有與此完全相符的説法。葉適不是僅僅把批判的矛頭對準洛學，他批評的對象還有王安石等人。王安石于熙寧二年（1069 年）任參知政事，主持變法；熙寧四年（1071 年）上《乞改科條制札子》主張科舉改革，廢除詩賦取士，改用經義、策論。王安石重視文學的社會實用價值，認爲"治教政令，聖人之所謂文也"②，反映出了他作爲一個政治家所具有的功利主義文學觀。他所言"道"

---

① 羅根澤：《中國文學批評史》下册，第 720 頁。
② 王安石撰，李之亮箋注：《與祖擇之書》，《王荆公文集箋注》。成都：巴蜀書社 2005 年版，卷四十，第 1367 頁。

爲"治國安邦之道"，其《周禮義序》直言"惟道之在政事"。王安石主張"文貫乎道"，認爲"文"只是"禮教治政"的工具而已。他指出：

> 文者，務爲有補於世而已矣。所謂辭者，猶器之有刻鏤繪畫也。誠使巧且華，不必適用；誠使適用，亦不必巧且華。要之以適用爲本，以刻鏤繪畫爲之容而已。不適用，非所以爲器也；不爲之容，其亦若是乎？否也。然容亦未可已也，勿先之，其可也。（《上人書》）①

王安石重視文章的實用價值，認爲文辭僅僅是器物的刻鏤裝飾而已，若沒有實用的内容，外在的華麗形式便無所依托。他批評"近世之文，辭弗顧於理，理弗顧於事，以襞積故實爲有學，以雕繪語句爲精新"，認爲與道理和實踐無關的文章，"求其根柢濟用，則蔑如也"。② 王安石認爲"若欲以明道，則離聖人之經，皆不足以有明也。自秦、漢以來，儒者唯揚雄爲知言，然尚恨有所未盡。今學士大夫，往往不足以知雄，則其於聖人之經，宜其有所未盡"③。若如安石所言儒道如此難明，包括王安石自身在内的諸多唐宋古文家的以文載道、以文明道之願望就很難實現；如此，文與道就被對立起來了，有點趨向于二程所謂"作文害道"的意味了。慶曆年間

---

① 王安石撰，李之亮箋注：《上人書》，《王荆公文集箋注》，卷四十，第1363頁。
② 王安石撰，李之亮箋注：《上邵學士書》，《王荆公文集箋注》，卷三八，第1327頁。
③ 王安石撰，李之亮箋注：《答吳孝宗書》，《王荆公文集箋注》，卷三七，第1284頁。

（1041—1048），曾鞏數次向歐陽修推薦王安石，歐陽修也曾以文統傳承期許王安石，贈王安石詩曰：“翰林風月三千首，吏部文章二百年。老去自憐心尚在，後來誰與子爭先？”（《贈王介甫》）王安石答復曰：“欲傳道義心猶在，強學文章力已窮。他日若能窺孟子，終身何敢望韓公。”（《奉酬永叔見贈》）這表達了王安石更希望以孔孟道統傳承自任，并不在意韓歐文統傳承，因此也不期望自己成爲“今之韓愈”。王安石還曾言“韓公既去豈能追，孟子有來還不拒”（《秋懷》），其中表達的心志和歐、蘇等“能文者”對韓愈文統的推崇大相徑庭。據此，位列“唐宋八大家”、亦爲政治家和經學家的王安石被批評爲“文字壞”禍首的原因也就不難理解了。

邵伯溫的《邵氏聞見錄》曾引錢景諶《答兗守趙度支書》批評王安石“穿鑿不經，入於虛無，牽合臆説，作爲《字解》者，謂之時學，而《春秋》一王之法，獨廢而不用；又以荒唐誕怪，非昔是今，無所統紀者，謂之時文；傾險趨利，殘民而無恥者，謂之時官。驅天下之人務時學，以時文邀時官”[1]。蘇軾也批評王安石廢除詩賦而以經義取士、“欲以其學同天下”的做法：“文字之衰，未有如今日者也。其源實出於王氏。王氏之文，未必不善也，而患在於好使人同己。……惟荒瘠斥鹵之地，彌望皆黃茅白葦，此則王氏之同也。”[2] 葉適斥責俗學風行之下的宋徽宗“崇（崇寧）、觀（大觀）後文字散壞，相矜以浮，肆爲險膚無據之辭，苟以蕩心意，移耳目，取貴一時，雅道盡矣”[3]。就“文字壞”的原因，葉適指出：

---

[1] 邵伯溫：《邵氏聞見錄》。北京：中華書局1983年版，卷一二，第134頁。
[2] 蘇軾撰，孔凡禮點校：《答張文潛縣丞書》，《蘇軾文集》，卷四九，第1427頁。
[3] 葉適著，劉公純等點校：《謝景思集序》，《水心文集》，卷一二，收入《葉適集》。北京：中華書局1961年版，第212頁。

文字之興，萌芽於柳開、穆修，而歐陽修最有力，曾鞏、王安石、蘇洵父子繼之始大振；故蘇氏謂："雖天聖、景祐，斯文終有愧於古。"……及王氏（王安石）用事，以周孔自比，掩絕前作，程氏兄弟發明道學，從者十八九，文字遂復淪壞。……初，歐陽氏以文起，從之者雖眾，而尹洙、李覯、王令諸人，各自名家。其後王氏尤眾，而文學大壞矣。獨黃庭堅、秦觀、張耒、晁補之始終蘇氏，陳師道出於曾而客於蘇，蘇氏極力援此數人者，以爲可及古人，世或未能盡信。（《皇朝文鑒一》）①

葉適認爲王安石之學興盛，文學大壞，蘇門文人爲此時的中流砥柱。葉適批判了王安石當政推行的荊公新學對文學的戕害，以及二程洛學對文風的惡劣影響。葉適看到了王安石新學、二程洛學、三蘇蜀學等諸般學說并行局面下，文學發展所面對的複雜問題，思考了如何在經學大盛的情況下保持文學的獨立價值，實現文與道的和諧統一。

葉適還對王安石時代推廣《三經新義》，科舉考試用經義、廢詞賦的做法及其所造成的流弊，進行了有力的批判。他指出：

漢以經義造士，唐以詞賦取人。方其假物喻理，聲諧字協，巧者趨之，經義之樸閣筆而不能措。王安石深惡之，以爲市井小人皆可以得之也；然及其廢賦而用經，流弊至今，斷題析字，破碎大道，反甚於賦。故今日之經義，即昔日之賦；而

---

① 葉適：《皇朝文鑒一》，《習學記言序目》。北京：中華書局 1977 年版，第696—698 頁。

今日之賦，皆遲鈍拙澀，不能爲經義者然後爲之；蓋不以德而以言，無向而能獲也。（《皇朝文鑒一》）①

葉適認爲"不以德而以言"，文章便失去了道理的支撐，其言也就無所依托，自然會墮落。葉適《進卷》言：

> 今天下之士，雖五尺童子無不自謂知經，傳寫誦習，坐論聖賢。其高者談天人，語性命，以爲堯、舜、周、孔之道，技盡於此，雕琢刻畫，侮玩先王之法言，反甚於詞賦，南方之薄者，工巧而先造；少北之樸士，屈意而願學。衆説潰亂，茫然而莫得其要。人文乖繆，大義不明，無甚於此，而知者曾不察歟！（《士學下》）②

葉適認爲自王安石留下了文章空談經義的病根，"至熙寧、元豐，以經術相高，以才能相尚"③，造成了文人"談天人，語性命""衆説潰亂""人文乖繆"的混亂局面，後來士子文章又流于理學語錄，更加散漫不可讀。葉適批評王安石的原因，多與王安石主政期間的科舉政策和王氏之學對文學的不良影響有關。學者習于當時之所謂經義者，以經義穿鑿來組織文章，一時蔚然成風，故文氣日益卑下，文字之壞在所難免。

　　葉適雖無和"洛學興而文字壞"之説完全相符的表述，但他

---

① 葉適：《皇朝文鑒一》，《習學記言序目》，第699頁。
② 葉適著，劉公純等點校：《水心別集》，卷三。收入《葉適集》，第677頁。
③ 周必大：《蘇魏公文集後序》。收入蘇頌《蘇魏公文集》。北京：中華書局1988年版，卷首，第3頁。

也基本認爲理學是文學一厄，否定理學家重道輕文的做法。葉適爲學富有批判精神，他對文學家和理學家都有批評。他認爲"韓、歐雖挈之於古，然而益趨於文也。經傳之流爲注疏，俚箋臆解，不勝妄矣。程、張雖訂之於理，然而未幾於性也。凡此皆出孔氏後，節目最大，余所甚疑"①。葉適指摘韓愈曰："後世唯一韓愈號追二三代之文，其詞或仿佛似之，至於道之所在，豈能庶幾也！"② 葉適認爲"本朝繼之以歐、王、曾、蘇，然雖文詞爲盛，往往不過記、叙、銘、論，浮説閑話，而著實處反不逮唐人遠甚。學者不可但隨聲因時，漫爲唱和，虛文無實，終於斫喪而已"③。葉適對孔子之後文統與道統相分離的現象極爲不滿，反感理學家"崇性理，卑藝文"的總體傾向。元代劉塤認爲葉適"洛學起而文字壞此語當有爲而發"，也十分認同吴子良"近時水心一家，欲合周程歐蘇之裂"這一説法，④ 認爲葉適是出于彌合理學與文學、道統與文統的目的纔去批評洛學的。

"洛學興而文字壞"的説法體現了劉克莊對文道關係的思考。宋代周、張、程等主理，韓、歐、蘇等主文，理學家與古文家之間存在巨大的鴻溝，理學與文學之間也存在極大的張力。導致"文字壞"惡果的不是洛學本身，而是理學家們的文學理念。劉克莊認爲"爲洛學者皆崇性理而抑藝文，詞尤在藝文之下者也"⑤，主張華藻

---

① 葉適著，劉公純等點校：《檪齋藏書記》，《水心文集》，卷一一。收入《葉適集》，第 200 頁。
② 葉適：《毛詩》，《習學記言序目》，卷六，第 79 頁。
③ 同上書，第 602 頁。
④ 劉塤：《合周程歐蘇之裂》，《隱居通議》。北京：中華書局 1985 年版，卷二，第 17 頁。
⑤ 劉克莊：《跋黄孝邁長短句》。收入曾棗莊、劉琳主編《全宋文》第 329 册，卷七五八三，第 373 頁。

和理致并重。南宋周密對于"洛學興而文字壞"的觀點也很認可，其曾言："宋之文治雖盛，然諸老率崇性理，卑藝文。朱氏主程而抑蘇，呂氏《文鑒》去取多朱意。故文字多遺落者，極可惜。水心葉氏云：'洛學興而文字壞。'至哉言乎。"① 周密認爲在理學的壓制下，文學不能正常發展。正如呂祖謙《宋文鑒》的編纂理念因受到朱熹的左右而難以選出典範文學佳作，以至于"文字多遺落者"。葉適、劉克莊和周密都認爲理學家"崇性理而抑藝文"，即便是朱熹、游酢、胡安國等人能寫出一些好文章，但整個文壇"文字壞"的整體局面已成定勢。

　　隨着南宋政壇風雲變幻，理學被扣之以"專門之學""僞學"等罪名。"專門之學"原指專門的技能或學問，多爲師徒、父子代代相傳。如《宋史》言天文之學，"司馬遷史記而下，歷代皆志天文。第以羲、和既遠，官乏世掌，賴世以有專門之學焉"②。宋代慶元黨禁攻擊理學爲"僞學"，多用"專門"或"專門曲學"等稱呼理學。南宋周必大撰《蘇魏公文集後序》言："至元祐，雖闢專門之學，開衆正之路，然議論不齊，由茲而起。"③ 元祐年間（1086—1094）"專門之學"被用來指稱二程學說，因其在科舉中受到重視，故元祐以來風靡一時。蘇轍制《孫諤太學博士告詞》言："士溺於專門之學而不治諸書，不達前世。施之於事，罔焉不知。"④ 南宋趙孟堅詩曰："孔孟至皇朝，文與道相屬。溯自熙豐

① 周密：《浩然齋雅談》。北京：中華書局1985年版，卷上，第13頁。
② 脫脫等撰：《天文志一》，《宋史》，卷四八，第950頁。
③ 周必大：《蘇魏公文集後序》。收入蘇頌《蘇魏公文集》，卷首，第3頁。
④ 蘇轍：《孫諤太學博士告詞》，《蘇轍集》，卷二八。收入曾棗莊、舒大剛主編《三蘇全書》。北京：語文出版社2001年版，第87頁。

後，專門始分目。歐蘇以文雄，周程理義熟。從此判而二，流派各异躅。"① 宋代蘇籀云："近歲顓門不讀書，右文搜拔廣該儒。"（《試闈即事三絕（二）》）南宋時期把推崇程朱思想、重視理學語録而忽略儒學原典、一味注重以語録來裝點門户和博取功名的學問稱之爲"專門之學"，而"專門之學"的流行則直接導致了"文字大壞"。

随着黨禁網絡的張開，"專門之學"深受打擊。史料顯示紹興年間（1131—1162）二程道學受到陳公輔、秦檜等人的圍攻。② 其中原因可從這一時期的群臣上書中窺見一斑。陳公輔對程門弟子以道學自任、學統遞相傳授的行爲很是憎惡，乞求朝廷禁止程頤之學，認爲士大夫之學宜以孔孟爲師，言行相稱方可濟時用時。③ 紹興十四年（1144 年），殿中侍御史汪勃建議科舉應試中"采摭專門曲説，流入迂怪者，在所必去"，宋高宗認可了他的這一奏言。④ 紹興二十年（1150 年），侍御史曹筠又言"近年考試，多以私意取專門之學，至有一州而取數十人，士子憤怨，不無遺才之嘆。欲望

---

① 趙孟堅：《爲倉使吳荆溪先生壽》，《彝齋文編》，卷一。收入《文淵閣四庫全書》第 1181 册，第 310 頁。

② 《宋史》載："自神宗程顥、程頤以道學倡於洛，四方師之，中興盛於東南，科舉之文稍用頤説。諫官陳公輔上疏詆頤學，乞加禁絶；秦檜入相，甚至指頤爲'專門'，侍御史汪勃請戒飭攸司，凡專門曲説，必加黜落；中丞曹筠亦請選用程説者，并從之。"見脱脱等撰：《選舉志二》，《宋史》，卷一五六，第 3630 頁。

③ 陳公輔上書："言今世取程頤之説，謂之伊川之學。相率從之，倡爲大言。謂堯舜文武之道傳之仲尼，仲尼傳之孟軻，孟軻傳之頤，頤死遂無傳焉。狂言怪語，淫説鄙論，曰'此伊川之文也'。幅巾大袖，高視閣步，曰'此伊川之行也'。師伊川之文，行伊川之行，則爲賢士大夫。舍此皆非也。"見陳邦瞻：《道學崇黜》，《宋史紀事本末》。北京：中華書局 1977 年版，卷二一，第 867 頁。

④ 徐松：《選舉》，四之二八，《宋會要輯稿》。北京：中華書局 1957 年版，第 4304 頁。

誠飭試院，其有不公，令監察御史出院日彈劾”，宋高宗也聽從了他的這一建議。① 秦檜及其私黨不僅攻擊“專門之學”，重視時文教學的葉適等人也受到了抨擊，其書籍遭到劈版。慶元二年（1196年）葉翥上書曰：“士狃於僞學，專習語録詭誕之説，《中庸》《大學》之書，以文其非。有葉適《進卷》、陳傅良《待遇集》，士人傳誦其文，每用輒效。”② 同年，國子監言：“毋得復傳語録，以滋盜名欺世之僞。所有《進卷》《待遇集》，并近時妄傳語録之類，并行毀版。”③ 對“專門之學”的打擊時間延續超過半個世紀，這也説明了由程朱理學衍生而來的“專門之學”對宋代士風、文風及科舉考試產生了長期的不良影響。

編纂語録成爲了道學家們的罪過。李心傳《建炎以來朝野雜記》之《道學興廢》篇記載了道學家的沉浮過程和道學的命運變化。南宋周密《癸辛雜識》記録吳興老儒沈仲固指責理學家一旦“爲太守，爲監司，必須建立書院，立諸賢之祠。或刊注四書，衍輯語録，然後號爲賢者，則可以釣聲名，致膴仕，而士子場屋之文，必須引用以爲文，則可以擢巍科，爲名士”④。《朱子年譜》記載，慶元二年（1196年），“省闈知貢舉葉翥、倪思、劉德秀等，奏論文弊，復言僞學之魁以匹夫竊人主之柄，鼓動天下，故文風未能丕變，乞將語録之類并行除毀。是科取士，稍涉義理者悉見黜落。《六經》《語》《孟》《中庸》《大學》之書，爲世大禁。士子

---

① 徐松：《選舉》，四之二九，《宋會要輯稿》，第 4305 頁。
② 脱脱等撰：《選舉志二》，《宋史》，卷一五六，第 3635 頁。
③ 徐松：《刑法》，二之一二七，《宋會要輯稿》，第 6559 頁。
④ 周密：《癸辛雜識·續集》。上海：上海古籍出版社 2012 年版，第 94 頁。

避時所忌，文氣日卑"①。可見，對道學傳播、書院教學、道學語錄和科舉程文編纂的廣泛打擊直接影響了南宋士風和文風，在義理也受到科舉制約的情況下，士子們一時無所適從，"文氣日卑"在所難免。

朱熹死後，在真德秀、魏了翁等人的反復爭取下，道學纔得以平反昭雪。嘉定二年（1209 年），朝廷賜予朱熹謚號"文"，稱朱文公。嘉定四年（1211 年），李道傳請求解除學禁，頒行朱熹《四書集注》，周、邵、程、張五先生從祀聖人，但未得到許可。嘉定五年（1212 年），朱熹《論語集注》《孟子集注》立於學官，理學終於占領了主流意識形態的一席之地。寶慶三年（1227 年），宋理宗詔曰："朕觀朱熹集注《大學》《論語》《孟子》《中庸》，發揮聖賢蘊奧，有補治道。朕勵志講學，緬懷典刑，可特贈朱熹太師，追封信國公。"② 同年三月，宋理宗召朱熹其子朱在嘉許曰："先卿《中庸序》言之甚詳，朕讀之不釋手，恨不與同時。"③ 數月後改封朱熹爲徽國公，稱其"傳孔孟之學，抱伊傅之才"④。紹定三年（1230 年），宋理宗親撰《道統十三贊》，肯定了伏羲、堯、舜、周公、孔丘、顏回、曾參、子思、孟軻等十三人所構成的一脉相承的道統序列，并在國子監宣諭《道統十三贊》，刊印朱熹《資治通鑒綱目》。端平二年（1235 年），宋理宗詔議胡瑗、孫明復、邵雍、歐陽修、周敦頤、司馬光、蘇軾、張載、程顥、程頤等十人從祀孔子廟，升孔伋十哲。到了元代，元仁宗詔定《四書集注》試士子，

① 王懋竑：《朱子年譜》，卷之四下。臺北：臺灣商務印書館 1982 年版，第218 頁。
② 脫脫等撰：《理宗一》，《宋史》，卷四一，第 789 頁。
③ 同上。
④ 李心傳：《晦庵先生改封徽國公制詞》，《道命錄》，卷一〇，第 117 頁。

修《宋史》特立《道學傳》。黃宗羲指出，"十七史以來，止有《儒林》，至《宋史》別立《道學》一門，在《儒林》之前，以處周、程、張、邵、朱、張及程朱門人數人，以示隆也"①。至此，程朱理學完成了由"百家言"到"王官學"的轉化，成爲了封建社會的主流意識形態，實現了政統、道統和學統的統一。

（三）　洛蜀學統之爭與"周程歐蘇之裂"

清儒孫奇逢特別看重學統，他認爲："學之有宗，猶國之有統，家之有系也。系之宗有大有小，國之統有正有閏，而學之宗有天有心。今欲稽國之運數，當必分正統焉。溯家之本原，當先定大宗焉，論學之宗傳，而不本諸天者，其非善學者也。"②　正像國家、家族要區分正統、大宗一樣，爲學有所本纔可以得其門而入。中國學術史上的學統之別可以追溯到先秦時期諸子百家的分門別派。就儒家學統而言，相傳孔子之後儒學分爲八派，其中荀子一脉探究文獻之學，由子夏延續下來；而孟子一派講究義理之學，是由曾參傳承而來。由此可見，儒家學統之分門別派習氣由來已久。以"三蘇"爲代表的蜀學和以"濂洛關閩"爲代表的理學門派在學統上有着巨大的差別。洛蜀黨爭正是由學統之爭發展爲政治攻訐，隨後又把政治鬥爭的硝烟進一步瀰漫到文學領域，最終發展爲理學和文學之爭。可以説，"周程歐蘇之裂"由來已久。

---

① 黃宗羲、全祖望：《泰山學案》，《宋元學案》，卷二，第 121 頁。
② 孫奇逢：《理學宗傳序》，《夏峰先生集》。北京：中華書局 2004 年版，卷四，第 135 頁。

1. 洛學文人的"主敬"與"修辭立其誠"

以程朱爲代表的"知道者"主張以道理爲本的文道觀，他們繼承了宋初經學家復古重道的理念，在宋代理學話語背景下，把文章視爲儒家道德性命的傳聲筒，以道理爲文章圭臬，唯道理是從，和歐陽修、蘇軾等文學家之間存在巨大的思想鴻溝。二程主張"爲學以誠"，"涵養須用敬"，而"進學在于致知"。《宋元學案》言程頤爲學"本於至誠，其見於言動事爲之間，疏通簡易，不爲矯異"①。程氏爲學的基本態度是杜絶一切繁瑣誇飾行爲，一本于誠。關于其所本之誠，二程認爲："無妄之謂誠，不欺其次矣。"②《朱子語類》言："誠者，真實無妄之謂，天之道也。""此言天理至實而無妄，指理而言也。"③ 天理真實無妄，那麽以天理、道爲根本的文學創作必須以誠爲本，依乎天理，循道而行。就爲學態度而言，程頤認爲唯有"敬"方能識得道理。《朱子語類》指出，"自秦漢以來，諸儒皆不識這'敬'字，直至程子方説得親切，學者知所用力"④。所謂"親切"就是更切近于道理。"程先生所以有功於後學者，最是'敬'之一字有力。人之心性，敬則常存，不敬則不存。如釋老等人，却是能持敬。但是他只知得那上面一截事，却没下面一截事。"⑤ 程頤"主敬"思想之"有力"之處在于它雖然和佛教一樣以持敬的態度進行心性修養，但并不止步于心性，同樣關注人倫日用、社會民生和濟世治國等。

《宋元學案》載黃宗羲案語曰："'涵養須用敬，進學在致知'，

① 黄宗羲、全祖望：《伊川學案上》，《宋元學案》，卷一五，第591頁。
② 程顥、程頤：《河南程氏遺書》，卷六。收入氏著《二程集》，第92頁。
③ 黎靖德編：《中庸三》，《朱子語類》，卷六四，第1564頁。
④ 黎靖德編：《學六》，《朱子語類》，卷一二，第207頁。
⑤ 同上書，第210頁。

此伊川正鵠也。考亭守而勿失，其議論雖多，要不出此二言。"①

程頤爲學具有"主敬""致知"的特點，他認爲"敬只是主一也"，"存此，則自然天理明。學者須是將敬以直内，涵養此意，直内是本"。②"敬即便是禮，無己可克。"③君子、學者之"敬"是内心主于一且約之以禮。對于聖人、君王而言，"主敬"的意義更爲宏大。"聖人修己以敬，以安百姓，篤恭而天下平。惟上下一於恭敬，則天地自位，萬物自育，氣無不和，四靈何有不至？此體信達順之道，聰明睿智皆由是出。"④程氏提倡的"主敬"理念不僅要落實在個人修持方面，還要"安百姓""平天下""位天地""育萬物"，對于社會秩序的建構而言也是意義非凡。程顥曾贊揚其弟頤說"异日能尊師道，是二哥！"⑤《宋元學案》言程頤入侍經筵，爲皇帝講讀，"容貌莊嚴，於上前不少假借"，自言其"以布衣職輔導，亦不敢不自重"。⑥由于程頤在朝廷之中尊明道理，莊嚴師道，直接影響了當時朝臣的風習。如朱光庭初受學于孫復、胡瑗，"後從二程於洛，聞格物致知爲進道之門，正心誠意爲入德之方，深信不疑。其爲諫官，奮不顧身，以衛師門，遂名洛黨之魁。蓋杰然自拔於流俗者也"⑦。"主敬"思想在程朱理學體系中占據重要地位，洛學人士對蜀學向來看不慣，因蜀學以文學爲特色，其思想雜有佛道。二程學問雖然也是援佛入儒，但對蜀學在爲學功夫上的通脱駁

① 黄宗羲、全祖望：《晦翁學案上》，《宋元學案》，卷四八，第1554頁。
② 程顥、程頤：《河南程氏遺書》，卷一五。收入氏著《二程集》，第149頁。
③ 同上書，第143頁。
④ 程顥、程頤：《河南程氏遺書》，卷六，收入氏著《二程集》，第81頁。
⑤ 程顥、程頤：《傳聞雜記》，《河南程氏外書》，卷一二。收入氏著《二程集》，第427頁。
⑥ 黄宗羲、全祖望：《伊川學案上》，《宋元學案》，卷一五，第590頁。
⑦ 黄宗羲、全祖望：《劉李諸儒學案》，《宋元學案》，卷三〇，第1068頁。

雜頗爲反感。

北宋元祐年間（1086—1094）是洛蜀黨爭發生的主要時期。黨爭發端于文人義氣、性情之爭，後逐漸發展爲政治攻訐。《朱子語類》指出"二家常時自相排斥，蘇氏以程氏爲奸，程氏以蘇氏爲縱橫"①。洛蜀黨爭同時也是洛學和蜀學的學術、學統之爭，體現了洛、蜀兩派對待文學的不同態度。朱熹對蘇軾的態度存在學統和文統分離的差異，在學統方面是嚴肅批判，在文統上則是批評和贊許共存。洛學和蜀學是洛、蜀兩黨文人的學術歸宿，學統問題是兩黨發生矛盾的重要因素。在此之前，洛蜀兩黨本都是比較保守的"舊黨"，都反對王安石的熙寧變法，兩黨人士之間也有交游，學術觀點有時候也可通融。② 關于洛蜀黨爭的形成原因，《宋元學案》言"方是時，蘇子瞻軾在翰林，有重名，一時文士多歸之。文士不樂拘檢，迂先生所爲，兩家門下迭起標榜，遂分黨爲洛、蜀"③。蜀黨文士不樂拘檢，程頤過于迂腐，兩家學人各自標榜門戶，蜀黨活潑，洛黨嚴肅，表面上僅僅是意氣、性情之爭，實際上是兩派在學術路子上有着根本的差異。

程顥認爲修辭的目的在于"立誠"，"立誠"是修業進德之可資憑藉。二程的學問、爲人、道德、文章爲其門生所仿效。程顥曰："'修辭立其誠'，不可不仔細理會。言能修省言辭，便是要立誠。若只是修飾言辭爲心，只是爲僞也。若修其言辭，正爲立己之

---

① 黎靖德編：《本朝四》，《朱子語類》，卷一三〇，第3109頁。

② 如《邵氏聞見後錄》記載："東坡《書上清宮碑》云：'道家諸流，本於黃帝、老子。其道以清淨無爲爲宗，以虛明應物爲用，以慈儉不爭爲行，合於《周易》何思何慮、《論語》仁者靜壽之說，如是而已。'謝顯道親見程伊川誦此數語，以爲古今論仁，最有妙理也。"邵博：《邵氏聞見後錄》。北京：中華書局1983年版，卷五，第38頁。

③ 黃宗羲、全祖望：《伊川學案上》，《宋元學案》，卷一五，第590頁。

誠意，乃是體當自家敬以直内、義以方外之實事。"① 按照二程爲學以誠、"真實無妄"的標準，文學上的敷衍誇飾、鋪張揚厲等蘇門文人擅長的手段自然是失之于虚妄怪誕了。受到這一風氣的影響，"三蘇"蜀學和書院關係疏遠，没有穩定的後學隊伍，蘇軾之後三蘇之學難以得到很好的繼承和光大。正如郭慶財所言，"蘇軾自由舒卷、灑落從容的精神氣度難以師模，不易形成統緒，學人無所依，亦不必有所依。""相較而言，程系道學標榜一定不易、歷聖相傳之'道統'，立場明確，且以純善的德性爲社會的根本價值依託，在内憂外患、人心不齊的時局中有一定的吸引力和凝聚力。"② 故而，二程之學後人不絶，至朱熹則集其大成。

2. 蜀學文人的"破敬"與"戲謔爲文"

根源于學統的區别，在處世、爲文等方面，洛蜀兩派圍繞"主敬"等問題産生了摩擦。《二程集》記載："朱公掞（朱光庭）爲御史，端笏正立，嚴毅不可犯，班列肅然。蘇子瞻語人曰：何時打破這'敬'字？"③ 對此"主敬"與"破敬"問題，朱熹分析曰："東坡與荆公固是争新法，東坡與伊川是争個甚麼？只看這處，曲直自顯然可見，何用别商量？只看東坡所記云，幾時得與他打破這'敬'字！看這説話，只要奮手捋臂，放意肆志，無所不爲便是。只看這處，是非曲直自易見。"④ 朱熹謂"主敬"的"是處"便是"道"，那蘇軾的"破敬"自然與"道"相悖而行了。朱熹認爲蘇

① 程顥、程頤：《河南程氏遺書》，卷一。收入氏著《二程集》，第 2 頁。
② 郭慶財：《兩宋之際蘇學與程學關係新變》，《北方論叢》2003 年第 2 期，第 72 頁。
③ 程顥、程頤：《時氏本拾遺》，《河南程氏外書》，卷一一。收入氏著《二程集》，第 414 頁。
④ 黎靖德編：《本朝四》，《朱子語類》，卷一三〇，第 3109 頁。

軾"好放肆，見端人正士以禮自持，却恐他來檢點，故悘詆訾"①，他覺得蘇軾之所以戲謔調笑程頤，是出于個人的私心，擔心被禮法之士約束而率先出手打破這個"敬"。

"程門立雪"的典故説明了日常生活中"主敬"也是程氏門人的行事準則，程頤的"主敬"思想甚至發展到刻板、不近人情的程度。一日爲宋哲宗講學，"講罷未退，上忽起憑檻，戲折柳枝。先生進曰：'方春發生，不可無故摧折。'上不悦"②。當時的宋哲宗還是一個童真未泯的孩子，程頤却如此板着面孔訓斥。程頤的"主敬"有時的確不合時宜，故也易招來鄙視和排擠。程頤入侍經筵、修國子監太學條例等行爲都引來了"群臣非議"，孔文仲奏其"五鬼之魁"，當"放還田里"。③ 文人相輕，自古而然，尤其是蘇軾個性素來通達，對程頤戲謔調笑而不放在心上，但當時"蘇子瞻軾在翰林，有重名，一時文士多歸之"，他的行爲也引得一衆文人跟從，洛蜀兩派漸漸産生一系列的衝突。④ 隨着他們共同的敵人新黨的消退，兩派之間的矛盾更是日益白熱化。史載："吕申公爲相，凡事有疑，必質於伊川。進退人才，二蘇疑伊川有力，故極

① 黎靖德編：《本朝四》，《朱子語類》，卷一三〇，第3109—3110頁。
② 程顥、程頤：《伊川先生年譜》，《河南程氏遺書》。收入氏著《二程集》，第342頁。
③ 黄宗羲、全祖望：《伊川學案上》，《宋元學案》，卷一五，第590頁。
④ 如哲宗元祐元年（1086年）十月，司馬光去世，朝廷賜以"明堂大享"殊榮。據《河南程氏外書》載："溫公薨，朝廷命伊川主其喪事。是日也，祀明堂禮成，而二蘇往哭溫公，道遇朱公掞，問之。公掞曰：'往哭溫公，而程先生以爲慶吊不同日。'二蘇恨然而反，曰：'鏖糟陂裏叔孫通也。'（言其山野）自是時時謔伊川。""他日國忌，禱於相國寺，伊川令供素饌，子瞻詰之曰：'正叔不好佛，胡爲食素？'正叔曰：'禮，居喪不飲酒食肉。忌日，喪之餘也。'子瞻令具肉食，曰：'爲劉氏者左袒。'於是范諄夫輩食素，秦、黄輩食肉。"見程顥、程頤：《時氏本拾遺》，《河南程氏外書》，卷一一。收入氏著《二程集》，頁416頁。

口詆之云。"① 洛蜀兩派的諸般紛争，最終演化爲政治上的傾軋排擠。

關于學人之品行和道德風範，朱熹贊同程頤那種"正人君子"模樣的師道尊嚴，而蘇軾却總是要打破程頤這"敬"字，故朱熹對蘇軾及其門人的批判也不客氣。他認爲"東坡如此做人，到少間便都排廢了許多端人正士，却一齊引許多不律底人來"；"從其游者，皆一時輕薄輩，無少行檢，就中如秦少游，則其最也"②。朱熹有時候甚爲憤激地批評蘇門師徒道：

> 若蘇氏，則其律身已不若荆公之嚴，其爲術要未忘功利，而詭秘過之。其徒如秦觀、李廌之流，皆浮誕佻輕，士類不齒，相與扇縱横捭闔之辨以持其説，而漠然不知禮義廉耻之爲何物。雖其勢利未能有以動人，而世之樂放縱、惡拘檢者已紛然向之。使其得志，則凡蔡京之所爲，未必不身爲之也。(《答汪尚書》)③

朱熹把蘇軾比作蔡京之流，認爲其禍國殃民。朱熹特別看重讀書人的人品，他認爲"東坡所薦引之人，多輕儇之士，若使東坡爲相，則此等人定皆布滿要路，國家如何得安静？"④"安道（張方平）之徒，平日苟簡放恣慣了，纔見禮法之士，必深惡。如老蘇作辨奸以

---

① 程顥、程頤：《時氏本拾遺》，《河南程氏外書》，卷一一。收入氏著《二程集》，第 416 頁。
② 黎靖德編：《本朝四》，《朱子語類》，卷一三〇，第 3109—3110 頁。
③ 朱熹：《答汪尚書》，《晦庵先生朱文公文集》，卷三〇。收入朱杰人、嚴佐之、劉永翔主編《朱子全書》第 23 册，第 1301 頁。
④ 黎靖德編：《論文上》，《朱子語類》，卷一三九，第 3296 頁。

譏介甫，東坡惡伊川，皆此類耳。"① 不僅是蘇軾，對待韓愈、歐陽修等文學大家，朱熹也毫不客氣。朱熹認爲"大概皆以文人自立，平時讀書，只把做考究古今治亂興衰底事。要做文章，都不曾向身上做工夫，平日只是以吟詩飲酒戲謔度日"②。足見朱熹骨子裏是看不起蘇軾這種文人做派的。

黨爭帶來的是政治力量的消耗，兩黨都沒有好下場。自元祐元年（1086 年）程頤爲崇政殿説書，蘇軾任翰林學士知制誥，後蘇軾除兼侍讀，與程頤同在經筵。鑒于蘇軾、程頤交惡，有司主張并罷二人。③ 故程頤管勾西京國子監，蘇軾外補。程頤和蘇軾的身影雖然在朝堂消失，但黨爭的影響并未完全消除。紹興初年，張浚與皇上討論用人時候還説："士人各隨所習，如蜀中之士多學蘇軾父子；江西之士多學黃庭堅。""大抵耳目所接，師友淵源，必有所自。"④ 朱東潤曾分析宋代文人門户黨政亂象曰：

> 門户之見，至宋益盛，始之則有熙寧、元禧之別。繼之則有洛黨、蜀黨、朔黨之爭。黨派之説，始之起於論政，繼之則及於論學論文，故言新政者必指摘歐蘇，游蘇門者多恥言介甫。及乎宋室南渡，舊論稍定，而詩文之中，新派又起。雖顯分左右，而質諸持論之立足點，則其根本絕異之處無從發現，

---

① 黎靖德編：《本朝四》，《朱子語類》，卷一三〇，第 3112 頁。
② 同上書，第 3112—3113 頁。
③ 元祐二年（1087 年）九月，侍御史王覿奏云："蘇軾、程頤向緣小惡，浸結仇怨。於是頤、軾素相親善之人，亦爲之更相詆訐以求勝，勢若決不兩立者。乃至臺諫官一年之内，章疏紛紜，多緣頤、軾之故也。"見李燾：《續資治通鑑長編》，北京：中華書局 1986 年版，卷四〇五，第 9688 頁。
④ 李心傳：《紹興七年六月乙卯》，《建炎以來繫年要錄》，北京：中華書局 1988 年版，卷一一一，第 1808 頁。

且往往同屬一派，而立論有互相矛盾者，有前後絕異者，誠令後之學者爲之却步矣。（《中國文學批評史大綱》）①

可見這種門户之爭對宋代學術和文學的不良影響是非常久遠的，它由政治遷移到學術、文學領域，消耗了社會精英群體的思想資源和國家實力，執論本質相同却喋喋不休的論辯方式也敗壞了文壇風尚。

二、文與道的調適

南宋在理學領域的"能文者"有朱熹、張栻、吕祖謙、魏了翁等人。雖然他們的文學成就整體而言不可能與北宋的歐陽修、蘇軾等人相比，但他們創作的理學古文成就突出，大有可圈可點之處；而且他們的文學主張非常豐富，對古文創作的規律進行了深刻探究，所編文集及其編纂思想都頗有影響，從而極大地促進了文學與理學之間矛盾的彌合，使得文與道的關係開始進入調整、融合的調適階段。

（一）"合周程歐蘇之裂"的時代趨勢

華夏文化向來具有兼容并包的和合精神。歷史上曾出現過先秦的"百家争鳴"，漢代的文化大一統，以及儒道釋"三教合一"等

---

① 朱東潤：《中國文學批評史大綱》。武漢：武漢大學出版社 2009 年版，第110 頁。

文化和合現象。每一次融合都極大地促進了中華文化的發展，賦予它以更強的生命力。有宋一代是中華文化發展的巔峰期，學術繁榮是這一時期的突出標志。宋代雖然學派林立、門戶森嚴，但各家學說發展成熟後，漸漸出現一個由爭辯而交流、由衝突而融合的總體趨勢。《伊洛淵源録》記載了吕本中的《師友雜志》一書，該書言南北宋之際程氏門人"李先之、周恭叔皆從程（伊川）先生學問，而學蘇公（蘇軾）文辭以文之，世多譏之矣"①。南宋以後，學習蘇軾文法的理學中人就更加多了。理學經過北宋五子的積澱，到南宋朱熹時進入集大成階段。後朱熹時代，理學與文學、道統與文統之間的矛盾開始調和，"和會朱陸"與"合周程歐蘇之裂"的聲調漸漸響亮起來。

由于文與道、文學與理學之間有着千絲萬縷的内在聯結，早在南宋時期洛學和蜀學就有了融合的先兆。如馮澥爲程頤後學，又"爲文師蘇軾"②；張浚爲學不受門户限制，不僅對洛學和蘇學都有吸收，對佛老思想也有接受；此外李石、劉光祖、李壁、李埴等人亦有融合洛蜀之傾向。乾道六年（1170年），蜀學人士員興宗提出："蘇學長於經濟，洛學長於性理，臨川學長於名數，誠能通三而貫一，明性理以辨名數，充爲經濟，則孔氏之道滿門矣，豈不休哉！……今蘇、程、王之學，未必盡善，未必盡非，執一而廢一，是以壞易壞，宜合三家之長以出一道，使歸於大公至正。"③ 他認爲名教、性理和經濟之學，既然同出于孔孟儒學，就有"通三而貫

---

① 朱熹：《伊洛淵源録》，卷一四。收入朱杰人、嚴佐之、劉永翔主編《朱子全書》第 12 册，第 1110 頁。
② 脱脱等撰：《馮澥傳》，《宋史》，卷三七一，第 11522 頁。
③ 員興宗：《蘇氏王氏程氏三家之學是非策》。收入曾棗莊、劉琳主編《全宋文》第 218 册，卷四八四二，第 217 頁。

一"的必要性和可能性。

南宋學術融合漸成氣候，當時具有"合周程歐蘇之裂"傾向的代表人物有呂祖謙、魏了翁、葉適等人，其中呂祖謙尤其突出。自由和寬容是學術生命力的體現，呂祖謙以極大的包容心來調和南宋學人之間的學術爭議，"陶鑄同類以漸化其偏"①，這種有容乃大的博雅情懷是呂氏家學的基本精神。就朱熹和陸九淵之間的學術糾紛而言，因爲同以二程洛學爲本源，故有融通之基礎和可能性。呂祖謙在融合朱熹理學、陸九淵心學和永嘉功利之學方面都有所努力，當時陸九淵就推許其"主盟斯文"②。元代彭飛爲呂祖謙《歷代制度詳說》所作序言稱：

> 自性理之説興，世之學者歧道學、政事爲兩途，孰知程、朱所以上接孔、孟者，豈皆托之空言，不如載之行事之深切著明也。紫陽夫子浙學功利之論，其意蓋有所指，永嘉諸君子未免致疵議焉。東萊先生以中原文獻之舊，歸然爲渡江後大宗。紫陽倡道東南，先生實羽翼之，故凡性命道德之源，講之已洽，而先生尤潛心於史學，似欲合永嘉、紫陽而一之也。（《原序》）③

彭飛大致描述了南宋道學、政事分裂兩途後的學術發展狀況，他認爲呂祖謙"歸然爲渡江後大宗"，是朱、張、陸等人公認的學術領

---

① 黃宗羲、全祖望：《東萊學案》，《宋元學案》，卷五一，第1653頁。
② 陸九淵著，鍾哲點校：《祭呂伯恭文》，《陸九淵集》，卷二六，第305頁。
③ 彭飛：《原序》，《歷代制度詳説》。收入呂祖謙編著，黃靈庚、吳戰壘主編《呂祖謙全集》第9冊。杭州：浙江古籍出版社2008年版，第169頁。

袖，唯其如此，方可致力于"欲合永嘉、紫陽而一之也"。除了呂祖謙，葉適等人在融合道統與文統方面也貢獻巨大。

"合周程歐蘇之裂"這一説法出自劉塤《隱居通議》的記載："聞之雲臥吳先生曰：'近時水心一家，欲合周程歐蘇之裂。'"劉塤進一步根據朱熹等人的言論指出"文章乃道學家所弃，安可得而合哉"。① 與之相對，葉適對于化解文與道之間的矛盾有着高度的自覺性，他比較認可文學的藝術性和獨立價值。然"周程歐蘇之裂"實質上是道統和文統的分裂，彌合二者并非易事。南宋學術界有自高門第、貶抑同類的不正之風，如"朱門高第"陳淳的《張呂合五賢祠説》曾言：

> 南軒守嚴，東萊爲郡文學。是時南軒學已遠造，猶專門固滯。及晦翁痛與反覆辯論，始翻然爲之一變，無復異趣。東萊少年豪才，藐視斯世，何暇窺聖賢門户。及聞南軒一語之折，愕然屏去故習，道紫陽，沿濂洛，以達鄒魯。雖於南軒所造有不齊，要不失爲吾名教中人。視世之竊佛學以自高，屹立一家門户，且文聖賢之言以蓋之，以爲真有得乎千古心傳之妙，誤學者於詖淫邪遁之域，爲吾道之賊者，豈不相萬邪！（《東萊學案附録》）②

陳淳認爲張栻和呂祖謙都是受到朱熹的學術影響，方能够一窺聖賢門户、達于鄒魯，成爲"吾名教中人"。對此，全祖望按語評論説：

---

① 劉塤：《合周程歐蘇之裂》，《隱居通議》，卷二，第 17 頁。
② 黄宗羲、全祖望：《東萊學案附録》，《宋元學案》，卷五一，第 1678 頁。

朱、張、呂三賢，同德同業，未易軒輊。張、呂早卒，未見其止，故集大成者歸朱耳。而北溪（陳淳）輩必欲謂張由朱而一變，呂則更由張以達朱，而尚不逮張，何尊其師之過邪！呂與叔謂橫渠弃所學以從程子，程子以為幾於無忌憚矣。而楊龜山必欲謂橫渠無一事不求教於程子。至田誠伯則又曰："橫渠先生其最也，正叔其次也。"弟子各尊其師，皆非善尊其師者也。詆陸氏亦太過。（《東萊學案附録》）①

這段話揭露了當時文人相輕、自高門第的不良傾向，也為遭受不公正評價的呂祖謙、陸九淵進行辯護。呂祖謙為當時的學派、門戶之爭樹立了正面的典範，"一時英偉卓犖之士皆歸心焉"②，這在一定程度上矯正了當時的不良學風。這正是呂祖謙比朱熹高明之處。但因其早卒，朱熹及其後學為彰顯朱學，"詆及婺學"，沒有深遠見識的《宋史》編輯者甚至沒有把呂祖謙放進《道學傳》中。

"合周程歐蘇之裂"有點"跨學科"的意味，因為周、程屬于理學家，歐、蘇則以古文聞名。和理學與文學融合相伴隨的是道統與文統之間的整合，南宋出現的"合周程歐蘇之裂"趨勢有助於推動文道融合。呂祖謙、葉適、劉克莊、樓鑰、陳耆卿等人都有融通包容的學術特點，且均有較高的古文創作成就。劉克莊贊賞樓昉《崇古文訣》具有"尚歐、曾而并取伊、洛"的選文傾向，其言曰：

迂齋標注者一百六十有八篇，千變萬態，不主一體。有簡

---

① 黃宗羲、全祖望：《東萊學案附録》，《宋元學案》，卷五一，第 1678 頁。
② 脱脱等撰：《儒林四》，《宋史》，卷四三四，第 12874 頁。

質者，有葩麗者，有高虛者，有切實者，有峻屬者，有微婉者也。夫大匠誨規矩而不誨巧，老將傳兵法而不傳妙，自昔學者病焉。至迁齋則逐章逐句，原其意脉，發其秘藏，尊先秦而不陋漢唐，尚歐、曾而并取伊、洛。矯諸儒相友之論，萃歷代能言之作，可以掃去《粹》(《唐文粹》)、《選》(《文選》)，而與文鑒并行焉。(《迁齋標注古文序》)①

劉克莊贊揚樓昉的《崇古文訣》能做到"尊先秦而不陋漢唐"，各種風格的佳作都能選入，且能除去門户之見，"矯諸儒相友之論"。吳子良《篔窗集跋》評價浙東學派傳人陳耆卿曰："篔窗先生探周、程之旨趣，貫歐、曾之脉絡，非徒工於文者也。"② 陳耆卿對理學旨趣和文學脉絡的重視，説明了他同樣具有彌合道與文裂縫的思想傾向。吕祖謙等人在談文論藝、編撰著述時有意識地把文學家和理學家的作品相提并論。此後，魏了翁、真德秀等理學傳人在思想觀念上也自覺地把文與道統一起來。浙東學人葉適等人"爲道皆著於文"，多以文學聞名；當時浙東學者多具有"流而爲文"的趨向，可見浙東學統與文統已高度融合。

(二)"中原文獻之傳"及其學術整合作用

南宋屢見"中原文獻之傳"之説法，如吕祖謙的《祭林宗丞文》、黃榦爲朱熹寫的《行狀》，以及陳自强爲周必大所作之祭文，

---

① 劉克莊：《迁齋標注古文序》。收入曾棗莊、劉琳主編《全宋文》第329册，卷七五六八，第125頁。
② 吳子良：《篔窗續跋》。收入陳耆卿著，曹莉亞校點《陳耆卿集》，第159頁。

等等。謝枋得自言其"參中原文獻之傳，頗知大節；得安定（胡瑗）體用之學，不事空談"①。呂祖儉爲其兄呂祖謙所作《壙記》云："公之問學術業，本於天資，習於家庭，稽諸中原文獻之所傳，博諸四方師友之所講。參貫融液，無所偏滯。"② 還有文天祥自許"負宇宙之志，出文獻之傳"③。對此，劉玉民認爲，"'中原文獻之傳'是宋及後人稱許學有淵源、學識淵博者的代用詞，如黃榦稱朱熹父親朱松'得中原文獻之傳'，趙孟頫贊陳元凱'得中原文獻之傳'，呂祖謙譽其伯父呂本中'受中原文獻之傳'等，皆是從繼承與傳播中原先賢學術角度而言"④。"中原文獻"之説隱隱有着南宋時期漢族政權南播、政治和文化中心南遷之後，社會精英所產生的文化感傷情緒，顯示了這一群體在文化心理上對漢族政權和儒家學術正統地位的認同，對故國、故土的留戀，以及延續中原文化命脉的渴望。晚宋謝枋得評價江西詩派的殿軍人物趙蕃、韓淲曰："自二先生没，中原文獻無足證，江西氣脉將間斷矣。"⑤ 江西詩派也離不開"中原文獻"來綿延氣脉、傳續風華。陳傅良推薦當時潭州長沙縣的主事宋文仲稱："蓋文仲雖生長南土，其家學則中原文獻也。"⑥ 此外，和"中原文獻"相近的説法也不少，如南宋韓淲曾

---

① 謝枋得：《代幹丞相免追算功賞錢糧啓》。收入曾棗莊、劉琳主編《全宋文》第 355 册，卷八二一五，第 73 頁。
② 呂祖謙編著：《東萊呂太史文集附録·壙記》。收入黃靈庚、吳戰壘主編《呂祖謙全集》第 1 册，第 750 頁。
③ 文天祥：《除湖南憲通交代李樓峰啓》。收入曾棗莊、劉琳主編《全宋文》第 358 册，卷八三一〇，第 430 頁。
④ 劉玉民：《呂祖謙與南宋學術交流——以呂祖謙書信爲中心的考察》。武漢：華中師範大學文學院博士論文，2013 年，第 44 頁。
⑤ 謝枋得：《蕭冰厓詩卷跋》。收入曾棗莊、劉琳主編《全宋文》第 355 册，卷八二一七，第 109 頁。
⑥ 陳傅良著，周夢江點校：《湖南提舉薦士狀》，《陳傅良先生文集》。杭州：浙江大學出版社 1999 年版，卷二〇，第 279 頁。

指出：“渡江南來，晁詹事以道、吕舍人居仁，議論文章，字字皆是中原諸老一二百年醞釀相傳而得者，不可不諷味。”① 此語頗有眷顧中原文化的遺民心態。陸游贊美晁公邁家族文章大手筆曰：“方吾宋極盛時，封泰山，禮百神，歌頌德業，冶金伐石，極文章翰墨之用”，“汪洋淳濔，五世百餘年，文獻相望，以及建炎、紹興，公獨殿其後”。② 晁氏文脉百餘年“文獻相望”，從北宋迤邐延至南宋，頗有功于中原文化傳承。

吕祖謙和朱熹、張栻并稱爲南宋“東南三賢”，其短暫的一生中以驚人的毅力留下著述六十二本。《四庫全書》更是收録了他的《古周易》《吕氏家塾讀詩記》《左氏傳説》《唐鑒音注》《歷代制度詳説》《宋文鑒》等著作，多達十七种。吕祖謙有深厚的家學積澱，學問精進，在“東南三賢”中漸占鰲頭。陳亮稱：“三四年來，伯恭規模巨集闊，非復往時之比，欽夫、元晦，已願在下風矣，未可以尋常論也。”③ 田浩認爲：“吕祖謙比朱熹和張栻年輕，而且考上進士的年代也比較晚，但從 1160 年代末期到 1180 年他去世時的幾年裏，他其實是道學最重要的領袖。”④ 可見吕祖謙對南宋學術與文學發展有獨特而重要的影響，在當時學人中有着極高的威信和地位。吕學被稱爲“婺學”，又稱“金華學派”，爲南宋“浙東學派”中最爲重要的一支。吕學具有“中原文獻之傳”的特色，《宋史》載“祖謙之學本之家庭，有中原文獻之傳。長從林之

---

① 韓淲：《澗泉日記》。上海：上海古籍出版社 1993 年版，卷下，第 37 頁。
② 陸游：《晁伯咎詩集序》，《陸游集》。北京：中華書局 1976 年版，卷一四，第 2100 頁。
③ 陳亮著，鄧廣銘點校：《與吴益恭安撫》，《陳亮集》，卷二九，第 388 頁。
④ 田浩：《朱熹的思維世界》。西安：陝西師範大學出版社 2002 年版，第 113 頁。

奇、汪應辰、胡憲游，既又友張栻、朱熹，講索益精"。陳傅良
"入太學，與廣漢張栻、東萊呂祖謙友善。祖謙爲言本朝文獻相承
條序，而主敬集義之功得於栻爲多。自是四方受業者愈衆"。① 可
見呂祖謙對中原文獻之精熟，當時已經得到同仁認可并影響他人。

呂氏家族被公認有"中原文獻之傳"，呂祖謙有言：

> 昔我伯祖西垣公（呂本中）躬受中原文獻之傳，載而之
> 南。裴回顧瞻，未得所付。逾嶺入閩，而先生與二李（李柟、
> 李楁）伯仲實來，一見意合，遂定師生之分。於是嵩、洛、
> 關、輔諸儒之源流靡不講；慶曆、元祐群叟之本末靡不諮。以
> 廣大爲心，而陋專門之曖昧；以踐履爲實，而刊繁文之枝葉；
> 致嚴乎辭受出處，而欲其明白無玷；致察乎邪正是非，而欲其
> 毫髮不差。（《祭林宗丞文》）②

呂氏家學具有"中原文獻之傳"的特色，注重各家學術辨析，以廣
大爲心，以踐履爲實，迥異于道學家的空疏平庸和文學家的怪膽才
情。這在南宋是一種頗有時代責任感和學術生命力的力量。針對呂
本中的學術淵源，全祖望分析曰：

> 先生之家學，在多識前言往行以畜德，蓋自正獻（呂公
> 著）以來所傳如此。原明（呂希哲）再傳而爲先生，雖歷登
> 楊（楊時）、游（游酢）、尹（尹焞）之門，而所守者世傳也。

---

① 脫脫等撰：《儒林四》，《宋史》，卷四三四，第 12872、12886 頁。
② 呂祖謙編著：《祭林宗丞文》，《呂東萊呂太史文集》，卷八。收入黃靈庚、
　 吳戰壘主編《呂祖謙全集》第 1 冊，第 133 頁。

先生再傳而爲伯恭（呂祖謙），其所守者亦世傳也。故中原文
獻之傳獨歸呂氏，其餘大儒弗及也。（《紫微學案》）①

呂氏家學在南宋"中原文獻之傳"中具有獨一無二的突出地位，其
學統譜系明晰，學術基礎扎實，學術路徑務實。呂氏家學在當時的
價值和地位，正如岳珂所認爲的那樣：

中原文獻之傳，如呂氏一門，道德文章，世載厥媺，固難
乎！析薪之責也。公（呂本中）在南渡後，歸然靈光，尊王
賤霸之一語，著於王言，天下凜然，始知有大義。其正人心、
扶世教，功不淺矣。（《寶真齋法書贊》）②

關于"中原文獻"這一概念的具體内涵，潘富恩、徐餘慶認爲是
歷史文獻資料。他們認爲金兵滅宋之際，"由于呂好問先在金兵
卵翼下的張邦昌政權中任職，而保全了呂氏一門的身家性命。後
呂好問携家南下時，宋高宗已經即位，南方趨向安定，所以呂門
所有的歷史文獻得到了很好的保存"。"基于此，呂祖謙由經入
史，通過對歷史著作的匯詮和撰寫，闡發其理學思想，形成了呂
學的獨特風格，同時亦開啓了'言性名者必究於史'的'浙東之
學'的新路數。"③ 杜海軍則認爲"中原文獻之傳"不能簡單地
解釋爲圖書資料的占有或者歷史典籍的流傳，而是包括"一即嵩

---

① 黄宗羲、全祖望：《紫微學案》，《宋元學案》，卷三六，第 1234 頁。
② 岳珂：《寶真齋法書贊》。北京：中華書局 1985 年版，卷二五，第 379 頁。
③ 潘富恩、徐餘慶：《呂祖謙評傳》。南京：南京大學出版社 2011 年版，第
　 16—17 頁。

洛關輔諸儒，二是慶曆、元祐群叟，三爲在嵩洛關輔諸儒、慶曆元祐群叟等基礎上所形成的呂氏家學"三部分。① 研究者們把"中原文獻"的内涵進一步擴大，認爲"中原文獻"涵蓋了北宋一代思想文化的精髓，是北宋高度凝合的文化内核。"其内涵既包括有形的圖籍、金石等文化載體，也包括朝廷的典章、制度、家法等政治層面的憑依，更包括無形的學術文化精神。這種界定，更契合宋代歷史文化語境中'中原文獻南傳'的本意。"② 由"歷史資料"到"文化内核""學術精神"，"中原文獻"涉及由具體到抽象、由單一到繁複、由形而下到形而上的複雜層面和演化過程，它承載的實質上是文統、史統、學統和道統等文化命脈。

南宋呂氏以"中原文獻"作爲標識不僅彰顯了呂氏家學純正的儒學學統，揭示了該學統的内涵、淵源及爲學門徑等，還隱約地傳達出時人對當時宋學"學統四起"、標榜門户、門派紛争、莫衷一是狀況的不滿和憂慮。《宋元學案》評呂祖謙曰："先生文學術業，本於天資，習於家庭，稽諸中原文獻之所傳，博諸四方師友之所講，融洽無所偏滯。晚雖臥疾，其任重道遠之意不衰，達於家政，纖悉委曲，皆可爲後世法。"③"稽諸中原文獻之所傳"和"博諸四方師友之所講"爲互文，指出呂祖謙的文章術業，除了天資和家學之外，"中原文獻"和"四方師友"是最爲重要的源泉。對于

---

① 杜海軍指出"中原文獻之學"特點是"以廣大爲心，以踐履爲實，致嚴乎辭受出處，致察乎邪正是非。這就是中原文獻之學，是林之奇的學術淵源，也是呂祖謙的學術淵源。考呂祖謙學術，亦無不合者"。見杜海軍：《論呂祖謙研究中的偏見》，《浙江師範大學學報（人文社會科學版）》2008 年第 4 期，第 3 頁。

② 王建生：《呂祖謙的中原文獻南傳之功》，《浙江師範大學學報（社會科學版）》2015 年第 3 期，第 45 頁。

③ 黄宗羲、全祖望：《東萊學案》，《宋元學案》，卷五一，第 1653 頁。

"中原文獻之傳"的學統譜系，《宋元學案》之《東萊學案·表》列舉了"中原文獻"所關涉的"獻"之序列：

> 呂祖謙，大器子，紫微從孫。白水（劉勉之）、玉山（汪應辰）、三山（林之奇）、芮氏（芮燁）門人。元城（劉安世）、龜山（楊時）、譙氏（譙定）、武夷（胡安國）、橫浦（張九成）再傳。涑水（司馬光）、二程（程顥、程頤）、滎陽（呂希哲）、了翁（陳瓘），鷹山（游酢）、和靖（尹焞）三傳。安定（胡瑗）、泰山（孫復）、濂溪（周敦頤）、焦氏（焦千之）、荊公（王安石）、橫渠（張載）、百源（邵雍）、清敏（豐稷）四傳。高平（戚同文、范仲淹）、盧陵（歐陽修）、鄞江（王致）、西湖（樓鬱）五傳。（《東萊學案》）①

此序列基本羅致了北宋至南宋呂氏學統所涉及的主要人物。此名單有些冗長，呂祖謙《祭林宗丞文》所言"嵩、洛、關、輔諸儒"和"慶曆、元祐群叟"當爲"中原文獻之傳"的核心，其主要人物無外乎邵雍、程顥、程頤、張載、司馬光、王安石、范仲淹、歐陽修等人。這個群體恰是宋代學統最爲核心的部分。明初被稱爲"浙東四先生"之一的宋濂所作的《思媺人辭》中稱呂祖謙爲"媺人"，即有才德之人。其文曰："吾鄉呂成公實接中原文獻之傳，公歿始餘百年而其學殆絕，濂竊病之。然公之所學弗畔於孔子之道者也，欲學孔子當必自公始，此生乎公之鄉者所宜深省也。"② 宋濂認爲呂祖謙之學"弗畔於孔子之道"，欲學孔子當必自呂祖謙始，

---

① 黃宗羲、全祖望：《東萊學案》，《宋元學案》，卷五一，第1649—1650頁。
② 宋濂：《潛溪前集》，卷七。收入羅月霞主編《宋濂全集》，第87頁。

隱然有傳續學統之意。

　　全祖望《同谷三先生書院記》針對呂祖謙身後宋學發展狀況指出：“宋乾、淳以後，學派分而爲三：朱學也，呂學也，陸學也。三家同時，皆不甚合。朱學以格物致知，陸學以明心，呂學則兼取其長，而復以中原文獻之統潤色之。門庭徑路雖別，要其歸宿於聖人，則一也。”① 以呂祖謙爲代表的呂學以“中原文獻之統”來潤色、整合朱學和陸學，“中原文獻之學”在學統延續和學術整合方面有着巨大的促進作用。《宋元學案》言：“小東萊（呂祖謙）之學，平心易氣，不欲逞口舌以與諸公角，大約在陶鑄同類以漸紀其偏，宰相之量也。”② 正是因爲其學術發端于“中原文獻之傳”，故能“平心易氣”調和朱、陸等衆家異説。這是呂學優越性、自信心之所在。

　　面對朱熹和陸九淵的學術論戰，呂祖謙不是簡單地糾合理學和心學，而是以開放包容的心態和務實求真的理性尋找突破學術門禁的方法。呂祖謙與江西陸九齡、陸九韶、陸九淵三兄弟交情頗深，曾舉辦“鵝湖之會”以調娱朱、陸之裂，足見其在當時學人群體中的聲望和地位。③ 呂祖謙能做到客觀公正地調和朱、陸，這和他的“中原文獻之統”及人生哲學有關。他認爲“人有所附麗，不可不

----

① 黄宗羲、全祖望：《東萊學案》，《宋元學案》，卷五一，第 1653 頁。
② 同上書，第 1652 頁。
③ 《宋元學案》記載陸九淵等人對呂祖謙的敬佩態度：“黄東發（黄震）《日鈔》曰：東萊先生以理學辨朱、張，鼎立爲世師，其精醇奧義，豈後學所能窺其萬分之一。然嘗觀之，晦翁與先生同心者，先生辯詰之不少恕；象山與晦翁異論者，先生容下之不少忤。鵝湖之會，先生謂元晦英邁剛明，而工夫就實入細，殊未易量；謂子静亦堅實有力，但欠開闊。其後象山（陸九淵）祭先生文，亦自悔鵝湖之會集粗心浮氣。然則先生忠厚之至，一時調娱其間，有功於斯道何如邪！若其講學之要，尤有切於今日者，學者不可不亟自思也。”同上注，第 1679 頁。

附於正人"，"大抵人不可須臾離於正"。① 這種"柔麗乎中正"的

爲人處世方式，反映了呂祖謙崇尚正統的人生中正觀。呂祖謙認爲

"常行之道，利在於正，使其不正，雖一朝行之亦不可也。爲學依

然，門户已是，議論已正，常而行之，雖終身不可改也；所學所行

未得其正，則安可以一朝居哉?"他認爲追求正學，抒發正見，是

需要抛弃門户之見、一己之見的。"天下之事，居得其正，雖終身

而不可舍。苟居非其正，雖一朝而不可居。……如人爲學，不得正

當門户，則雖伏幾案，廢寝興，勞神敝志，亦終無所得而已矣。"②

呂學這種融合朱、陸的學術態勢影響久遠，元初理學家吳澄、許

衡、劉因等人均有此學術特點。

（三）《宋文鑒》文道兼顧的文統價值

在《宋文鑒》編纂之前，北宋初年姚鉉有感于《文苑英華》

體量過于龐大而編選了《唐文粹》。該書序言稱"以古雅爲命，不

以雕篆爲工，故侈言蔓辭，率皆不取"，不收四六文而多録三代兩

漢的散體古文。③ 姚鉉與柳開、穆修一樣重視古文文法，對宋代古

文運動有所推動。姚鉉提倡古文的"古雅"，不同于蕭統《文選》

單純重視駢文的做法，和劉勰的駢散兼重也有所區別，這有助於提

升古文的地位。章學誠言："一代文章之盛，史文不可得而盡也。

---

① 呂祖謙編著：《麗澤論説集録》，卷一。收入黄靈庚、吳戰壘主編《呂祖謙
　全集》第 2 册，第 55 頁。
② 呂祖謙編著：《麗澤論説集録》，卷二。收入黄靈庚、吳戰壘主編《呂祖謙
　全集》第 2 册，第 67、71 頁。
③ 姚鉉：《序》，《唐文粹》。收入曾棗莊、劉琳主編《全宋文》第 7 册，卷二
　六八，第 254 頁。

蕭統《文選》以還，爲之者衆。今之尤表表者，姚氏之《唐文粹》、呂氏之《宋文鑒》、蘇氏之《元文類》，并欲包括全代，與史相輔。"① 他認爲《宋文鑒》編纂選文具有典型性和全面性，可以反映時代面貌，"諸選乃是春華，正史其秋實爾"②。《宋文鑒》具有"與史相輔"、有益治道的重要價值，《宋史》載孝宗皇帝曾稱贊曰："館閣之職，文史爲先。祖謙所進，采取精詳，有益治道，故以寵之。"③《宋文鑒》輯選作品共分爲賦類、詩類和文類三個大類和六十一個小類，沿襲了《文選》的傳統。時論認爲《宋文鑒》違背了朝廷的編撰初衷：宋孝宗原意是完善江鈿所編的《聖宋文海》，呂祖謙却另起爐竈，重新編撰。該書編選理學家孫復、李覯、張載、程顥、程頤、邵雍等人的作品甚多，他們的作品數量僅次于蘇軾、黃庭堅、王安石，甚至超過歐陽修；甚至一些"通經而不能文詞"的理學人士"亦以表奏厠其間"，故有標榜理學、黨同伐异之嫌。④ 此書被抨擊"借舊作以刺今"和"指祖宗過舉"，⑤ 所以沒有得到政府的認可，沒有官方刊刻，只有民間的版本流傳。⑥

---

① 章學誠著、葉瑛校注：《書教中》，《文史通義校注》，卷一，第41頁。
② 同上。
③ 脱脱等撰：《呂祖謙傳》，《宋史》，卷四三四，第12874頁。
④ 馬端臨：《文獻通考經籍考》。收入呂祖謙編：《宋文鑒》。北京：中華書局1992年版，附録二，第2170頁。
⑤ 關于廢版問題，《建炎以來朝野雜記》引《孝宗實録》云："及書成，前輩名人之文，搜羅殆盡，有通經而不能文詞者，亦以表奏厠其間，以自矜黨同伐异之功，薦紳公論皆疾之。"見李心傳：《文鑒》，《建炎以來朝野雜記》乙集。北京：中華書局2000年版，卷五，第597頁。
⑥ 據載《宋文鑒》書成之後，"有媢者密奏云：'《文鑒》所取之詩，多言田里疾苦之事，是乃借舊人作以刺今。又所載章疏，皆指祖宗過舉，尤非宜。'於是上亦以爲鄒浩《諫立劉後疏》語許，別命他官有所修定，而鋟板之議遂寢。"見呂祖謙編著：《皇朝文鑒序》，《皇朝文鑒》。收入黃靈庚、吳戰壘主編《呂祖謙全集》第14冊，第892—893頁。

《宋文鑒》的編纂兼顧了文與理，但也引起了巨大的爭議。這在南宋詞臣周必大與葉適對《宋文鑒》的解讀差异上可見一斑。周必大在宋孝宗時期曾高居宰製之位，多年沉浸館閣翰苑，從事制誥撰文、編撰刊刻等"潤色鴻業"之務。他精于文章之學，凡朝廷的"大詔令典冊"皇帝必特意囑托其撰文，是當時被廣泛認可的一代"文宗"。淳熙四年（1177 年）周必大任職翰林學士期間，曾向孝宗推薦呂祖謙進入館閣，言"祖謙不但能文，極知典故，翰苑須常用有學問之人，乃爲有補"①。呂祖謙擔任《宋文鑒》編纂職務也是經由周必大極力推薦而成。《宋文鑒》編纂工作完成後，周必大奉旨爲之作序曰：

> 皇帝陛下天縱將聖如夫子，煥乎文章如帝堯；萬幾餘暇，猶玩意於衆作。謂篇帙繁夥，難於編覽，思擇有補治道者，表而出之，乃詔著作郎呂祖謙，發三館四庫之所藏，裒緝紳故家之所録，斷自中興以前，匯次來上。古賦、詩騷則欲主文而譎諫，典冊、詔誥則欲温厚而有體，奏疏、表章取其諒直而忠愛者，箴銘、贊頌取其精慤而詳明者。以至碑記、論序、書啓、雜著，大率事辭稱者爲先，事勝辭則次之；文質備者爲先，質勝文則次之。復謂律賦經義，國家取士之源，亦加采掇，略存一代之制，定爲一百五十卷，規模先後，多本聖心。（《皇朝文鑒序》）②

---

① 周必大：《周文忠公行狀》。收入曾棗莊、劉琳主編《全宋文》第 293 册，卷六六八六，第 401 頁。
② 《宋文鑒》原名《皇朝文鑒》。見周必大：《皇朝文鑒·序》。收入呂祖謙編《宋文鑒》，卷首，第 1 頁。

周必大認爲，文章具有潤色鴻業、張皇盛德的作用，"國家一有殊功異德卓絶之迹"，必借助于文辭，載之于典册。他誇耀"天啓藝祖，生知文武"，"崇雅黜浮，汲汲乎以垂世立教爲事"。孝宗是太祖趙匡胤一支的後代，故周必大出于取悦當朝皇帝的目的，對太祖時期的文學成就有吹嘘不實之處；其所云"建隆、雍熙之間，其文偉；咸平、景德之際，其文博；天聖、明道之辭古；熙寧、元祐之辭達"，也不完全符合宋代文學的實際情況。葉適指出蘇軾尚且認爲"雖天聖、景祐，斯文終有愧於古"，故"安得均年析號各擅其美"，所謂"熙寧、元祐其辭達"亦非的論。周必大對"我宋之文也，不其盛哉"的一味誇耀符合其作爲館閣詞臣的身份，他把文章視爲潤色鴻業，認爲《宋文鑒》編選是把事與辭、文與質結合起來的。①

周必大看到了《宋文鑒》在"存一代之文"和彰顯宋代文統方面所做出的貢獻。但葉適出于重道的立場，批評了周必大《皇朝文鑒·序》的重文傾向，他認爲《宋文鑒》"約一代治體歸之於道"顯示的是吕祖謙對政統、道統的重視。對此，葉適有言：

> 人主之職，以道出治，形而爲文，堯、舜、禹、湯是也。若所好者文，由文合道，則必深明統紀，洞見本末，使淺知狹好無所行於其間，然後能有助於治，乃侍從之臣相與論思之力也；而此序無一字不諂，尚何望其開廣德意哉！蓋此書以序而晦，不以序而顯，學者宜審觀也。(《皇朝文鑒一·周必大序》)②

---

① 周必大：《皇朝文鑒·序》。收入吕祖謙編《宋文鑒》，卷首，第1頁。
② 葉適：《皇朝文鑒一·周必大序》，《習學記言序目》下册，第696頁。

葉適認爲周必大《皇朝文鑒・序》對文學的推崇和"由文合道" "有助於治"的觀念不相符。葉適的道統觀認爲道始于堯，次舜、次禹、次皋陶、次湯、次伊尹、次文王、次周公、次孔子，"然後唐虞、三代之道，賴以有傳"①。葉適認爲《宋文鑒》"此書二千五百餘篇，綱條大者十數，義類百數，其因文示義，不徒以文，余所謂必約而歸於正道者千餘數，蓋一代之統紀略具焉"②。所謂"一代之統紀"即有宋一代之文章正統實錄，其載之于文亦可謂之文統。呂祖謙恪守有益治道的擇文標準，葉適贊之道：

> 蓋自古類書未有善於此者。按上世以道爲治，而文出於其中。戰國至秦道統放滅，自無可論。後世可論惟漢、唐，然既不知以道爲治，當時見於文者，……於義理愈害而治道愈遠矣。此書……合而論之，大抵欲約一代治體歸之於道，而不以區區虛文爲主。(《習學記言》)③

呂祖謙出于儒家學者的自覺，選文"約一代治體歸之於道"。南宋趙彥適《嘉定重修皇朝文鑒跋》稱贊《宋文鑒》可使學者認識文章出處，追溯文統淵源，爲利甚博。④《宋文鑒》體現了宋人史統、

① 葉適：《皇朝文鑒》，卷四九。收入氏著《習學記言序目》，第 738 頁。
② 葉適：《皇朝文鑒》，卷五〇。收入氏著《習學記言序目》，第 755—756 頁。
③ 呂祖謙編著：《習學記言》，《皇朝文鑒》。收入黃靈庚、吳戰壘主編《呂祖謙全集》第 14 冊，第 925 頁。
④ 趙彥適《嘉定重修皇朝文鑒跋》言《宋文鑒》可"使學者覽表而思都、俞、籲、咈之美，觀制冊而得盤、誥、誓、命之意，閱賦咏而追《國風》《雅》《頌》之音，續渾金璞玉之體，免覆瓿鏤冰之譏，藻飾皇猷，黼黻治具，俾斯文之作歷千萬人如出一手，越千百載如在一日，則《文鑒》之名爲無負，《文鑒》之利爲甚博矣"。見呂祖謙編著：《皇朝文鑒》。收入黃靈庚、吳戰壘主編《呂祖謙全集》第 14 冊，第 912 頁。

治統、道統和文統的統一性，"具一代之統紀"，可與史相輔，有益治道，足以鳴國家之盛。該書理文兼顧，在推動儒家文統建構方面作用極大。

南宋後期，學者們對文章的評論體現了既重視"事"與"質"，又重視"辭"與"文"的特徵。朱熹起初對呂祖謙編選《宋文鑒》一事頗有微辭，但晚年稱贊"此書編次，篇篇有意"，"其所載奏議，皆係一代政治之大節。祖宗二百年規模，與後來中變之意思，盡在其間"。[①]　圍繞《宋文鑒》編寫，呂祖謙曾多次求教于朱熹。淳熙五年（1178 年）朱熹囑托呂祖謙曰：

> 但一種文勝而義理乖僻者，恐不可取。其只爲虛文而不説義理者，却不妨耳。佛老文字，恐須如歐陽公《登真觀記》，曾子固《仙都觀》《菜園記》之屬乃可入，其他贊邪害正者，文詞雖工，恐皆不可取也。蓋此書一成，便爲永遠傳布，司去取之權者，其所擔當，亦不減《綱目》（《資治通鑒綱目》），非細事也。況在今日，將以爲從容説議開發聰明之助，尤不可雜置異端邪説於其間也。（《答呂伯恭》）[②]

朱熹主張選文重理亦重文，但義理乖僻者不可取。宋人認爲"呂氏《文鑒》去取多朱意"[③]，該書對義理的重視的確和朱熹觀念相近。朱熹指出《宋文鑒》選文"有止編其文理之佳者，有其文且如此

---

① 呂祖謙編著：《皇朝文鑒序》，《皇朝文鑒》。收入黃靈庚、吳戰壘主編《呂祖謙全集》第 14 冊，第 893—894 頁。
② 朱熹：《答呂伯恭》，《晦庵先生朱文公文集》，卷三四。收入朱杰人、嚴佐之、劉永翔主編《朱子全書》第 21 冊，第 1476 頁。
③ 周密：《浩然齋雅談》卷上，第 13 頁。

而衆人以爲佳者，有其文雖不佳而其人賢名微，恐其泯没，亦編其一二篇者，有文雖不佳，而理可取者，凡五例"①。該書出于不因人廢文的原則，没有把王安石之文一概抹殺。吕祖謙給其弟曾德寬信中曾言："且看歐、王、東坡三集，以養本根。"② 可見其對王安石之文比較認可。吕祖謙在古今文章之間能做到褒貶公允，不盲目尊古也不陋今，論及宋文時常慧眼獨具，如其對劉原父文章價值的發掘就得到了葉適的强烈共鳴。③

吕祖謙不同于一般理學家的重道輕文，其所編纂的《宋文鑒》既重道理又不廢辭章，重視文章的體格、源流，在確立古文典範、弘揚古文文統方面貢獻極大。宋代劉炳《端平修補皇朝文鑒跋》言："前輩之文粹然出正，蓋纍朝涵養之澤，而師友淵源之所漸也。此書薈萃略盡，真足以鳴國家之盛。"④《宋文鑒》對作家和作品的選擇不斷被後代選本認可和借鑒，成爲文選的參照典範。清人莊仲方因吕祖謙《宋文鑒》所采皆北宋作品，故編選《南宗文苑》以與《宋文鑒》相銜接。《南宗文苑》選録南宋詩文，分賦、詩、奏疏、策問等五十五類，内容以説理文爲主。莊仲方推崇理學，故《南宗文苑》大量選入朱熹等理學家的作品，有抬高朱熹等理學家的文學地位之意。在吕祖謙編纂《宋文鑒》之後，《五百家播芳大

---

① 黎靖德編：《朱子語類》，卷一二二，第 2954 頁。
② 吕祖謙編著：《東萊吕太史文集》，卷一〇。收入黄靈庚、吳戰壘主編《吕祖謙全集》第 1 册，第 502 頁。
③《林下偶談》載："劉原父文醇雅有西漢風，與歐公同時，爲歐公名盛所掩，而歐、曾、蘇、王亦不甚稱其文，劉嘗嘆百年後當有知我者。至東萊編《文鑒》，多取原父文，幾與歐、曾、蘇、王并，而水心亦亟稱之，於是方論定。"見吳子良：《劉原父文》，《林下偶談》。北京：中華書局 1985 年版，卷三，第 30 頁。
④ 吕祖謙編著：《皇朝文鑒》。收入黄靈庚、吳戰壘主編《吕祖謙全集》第 14 册，第 912 頁。

全文粹》刊行。魏齊賢、葉棻把北宋到南宋前期的諸多作家，諸如
"唐宋八大家"之外的陸游、楊萬里、辛弃疾、葉適、陳亮、樓鑰、
李燾等人的作品都收入集中，對《宋文鑒》的選文遺漏起到了一定
的彌補作用。

三、文章正宗的推崇與儒家正統的標榜

南宋學者多認爲文學和理學、文統和道統是可以相容的。文
具有重要的載道、明道社會功能，道統則需要借助文統傳承。
《文選》擇文重視辭藻和駢儷，和宋代重道、重理的價值評判標
準和平淡自然的風格追求不相符。宋人質疑《文選》的價值，南
宋時《文選》學衰落，這使得古文創作理論缺失的狀況進一步加
劇。宋代編纂大量選本如《文苑英華》《唐文粹》《宋文鑒》《文
章正宗》等，儼然有取代《文選》之勢。這些選本突出了唐宋文
章在文統中的作用，確立了唐宋古文的經典地位。理學家編纂《古
文關鍵》《宋文鑒》等文集時并没有選入"唐宋八大家"的一些審
美藝術性突出的作品，可見其編纂目的在于弘揚儒家道統以有益治
道，或者服務于科舉應試。而那些肆意書寫人生性情、表達思想意
蘊的鮮活文字中可能會有離經叛道的異端思想。後朱熹時代，真德
秀、魏了翁繼承了朱子的思想并有所發展，他們對于確立朱熹理學
的正統地位起到了極大的推動作用。宋人在儒家道統思想和"唐宋
八大家"文統均得到充分發展的情況下，展開了對文章正宗的
探索。

（一）"以理爲宗"和"别出談理一派"

宋人對文章正宗的探究包含了文章體法、文道關係等多個方面的路向。就文體而言，古文取代駢文成爲文章正宗。在真德秀《文章正宗》的編纂中古文被明確地突出，這直接影響了明清時期茅坤等人對"唐宋八大家"古文文統的確認，并進一步延續到晚清民初的駢文與古文的正統之争。在文道關係方面，究竟是重視儒家道理、以道統爲文統，還是文道兼重，關注文學情致和社會現實，這都取決于學者們所持有的文統觀。南宋文章選本較多，有吕祖謙的《古文關鍵》、樓鑰的《崇古文訣》、真德秀的《文章正宗》和《續文章正宗》、謝枋得的《文章軌範》、王霆震的《古文集成》、李淦的《文章精義》等；在這些優秀選本之中，真德秀的《文章正宗》的選文標準影響尤大。《文章正宗》選擇了以理爲宗，其編纂目的在于欲學者識文辭"源流之正"。《文章正宗》全書二十四卷將文章分爲辭命、議論、叙事和詩賦四大類，明確了各類的源流正變和選編準則。如關于"辭命"之體，真德秀指出"學者欲知王言之體，當以《書》之誥、誓、命爲祖，而參之以此編，則所謂正宗者，庶乎其可識矣"①。關于"議論"之體，他指出"學者之議論，一以聖賢爲準的；則反正之評，詭道之辯，不得而惑。其文辭之法度，又必本之此編，則華實相副，彬彬乎可觀矣"②。關于"叙事"之體，他認爲"按叙事起於古史官"，"獨取《左氏》《史》《漢》

---

① 真德秀：《文章正宗綱目》，《文章正宗》。臺北：臺灣商務印書館1981年版，卷首，第20頁。
② 同上書，第22頁。

叙事之尤可喜者，與後世記、序、傳、志之典則簡嚴者，以爲作文之式。若夫有志於史筆者，自當深求《春秋》大義，而參之以遷、固諸書，非此所能該也"。① 可見此書雖主論理而疏論文，但對文體的起源、流變也極爲重視，"正宗"之意也涵蓋了文體正變。真德秀把詩賦放在四種文體的最後，體現了他重視古文的思想傾向。明代王立道認爲《文章正宗》所分四種體例"其辭命可以明民法，其議論可以盡變效，其叙事可以核故模，其詩賦可以章志，四體具而天下之文無餘法矣"。②《文章正宗》中有關君臣、聖賢的言論和叙事最多，約占十五卷，内容涵蓋了社會生活的諸多方面；編選詩文一千一百八十五篇，其中散文六百九十一篇，收録《左傳》《公羊傳》《谷梁傳》《國語》《戰國策》《史記》《漢書》《後漢書》等書中的作品。從其所選詩文篇目比重來看，頗有"文必秦漢，詩必盛唐"的意味。

　　真德秀《文章正宗》具有"體本乎古，指近乎經"的選文標準和"以理爲宗"編輯思想。其解釋"正宗"這一命名曰：

　　　"正宗"云者，以後世文辭之多變，欲學者識其源流之正也。自昔集録文章者衆矣，若杜預、摯虞諸家，往往埋没弗傳。今行於世者，惟梁昭明《文選》、姚鉉《文粹》而已，由今視之，二書所録，果皆得源流之正乎？夫士之於學，所以窮理而致用也。文雖學之一事，要亦不外乎此。故今所輯，以明義理切實用爲主。其體本乎古，其指近乎經者，然後取焉，否

---

① 真德秀：《文章正宗綱目》，《文章正宗》，卷首，第23頁。
② 王立道：《具茨集》，卷四。收入《文淵閣四庫全書》第1277册，第802頁。

則辭雖工亦不録。（《文章正宗綱目》）①

真德秀認爲文章主旨須要"得源流之正"，内容要"明義理切實用"，"窮理而致用"，整體而言就是"體本乎古，其指近乎經"。明代楊士奇評曰："非明理切用源流之正者不與。蓋前後集録文章，未有謹嚴若此者。學者用志於此，斯識趣正，而言不倍矣。"② 此書受到學者們的推重，在宋已争傳矣。真德秀的文章正宗觀影響了此後很多選本的編選。元代金履祥的《濂洛風雅》、劉履的《風雅翼》，明代鄭柏的《續真文忠公文章正宗》、胡汝嘉的《文章正宗鈔》、連標輯的《文章正宗鈔》、李時成的《文章正宗選要》、唐順之的《文編》、吴訥的《文章辨體》，以及清代刁包的《斯文正統》，等等，都受到了《文章正宗》編輯思想的影響。刁包學宗義理，所編《斯文正統》共九十六卷，選録歷代理學諸儒之文，以作者品行爲取捨，沿襲了《文章正宗》的編撰體例。

但真德秀這種以理爲主的文學正宗觀也受到了批判。四庫館臣認爲刁包的《斯文正統》選文專以品行爲主，"蓋本真德秀《文章正宗》之例，持論可云嚴正"，但對它們的選文標準不以爲然。③《文章正宗》選文依據"明義理切實用""體本乎古，其指近乎經者"這樣的狹隘標準，難以涵蓋天下好文章，故其所標榜的"文章

① 真德秀：《文章正宗綱目》，《文章正宗》，卷首，第 1 頁。
② 楊士奇：《文章正宗三集》。收入《東里續集》，卷一八，《文淵閣四庫全書》第 1238 册，第 602 頁。
③ 館臣曰："然三代以前文皆載道，三代以後流派漸分，猶之衣資布帛不能廢五采之華，食主菽粟不能廢八珍之味，必欲一掃而空之，於理甚正而於事必不能行。即如《文章正宗》，行世已久，究不能盡廢諸集，其勢然也。"見永瑢等撰：《斯文正統提要》，《四庫全書總目》，卷一九四，第 1767—1768 頁。

正宗"被人質疑在所難免。不同于《文章正宗》對儒家道統和理學的過度重視，南宋謝枋得所編選的《文章軌範》比較關注文章寫作的藝術規律，選文兼顧了文道、文情和文法等多個方面，對文學本位有所回歸。該書所收之文除諸葛亮和陶潛的文章各一篇外，其餘皆爲唐宋古文名篇。"取古文之有資於場屋者，自漢迄宋，凡六十有九篇，標揭其篇章句字之法"①，編選成册。《四庫全書總目》稱其"凡所標舉，動中竅會，要之，古文之法亦不外此矣"②。

到了宋代，總集編纂已經形成"分體編錄"慣例。真德秀從理學家的立場出發，爲弘揚儒家道統，本着"體本乎古""旨近乎經"的原則，編纂了《文章正宗》和《續文章正宗》。這極大地影響了後代的文集編輯理念。四庫館臣云：

> 文集日興，散無統紀，於是總集作焉。一則網羅放佚，使零章殘什，并有所歸；一則删汰繁蕪，使莠稗咸除，菁華畢出。是固文章之衡鑒，著作之淵藪矣。《三百篇》既列爲經，王逸所裒又僅《楚辭》一家，故體例所成，以摰虞《流別》爲始。其書雖佚，其論尚散見《藝文類聚》中，蓋分體編錄者也。《文選》而下，互有得失。至宋真德秀《文章正宗》，始別出談理一派，而總集遂判兩途。（《四庫全書總目》）③

四庫館臣認爲蕭統過于重視文學作品的審美藝術性，"《文選》而

---

① 王守仁：《重刻文章軌範序》。收入謝枋得《文章軌範》，鄭州：中州古籍出版社 1991 年版，第 7 頁。
② 永瑢等撰：《文章軌範提要》，《四庫全書總目》，卷一八七，第 1703 頁。
③ 永瑢等撰：《總集類一》，《四庫全書總目》，卷一八六，第 1685 頁。

下，互有得失”。的確，《文選》的編選原則是“事出於沉思，義歸於翰藻”，強調了内容的虚構性和語言的藝術性，更重視作品的形式如辭藻、對偶和聲律等。直至吕祖謙編選《宋文鑒》時，被《文選》忽略的經、史、子三部的作品纔得以被重新重視。真德秀《文章正宗》從思想内容着眼，強調了儒家義理，不同於此前的《詩經》《楚辭》《文選》等書，可謂是“別出談理一派”。正是基于此，四庫館臣稱《文章正宗》使得“總集遂判兩途”。“別出談理一派”分類標準的出現說明了理學家重視義理的文章正統觀在當時是普遍存在的。

先秦的誥、誓、命等文體是早期文章樣式，朱熹認爲：“三代訓、誥、誓、命皆根源學問，敷陳義理。”①《文章正宗》編選了大量誥、誓、命等王言文書，和朱熹的看法基本一致，體現了真德秀“以理爲宗”的理念。不過真德秀對駢儷氣息濃厚的王言文書不甚重視，認爲“自漢及唐，惟興元赦令，能興起人心，以其辭尚偶儷，故不入《正宗》”，而僅將這類文章附于後。② 依照“體本乎古，其指近乎經”的選文原則，“辭尚偶儷”者便人不得文章正宗。真德秀認爲陶淵明的學問來源于經術，不離儒家理義，故而録入陶詩甚多。真德秀曾把“詩賦”編選任務托給弟子劉克莊，囑咐其“約以世教、民彝爲主，如仙釋、閨情、宮怨之類，皆勿取”③，主張將過于注重辭藻修飾和抒情諷喻的作品一律删除。

《文章正宗》對四種文體的劃分所遵循的標準并不一致，“辭

---

① 王水照：《歷代文話》第 1 册，第 959 頁。
② 真德秀：《辭命》，《文章正宗》，卷三，第 79 頁。
③ 劉克莊著，辛更儒校注：《詩話》，《劉克莊集箋校》。北京：中華書局 2011
年版，卷一二八，第 6687 頁。

命”和“詩賦”是體裁，“議論”和“叙事”是表達方式，四者之間有着相互交叉的關係。明代吴訥《文章辨體·凡例》認爲“每類之中，衆體并出，欲識體制，卒難尋考”①。在《文章正宗》四分法之前，曹丕《典論·論文》提出：“夫文本同而末異。蓋奏議宜雅，書論宜理，銘誄尚實，詩賦欲麗。此四科不同，故能之者偏也。唯通才能備其體。”② 曹丕和真德秀的四分法大體一致，但真德秀的四分法對“辭命”和“詩賦”的概念界定更爲明確，“議論”和“叙事”的分類也體現了他對表達形式的重視，這對文章學而言是有開創意義的。《文章正宗》反映了南宋時期重義理、切實用的文章正宗觀，迥異于《文選》的藝術審美觀。

但是，真德秀的《文章正宗》以理爲本的正宗觀及“别出談理一派”的文體觀念畢竟有其缺陷，不完全符合文學的本質屬性。《四庫全書總目》指出：“德秀雖號名儒，其説亦卓然成理，而四五百年以來，自講學家以外，未有尊而用之者，豈非不近人情之事，終不能强行於天下歟?”③ 可見，真德秀以理爲標準對天下文章“一刀切”，這一武斷的處理方式不能得到所有人的認可。南宋後期文統與道統日漸融合，此時再去宣揚純粹以理義爲宗的文章標準，確實有些不合時宜。

（二）“議論正大”和“關係世教”

宋儒的文論主要以文道關係爲核心，注重儒家道統在古文中的

① 吴訥：《文章辨體序説》。北京：人民文學出版社 1962 年版，第 9 頁。
② 王友懷、魏全瑞：《昭明文選注析》。西安：三秦出版社 2000 年版，第 751 頁。
③ 永瑢等撰：《文章正宗提要》，《四庫全書總目》，卷一八七，第 1699 頁。

地位。不同于詩話、詞話的自由活潑、幽默詼諧，宋代文話端莊正大，語體風格莊重嚴肅。林紓認爲，"論文之言，猶詩話也。顧詩話采擷諸家名句，可以雜入交際談詼；若古文，非莊論莫可。且深於古文者，亦未嘗多作議論"①。宋人論古文主要關注文道關係、文章體法、流派風格等問題，不屑于記載和評論以資閑談的逸聞軼事。宋代文集的編撰、點評者均爲飽學博識之士，其中不乏呂祖謙和葉適等大家巨擘。他們的編著擇文審慎，體例精當，一旦發爲議論，輒洞見幽微。《文章正宗》《古文關鍵》《崇古文訣》《文章軌範》被譽爲南宋四大古文選本，他們的編纂者均爲理學古文家。就編纂和評點思想而言，除了文法方面的考量，這四大古文選本對儒家道統和義理綱常的維護塑造了南宋尊崇理學的總體傾向。

樓昉，字暘叔，號迂齋，鄞縣（今屬浙江寧波）人。少從呂祖謙學，以文名，宋紹熙四年（1193 年）陳亮榜進士。樓昉是浙東學派重要人物，其從學者衆多，著述涉及文史哲多個領域。《迂齋先生標注崇古文訣》（簡稱《崇古文訣》）和《過庭錄》是樓昉的代表文論。不同于呂祖謙的《古文關鍵》僅選取唐宋文章的做法，《崇古文訣》選文自秦漢迄宋共四十九家一百九十二篇，其中以唐宋文爲主。所選唐宋名家作品以韓愈、柳宗元、歐陽修的文章爲多，對古文的流變、文法等進行了廣泛的評點。體例上是每篇題後總評與文中的圈點、夾注相結合，故又名《迂齋古文標注》。《四庫全書總目》指出：

宋人多講古文，而當時選本存於今者，不過三四家，真德

① 林紓：《春覺齋論文》，《春覺齋論畫（外一種）》。杭州：浙江人民美術出版社 2016 年版，第 93 頁。

秀《文章正宗》以理爲主，如飲食惟取禦飢，菽粟之外，鼎俎烹和皆在其所弃。如衣服惟取禦寒，布帛之外，黼黻章采皆在其所捐。持論不爲不正，而其說終不能行於天下。世所傳誦，惟呂祖謙《古文關鍵》，謝枋得《文章軌範》及昉此書而已。而此書篇目較備，繁簡得中，尤有裨於學者，蓋昉受業於呂祖謙，故因其師説，推闡加密；正未可以文皆習見，而忽之矣。（《四庫全書總目》）①

相對于選文以理爲主的《文章正宗》，樓昉的《崇古文訣》更經得起時間的考驗。《崇古文訣》所選篇目和評點意見均多，其中和《古文關鍵》重復的選文只有十四篇。選文編次基本依據時代先後順序，把文章分爲兩漢、三國、六朝、唐、宋共六個時段。這不僅有助于顯示秦漢文與唐宋文體系的源流關係和演變規律，便于梳理文法沿革的具體綫索，也有助于縱橫交織地定位經典作家和經典作品的歷史價值。南宋姚璉認爲樓昉明于道，深于文，爲文章“知味”之人，此書“積其平時苦學之力，細繹古作，抽其關鍵以惠後學”，是探求“古人之用心”的引路燈。②

樓昉重視孔孟義理，他曾在其《過庭録》中言：“予少時每持‘非聖賢之書不敢觀’之說，他書未挂眼……先有六經、孔孟義理之説，先入而爲之主，則百家之書，反爲我役而不能爲我害矣。”③

---

① 永瑢等撰：《崇古文訣提要》，《四庫全書總目》，卷一八七，第1699頁。
② 姚瑤所撰《崇古文訣》原序認爲：“文者，載道之器。古之君子非有意於爲文，而不能不盡心於明道。故曰‘辭達而已矣’。能達其辭，於道非深切著明，則道不見也。此文之有關鍵，非深於文者安能發其蘊奧，而探古人之用心哉？”見王水照：《歷代文話》第1册，第460頁。
③ 樓昉：《過庭録》。收入王水照《歷代文話》第1册，第456頁。

《崇古文訣》顯示了樓昉重視儒家義理和儒家旨趣的態度。樓昉評價程頤的《論經筵第一札子》曰："此等議論，關涉大。自《伊訓》《說命》《無逸》《立政》之後，方見此等文字。"評曾鞏的《相國寺維摩院聽琴序》爲"法度之文，妙於開闔，可以觀世變。自歐、曾以前有此等議論，自二程則粹矣"。點評蘇軾的《徐州蓮華漏銘》"坡公最長於物理上推測到義理精微處，妙於形容而引歸吏身上尤佳"，還認爲蘇轍的《齊州閔子祠堂記》"文字有關鎖，首尾相縮，發明理致"。①

樓昉論文恪守儒家正統觀念，以正大光明的儒者立場立論，主張文必雅正。他反復以"純正""議論正""不失正""誼正""論正""正大"等詞語評論文章旨意。樓昉批評柳宗元的《封建論》"以封建爲不得已，以秦爲公天下之制，皆非正論，所以引周之失、秦之得證佐甚詳，然皆有說以破之。但文字絶好，所謂强辭奪正理"②。評價蘇洵的《管仲》曰："老泉諸論中，唯此論最純正。"③樓昉認爲曾鞏的《撫州顏魯公祠堂記》"議論正，筆力高，簡而有法，質而不俚"④。曾鞏的《戰國策目録序》則被其稱贊爲"議論正，關鍵密，質而不俚，太史公之流亞也"⑤。《崇古文訣》還認爲陳師道的《與秦少游書》"委屈而不失正，嚴厲而不傷和"，唐庚的《存舊論》"議論好，切時便今。通俗而不失正"，胡寅的《澧州譙門記》"詞嚴誼正，可謂雄偉不弱者矣"，胡銓的《上高宗封

---

① 樓昉：《迂齋先生標注崇古文訣》。收入王水照《歷代文話》第 1 册，第 494—497 頁。
② 同上書，第 477 頁。
③ 同上書，第 490 頁。
④ 同上書，第 495 頁。
⑤ 同上書，第 498 頁。

事》"論正詞嚴，誼形於色。晦翁謂可與日月爭光，信哉！"胡宏的《假陸賈對》則是"議論正大，規摹開闊，不可獨以文字觀"。①

樓昉論文能克服門户偏見，兼重文辭和義理。劉克莊就指出，"夫大匠誨規矩而不誨巧，老將傳兵法而不傳妙，自昔學者病焉。至迂齋則逐章逐句，原其意脉，發其秘藏，與天下後世共之。惟其學之博、心之平，故所采掇尊先秦而不陋漢、唐，尚歐、曾而并取伊洛"②。劉克莊看到了樓昉不嚴洛蜀之辨的融通態度及其對文章意脉和文法的關注。此外，陳振孫指出，"觀公之去取，至於伊川先生講筵二疏，與夫致堂、澹齋二胡公所上高廟書，彼皆非薪以文著者也，而顧有取焉。毋亦道統之傳，接續孔孟，忠義之氣，貫通神明，殆所謂有本者非耶"③。《崇古文訣》出于"道統之傳，接續孔孟"的編纂目的，對理學家文章格外重視。

謝枋得，字君直，號叠山，信州七陽（今屬江西上饒）人，宋亡之後絕食而亡，《宋史》評其爲"宋末之卓然者也"，道德文章爲世之楷模。四庫館臣評價曰："枋得忠孝大節，炳著史册。《却聘》一書，流傳不朽。雖鄉塾童孺，皆能誦而習之。而其他文章，亦博大昌明，具有法度，不愧有本之言。觀所輯《文章軌範》，多所闡發，可以知其非苟作矣。"④ 謝枋得對當時文風不滿，認爲"文體卑鄙極矣"，故而"有興起斯文之意"。⑤ 其《文章軌

① 樓昉：《迂齋先生標注崇古文訣》。收入王水照《歷代文話》第 1 册，第498—509 頁。
② 劉克莊：《迂齋標注古文序》。收入曾棗莊、劉琳主編《全宋文》第 329 册，卷七五六八，第 125 頁。
③ 陳振孫：《迂齋先生標注崇古文訣序》。收入曾棗莊、劉琳主編《全宋文》第 333 册，卷七六七八，第 313—314 頁。
④ 永瑢等撰：《叠山集提要》，《四庫全書總目》，卷一六四，第 1408 頁。
⑤ 謝枋得：《與楊石溪書》。收入曾棗莊、劉琳主編《全宋文》第 355 册，卷八二一三，第 58 頁。

範》輯録漢晋唐宋之文共六十九篇，是繼《古文關鍵》《崇古文訣》之後的評點佳作。此書不可僅僅被視爲場屋教科書，其所蘊含的儒家倫理思想尤其值得重視。

　　《文章軌範》的評點文字中包含了豐富的思想内涵，可指導士子爲人處世。王陽明的《重刊文章軌範序》指出：“夫知恭敬之實在於飾羔雉之前，則知堯舜其君之心，不在於習舉業之後矣；知灑掃應對之可以進於聖人，則知舉業之可以達於伊、傅、周、召矣。”① 王陽明認爲《文章軌範》雖“爲舉業者設耳”，但因科舉程文是士子獻給君王的“羔雉”之贄，古文寫作只要有誠敬之心，亦可達于聖人。《四庫全書總目》指出《文章軌範》隱藏着不言之教和無限意蘊，如《祭田橫文》等文“有圈點而無批注”意味着“即不填綴以塞白，猶古人淳實之意”，而《前出師表》和《歸去來辭》圈點和評論皆無，則顯示了謝枋得對諸葛亮、陶淵明之“大義清節”的無限崇敬。② 《文章軌範》選文的思想内涵多具有濃厚的儒家道德倫理色彩，如該書選取了胡銓抨擊時政、痛斥奸佞的《戊午上高宗封事》，諸葛亮表達忠君愛國、鞠躬盡瘁情懷的《前出師表》，范仲淹歌頌高潔情操的《嚴先生祠堂記》，等等。此外還有韓愈的《柳子厚墓志》、柳宗元的《送薛存義序》、李覯的《袁州州學記》、范仲淹的《岳陽樓記》等，這些文章都有着既豐富深刻又合乎當時社會主流價值觀的思想内涵。《文章軌範》評點韓愈的《雜説上》曰：“此篇主意，謂聖君不可無賢臣，賢臣不可

---

① 王守仁：《王文成公全書》。北京：中華書局 2015 年版，卷二二，第1003 頁。
② 永瑢等撰：《文章軌範提要》，《四庫全書總目》，卷一八七，第 1703 頁。

無聖君，聖賢相逢，精聚神會，斯可成天下之大功。"① 評點胡銓的《上高宗封事》曰："肝膽忠義，心術明白，思慮深長。讀其文，想見其人，真三代以上人物。朱文公謂可與日月争光。中興奏議此爲第一。"② 謝枋得對忠臣賢士的忠君愛國情懷是極力贊揚的，這就不難理解他在宋亡之後不願出仕且絕食全節的忠勇行爲了。

　　謝枋得非常重視文章承載和闡發儒家義理的功能和作用，他論其"小心文"時指出"此集文章，占得道理强，以清明正大之心，發英華果鋭之氣，筆勢無敵，光焰燭天。學者熟之，作經義，作策，必擅大名於天下"③。評論韓愈的《送浮屠文暢師序》言："此一段義理最精，亦切近人情……見得天地間不可無聖人之道，無聖人之道則人之滅久矣，於禽獸何异。"④ 評論韓愈的《諱辯》曰："一篇辯明，理强氣直，意高辭嚴，最不可及者，有道理可以折服人。"⑤ 評論柳宗元的《桐葉封弟辨》曰："義理明瑩，意味悠長。字字經思，句句著意，無一字懈怠，亦子厚之文得意者。"⑥ 評李覯的《袁州學記》云："其立論高遠宏大，不離乎人心天理，宜乎讀者樂而忘倦也。"⑦ 謝枋得贊許上述"此等文章，關係世教，萬世不磨滅"⑧，他重視文章的社會教化作用，點評范仲淹的《嚴先生祠堂記》"字少意多，文簡理詳，有關世教，非徒文也"⑨。謝枋

---

① 王水照：《歷代文話》第 1 册，第 1054 頁。
② 同上書，第 1052 頁。
③ 同上書，第 1042 頁。
④ 同上書，第 1056 頁。
⑤ 同上書，第 1046 頁。
⑥ 同上。
⑦ 同上書，第 1056 頁。
⑧ 同上。
⑨ 同上書，第 1057 頁。

得論"小心文"曰："此集才、學、識皆高，議論關世教，古之立言不朽者如是夫。葉水心曰：'文章不關世教，雖工無益也。'人能熟此集，學進、識進，而才亦進矣。"①

南宋末年，受業于謝枋得的魏天應同樣重視文章對儒家正統思想的傳承和對道德性理的表達，他認爲"綱常正要身扶植，出處端爲世重輕"②。魏天應所編科舉優秀程文集《論學繩尺》引戴溪言論指出："史論易粗，宜純粹；性理論易晦，宜明白。"③ 這説明南宋理學開始追求走向通俗化、大衆化，這有助于理學的推廣和流行。其所引陳亮言論曰："大凡論不必作好語言，意與理勝，則文字自然超衆。"引黃庭堅言論曰："當以理爲主，理得而辭順，文章自然出類拔萃。"④《論學繩尺》比較關注程朱理學對科舉程文的影響，如論陳季南的《乾坤之蘊如何》曰："論有根據，文有起伏，理學透徹，皆從關洛乾淳諸老語録中來，真佳作也。"高起潛的《仁義禮智之端如何》批語云："發盡朱文公未盡底意思，理學透徹，文勢委蛇，關洛諸儒議論盡在是矣。"再如評論林雷震的《夫子之道忠恕》曰："出入程、朱、張三先生議論，理明文徹，發越無餘蘊矣。"⑤《論學繩尺》在進行評點、注解時，多引用二程、朱熹、張栻等人的言論，由此可見程朱理學對魏天應影響深刻。

綜上所述，宋代文道之間張力的存在和消解反映了文統建構過程中文道衝突的自我調適。地域、學派、黨争以及文人身份和文章

---

① 王水照：《歷代文話》第 1 册，第 1042—1058 頁。
② 魏天應：《送疊翁老師北行和韵》。收入厲鶚《宋詩紀事》。浙江：浙江古籍出版社 2019 年版，卷七八，第 2777 頁。
③ 魏天應：《諸先輩論行文法》，《論學繩尺》。收入王水照《歷代文話》第 1 册，第 1078 頁。
④ 同上。
⑤ 同上。

體制等各方面的差异均影響了宋人文統觀。文道衝突調適的結果是儒家文統的建構。雖然宋儒重視義理，主張以理爲宗的文章正宗觀，推崇儒家正統和道德教化，但"文"的重要性在文道關係的框架中逐漸得到重視和提升，這體現在《宋文鑒》等典籍的編纂思想之中。

第五章

"能文者"由道及情的文統建構

文學重情，由來已久，中國古代論"文情"者甚多，目前學界研究"文情論"者也爲數不少。"文情"一詞，《辭源》釋爲"文辭與情思"①，并舉劉義慶《世説新語·文學》中的記載："孫子荆除婦服，作詩以示王武子。王曰：'未知文生於情，情生於文？覽之淒然，增伉儷之重。'"② 趙抃的《次韵孔憲山齋》曰："開樽向幽處，餘論見文情。"③ 此外，古代文獻中運用"文情"非常普遍，如《文心雕龍·雜文》言："智術之子，博雅之人，藻溢於辭，辭盈乎氣。苑囿文情，故日新殊致。"④《北齊書》言崔瞻"聰

① 商務印書館編輯部編：《辭源》。北京：商務印書館1991年版，第736頁。
② 劉義慶撰，劉孝標標注：《世説新語校箋》。北京：中華書局2006年版，第236頁。
③ 吳之振、呂留良、吳自牧：《宋詩鈔》。北京：中華書局1986年版，第192頁。
④ 劉勰著，黃叔琳注，李詳補注，楊明照校注拾遺：《增訂文心雕龍校注》，卷三，第180頁。

朗强學，有文情，善容止"①。本文所采用"文情"概念依據于此，爲"文學情致"之意，指有一定價值和理性的情趣、情感、情志等。情致的産生離不開主體的情感參與和思想投射，也依賴于客體所包藴的價值和理性；二者相互結合、相互滲透，就會激發出内涵無限豐富甚至難以言表的情致。古人常用情致論文，如劉勰《文心雕龍·定勢》云："夫情致異區，文變殊術，莫不因情立體，即體成勢也。"② 劉勰提倡根據思想情致來確定文章的風格、體勢等。《世説新語·文學》記載："謝鎮西（謝尚）經船行，其夜清風朗月，聞江渚間估客船上有咏詩聲，甚有情致，所誦五言，又其所未嘗聞，嘆美不能已。即遣委曲訊問，乃是袁（宏）自咏所作詩《咏史》詩。因此相要，大相賞得。"③《世説新語·賞譽》記載："殷中軍道韓太常曰：'康伯少自標置，居然是出群器。及其發言遣辭，往往有情致。'"④ 五代時修撰的《舊唐書·元稹白居易傳》曾言："至潘、陸情致之文，鮑、謝清便之作，迨於徐、庾，踵麗增華，纂組成而耀以珠璣，瑶臺構而間之金碧。"⑤ 唐代皎然曾言："上人自浙右來湖上，見存并示製作，觀其風裁，味其情致，不下古手，不傍古人。"⑥ 古人咏物多言情致，李清照的《詞論》稱"晏（晏幾道）苦無鋪叙；賀（賀鑄）苦少典重；秦（秦觀）即專

---

① 李百藥：《崔瞻傳》，《北齊書》。北京：中華書局 1972 年版，卷二三，第 335 頁。
② 劉勰著，黄叔琳注，李詳補注，楊明照校注拾遺：《增訂文心雕龍校注》，卷六，第 402 頁。
③ 劉義慶撰，劉孝標標注：《世説新語校箋》，第 246—247 頁。
④ 同上書，第 417 頁。
⑤ 劉昫：《舊唐書》，卷一六六，第 4359 頁。
⑥ 皎然：《贈包中丞書》。收入董誥等編《全唐文》，卷九七，第 9553 頁。

主情致，而少故實"①。宋末元初劉壎的《隱居通議》評論歐陽修《述懷送張總之》中的"感今懷昔復傷離，一别相逢知幾時，莫辭今日一尊酒，明日思君難重持"等詩句，"皆流麗有情致，可吟諷也"②。明代茅坤的《蘇文忠公文鈔》評論蘇軾的《答劉沔書》"情致脱落瀟颯"。清代張岱《陶庵夢憶・金乳生草花》言："草木百餘本，錯雜蒔之，濃淡疏密，俱有情致。"③ 諸如此類評價還有很多，不勝枚舉。

一、"由道及情"：古文思想內涵的互補

宋代"能文者"以情致爲本的文道觀和"談經者"以雅頌爲本、"知道者"以道理爲本的文道觀之間的互補，源于古文文統中文道和文情兩方面內涵的互補關係，這是由文學功能的多元性、複雜性所決定的。結合宋代古文發展歷程來看，文道和文情之間存在一個"由道及情"的情升道降的變遷過程。"由道及情"的變遷主要體現在兩個方面：其一，相對于早期和同時期以經學、理學等方面的成就著名于世者，歐、蘇等古文家的古文創作實踐和理論總結更爲重視文學情致、文章情采；其二，就歐、蘇等人而言，他們延續了韓愈以來的古文創作傳統，重道亦重情，在表現文情方面的創作成就尤爲突出，從而促成了文學家在"唐宋八大家"文統中的地

---

① 李清照著，黃墨谷輯校：《詞論》，《重輯李清照集》。北京：中華書局 2009 年版，第 54 頁。
② 洪本健編：《歐陽修資料彙編》。北京：中華書局 1995 年版，第 448 頁。
③ 張岱：《陶庵夢憶》。北京：中華書局 2007 年版，卷一，第 13 頁。

位，使得整個宋代古文發展歷程呈現出情升道降的變遷特徵。

宋代統治者采取重文抑武的用人政策，知識分子的地位空前提高，出現了"士大夫與君王共治天下"的局面。如范仲淹等出身于中下層社會的文人重視儒家名教并以之爲行爲嚮導，發奮圖强，渴望建功立業。《宋史·忠義傳》稱："士大夫忠義之氣，至於五季，變化殆盡……真、仁之世，田錫、王禹偁、范仲淹、歐陽修、唐介諸賢，以直言讜論倡於朝，於是中外搢紳知以名節相高、廉耻相尚，盡去五季之陋矣。"① 北宋前期世風和士風已經發生了巨大的改變，推動了北宋古文的革新和發展。不同于"談經者"和"知道者"重道輕文的做法，歐、蘇等"能文者"既重視以文載道又重視抒情言志，更爲關注古文的文學情致，從而建構起内涵豐富完善、具有文學審美本位的古文文統。具體而言，宋人出于理性的自覺，普遍主張文以載道，以文道關係作爲文統論的核心，無論是"談經者""知道者"還是"能文者"，概莫能外；但他們同時也認識到以情致爲本的言志、緣情之于古文創作的重要性。古文的風神情致所帶來的藝術魅力是難以抵制的，即便是思想守舊的經學家和迂腐空疏的道學家也難以否認情致的重要性。因此，在以"唐宋八大家"爲代表的古文創作實踐中，事實上已經建構起以韓、柳、歐、蘇等人的古文爲典範、以情致爲本的文統體系。文道和文情作爲古文文統的具體内涵在事實上是兩位一體的，兩者互爲補充，既有分工也有合作，相輔相成，和諧統一。

宋人的文化心理由外向走向内斂，身邊的一景一物都有可能牽引他們的情愫。如歐陽修晚年以"六一居士"之號明志，以讀書、

---

① 脱脱等撰：《忠義傳》，《宋史》，卷四四六，第 13149 頁。

賞銘、彈琴、弈棋、飲酒自適。蘇軾認爲"凡物皆有可觀。苟有可觀，皆有可樂"①。朱熹筆下的泗水尋芳、源頭活水、池塘春草等都意興盎然，詩文有理趣而無理障。歐陽修、蘇軾等古文家重視古文的抒情言志功能，對文學情致的重視有助于弘揚古文的審美價値和藝術感染力，從而和以道爲本的文道觀形成互補。正是由于宋代古文高度重視情致，纔促使"能文者"如歐陽修、王安石、蘇軾、曾鞏等古文家的創作成就超越了宋初經學家的枯燥生澀的傳道之文，形成了宋代古文的獨特風神和情韻。《宋史》認爲"南渡文氣不及東都"②，但《文苑傳》所列舉的南宋主要文人僅有陳與義、汪藻、葉夢得、朱敦儒等數人而已。實際上，南宋古文成就較高且被視爲文統正傳的主要是朱熹、呂祖謙等理學家以及浙東學派的葉適、陳亮等人。歐、蘇等古文家提倡文道合一，關心社會現實，重視表現作家的生活趣味和情感體驗，致力于化解文與道的矛盾。歐陽修的新道論擺脱了儒家道統觀念的束縛，賦予"道"以嶄新的時代内涵；蘇軾進一步提倡"有意而言"，重視古文的抒情言志功能。歐蘇都重視獎掖後進，更是爲古文的後續發展培養了隊伍。他們重視《詩經》的風雅傳統和《楚辭》的風騷精神，推重莊子、屈原、賈誼、揚雄等文學家，繼承唐代韓柳的古文文統，也重視吸納宋代古文創作的嶄新的成功經驗，弘揚以斯文傳承爲己任的道義精神，通過師門、家族等途徑建立了新的文統傳承譜系。同時，這些"能文者"借鑒了昆體文章語言的清新流麗，從而達到了文質兼美、切于世用的創作效果。自此，由駢體轉向古文的文壇風尚不可逆轉。

---

① 蘇軾撰，孔凡禮點校：《超然臺記》，《蘇軾文集》，卷一一，第351頁。
② 脱脱等撰：《文苑一》，《宋史》，卷四三九，第12998頁。

（一） 道之内涵： 由儒道到情實、情感和情性的遷移

先秦"道始于情"的觀念反映了這樣一種對道與情關係的理解："道"應該首先始于"情實"，即實情、實際和具體的事情，然後包孕于"情感""情性"之中。文學視閾中的"道"在歷代文論中有不同的内涵表達，從最初的"詩言志""詩緣情"，再到經國大業、載道明道的重托，再到風雅興寄、"性情之正"的抒發。這些對道之内涵的不同解讀既豐富多彩又一脉相承。從純文學、純審美的眼光來看待文統，會發現歐陽修、蘇軾等文學家的文統實際上和儒家道統之間保持了一定的距離，甚至有時還有疏遠道統的傾向。

歐陽修的古文創作之所以取得如此輝煌成就并帶動宋代古文運動走向勝利，離不開他對"道"之内涵由"儒道"轉向"情實"的嶄新認識和塑造。歐陽修所言之道不同于經學家的復古之道和理學家的性理之道，而是建立在具體社會實踐之上的"情實"。歐陽修認爲六經均不空言性理，而多言動静得失吉凶之常理、善惡是非之實録、政教興衰之美刺、堯舜三代之治亂、治國修身之法等，"皆人事之切於世者"①。所以他認爲不可盲目推崇"三皇太古之道"，應多關注社會現實問題。歐陽修改變了時人對道的執拗理解，從而解決了"長期困擾古文運動的一個核心理論問題"②。在范仲

---

① 歐陽修著，李逸安點校：《答李詡第二書》，《歐陽修全集》，卷四七，第669頁。
② 祝尚書認爲，"歐陽修以敏鋭的洞察力，看到了古文運動陣線内部的弊端，恰在于鼓吹所謂'三皇太古之道'，而它正是'太學體'産生的思想基礎。鼓吹者們打着'古聖人'的旗號，使之成爲牢不可破的思想桎梏。不解放思想，破除神秘化了的'道統論'，古文運動就没有出路。歐陽（轉下頁）

淹之後，他進一步發揮文學的淑世精神，超脱宋初腐儒對古道的機械解讀，賦予道以新的時代内涵。他認爲學人應該以道自任，以文自任，把文、道與豐富多彩的社會實踐結合起來。

　　和韓愈、歐陽修相比，蘇軾的文道觀中“情實”的内涵更爲充實，對道的理解更貼近“情性”“情感”。他關注文學自身的發展規律，按照審美眼光來看待文學藝術，提出了道其所道、應物之理的新道論。這種應物之道不是復古的儒道或者儒、道、釋三教學説的簡單摻和，而是和蘇軾性命高度融合的自得的、自由的、超越的道。道通萬物之理，道始于“情之性”，而非“性之情”。蘇軾的《日喻》通過比喻對道做了闡釋，指出道是需要親身體驗的，可致而不可求。“道之難見也甚於日，而人之未達也，無以异於眇。”① 即當人没有認識到道的時候，就如盲人徒然地去揣摩太陽的形態。“故世之言道者，或即其所見而名之，或莫之見而意之，皆求道之過也。然則道卒不可求歟？蘇子曰：‘道可致而不可求。’”② 蘇軾以游泳來比喻人們對道的體認，就像南方人自幼與水爲伴，長大後自然能暢游江河一樣，道雖不可明言，不可强求，但只要每天親身實踐，就自然得道，這就是“道可致而不可求”。致道需要學習和實踐，蘇軾認爲“古之學道，無自虛空入者。輪扁斲輪，傴僂承蜩，苟可以發其巧智，物無陋者”③。道猶如輪扁斫

（接上頁）修以巨大的魄力，在擁護儒‘道’的前提下，給‘道’賦予嶄新的内涵，基本上解决了長期困擾古文運動的一個核心理論問題。這不僅使歐陽修的文學思想達到了當時的最高水準，也使他無可爭議地成爲古文運動的杰出領袖”。見祝尚書：《重論歐陽修的文道觀》，《四川大學學報（哲學社會科學版）》1999 年第 6 期，第 76 頁。

① 蘇軾撰，孔凡禮點校：《日喻》，《蘇軾文集》，卷六四，第 1980 頁。
② 同上書，第 1981 頁。
③ 蘇軾撰，孔凡禮點校：《送錢塘僧思聰歸孤山叙》，《蘇軾文集》，卷一〇，第 326 頁。

輪、佝僂承蜩的經驗一樣是得之于心，應之于手，不可言傳師承的。蘇軾重視"萬物之理"，認爲要想做到"無私"，排除個人的偏見，就要"幽居默處"靜下心來，"觀萬物之變，盡其自然之理"①。蘇軾的體道觀物方式就是"應物"，"凡物皆有可觀。苟有可觀，皆有可樂，非必怪奇瑋麗者也"②。蘇軾把道理解爲萬物之理，爲情之性，道是應物的，隨着外界環境的變化而變化，并不存在凝滯的、固定的道。蘇軾認爲"道有升降政由俗革"，"夫道何常之有，應物而已矣。物隆則與之偕升，物污則與之偕降"③。因此要做到心中無物，不能爲外物所役，物物而不物于物。秦觀就指出："蘇氏之道，最深於性命自得之際。其次則器足以任重，識足以致遠，至於議論文章，乃其與世周旋，至粗者也。"④ 可見論蘇軾不可止于文章辭藻，還需要關注其對"情性"的重視、與世推移、深于性命自得的獨得之道。

宋代儒家思想被定爲一尊，古文家對文道關係的看法極大地影響了其古文創作。以情致爲本的文道觀淡化了儒家道統對古文的約束，它既重視古文的載道、明道職責，也關注其抒情達意、議論析理的功能。歐、蘇等"能文者"繼承了屈原、宋玉等人重視表現自我的怨騷精神，也延續了《詩經》的風雅傳統；既關注思想情感的真實表達，也體察社會百態的五味雜陳。他們突出了古文的文學本位，取得了豐富多彩的創作成果。在他們那裏，古文不再是簡單地

① 蘇軾撰，孔凡禮點校：《上曾丞相書》，《蘇軾文集》，卷四八，第1379頁。
② 蘇軾撰，孔凡禮點校：《超然臺記》，《蘇軾文集》，卷一一，第351頁。
③ 蘇軾撰，孔凡禮點校：《道有升降政由俗革》，《蘇軾文集》，卷六，第173頁。
④ 秦觀著、徐培均箋注：《答傅彬老簡》，《淮海集箋注》。上海：上海古籍出版社1994年版，卷三〇，第981頁。

祖述聖賢，機械地重復道德倫理的高頭講章。他們的爲文之道呈現出由重視文道關係轉向關注社會實踐和人生體驗的"情實""情感"和"情性"。

蘇軾重視情與辭的關係，主張文章吟咏性情，以情爲本。劉勰把情正、理定和辭暢視爲爲文之本，其《文心雕龍·情采》言："情者文之經，辭者理之緯；經正而後緯成，理定而後辭暢：此立文之本源也。"① 蘇軾認爲"六經之道，惟其近於人情，是以久傳而不廢"②。蘇軾論文重視情辭所向，其《春秋論》言："天下之人，其喜怒哀樂之情，可以一言而知也。""《春秋》者，亦人之言而已，而人之言，亦觀其辭氣之所向而已矣。"③ 蘇軾還重視日常生活中的性情抒發，其言道：

> 自少聞家君之論文，以爲古之聖人有所不能自已而作者。故軾與弟轍爲文至多，而未嘗敢有作文之意。己亥之歲，侍行適楚，舟中無事，博弈飲酒，非所以爲閨門之歡，而山川之秀美，風俗之樸陋，賢人君子之遺迹，與凡耳目之所接者，雜然有觸於中，而發於咏嘆。(《詩論》)④

蘇軾的"作文之意"和其《赤壁賦》對江上清風、山間明月的享用所表現的通脱達觀一樣屬于感興情思。蘇軾認爲"所謂情者，乃

---

① 劉勰著，黃叔琳注，李詳補注，楊明照校注拾遺：《增訂文心雕龍校注》，卷七，第 412 頁。
② 蘇軾撰，孔凡禮點校：《詩論》，《蘇軾文集》，卷二，第 55 頁。
③ 蘇軾撰，孔凡禮點校：《蘇軾文集》，卷二，第 58 頁。
④ 蘇軾撰，孔凡禮點校：《南行前集叙》，《蘇軾文集》，卷一〇，第 323 頁。

吾所謂性也"①，情源于性，飲食男女、喜怒哀樂皆爲人之自然性情，文學應該爲性情打開方便之門。

　　文道觀反映的是人們對文學本質的理解，宋代"談經者"和"能文者"對道的本質和文道關係的認識存在鮮明的差異。北宋王安石的經學成就突出，在文道觀方面，他主張"文貫乎道"，認爲"若欲以明道，則離聖人之經，皆不足以有明也"②，其所謂道實則是儒家經術而已。葛曉音認爲，宋初"近百年間的文風幾經反復，高言空文、以道求名同務實致用、切于世務這兩種復古宗旨的分歧，以雅頌爲上同以風騷爲本這兩種風雅觀的分歧，始終貫穿在各個階段之中，構成了各種矛盾中的基本矛盾，重道與重文的不同傾向可從中找到根源"③。宋初文壇風尚同爲復古，却有空言求名和務實致用之分；同尊風雅，尚有雅頌和風騷之别。應該說，這種區别產生的根源就是學者們所持的文道觀的差異。"談經者"主張爲文應溯源六經古道，傳承儒家道統，"能文者"則主張文章來自社會實踐，以及人生體驗的自得、自然之道。"能文者"化解了文與道之間的張力，不再糾結于道尊文卑還是文尊道卑，從而爲古文發展提供了健康自由的生態環境。

（二）"能文者"以情爲本的文情訴求

　　宋代古文發展到高峰的標志是宋人對"至文"境界的追求。

① 蘇軾撰，孔凡禮點校：《揚雄論》，《蘇軾文集》，卷四，第110—111頁。
② 王安石：《答吳孝宗書》。收入曾棗莊、劉琳主編《全宋文》第259冊，卷一三九〇，第131頁。
③ 葛曉音：《北宋詩文革新的曲折歷程》，《中國社會科學》1989年第2期，第119頁。

對“至文”境界的追求體現了宋人審美情趣的內傾化、細緻化的心理特點，是他們在古文創作中對藝術審美形式的精緻化訴求。文辭、文風、文法等屬于文章的外部形式，至文應該是形神兼備的佳作，即既具有完美的外在形式，也具有充沛的精神氣質。文章的血肉之軀需要精氣神來驅動，精氣神的傳承是古文情致的血脈流動。由先秦到明清，對情致的訴求體現出思想情感和藝術精神層面的傳承因革。宋代古文創作的藝術追求呈現出由必然王國進入自由王國的境界飛躍，這集中表現在歐陽修情致外化的“六一風神”及蘇東坡以情爲本的至文上。

1. 善言人情的歐文及其風神情韵

歐陽修認爲文章本深纏能末茂，主張“寫人情之難言”，其文以善于表達情致見長，其“六一風神”以抒情爲旨歸，深受歷代文論家認可。曾鞏贊美歐文“深純温厚，與孟子、韓史部之書爲相唱和”①。劉壎認爲，“歐公文體，温潤和平，雖無豪健勁峭之氣，而於人情物理，深婉至到，其味悠然以長，則非他人所及也”②。清代儲欣評歐陽修的《江鄰幾文集序》認爲，“言有窮而情不可終，此是廬陵獨步”③。清代沈德潛認爲歐陽修“文情感咽歔欷，最足動人”④。近人姚永樸言：“宋諸家唯歐公有其情韵不匱處。”⑤ 近

---

① 曾鞏：《上歐陽學士第一書》，《曾鞏集》。北京：中華書局 1984 年版，卷一五，第 232 頁。
② 劉壎：《歐公文體》，《隱居通議》，卷一三，第 141 頁。
③ 儲欣：《江鄰幾文集序》，《唐宋八大家類選》，蘇州大學圖書館藏清光緒九年刊本，卷一一，第 6 頁。
④ 沈德潛：《送徐無黨南歸序》，《增評唐宋八家文讀本》。武漢：崇文書局 2010 年版，卷一一，第 283 頁。
⑤ 姚永樸：《文學研究法》。北京：商務印書館 1933 年版，第 93 頁。

人唐文治認爲，"子長高弟，韓、歐二生，陰柔之美，歐得其情"①。林紓言："世之論文者恒以風神推六一，殆即服其情韵之美。"② 朱自清也認爲歐文"最以言情見長"③。

歐陽修爲文重道亦重情，其于慶曆六年（1046 年）所作《新霜》云："無情木石尚須老，有酒人生何不樂"，體現出他對有情人生的重視。他認爲，"失志之人，窮居隱約，苦心危慮而極於精思，與其有所感激發憤惟無所施於世者，皆一寓於文辭。故曰窮者之言易工也"④。《鳴蟬賦》言其"悲夫萬物莫不好鳴"，認爲"達士所齊，萬物一類。人於其間，所以爲貴，蓋已巧其語言，又能傳於文字。是以窮彼思慮，耗其血氣，或吟哦其窮愁，或發揚其志意。雖共盡於萬物，乃長鳴於百世"⑤。歸有光認爲歐陽修的《張子野墓志銘》"工於寫情，略於叙事，極淋漓騷鬱之致"⑥。歐陽修文中提及"人情"一詞有一百餘處，他所理解的"人情"包含了情實、情感和情性等含義，不過主要是指情感，如其認爲"聖人之言，在人情不遠"⑦，"佛能鉗人情而鼓以禍福"⑧，等等。歐陽修古文的情致表達，根據寫作的具體語境和情勢，具有既自然平和又

① 唐文治：《古人論文大義》，國家圖書館藏清宣統元年（1909 年）刊本，緒言，第 1 頁。
② 林紓：《春覺齋論文》，《春覺齋論畫（外一種）》，第 154 頁。
③ 朱自清：《經典常談》。上海：上海古籍出版社 1999 年版，第 106 頁。
④ 歐陽修：《薛簡肅公文集序》。收入曾棗莊、劉琳主編《全宋文》第 34 冊，卷七一七，第 66 頁。
⑤ 歐陽修：《鳴蟬賦》。收入曾棗莊、劉琳主編《全宋文》第 31 冊，卷六六三，第 132 頁。
⑥ 洪本健：《歐陽修資料彙編》，第 547 頁。
⑦ 歐陽修：《答宋咸書》。收入曾棗莊、劉琳主編《全宋文》第 33 冊，卷六九九，第 102 頁。
⑧ 歐陽修：《御書閣記》。收入曾棗莊、劉琳主編《全宋文》第 35 冊，卷七三九，第 105 頁。

激越深摯的特徵。嘉祐四年（1059 年），歐陽修寫作《秋聲賦》，描摹自然界的季節輪回變化所引發的情感波動，人物交感，文章表達的生命意識不勝傷感悲愴。熙寧三年（1070 年），其《峴山亭記》感嘆世人"汲汲於後世之名"的虛無，流露出淡泊閑適的情懷。歐陽修的《黃楊樹子賦》描繪被貶地的夷陵景觀，感嘆"負勁節以誰賞，抱孤心而誰識"①，把自己的孤寂情愫和幽冷環境融合在一起，情景相生無窮。歐陽修的《與高司諫書》慷慨激昂、義正嚴詞地斥責高若訥惜官貪祿，"不復知人間有羞恥事爾"②。歐陽修晚年爲其父母所作的《瀧岡阡表》追憶懿行遺訓，感喟自己不辱其先，真情流露，感人極深。《祭石曼卿文》寫作于石曼卿去世二十餘年後，感情極爲沉痛激越："嗚呼曼卿！盛衰之理，吾固知其如此，而感念疇昔，悲涼凄愴，不覺臨風而隕涕者，有愧乎太上之忘情。"③ 蘇洵曾評歐文曰："執事之文，紆餘委備，往復百折，而條達疏暢，無所間斷；氣盡語極，急言竭論，而容與閑易，無艱難勞苦之態。"④ 歐文這種"紆餘委備"、一唱三嘆的情致之美被後人概括爲"風神"。

歐陽修古文"六一風神"的形成離不開其文學情致的推動。"六一風神"是敘事文學抒情特徵的表現，可溯源到《史記》的"史遷風神"。歐陽修自言："余固喜傳人事，尤愛司馬遷善傳。"⑤

---

① 歐陽修：《黃楊樹子賦》。收入曾棗莊、劉琳主編《全宋文》第 31 冊，卷六六三，第 131 頁。

② 歐陽修著，李逸安點校：《與高司諫書》，《歐陽修全集》，卷六八，第 988 頁。

③ 歐陽修：《祭石曼卿文》。收入曾棗莊、劉琳主編《全宋文》第 36 冊，卷六七〇，第 42 頁。

④ 蘇洵：《上歐陽內翰第一書》。收入曾棗莊、劉琳主編《全宋文》第 43 冊，卷九一九，第 26 頁。

⑤ 歐陽修著，李逸安點校：《桑懌傳》，《歐陽修全集》，卷六六，第 971 頁。

他對司馬遷史傳文的敘事和抒情藝術進行了多方面的借鑒。就文體而言，最能體現"六一風神"的主要是序記、碑志、史傳、史論等敘事性、抒情性特徵突出的類型，其中序、贈序、記三體尤多，歷代對"六一風神"的點評以及對歐陽修古文佳作的關注也集中于此。而其碑志、墓志等文也有着司馬遷《史記》的實錄精神，不虛美不隱惡，事信而言文，含蓄蘊藉，韻味無窮。明代茅坤指出歐陽修的《王彥章畫像記》"以叙事行議論，其感慨處多情"①。清代方苞也認爲"永叔摹《史記》之格調，而曲得其風神"②。司馬遷及其《史記》因重要的文學價值在古文文統中占據了極其重要的地位。作爲史學和文學典範的《史記》在建構史統與文統方面的成就促成了它在史學和文學上的突出地位，進而形成了"史漢文統"，此後《史記》被列入文統之中。如明代童養正所著的《史漢文統》仿效茅坤評點《史記》和《漢書》，分爲對《史記》的重要文段進行點評的《史記統》及《西漢文統》和《東漢文統》；爲彰顯文章有益于政治和文學的功用，將"文統"置于"經國之大業，不朽之盛事"的顯赫地位，儼然有整飭漢代文統之意。明代由張以忠輯、陳仁錫評的《古今文統》共十六卷，選錄《左傳》《史記》及漢、唐、宋、明的大家文章，其目的是明確"斯文在是""統系存焉"。《史記》繼承并發揚了《春秋》褒貶善惡、微言大義等史法傳統，推動了史學正統即史統的形成。《史記》兼具抒情言志的敘事筆法被視爲史傳文學的一大特色，受到了後來者的肯定，形成了

① 茅坤：《廬陵文鈔》，卷二一。收入《文淵閣四庫全書》第 1383 册，第548 頁。
② 方苞：《集外文》，《方苞集》。上海：上海古籍出版社 2008 年版，卷四，第215 頁。

史傳文學的敘述傳統。《史記》作爲古文典範，其審美藝術也被後代古文所繼承，如歐陽修的文風就頗受司馬遷影響，《史記》紆徐有致、從容不迫的文風被《新五代史》所沿襲。三蘇的古文風格亦有仿效《史記》之處。《史記》中"史遷風神"的藝術精神，被後代古文家繼承和光大。司馬遷在《史記》中投入了自己太多的情懷，魯迅將其贊譽爲"史家之絶唱，無韵之《離騷》"。司馬遷自言讀屈原詩就"悲其志"，適長沙輒"垂涕，想見其爲人"，"讀《鵩鳥賦》，同死生，輕去就，又爽然自失矣!"① 魯迅這一評價肯定了司馬遷"不拘史法，不囿于字句，發于情，肆于心而爲文"②的著述方法。這也正是《史記》風神所自。關于"史遷風神"，李淦的《文章精義》評《項羽本紀》指出："史遷項籍傳最好，立義帝以後一日氣魄一日；殺義帝以後，一日衰颯一日，是一篇大綱領。至其筆力馳驟處，有喑噁叱咤之風。"③ 歐陽修古文的"六一風神"和司馬遷的"史遷風神"有着後先繼承關係。

　　古代文論中有很多和"風神"相近的概念，如風骨、神韵、氣韵等，這些概念多用于詩詞評論領域。"風神"作爲古文藝術風格和審美内涵方面的範疇，具有非常豐富的思想和藝術價值。歷代論"六一風神"者都關注到了其與文學情致之間的密切關係。明代茅坤以"風神"一詞論司馬遷和歐陽修文章，其首選的着眼點就是《史記》和歐陽修文章深刻的情致内涵和强烈的抒情性特徵。茅坤認爲：

① 司馬遷撰，司馬貞索隱，張守節正義：《屈原賈生列傳》，《史記》，卷八四，第 2503 頁。
② 魯迅：《漢文學史綱要》。長沙：岳麓書社 2013 年版，第 73 頁。
③ 李淦：《文章精義》。收入王水照《歷代文話》第 2 册，第 1176—1177 頁。

西京以来，獨稱太史公遷以其馳驟跌宕，悲慨嗚咽；而風神所注，往往於點綴指次外，獨得妙解。……（歐陽修）序、記、書、論，雖多得之昌黎，而其姿態橫生，別爲韻折，令人讀之一唱三嘆，餘音不絕。予所以獨愛其文，妄謂：世之文人學士，得太史公之逸者，獨歐陽子一人而已。（《歐陽文忠公文鈔引》）①

茅坤認爲歐陽修的碑志等"序事之文"在抒發感情上有着"馳驟跌宕，悲慨嗚咽"的強烈效果，獨得司馬遷筆法之髓。"風神"之外，茅坤還用到類似的概念"風調"，他認爲司馬遷文章"風調之遒逸，摹寫之玲瓏，神髓之融液，情事之悲憤，則又千年以來所絕無者。……魏晋唐宋以下，獨歐陽永叔得其十之一二"②。茅坤對《史記》的"風神"内涵分析曰："《史記》以風神勝，……惟以其風神勝，故其遒逸疏宕如餐霞，如嚙雪，往往自眉睫之所及，而指次心思之所不及，令人讀之解頤不已。"③ 可見歐文的藝術感染力和其風神分不開，"遒逸疏宕"這種強烈的審美體驗來自文章的文采情致。

古文風神之傳承統續中似乎少了韓愈一環。對此，茅坤認爲："世之論韓文者，共首稱碑志。予獨以韓公碑志多奇崛險譎，不得《史》《漢》序事法，故於風神處或少遒逸，予間亦鑴記其旁。至

---

① 茅坤著，張夢新、張大芝點校：《歐陽文忠公文鈔引》，《茅鹿門先生文集》，卷三一。收入《茅坤集》，第825—826頁。
② 茅坤：《讀史記法》。收入司馬遷著，茅坤編纂，王曉紅整理《史記抄》。北京：商務印書館2013年版，第13頁。
③ 茅坤著，張夢新、張大芝點校：《刻漢書評林序》，《茅鹿門先生文集》，卷一四。收入《茅坤集》，第487—488頁。

於歐陽公碑志之文，可謂獨得史遷之髓矣。"① 明末艾南英認爲
"古文一道，其傳於今者，貴傳古人之神耳。即以史遷論之，昌黎
碑志，非不子長也，而史遷之蹊徑皮肉，尚未渾然。至歐公碑志，
則傳史遷之神矣。然天下皆慕韓之奇，而不知歐之化"②。他還認
爲"千古文章，獨一史遷。史遷而後千有餘年，能存史遷之神者，
獨一歐公"③。因爲韓愈學習古人文章常主張"師其意，不師其
辭"④，陳言務去，在繼承借鑒司馬遷、揚雄的古文藝術手法時，
常能融會貫通，達到學之而不似之的化境。故後人在論"風神"
時，司馬遷和歐陽修之間少了韓愈一環。林紓就曾指出"歐之學
韓，神骨皆類，而風貌不類。……能不爲險語，而風神自遠，則學
韓真不類韓矣"⑤。陳柱認爲宋六家古文均善于抒寫風情，而是否
善于言情、抒情對文章是否具備風神影響極大。其言曰：

　　宋六家之文，雖不能出韓柳之範圍，然亦略有變態。自來
以散文而最善言情者，於戰代有莊周，言哲理而長於情韵；於
漢有司馬遷，述史事而擅於風神。自此以外，多莫能逮。至六
朝有文筆之分，則言情者屬文，説理者屬筆；文即詩賦駢文，
筆即今之散文也。至唐韓退之倡爲古文，雖名爲起八代之衰，

---

① 茅坤著，張夢新、張大芝點校：《唐宋八大家文鈔論例》，《茅鹿門先生文集》，卷三一。收入《茅坤集》，第 821 頁。
② 艾南英：《與沈昆銅書》，《新刻天傭子全集》國家圖書館藏清康熙三十八年刻本，卷五，第 10 頁。
③ 艾南英：《再與周介生論文書》，《新刻天傭子全集》國家圖書館藏清康熙三十八年刻本，卷五，第 7 頁。
④ 韓愈：《答劉正夫書》。收入屈守元、常思春主編《韓愈全集校注》，第 2050 頁。
⑤ 林紓：《春覺齋論文》。收入王水照《歷代文話》第 6 册，第 6384 頁。

而文筆分塗，實亦尚沿六朝之習。故昌黎散文，言情者不多，而多於韵文出之。至宋之歐陽六一，而後上追司馬，雖氣象大小不侔，而風情獨絕。於是六朝所認爲筆者，亦變而爲文，故歐陽散文，無一不善言情，無一不工神韵。曾王三蘇，亦受其影響。世徒怪昌黎散文不工言情者，殆未知此中關鍵者也。（《中國散文史》）①

陳柱認爲"言情"和"風神"在古文中有着緊密的關係，"風情"是宋代古文的獨特特徵。古文中哲理與情韵、史實與風神是不可分的。陳柱分析了韓愈古文言情者不多，且多爲韵文，故而其古文不以風神出色。宋六家古文這種"文"與"筆"的結合，聲色、情韵、哲理、風神的密緻融通，造就古文的極致，即天下至文。

生活在宋代的歐陽修，雖然其思想情感、學術修養、性情稟賦等自有不同于司馬遷之處，且宋人學識深厚，感情蘊藉，個性內斂，文人整體氣質偏重陰柔含蓄，但這并不妨礙歐陽修繼承《史記》的抒情言志傳統，并最終形成"六一風神"溫柔敦厚、平和中正的美學特質。歐陽修散文被蘇洵稱之爲"斷然自爲一家之文"，其獨特之處離不開"六一風神"。呂思勉指出：

今觀歐公全集，其議論之文，如《朋黨論》《爲君難論》《本論》，考證之文，如《辨易繫辭》，皆委婉曲折，意無不達，而尤長於言情。序跋如《蘇文氏集序》《釋秘演詩集序》，碑志如《瀧岡阡表》《石曼卿墓表》《徂徠先生墓志銘》，雜記

① 陳柱：《中國散文史》。北京：東方出版社1996年版，第258頁。

如《豐樂亭記》《峴山亭記》等，皆感慨繫之，所謂“六一風
神”也。歐公文亦有以雄奇爲尚者，如《五代史》中諸表志
序是，然仍不失其徐紆委備之態。人之才性，固各有所宜也。
（《論學集林》）①

歐陽修古文委婉曲折，意無不達，且長于抒情，這是前人無有而後
人也難以企及的“六一風神”。高步瀛也指出“永叔之文，多以風
神姿媚勝”②。司馬遷和歐陽修古文的“風神”有着豐富的内涵。
就文體方面而言，主要涉及司馬遷史傳文和歐陽修的序記、墓表、
題跋、策論等叙事性比較突出的作品；就思想情感而言，主要是指
那些或深摯或濃烈、或委婉或激越的人生況味和社會感慨；就表達
方式而言，語言簡潔自然而富有深情，在叙事的基礎上糅合描寫、
抒情、議論等成分，從而形成一種獨特的情致之美。

　　明代茅坤等唐宋派古文家不僅以“風神”爲主綫發掘先秦兩
漢古文尤其是《史記》與唐宋古文之間由内到外的關聯，而且以此
爲理論圭臬指導自己的創作實踐。唐宋派不是完全否定秦漢古文，
他們希望通過宗法唐宋進而上接秦漢，因此注重研究《史記》《漢
書》文法，認爲“學馬遷莫如歐，學班固莫如曾”，“唐之韓，猶
漢之馬遷；宋之歐、曾、二蘇，猶唐之韓子”。③他們關注到“唐宋
八大家”對于《史記》的繼承關係，尤其是歐陽修對《史記》“風
神”的繼承。茅坤認爲，“歐陽公於叙事處往往得太史遷髓，而其

---

① 吕思勉：《論學集林》。上海：上海教育出版社 1987 年版，第 408 頁。
② 高步瀛撰注：《唐宋文舉要》。上海：上海古籍出版社 1982 年版，第 789 頁。
③ 蔡景康：《明代文論選》。北京：人民文學出版社 1999 年版，第 178 頁。

所爲《新唐書》及《五代史》短論亦并有太史公風度"①。唐宋派在創作方面也深得太史公奧秘，《明史》指出"（歸）有光爲文，原本經術，好太史公書，得其神理"②。歸有光古文創作中時常體現時文境界，嘗試把古文的神韻理趣和時文的文法節律結合起來。如其《項脊軒志》的文章結構暗合八股文法的起承轉合，同時也繼承了《史記》的叙事藝術和實録精神，表達感情深切感人。歸有光爲平常人所著的傳記和記人紀實類文章也都是叙事文的典範，在歐陽修之後進一步發展了古文富有情致的風神之美。"治性情"是"六一風神"的核心所在，如茅坤曾因追隨形式上的"六一風神"而受到挖苦，林紓的《春覺齋論文》論曰："世之論文者恒以風神推六一，殆即服其情韻之美。顧不治性情，但執筆求六一仿佛，茅鹿門（茅坤）即坐此病。"③

此後，清代桐城派作家上溯歐蘇，遵循"古文正軌"，推崇"六一風神"，這種行爲源自他們對先秦以來的古文文統的體認，也是强化桐城派古文正統地位的自覺意識。方苞他們關注古文風神與文法作爲古文文統具體内涵的傳承，認爲歐陽修"序事之文，義法備於《左》《史》；退之變《左》《史》之格調，而陰用其義法。永叔摹《史記》之格調，而曲得其風神；介甫變退之之壁壘，而陰用其步伐"④。桐城派致力于將"程朱"道統和"歐蘇"文統綰合，經由歸有光而上接"唐宋八大家"，并由此溯源先秦兩漢的《左傳》《史記》之統。清人張文虎言：

---

① 茅坤：《唐宋八大家文鈔》。收入《文淵閣四庫全書》第 1383 册，卷四三，第 482 頁。
② 《明史》，北京：中華書局 1974 年版，卷二八七，第 7383 頁。
③ 林紓：《春覺齋論文》，《春覺齋論畫（外一種）》，第 154 頁。
④ 方苞：《集外文》，《方苞集》，卷四，第 215 頁。

所謂桐城派者，非桐城獨闢一法，蓋韓、柳以來，大家、名家相傳如此，實自古以來皆如此，特韓、柳諸家則有轍迹可尋，然韓、柳功深，蘇氏才高氣盛，介甫瘦硬奧衍，皆不易學。惟歐、曾平正，易於入手，故中材以下喜效之。桐城由震川上溯歐、曾，固古文正軌，然專以風神唱嘆爲宗，此則望溪猶不如是，而惜抱啓之。蓋永叔之效子長者，未嘗無神似處，特後人功力不及，近於空疏。(《答劉恭甫》)①

桐城派文法雖然難以神似歐陽修、司馬遷，但其對"風神"的體認顯示了對古文正統的認可，也體現出桐城派傳承古文文統的自覺性。

目前學界研究"六一風神"者普遍認爲"風神"概念的提出和傳統文論中的"形神論"分不開，即通過以形傳神來彰顯人物的主體精神和生命意識，具有突出的抒情性特徵。"風神"内涵中的語言、結構及紆徐有致的節奏和跌宕回環的韵律等"形"是靠情感("神")黏合在一起的。如劉寧認爲"六一風神"的情韵之美要與六一之文的叙事手法結合起來觀察。② 洪本健認爲"六一風神"作爲標志的散文詩化、作爲本質特徵的情感外顯、作爲類型歸屬的陰柔之美等特點的形成均離不開其抒情特質。③ 他指出"歐文中所見到的特有的風采、情韵、意態，即'六一風神'，正源于其以和氣爲主導的人格修養"；"六一風神的本質是情感的外顯，是淋漓盡

---

① 張文虎：《答劉恭甫》。收入洪本健編《歐陽修資料彙編》，第 1234 頁。
② 劉寧：《叙事與"六一風神"——由茅坤"風神觀"切入》。《文學遺產》2011 年第 2 期，第 107 頁。
③ 洪本健：《略論"六一風神"》。《文學遺產》1996 年第 1 期，第 61—68 頁。

致的抒情。以'和氣'爲主導的歐陽修，在貶滁以後，'和氣'日增，在情感領域裏則表現爲温情、柔情、深情、濃情的强化。"①卓希惠分析"六一風神"的内涵，認爲"歐陽修散文注重作家内在悲情的抒發，其文章創作中感慨淋漓、悲慨嗚咽的情感内涵是構成'六一風神'的重要元素"②，其所列舉的"六一風神"其他方面的内涵如"迂回曲折、抑揚跌宕"，"言盡意遠、一唱三嘆"，"感蕩人心、移人性情"，等等，本質上都没有離開抒情性。"六一風神"究其内涵，除了文情層面的情感抒發，還有情感形式方面的匠心獨到。馬茂軍認爲，"風神講究議論和敘事的融化，諷喻觀點的含蓄表達，議論敘事的剪裁，章法上的回顧照應，起伏波瀾，敘事人物的賓主搭配，皆是風神的外在風貌"③。劉德清認爲"六一風神"的藝術内涵表現在：慷慨嗚咽，遒勁清逸；裁節有法，曲盡其情；抑揚頓挫，跌宕多變。其藝術風格特徵有四點：一是平易自然，婉曲有致；二是紆餘委備，頓挫抑揚；三是偏于陰柔，情韵綿邈；四是含蓄蘊藉，詩味醇濃。④ 藝術形式是服務于内容的，同時自身也是"有意味的形式"，這一點在"六一風神"上表現得特别突出。

2. 蘇軾的情本論與意暢辭達的至文觀

蘇軾"以情爲本"的文情觀建立在其哲學層面的"情本論"之上。其父蘇洵好《易》，曾作《易傳》和《易論》，未成而卒，

---

① 洪本健：《歐陽修和他的散文世界》，第349、353頁。
② 卓希惠：《歐陽修散文"風神"研究》。北京：社會科學文獻出版社2017年版，第46頁。
③ 馬茂軍：《宋代散文史論》。北京：中華書局2008年版，第38頁。
④ 劉德清：《歐陽修論稿》。北京：北京師範大學出版社1991年版，第263—264頁。

蘇軾在此基礎上完成《東坡易傳》。融合儒釋道諸家思想精華的《東坡易傳》被視爲蜀學的重要著作。蘇軾非常關注性情問題，而"性情論"也是蜀學思想體系中的核心命題，蘇軾的立身處世、道德文章等都能在《東坡易傳》中找到思想根源。蘇軾的"情本論"把人之感情提升到本體的高度，充分肯定其合理性。這爲其以情爲本的文學理論和文學創作打下了思想基礎。四庫館臣認爲《蘇氏易傳》"推闡理勢，言簡意明，往往足以達難顯之情，而深得曲譬之旨。蓋大體近於王弼，而弼之説惟暢玄風，軾之説多切人事。其文博辯，足資啓發"①。作爲文學家的蘇軾解《易》，重人情切人事，且"其文博辯"，很有特色。《東坡易傳》對"情"的重視被視爲蘇軾"情本論"的集中體現，這主要表現在三個方面。

其一，重視性和情的統一性，主張情出于誠，反對情僞。蘇軾言：

> 情者，性之動也，溯而上至於命，沿而下至於情，無非性者。性之與情，非有善惡之別也，方其散而有爲，則謂之情耳。……其於《易》也，卦以言其性，爻以言其情。……《易》曰："大哉乾乎，剛健中正，純粹精也。"夫"剛健""中正""純粹"而"精"者，此乾之大全也，卦也；及其散而有爲，分裂四出而各有得焉，則爻也。故曰："六爻發揮，旁通情也。"以爻爲情，則卦之爲性也明矣。……又曰："利，貞者；性，情也"，言其變而之乎情，反而直其性也。（《乾卦》）②

---

① 永瑢等撰：《東坡易傳提要》，《四庫全書總目》，卷二，第6頁。
② 蘇軾：《東坡易傳》。長春：吉林文史出版社2002年版，卷一，第5—6頁。

蘇軾認爲性介于情、命之間，情與性、命之間有着統一性和一致性，即便是聖人之道也皆出于人情。"夫聖人之道，自本而觀之，則皆出於人情。不循其本而逆觀之於其末，則以爲聖人有所勉强力行，而非人情之所樂者。"① 荀子出于"人之性惡，其善者僞也"的認識，論利義和性情之間的關係，認爲利義和人之自然性情之間是矛盾的，用道德理性約束人的情欲即爲"情僞"。② 而蘇軾認爲禮義是建立在人之自然性情之上的，合乎利義自然順乎人的本真性情。禮本于情、緣于情，反對不近人情的"不情"，主張禮要體現人情之所安、所樂。③ 其言曰："情者，其誠然也。'雲從龍，風從虎'，無故而相從者，豈容有僞哉！""見其意之所向謂之'心'，見其誠然謂之'情'。""信其人，則舉以爲利己；不信，則舉以爲害己。此'情僞'之蔽也。"④ "智既審乎情僞，言可竭其忠誠。"⑤ "至於死生終始之際，其情必得《艮》，終始萬物者也，亦不容僞也。"⑥ "'情僞'臨吉凶而後見。吉凶至，則情者自如，而僞者敗

---

① 蘇軾：《中庸論中》。收入曾棗莊、舒大剛主編《三蘇全書》第 14 册，第 141 頁。
② 荀子《性惡》篇言："今人之性，飢而欲飽，寒而欲暖，勞而欲休，此人之情性也。今人飢，見長者而不敢先食者，將有所讓也；勞而不敢求息者，將有所代也。夫子讓乎父，弟之讓乎兄，子之代乎父，弟之代乎兄，此二行者，皆反於性而悖於情也。然而孝子之道，禮義之文理也。故順情性則不辭讓矣。辭讓則悖於情性矣。"見王先謙：《荀子集解》，卷一七，第 436 頁。
③ 蘇軾《禮以養人爲本論》言："夫禮之初，緣諸人情，因其所安者，而爲之節文。凡人情之所安而有節者，舉皆禮也，則是禮未始有定論也；然而不可以出於人情之所不安，則亦未始無定論也。"見蘇軾撰，孔凡禮點校：《禮以養人爲本論》，《蘇軾文集》，卷二，第 49 頁。
④ 蘇軾著，李之亮注解：《東坡易傳》，《蘇軾文集編年箋注》。四川：巴蜀書社 2011 年版，卷四，第 179、163、281 頁。
⑤ 蘇軾撰，孔凡禮點校：《明君可以爲忠言賦》，《蘇軾文集》，卷一，第 24 頁。
⑥ 蘇軾著，李之亮注解：《東坡易傳》，《蘇軾文集編年箋注》，卷九，第 284 頁。

矣。"① 可見。蘇軾認爲"情"出于"誠",反對"情僞"。蘇軾把自然真實的"誠"視爲"情"的基本屬性,認爲人之自私利己的行爲出自"情僞"。

其二,重視情實,肯定人之常情的合理性。蘇軾所言之"情"大致可分爲自然之情和人之常情,自然之情是自然而然的本真性情,人之常情則是現實生活的世態人情。② 蘇軾以夫妻、男女之情爲例,分析世態人情的合理性。③ 他認爲愛恨憎惡和吉凶禍福相關,④ 他把情擴而大之至君臣、父子、夫婦、朋友之際,認爲"所謂合也,直情而行謂之苟,禮以飾情謂之'賁'。苟則易合,易則相瀆,相瀆則易以離;賁則難合,難合則相敬,相敬則能久"⑤。人之情外,蘇軾也論及物之情,他認爲"物之不齊,物之情也。故吉凶者,勢之所不免也","在難而思'解',處安而惡擾者,物之情也。"⑥

其三,推崇"大而正"之至情。《東坡易傳》言:"《象》曰:'大壯':大者壯也。剛以動,故壯。'大壯,利貞',大者,正也,

---

① 蘇軾著,李之亮注解:《東坡易傳》,《蘇軾文集編年箋注》,卷七,第 266 頁。
② 蘇東坡《留侯論》認爲,"古之所謂豪杰之士,必有過人之節,人情有所不能忍者。匹夫見辱,拔劍而起,挺身而鬥,此不足爲勇也。天下有大勇者,卒然臨之而不驚,無故加之而不怒。此其所挾持者甚大,而其志甚遠也"。蘇軾撰,孔凡禮點校:《留侯論》,《蘇軾文集》,卷四,第 103 頁。
③ 如《東坡易傳》言:"凡人之情,夫老而妻少,則妻倨而夫恭。""'說'少者,人之情也,故'說以動'。其所'歸'者,'妹'也。天地之所以交,必天降也;男女之所以合,必男下也。若女長而男少,則'大過'之所謂'老婦''士夫',烏肯下之? 夫苟不下,則天地不交,男女不合矣。"蘇軾:《東坡易傳》,卷三,第 124 頁;卷五,第 241 頁。
④ 如《東坡易傳》言:"順其所愛,則謂之'吉';犯其所惡,則謂之'凶'。夫我之所愛,彼有所甚惡,則我之所謂'吉'者,彼或以爲'凶'矣,故曰'吉凶以情遷'。"蘇軾:《東坡易傳》,卷八,第 330 頁。
⑤ 蘇軾著,李之亮注解:《東坡易傳》,《蘇軾文集編年箋注》,卷九,第 286 頁。
⑥ 同上。

正大而天地之情可見矣。"① 對此，蘇軾認爲"以大者爲正，天地之至情也"②，"非其至情者，久則厭矣"③，"天地之情，正大而已。大者不正，非其至情。其終必有名存實亡之禍"④。蘇軾還認爲"不期而聚者，必其至情也"⑤，因爲"卦以言其性，爻以言其情"，故其所言之至情和性聯繫緊密，可謂是"情其性"。⑥ 不過其所言之"至情"并沒有遠離人之常情，如《東坡易傳》言"夫婦、父子、兄弟之親，天下之至情也，而相殘之禍至如此，夫豈一日之故哉?"⑦ 蘇軾在主張人情、人欲合理性的基礎上，提倡以禮法制度來誘導人情。冷成金認爲，蘇軾的人性論"具有了與政治意識形態的束縛相對抗的性質。因此，蘇軾的情本論成爲中國傳統人論、人學中最爲光彩的篇章之一"⑧。

宋代古文創作在歐陽修之前可謂是重道而輕文，歐陽修時代則是文道兼重，且其道之内涵除了儒家之道，還包含了豐富的社會實踐體驗。從蘇軾開始，古文創作漸漸重文重情，文道關係得到了鬆綁。蘇軾古文的審美化、藝術化特徵較之于歐陽修更爲突出。蘇軾論文重情重意，以情爲本。在文道關係之外，古文的情致方面也被

① 蘇軾著，李之亮注解:《東坡易傳》，《蘇軾文集編年箋注》，卷四，第185頁。
② 同上。
③ 同上書，第182頁。
④ 蘇軾著，李之亮注解:《東坡易傳》，《蘇軾文集編年箋注》，卷九，第286頁。
⑤ 蘇軾著，李之亮注解:《東坡易傳》，《蘇軾文集編年箋注》，卷五，第209頁。
⑥ 蘇軾著，李之亮注解:《東坡易傳》，《蘇軾文集編年箋注》，卷一，第114頁。
⑦ 蘇軾著，李之亮注解:《論鄭伯克段于鄢》，《蘇軾文集編年箋注》，卷三，第189頁。
⑧ 冷成金認爲，"蘇軾的人性論從人的自然的感性需求抽繹出人情，這種人情秉承了人的感性需求的自然性，但又超越了物質層面上的自然需求，使之上升到了形而上的高度，并與性、理、道相融爲用，具有了與政治意識形態的束縛相對抗的性質。"見冷成金:《從〈東坡易傳〉看蘇軾的情本論思想》，《福建論壇（人文社會科學版）》2004年第2期，第78頁。

日益突出，成爲古文的主要思想内涵。就像人類的認識是一個不斷地從必然王國向自由王國發展的過程一樣，古文藝術的發展也經歷了由必然到自由的飛躍。蘇軾以前，包括歐陽修在内的古文家在處理文道關係和從事古文創作的時候，往往會不同程度地受制于必然性的約束，這主要表現在道對文的主宰和對文法的約束等方面。蘇軾古文同樣受到文道關係和韓、柳、歐古文文統的約束，但其對"自然成文"和"辭達"的至文境界的追求，顯示了他的古文創作經歷了由有法而無法，由有意而無意，由不期然而然，由必然而自由的過程。

　　"至文"一詞最初并不指向文學，而是指君子那種富于文飾、溫文爾雅的人文風度。如《荀子·不苟》言："君子寬而不慢，廉而不劌，辯而不爭，察而不激，寡立而不勝，堅强而不暴，柔從而不流，恭敬謹慎而容，夫是之謂至文。《詩》曰：'溫溫恭人，惟德之基。'此之謂矣。"① 至文作爲"文"之最高評價標準，在宋代之前已被文人學者所接受并使用，但它的含義在具體語境中是有所區別的。用"至文"來形容文學，是指那些具備最好品質、最高境界的文學作品，同時也强調儒家道德倫理和文章的完美結合。即那些表裏和諧、文質彬彬的作品纔稱得上是至文。至文是形式與内容的完美結合體。章學誠的《文史通義》曾論至文曰："凡文不足以動人，所以動人者，氣也；凡文不足以入人，所以入人者，情也。氣積而文昌，情深而文摯。氣昌而情摯，天下之至文也。"② 章學誠認爲至文形成的基礎條件是"氣"與"情"，"氣得陽剛而情合陰

---

① 王先謙：《荀子集解》，卷二，第40頁。
② 章學誠著，葉瑛校注：《史德》，《文史通義校注》，第220頁。

柔，人麗陰陽之間，不能離焉者也"，"氣昌而情摯"方爲至文。① 章
學誠對至文的理解很契合宋代古文的創作成就，"氣昌而情摯"尤
其合乎"歐蘇"古文"六一風神"和東坡至文的精神風範。

宋人對宋代的文學成就充滿了信心，如南宋周必大認爲宋文具
有不同于漢唐的氣質特徵，"雖體制互異，源流間出，而氣全理正，
其歸則同"②。相對于漢唐文章偉、博、古、達的藝術風貌，周必
大更贊賞宋文對氣和理的凸顯。宋代陳淳認爲："蓋理義明，則文
字議論益有精神，光彩耀然。從肺腑中流出，自切人情、當物理，
爲天下之至文，而非常情所及者。"③ "若濂溪、關洛諸儒宗不爲
文，惟其道體昭明，間有着書遺言一二篇，實與聖經相表裏，爲萬
世之至文。歷考古今其文之粹者，未有不根本於道。"④ 宋代理學
家們的至文觀總是和儒家道理分不開，"道體昭明"是成爲至文的
重要條件。

和理學家重視昭示道德性理的至文觀有所不同，歐陽修主張
"道勝文至"，三蘇主張"自然成文"，他們更注重古文思想內涵與
藝術特徵的完美結合。在他們看來，至文應該是文與道自然而然的
深度融合，并以接受無礙的愉悦方式加以呈現。歐陽修認爲"道勝
而文不難自至"，在重視文章載道的功利價值的同時也不否定其審
美價值。三蘇把至文的標準落實在文學的審美形式上，充分重視文
學語言的審美趣味和獨特價值，突出了古文的審美屬性。歐陽修古

① 章學誠著，葉瑛校注：《史德》，《文史通義校注》，第 249 頁。
② 周必大：《皇朝文鑒序》。收入呂祖謙編《宋文鑒》，第 1 頁。
③ 陳淳：《答蔡廷杰二》，《北溪大全集》，卷二四。收入《文淵閣四庫全書》
第 1168 冊，第 695 頁。
④ 陳淳：《答徐懋功二》，《北溪大全集》，卷三四。收入《文淵閣四庫全書》
第 1168 冊，第 771 頁。

文給文壇帶來了新氣象、新風尚，自此古文逐步取代駢文的統治地位。宋人倪樸曾言："宋之文超漢軼唐，粹然爲一王法。則歐陽公實啓之也。"① 歐陽修能够及時總結宋初古文發展的經驗和教訓，把北方儒學思想和南方的文學精神結合起來，通過擴充和創新道的内涵來消解文道之間的張力，促使古文創作走上了健康的道路。歐陽修看重立言的重要性，對文學自身價值有着足够的重視，他注意到"言語"事業中的"能言之士""著書之士"因爲能够"見之于言"而不朽于世。但歐陽修不贊成學者"勤一世以盡心於文字間"，因爲文章之麗、言語之工難以久恃，就如同"草木榮華之飄風""鳥獸好音之過耳"。② 徒以空言留世是没有永恒價值的，僅僅追逐外在的華美形式或者短淺的蠅頭微利，最終都難免湮滅的命運。他認爲全然傾心于文字而忽略道是不能達到文之至者，道勝方可文至。

歐陽修古文可謂是"道勝文至"的典範。羅大經認爲歐陽修古文"温純雅正"，"藹然爲仁人之言，粹然爲治世之音"。③ 蘇轍評價歐陽修之于文"天材有餘，豐約中度，雍容俯仰，不大聲色而義理自勝，短章大論，施無不可"。④ 曾鞏認爲其文深純温厚，"真六經之羽翼，道義之師祖也"⑤。金代趙秉文言"歐陽公之文不爲

① 倪樸：《筠州投雷教授書》。收入莊仲方編《南宋文範》。吉林：吉林人民出版社1998年版，第467頁。
② 歐陽修著，李逸安點校：《送徐無黨南歸序》，《歐陽修全集》，卷四四，第631—632頁。
③ 羅大經：《文章有體》，《鶴林玉露》丙編，卷二，第264頁。
④ 蘇轍：《歐陽文忠公神道碑》。收入歐陽修著，李逸安點校《歐陽修全集》，附錄卷三，第2713頁。
⑤ 曾鞏言："觀其根極理要，撥正邪僻，掎挈當世，張皇大中，其深純温厚，與孟子、韓吏部之書相唱和，無半言片辭駮斥於其間，真六經之羽翼，道義之師祖也。……韓退之没，觀聖人之道者，固在執事之門矣。"見曾鞏：《上歐陽學士第一書》，《曾鞏集》，卷一五，第232頁。

尖新艱險之語，而有從容閑雅之態，豐而不餘一言，約而不失一辭，使人讀之者，亹亹不厭。蓋非務奇之爲尚，而其勢不得不然之爲尚也"①。元代虞集言："昔者廬陵歐陽公秉粹美之質，生熙洽之朝，涵養茹和；作爲文章，上接孟韓，發揮一代之盛。英華醲郁，前後千百年，人與世相期，未有如此者也。"②元代蘇天爵的《跋歐陽公與劉原父手書》言："歐陽文忠公生宋盛時，稟中和之粹，作爲文章，雍容温厚，炳然一代之制，片言隻字，皆有深意。"③可見歐陽修古文醇雅正的内涵和雍容有致的文風深受後代學者認可。

"歐蘇"古文實現了文和道的圓融統一，使得古文最大限度地呈現出它的藝術生命活力，達到了至文的最高境界。從歐氏的"事信言文""道勝文至"到蘇氏的"隨物賦形""自然成文"，這些對至文審美風範的追求反映了歐蘇在古文創作上的自覺性和自豪感。"自然成文"的觀念并不是三蘇突兀地提出的，劉勰等人早就以天地自然之文來論文章。宋初田錫論文主張性情自然，他認爲：

> 禀於天而工拙者，性也；感於物而馳騖者，情也。……若使援毫之際，屬思之時，以情合於性，以性合於道，如天地生於道也，萬物生於天地也。隨其運用而得性，任其方圓而寓理，亦猶微風動水，了無定文；太虛浮雲，莫有常態。則文章

① 趙秉文：《竹溪先生文集引》，《閑閑老人滏水文集》。北京：中華書局1985年版，卷一五，第205頁。
② 虞集：《廬陵劉桂隱存稿序》。收入李修生主編《全元文》第26册。南京：江蘇古籍出版社1998年版，卷八二〇，第110頁。
③ 蘇天爵：《滋溪文稿》，卷三〇。收入李之亮箋注《歐陽修集編年箋注》第八册。成都：巴蜀書社2007年版，第580頁。

之有生氣也，不亦宜哉。（《貽宋小著書》）①

田錫多用"風""水""雲"等自然意象爲喻，這對後來蘇洵的"風水相遭"和蘇軾的"行雲流水"之説有一定的啓發。蘇洵提出"自然爲文"的主張，他認爲"'風行水上渙'，此天下之至文也"②，意思是刻意求工和自然成文不同，正如風與水相交成文方爲"天下之無營而文生之者"③。主觀見之于客觀的社會實踐和作家的思想感情猶如風水相激，自然成文者方可謂之至文。蘇洵"至文出于無心"的觀點適用于文學，則指刻意雕飾難以寫出好文章，只有無意之間的不期而遇方爲至文。

　　蘇軾古文創作充滿自由精神，他注重情與意的寫真，灑脱自然，快意爲文，這明顯受到了蘇洵"自然爲文"理論的影響。蘇軾文法極爲通達灑脱，不拘謹于成規，提倡隨物賦形，自然成文。④蘇軾這種以文辭論文的重文態度明顯區別于經學家和道學家對文道、文理關係的關注。《宋史·蘇軾傳》載蘇軾"嘗自謂'作文如行雲流水，初無定質。但嘗行於所當行，止於所不可不止'。雖嬉

────────────

① 田錫：《貽宋小著書》，《咸平集》，卷二，第 33 頁。
② 蘇洵之《仲兄字文甫説》曾論風水之極觀曰："'風行水上渙。'此亦天下之至文也。然而此二物者，豈有求乎文哉？無意乎相求，不期而相遭，而文生焉。是其爲文也，非水之文也，非風之文也。二物者，非能爲文，而不能不爲文也。物之相使而文出於其間也，故曰此天下之至文也。今夫玉非不温然美矣，而不得以爲文；刻鏤組繡，非不文矣，而不可與論乎自然。故夫天下之無營而文生之者，惟水與風而已。"蘇洵著，曾棗莊、金成禮箋注：《嘉祐集箋注》。上海：上海古籍出版社 1993 年版，第 412 頁。
③ 蘇洵：《仲兄郎中自序》。收入呂祖謙編《宋文鑒》，卷八八，第 1251 頁。
④ 蘇軾《自評文》曾言："吾文如萬斛泉源，不擇地皆可出，在平地滔滔汩汩，雖一日千里無難。及其與山石曲折，隨物賦形，而不可知也。所可知者，常行於所當行，常止於不可不止，如是而已矣。"見蘇軾撰，孔凡禮點校：《蘇軾文集》，卷六六，第 2069 頁。

笑怒罵之辭皆可書而誦之"①。論者常關注蘇軾文章"隨物賦形"之超凡筆力，蘇軾則强調其"萬斛泉源"的創作靈感及其宛如浩蕩江水行止有節、委曲有度而皆發于自然的成文過程。這種創作情思的流暢和自由給蘇軾帶來了極大的快樂，其言曰："某平生無快意事，惟作文章，意之所到，則筆力曲折，無不盡意。自謂世間樂事無逾此者。"② 明代焦竑指出："古今之文，至東坡先生，無餘能矣。引物連類，千轉萬變，而不可方物，即不可摹之狀與甚難顯之情，無不隨形立肖，躍然現前者，此千古快心也。"③ 蘇軾主張文章"文理自然，姿態橫生"，隨物賦形，自然成文，謂之"辭達"。④在他看來，"辭達"是不易達到的境界。蘇軾文章能够行雲流水般自然成文，行止間實現了文與情、事與理的自然結合，不假助于華麗辭藻而依然搖曳多姿、風采照人，自然之中包含了豐富的法度，是古文創作藝術的自由境界。蘇軾主張的"自然成文"和"辭達"體現了他自由暢快的藝術精神。宋高宗曾"以其文章置左右，讀之終日忘倦，謂爲文章之宗"⑤，可見蘇軾的文章在當時受到極大的推崇。

三蘇的"自然成文"和"辭達"觀念深受宋人推重，後來朱

---

① 脱脱等撰：《蘇軾傳》，《宋史》，卷三三八，第 10817 頁。
② 何薳：《春渚紀聞》。北京：中華書局 1983 年版，卷六，第 84 頁。
③ 焦竑：《刻坡仙集鈔引》，《澹園集》下册，第 1185 頁。
④ 元符三年（1100 年），蘇軾《與謝民師推官書》論述"辭達"曰："所示書教及詩賦雜文，觀之熟矣。大略如行雲流水，初無定質，但常行於所當行，常止於不可不止，文理自然，姿態橫生。孔子曰：'言之不文，行之不遠。'又曰：'辭達而已矣。'夫言止於達意，即疑若不文，是大不然。求物之妙，如繫風捕影，能使是物了然於心者，蓋千萬人而不一遇也。而況能使了然於口與手者乎？是之謂辭達。辭至於能達，則文不可勝用矣。"蘇軾撰，孔凡禮點校：《蘇軾文集》，卷四九，第 1418 頁。
⑤ 脱脱等撰：《蘇軾傳》，《宋史》，卷三三八，第 10817 頁。

熹等人把這種至文境界和儒家的文道觀結合起來，將"辭達"闡釋爲達意、達理。① 南宋吳泳的《陳侍郎文集序》認爲"矜詞章以爲富，負言語以爲奇，皆文人之病也"，他推許"沛然如肝肺中流出一片議論"的自然之文，提倡爲文要"抱道含章"，道理和文辭要和諧統一，做到"辭達而已矣"，不必"日煅月礪，不妍不止"。② 程詢的《鐘山先生行狀》記述俞公靖每爲學者誦眉山之言曰："'辭者，達是理而已矣。爲此最論文之妙。'故其爲文，指事析理，引物托喻，要以達意所欲言者，而詞采自然如風行水上，如浮雲游太空中，姿態橫生，可喜可巧。晦庵先生嘗評之，以爲筆力奔放而法度謹嚴，學者所難及也。"③ 朱熹作爲理學人士也贊賞蘇軾文章"筆力奔放而法度謹嚴"④。當然，能做到像蘇軾這樣自然成文是不容易的，南宋王十朋認爲：

> 東坡先生之英才絕識，卓冠一世，平生斟酌經傳，貫穿子史，下至小説、雜記、佛經、道書、古詩、方言，莫不畢究。故雖天地之造化，古今之興替，風俗之消長，與夫山川、草木、禽獸、鱗介、昆蟲之屬，亦皆洞其機而貫其妙，積而爲胸中之文，不啻如長江大河，汪洋閎肆，變化萬狀，則凡波

---

① "辭達"出自《論語・衛靈公》："子曰：'辭，達而已矣。'"何晏集解引孔安國言曰："凡事莫過於實，辭達則足矣，不煩文艷之辭。"朱熹認爲："辭，取達意而止，不以富麗爲工。"孔子和朱熹均不主張華麗的文辭藻飾。程樹德集釋，程俊英、蔣見元點校：《論語集釋》。北京：中華書局2018年版，卷三二，第1452頁。

② 吳泳：《鶴林集》，卷三六。收入《文淵閣四庫全書》第1176冊，第353—354頁。

③ 程詢：《鐘山先生行狀》。收入曾棗莊、劉琳《全宋文》第259冊，卷五八三二，第248頁。

④ 朱熹：《跋滕南夫溪堂集》。收入曾棗莊、劉琳主編《全宋文》第251冊，卷五六二七，第33頁。

瀾於一吟一咏之間，詎可以一二人之學而窺其涯涘哉！（《百
家分類注東坡先生詩序》）①

蘇軾之後，"自然成文"的至文觀得到了更爲廣泛的認可。文章的
意氣聲色和自然天成成爲了古文的審美標準，經學古文的艱澀和理
學古文的空疏很難再有市場。"蘇門四學士"之一的張耒提倡爲文
要做到情理融合和自然成文，他認爲"文章之於人，有滿心而發，
肆口而成，不待思慮而工，不待雕琢而麗者，皆天理之自然而性情
之道也"②。金代理學古文家趙秉文曾言：

> 文以意爲主，辭以達意而已。古之人不尚虛飾，因事遣
> 辭，形吾心之所欲言者耳。間有心之所不能言者，而能形之於
> 文，斯亦文之至乎。譬之水不動則平，及其石激淵洄，紛然而
> 龍翔，宛然而鳳矗，千變萬化，不可殫究，此天下之至文也。
> （《竹溪先生文集引》）③

以歐蘇爲代表的古文創作文辭樸素流暢，文風平易自然，文體互通
交融，追求行雲流水、灑脫自如的至文境界。歐蘇文統在南宋時期
就開始受到推尊，如宋孝宗爲蘇軾文集撰寫序言，同時歐蘇文集大
量刊行，比較著名的有朱熹所編《歐曾文粹》、周必大所編《歐陽
文忠公集》、陳亮所編《歐陽文粹》，還有宋人所輯《蘇門六君子

---

① 王十朋：《百家分類注東坡先生詩序》。收入王文誥輯注、孔凡禮點校《蘇
軾詩集》。北京：中華書局1982年版，附錄二，第2833頁。
② 張耒撰，李逸安等點校：《賀方回樂府詩序》，《張耒集》。北京：中華書局
1990年版，卷四八，第755頁。
③ 趙秉文：《竹溪先生文集引》，《閑閑老人滏水文集》，卷一五，第205頁。

文粹》和吕祖謙所編《三蘇文選》等。

到了明清，文章行文的自然天成和思想内容的充盈依然被視爲至文的判斷標準。明代學者孫鑛認爲："古文之必傳者，如雲蒸霞蔚，石皺波紋，極平常，極變幻，却自然天成，不可模仿。若可仿者，定非至文。"① 明代李贄受到王陽明學説影響提出"童心説"，認爲"天下之至文，未有不出於童心焉者也"，"童心者真心也。……失却童心，便失却真心；失却真心，便失却真人"。② 李贄認爲寫出真性情方爲至文，這也和歐蘇文統重視情志和風神的追求相合拍。清代黄宗羲認爲"古今來，不必文人始有至文，凡九流百家以其所明者，沛然隨地涌出，便是至文"③。這同樣體現了他對自然成文境界的訴求。

綜上所述，古代文統對文道的重視彰顯了文學功利性的現實作用，但一味强調文以載道又會妨礙文學審美功能的發揮，畢竟從文學藝術的本質屬性來看，非功利的審美和抒情性特徵纔是主導。古代文論領域向來存在"情本論"，但直至宋代古文文統纔產生"由道及情"的内涵嬗變。歐陽修把文之道充實爲社會實踐經驗和人生情感體驗等更爲豐富的内涵，蘇軾則把爲文之道理解爲深于性命之際的"應物"之道，超越了儒家思想對文道關係的約束。"六一風神"和東坡至文作爲宋代古文最爲杰出的典範，其藝術魅力的形成離不開情感的驅動，故"文情"建構是古文文統的題内應有之義。古文的"情本""文情"内涵和重道理念相結合，更爲符合宋代古文思想内容的真實面貌。

---

① 見楊金鼎：《楚辭評論資料選》。武漢：湖北人民出版社 1985 年版，第 110 頁。
② 李贄：《焚書》。北京：中華書局 1975 年版，卷三，第 98—99 頁。
③ 黄宗羲：《論文管見》。收入吴光主編《黄宗羲全集》第 10 册，第 670 頁。

二、情致上升與文統譜系生成

宋代古文發展經歷了漫長而曲折的歷程，柳開等經學家，歐、蘇等文學家，程、朱等理學家和陳亮、葉適等事功派思想家都以獨具特色的古文成就在文統中占據了一定的地位。但由于文道觀等方面的差異，他們對文學情致的重視程度不同，歐陽修、蘇軾、陳亮、葉適這些"能文者"的作品抒情性特徵更爲突出。古文情致并不是一開始就受到宋人的重視，"談經者"和"知道者"比較忽視文學的情感性。因此，重道與重情在古文中的表現具有或輕或重、或升或降的差別。大致而言，由"談經者"到"能文者"，北宋古文創作中的情致比重上升；至南宋時期，理學家的文章重性理而輕情致，古文創作中的情致比重降低；此後陳亮、葉適等浙東文人對情致的重視程度再次提升。三次升降後，古文創作中文與道、文與情的關係趨于和諧。

（一） 西昆文章對文采情致的重視及對古文的影響

宋代古文創作中的文采情致得以激發，首先要關注西昆派文人的作用，然後要歸功于王禹偁、歐陽修等人的理論和創作推動。西昆體不限于詩歌，還包含了四六等文體。謝無量指出，"楊劉之重於當時者，不僅在詩，其制奏刀筆之屬，亦爲後進所效，雖沿駢儷之詞，在宋四六中，尚是偶有清警之句者"①。北宋以來，由于

———————
① 謝無量:《中國大文學史》，卷八，第 13 頁。

《六一詩話》《古今詩話》《韵語陽秋》《滄浪詩話》等著述在論述《西昆酬唱集》時把西昆派和詩歌聯繫在一起，因而長期以來形成一種論西昆必論詩歌的現象，而對西昆派的四六文等文章成就比較忽略。"變文章之體"的楊億主要是以文章成名，丁謂等西昆作家也以古文成名。西昆文人的賦、頌、章、奏等應制文章一掃"五代以來蕪鄙之氣"，① 西昆體駢句和散句相結合的特點被歐陽修等古文家借鑒并應用到古文創作之中。

因此，西昆體應有狹義和廣義兩種。狹義的西昆體專指楊億、劉筠、錢惟演等館閣詞臣的酬唱之作，主要是近體詩；廣義的西昆體還包含了西昆作家所製作的詔、誥、表、啓等四六文，以及序、跋、説、論、記等駢散結合、句式多變的文章。《神宗舊史》言楊億、劉筠輩"其文亦不能自拔於流俗，反吹波揚瀾，助其氣勢，一時幕效，謂其文爲昆體"② 此處明言楊、劉之文爲昆體。楊億爲文章高手，"一代之文豪"③。《宋史·楊億傳》指出楊億"天性穎悟，自幼及終，不離翰墨。文格雄健，才思敏捷，略不凝滯。對客談笑，揮翰不輟"④。劉攽的《中山詩話》言楊億等西昆諸人"以文章立朝"。蘇轍也把楊、劉視爲"文章之士"，其言

---

① 北宋田況《儒林公議》言："楊億在兩禁，變文章之體，劉筠、錢惟演輩皆從而學之，時號'楊、劉'。三公以新詩更相屬和，極一時之麗。億乃編而叙之，題曰《西昆酬唱集》。當時佻薄者，謂之西昆體，其他賦、頌、章、奏，雖頗傷於雕摘，然五代以來蕪鄙之氣由兹盡矣。"見田況：《儒林公議》。上海：商務印書館1937年版，第2頁。

② 歐陽修著，李逸安點校：《神宗舊史本傳》，《歐陽修全集》，附錄卷二，第2670頁。

③ 歐陽修《歸田録》記載："楊大年每欲作文，則及閙門賓客飲、博、投壺、弈棋，語笑喧嘩，而不妨構思。以小方紙細書，揮翰如飛，文不加點，每盈一幅則命門人傳録，門人疲於應命，頃刻之際，成數千言，真一代之文豪也。"見歐陽修著，李逸安點校：《歐陽修全集》，卷一二六，第1923頁。

④ 脱脱等撰：《楊億傳》，《宋史》，卷三〇五，第10091頁。

"自退之以來，五代相承，天下不知所以爲文，祖宗之治，禮文法度，追踪漢唐，而文章之士，楊、劉而已"①。趙彦衛的《雲麓漫鈔》把西昆體視爲文體，論本朝之文時把楊億與穆修、歐陽修、王安石、蘇軾等人相提并論。②

西昆體由于重文輕道、重形式輕内涵而受到"昆體勝而古道衰"的批評，宋代持有類似觀點者很多，比較突出的學者有石介、葉適和劉克莊等，他們對西昆文風的批判態度和當時宋真宗崇儒重德的文教政策相應和。大中祥符二年（1009 年），朝廷頒布的《誡約屬辭浮艷令欲雕印文集轉運使選文士看詳詔》曰：

> 國家道莅天下，化成域中，敦百行於人倫，闡六經於教本。冀斯文之復古，期末俗之還淳。而近代已來，屬辭之弊，侈靡滋甚。浮艷相高，忘祖述之大猷，競雕刻之小技。爰從物議，俾正源流。諮爾服儒之文，示乃爲學之道。夫博聞强識，豈可讀非聖之書；修辭立誠，安得乖作者之制？必思教化爲主，典訓是師。無尚空言，當遵體要。仍聞別集衆制，鏤板已多。儻許攻乎异端，則亦誤於後學。式資誨誘，宜有甄明。今後屬文之士，有辭涉浮華，玷於名教者，必加朝典，庶復素風。其古今文集，可以垂範，欲雕印者，委本路

---

① 蘇轍著，陳宏天、高秀芳點校：《歐陽文忠公神道碑》，《蘇轍集》，卷二三，第 1136 頁。

② 趙彦衛認爲"本朝之文，循五代之舊，多駢儷之詞，楊文公始爲西昆體。穆伯長、六一先生以古文倡，學者宗之。王荆公爲新經、説文，推明義理之學，兼莊、老之説。泊自崇觀黜史學，而中興悉有禁，專以孔、孟爲師。淳熙中，尚蘇氏，文多宏放。紹熙尚程氏，曰洛學"。見四川大學中文系唐宋文學研究室編：《蘇軾資料彙編》上編二。北京：中華書局 1994 年版，第 684 頁。

轉運使選部内文士看詳，可者即印本以聞。（《誡約屬辭浮艷
令欲雕印文集轉運使選文士看詳詔》）①

朝廷下詔抨擊"忘祖述之大猷，競雕刻之小技"的文章弊病，自然
會對所謂"辭涉浮華，玷於名教"的屬文之士産生影響，也激發了
社會上對西昆體的批評風氣。宋初石介等經學家極力抨擊西昆體，
批判科舉考試"辭賦爲程約，一字競新奇"② 的雕琢習尚和束縛雄
才、黜落賢人的弊端，將西昆體斥責爲"唱淫詞哇聲"。石介言：

> 今楊億窮妍極態，綴風月，弄花草，淫巧侈麗，浮華纂
> 組，刌鏤聖人之經，破碎聖人之言，離析聖人之意，蠹傷聖人
> 之道，使天下不爲《書》之《典》《謨》《禹貢》《洪範》，
> 《詩》之《雅》《頌》，《春秋》之經，《易》之《繇》《爻》
> 《十翼》……其爲怪大矣！（《怪説》）③

> 今之爲文，其主者不過句讀妍巧、對偶的當而已；極
> 美者不過事實繁多、聲律調諧而已。雕鏤纂刻傷其本，浮
> 華緣飾喪其真，於教化仁義、禮樂刑政，則缺然無仿佛者。
> （《上趙先生書》）④

石介直接點名批判楊億的文章對聖經、聖言、聖意、聖道的危害，

---

① 宋真宗：《誡約屬辭浮艷令欲雕印文集轉運使選文士看詳詔》，收入曾棗莊、
　劉琳主編《全宋文》第 11 册，卷二三五，第 415 頁。
② 石介著，陳植鍔點校：《安道登茂才异等科》，《徂徠石先生文集》，卷三，
　第 26 頁。
③ 石介著，陳植鍔點校：《怪説中》，《徂徠石先生文集》，卷五，第 61 頁。
④ 石介著，陳植鍔點校：《上趙先生書》，《徂徠石先生全集》，卷一二，第
　136 頁。

言辭激切，痛心疾首。此時批判駢儷文風的還有夏竦，其《厚文德奏》言曰：“近歲學徒，相尚浮淺。不思經史之大義，但習雕蟲之小技。深心盡草木，遠志極風雲。華者近於俳優，質者幾於鄙俚。尚聲律而忽規箴，重儷偶而忘訓義。”① 夏竦認爲“楊文公文如錦繡屏風，但無骨耳”②。針對四六文的弊病，葉適曾抨擊曰：

> 朝廷詔告典册之文，當使簡直宏大，敷暢義理，以風曉天下，典、謨、訓、誥諸書是也。……自詞科之興，其最貴者四六之文，然其文最爲陋而無用。士大夫以對偶親切用事精的相誇，至有以一聯之工而遂擅終身之官爵者。此風熾而不可遏，七八十年矣；前後居卿相顯人，祖父子孫相望於要地者，率詞科之人也。其人未嘗知義也，其學未嘗知方也，其才未嘗中器也，操紙援筆以爲比偶之詞，又未嘗取成於心而本其源流於古人也，是何所取，而以卿相顯人待之，相承而不能革哉？（《宏詞》）③

葉適批判詞科之人以無用之文而占據朝堂要職，以虛文相誇，爲文難以做到“本其源流於古人”，難以“敷暢義理，以風曉天下”，難以傳承儒家道統。

唐宋以來，翰林學士身在翰苑不僅要做大量的應制文章，還要宿值聽差，因此和同僚之間也有着較多的交往和應酬。共同的身

---

① 夏竦：《厚文德奏》。收入曾棗莊、劉琳主編《全宋文》第 17 册，卷三四六，第 69 頁。
② 范鎮：《東齋記事》。北京：中華書局 1980 年版，卷三，第 23 頁。
③ 葉適著，劉公純等點校：《水心別集》，卷一三。收入《葉適集》，第803 頁。

份、職業和生活環境使他們形成了相同或者相近的文學趣味和審美風格，并在此基礎上逐漸發展出"詞臣文派"。西崑體文章并非一無是處，劉克莊就肯定西崑文章的審美藝術價值，認爲西崑體的功過是非不能一概而論。西崑派統治北宋文壇長達三四十年之久，周必大言："一代文章必有宗，惟名世者得其傳。……若稽本朝，太祖以神武基王業，文治興斯文，一傳爲太宗，翰林王公元之出焉；再傳爲真宗，楊文公大年出焉。"① 可見周必大把楊億奉爲文章之宗。《郡齋讀書志校證》指出，"自唐大中後，文氣衰濫，國朝稍革其弊，至億乃振起風采，與古之作者方駕矣"②。以楊億等人爲首的詞臣文派具有以下特徵：其一，博學多才，文史兼通，重視正統。博學、善文而清貴是館閣詞臣的顯著特徵。楊億的《賀刁秘閣啓》認爲"自非兼該文史，洞達天人，擅博物之稱，負多聞之益，則何以掌蘭臺之秘記，辨魯壁之古文？克分亥豕之非，榮對鬼神之問？"③ 錢惟演也認爲"朝廷之官，雖宰相之重，皆可雜以它才處之，惟翰林學士，非文章不可"④。楊億學問貫通文史，參與《太宗實錄》《册府元龜》《續通典》等書籍的編修，其修史注重儒家正統，"編次未及倫理者改正之"。"億又以群書中如《西京雜記》《明皇雜錄》之類，皆繁碎不可與經史并行，今并不取。止以《國語》《戰國策》《管》《孟》《韓子》《淮南子》《晏子春秋》《吕氏

---

① 周必大：《初寮先生前後集序》。收入曾棗莊、劉琳主編《全宋文》第230册，卷五一一八，第150頁。
② 晁公武：《郡齋讀書志校證》。上海：上海古籍出版社1990年版，第1176頁。
③ 楊億、楊載：《武夷新集 楊仲弘集》。廈門：福建人民出版社2007年版，第332頁。
④ 歐陽修著，李逸安點校：《内制集序》，《歐陽修全集》，卷四一，第597頁。

春秋》《韓詩外傳》，與經史俱編。"① 其二，辭章豐贍，醇厚雅正，有"館閣氣"。楊億重視文采辭藻，認爲"言以行遠，非可以無文"②，但反對窮經白首之徒的"專篆刻雕蟲之巧"③，他期望的是"革時風之澆浮，潤皇藻之雅正"④。其《答李寺丞書》極力稱贊他人文章辭采曰："酌之不竭，鑽之彌堅。何詞辯之縱橫，文彩之巨麗，俊發若此，其誰敢當。"⑤《宋史》評價楊億文章曰："蓋其清忠鯁亮之氣，未卒大施，悉發於言，宜乎雄偉而浩博也。"⑥ 相對于五代的頹靡文風，昆體文辭豐贍，醇厚雅正，有典有則，古意猶存，正好作爲粉飾太平、雍容華貴的雅頌之音。宋真宗曾誇獎道："億詞學無比，後學多所法則，如劉筠、宋綬、晏殊而下，比比相繼。文章有正元（貞元）、元和風格者，自億始也。"⑦ 唐貞元（785—805）和唐元和（806—820）年間，韓孟、元白等文人群體交游廣泛，創作旺盛，其中昌黎、香山、東野等人被錢鍾書稱爲"實唐人之開宋調者"⑧，貞元年間成爲"韓柳"古文運動發展的黃金時期。楊億崇尚經典，推尊雅正文風，與元和時期的風尚相類。

楊億對古文很重視，早年仰慕韓柳，推崇古道，其《楊文公談

① 王應麟：《玉海》。南京：江蘇古籍出版社1987年版，卷五四，第1031頁。
② 楊億：《景德傳燈録序》。收入曾棗莊、劉琳主編《全宋文》第14冊，卷二九五，第395頁。
③ 楊億：《咸平四年四月試賢良方正策》。收入曾棗莊、劉琳主編《全宋文》第14冊，卷二八二，第156頁。
④ 宋綬、宋敏求：《贈楊億官賜謚詔》，《政事》。收入《宋大詔令集》。北京：中華書局2009年版，卷二二〇，第845頁。
⑤ 楊億、楊載：《武夷新集 楊仲弘集》，第286頁。
⑥ 脱脱等撰：《楊億傳》，《宋史》，卷三〇五，第10091頁。
⑦ 曾鞏：《楊億傳》，《隆平集》，卷一三。收入《文淵閣四庫全書》第371冊，第133頁。
⑧ 錢鍾書：《談藝録》，第2頁。

苑》指出，"文章隨時風美惡，咸通以後，文力衰弱，無復氣格。本朝穆修，首倡古道，學者稍稍向之"①。黄庭堅將楊億與王禹偁相提并論，稱"元之如砥柱，大年若霜鶚。王楊立本朝，與世作郛郭"②。楊億早年曾有志于古文，不滿詞人才子之稱，但面對揚雄、韓愈等難以逾越的前輩，難免會有"影響的焦慮"③。石介認爲楊億"性識浮近，不能古道自立，好名爭勝，獨驅海内，謂古文之雄有仲塗（柳開）、黄州（王禹偁）、漢公（孫何）、謂之（丁謂）輩，度己終莫能出其右，乃斥古文而不爲，遠襲唐李義山，作爲新制"④。石介用"性識淺近""好名爭勝"等氣質稟賦和思想修養的缺陷來解釋楊億没有成爲古文家的原因，似有些牽强。因爲楊億所處的時代文章風尚正由"談經者"的崇古尊經向"能文者"的抒情言志轉變，西昆文風對文采情致的關注本身也是這一轉化過程的一部分。王若虚云："近見傅獻簡《嘉話》云：'晏相常言：大年尤不喜韓、柳文，恐人之學，常横身以蔽之。'"⑤ 楊億抵制韓柳古文的原因，應該是韓柳古文的奇崛文風和"不平則鳴"等風騷主張與西昆文人"革時風之澆浮，潤皇藻之雅正"的雅頌理念不相符。

　　楊億的現存文章僅有《武夷新集》及《全宋文》所録的部分

① 楊億：《楊文公談苑》。上海：上海古籍出版社1993年版，第163頁。
② 黄庭堅著，劉琳、李勇先、王蓉貴校點：《次韵楊明叔見餞十首》，《黄庭堅全集》，正集卷三，第52頁。
③ 石介《祥符詔書記》記録劉公隨稱贊楊億"少知古道"，以神童薦，"或以其早成夙悟，比前代王勃輩者，則愀然曰：'吾將勉力，庶幾子雲（揚雄）、退之（韓愈），長驅古今，豈止於詞人才子乎！'又崖相初覽其斷文數十篇，大奇之，持以示漢公曰：'皇甫持正，柳柳州少年時，正當如是。'"見石介著，陳植鍔點校：《祥符詔書記》，《徂徠石先生文集》，卷一九，第220頁。
④ 同上書，第220頁。
⑤ 王若虚：《滹南遺老集校注》，卷三七，第424頁。

文字，可供一窺其文章面貌和文論主張。浦城遺書本《西昆酬唱集》祖之望跋所引梁章鉅語曰："昆體，特文公之一格，《武夷新集》具在，未嘗盡如《西昆》。"① 歐陽修的《六一詩話》指出，"蓋其雄文博學，筆力有餘，故無施而不可，非如前世號詩人者，區區於風雲草木之類，爲許洞所困也"②。楊億文體多樣，《武夷新集》所載就有頌、記、序、碑、表、碣、墓志、述、行狀、策問、表狀、書、啓、祭文等多種，其文之思想内涵也極其豐富。楊億文章辭采華茂，思想情感極爲豐沛，舉凡國家政事、社會民生、親情友情、自然風物等都有廣泛的反映，如表現濃鬱家國情懷的有《賀劍門破賊表》《賀高陽關路破賊表》等文章。《駕幸河北起居表》對御駕親征的顯赫聲威進行了極力渲染，此表言語鏗鏘，頗有盛唐邊塞詩之豪邁奔放格調。③ 楊億重視作家個人情懷和思想情致的抒發，具有和"發憤著書""窮而後工"等相似的觀點，如其《謝太僕錢少卿啓》認爲："虞卿窮愁，乃就著書之業；楊雄寂寞，始奮草玄之名。靈均放詞，初因於憔悴；蘭成述賦，實主於悲哀。"④ 楊億任職館閣多年，不兼他務，家貧難以自給，其《求解職領郡表》痛陳貧弱家世，頗似李密《陳情表》之凄切悲愴。楊億家貧人多，母親年邁而諸弟依賴，生計難以維持，故求放外

---

① 楊億等著，王仲犖注：《西昆酬唱集注》。上海：上海書店出版社 2001 年版，第 347 頁。
② 歐陽修著，李逸安點校：《歐陽修全集》，卷一二八，第 1955 頁。
③ 楊億《駕幸河北起居表》："羽衛方離於象魏，天威已震於龍荒。慰邊甿侯後之心，增壯士平戎之氣。……師人多寒，感恩而皆同挾纊；匈奴未滅，受命而孰不忘家？行當肅静戎垣，削平禹落，梟冒頓之首，收督亢之圖。使遼陽八州之民，專聞聲教；榆關千里之地，盡入提封。"見楊億、楊載：《武夷新集 楊仲弘集》，第 195 頁。
④ 同上書，第 293 頁。

任，悲情縈懷，痛徹心扉。① 楊億的人生充滿了憂讒畏譏、身世沉淪、親情離散的磨難，其《殤子述》敘述中年喪子的悲摧，讀來催人泪下。②

　　楊億的寫景文不流于膚淺地嘲風弄月，能把情景結合起來，賦予自然景觀以豐富的人文内涵。其《温州聶從事雲堂集序》主張"占勝選奇，尋幽覽古，名山福地，必命駕以游；美景良辰，乃登高而賦"的閑情逸致要寄托于"倡和之篇"。③ 楊億主張儒家詩教、樂教中和雅正的美學觀念，故提倡"吟咏情性，宣導王澤"。④ 其《與章廷評書》對自然景觀和人生境界的刻畫流露出魏晉名士的淡泊情懷，語言自然明净，意境清新秀麗，和吳均的《與朱元思書》

---

① 楊億《求解職領郡表》言："臣所以扣帝閽而自述，冒蕭斧以無疑。蓋念臣扶侍慈親，提挈賤纍，旅寓輦轂三十口有餘，離去鄉閭四千里而遠。只請本官之俸給，别無負郭之生涯，衣食所資，盡出於是。乃至庭闈之旨甘或闕，晨炊之饘粥屢空。臣見臣窘急栖遲，動静嗟憫，欲將諸弟南歸故鄉，丐索親姻，庶圖存活。臣親弟化，有妻拏數口寄止潤州，一房伶俜，都無所托。家貧既難於團聚，俸薄不可以分沾。窮餓流離，誠堪軫念。臣又有親弟倚等，見臣資儲乏絶，藜藿靡充，且欲客游，違離膝下。臣母鍾愛尤甚，不忍令漂泊道途。進退彷徨，莫知爲計。臣未嘗不拊心太息，危坐端憂。涕泣漣如，方寸亂矣！"見楊億、楊載：《武夷新集 楊仲弘集》，第 218 頁。
② 該文描寫愛子初生挺然不群的可愛乖巧事迹曰："初生纔滿月，方呱呱而泣，家人取書册展向之，即熟視其文字，喜且笑，若能識焉。未嘗遺矢溺於席褥上，雖夜寒，亦輒轉而起。"當孩子七個月大的時候，"頗能識其父，迎門而笑，躍而就予抱焉。……旦暮嬉戲於太夫人之膝下。愛笑愛語，甚足慰祖母之心"。但可悲的是幼子被貪財的庸醫所誤，不足兩歲便夭折了。楊億無限悲痛地感慨道："念萬物之内，最靈者人，父子之道，斯爲天性。過猶不及，適情之所鍾；有而歸無，亦理之可遣。然高堂奪抱孫之慶，衰門纏遺體之悲，蓋纍積自躬，而禍延於嗣。夫子所謂'苗而不秀'者，是之謂乎？"見楊億、楊載：《武夷新集 楊仲弘集》，第 178 頁。
③ 如楊億《温州聶從事雲堂集序》曰："若乃國風之作，騷人之詞，風刺之所生，憂患之所積，猶防決川泄流，蕩而忘返；弦急柱促，掩抑而不平。今夫聶君之詩，恬愉優柔，無有怨謗，吟咏情性，宣導王澤，其所謂越風騷而追二雅，若西漢中和、樂職之作者乎！"見楊億、楊載：《武夷新集 楊仲弘集》，第 110 頁。
④ 同上。

頗爲相近。①

　　西昆體的盛行離不開統治者的提倡和科舉制度的導引，楊億、劉筠、錢惟演等人曾多次主持朝廷貢舉。大中祥符以降，從內外兩制和三館中選擇主掌貢舉文柄者已成爲通例，詞臣被宋真宗視爲"學者宗師"，囑其"戒於流宕"。② 曾鞏指出曾提拔劉筠的楊億熱衷于"誘進後學，樂道人善，賢士大夫翕然宗之"③。石介也指出楊億"學問通博，筆力巨集壯，文字所出，後生莫不愛之"④。《宋史》載錢惟演"出於勳貴，文辭清麗，名與楊億、劉筠相上下，於書無所不讀，家儲文籍侔秘府，尤喜獎勵後進"⑤，頗爲善待歐陽修、謝絳、尹洙等幕下文士。應舉文人對館閣詞臣文章的模仿也促進了西昆文風的傳播。歐陽修指出，"是時天下學者楊、劉之作，號爲時文，能者取科第，擅名聲，以誇榮當世"⑥。宋人林駧言："祥符間，時則楊億、劉筠二公爲文宗主耳，筆力宏壯，天下仰慕，染翰如飛，門人傳録，此文之始唱也。"⑦ 晚清陳僅認爲"西昆雖以辭勝，然佩玉冠紳，温文爾雅，自有開國文明氣象，非'曲子相公'比也。唐有四子而後有陳、張，宋有西昆而後有歐、梅。世人不敢議四子而獨議西昆，過矣！"⑧

① 見曾棗莊、劉琳主編：《全宋文》第 7 册，卷二九三，第 696 頁。
② 石介著，陳植鍔點校：《祥符詔書記》，《徂徠石先生文集》，卷一九，第 220 頁。
③ 曾鞏：《隆平集》。收入《文淵閣四庫全書》第 371 册，第 133 頁。
④ 石介著，陳植鍔點校：《祥符詔書記》，《徂徠石先生文集》，卷一九，第 220 頁。
⑤ 脱脱等撰：《宋史》，卷三一七，第 10342 頁。
⑥ 歐陽修著，李逸安點校：《記舊本韓文後》，《歐陽修全集》，卷七三，第 1056 頁。
⑦ 林駧：《古今源流至論》，後集。收入《文淵閣四庫全書》第 942 册，第 190 頁。
⑧ 陳僅：《竹林答問》，收入郭紹虞編《清詩話續編》第 4 册。上海：上海古籍出版社 1983 年版，第 2255 頁。

館閣詞臣由于其特殊的身份和地位，長期以來所撰文章多爲朝廷文書，因而形成了獨特的"館閣氣"，詞臣師徒友朋相互標榜這種官樣文章。南宋陳造認爲"夏文莊公（夏竦）辭藻絢麗，自其始學即含臺閣風骨，老尤雄健不衰。當聖君貪才、天下右文之時，是不容不富貴者"①。《青箱雜記》載：

> 本朝夏英公亦嘗以文章謁盛文肅（盛度），文肅曰："子文章有館閣氣，异日必顯。"後亦如其言。然余嘗究之，文章皆出於心術，而實有兩等：有山林草野之文，有朝廷臺閣之文。山林草野之文，則其氣枯槁憔悴，乃道不得行，著書立言者之所尚也。朝廷臺閣之文，則其氣溫潤豐縟，乃得位於時，演綸視草者之尚也。故本朝楊大年、宋宣獻、宋莒公、胡武平所撰知詔，皆婉美淳厚，過於前世燕、許、常、楊遠甚，而其爲人，亦各類其文章。王安國常語余曰："文章格調，須是官樣。"豈安國言官樣，亦謂有館閣氣耶？（《青箱雜記》）②

館閣詞臣有意識地引導後生研習時文創作。《宋史·楊億傳》載楊億"手集當世之述作，爲《筆苑時文録》數十篇"。③ 晏殊曾編選《集選》二百卷，"大略欲續《文選》，故亦及於庾信、何遜、陰鏗諸人"。④ 劉攽的《文選類林》"取《文選》字句可供詞賦之用者，

① 陳造：《江湖長翁集》。收入《文淵閣四庫全書》第1166册，第401頁。
② 吳處厚撰，李裕民點校：《青箱雜記》。北京：中華書局1985年版，卷五，第46頁。
③ 脱脱等撰：《楊億傳》，《宋史》，卷三〇五，第10083頁。
④ 陳振孫：《直齋書録解題》，卷一五。收入《叢書集成初編》第47册。北京：中華書局1985年版，第420頁。

分門標目，共五百四十九類”。① 西昆體時文以李商隱爲宗，繼承了他的“樊南文”傳統。李商隱所作四六幕府公務和應酬之文兼有六朝徐陵、庾信富麗華美之遺韵，辭章典雅，音韵協和，堪稱樊南美文；其古文亦清麗雅致，感情真摯，富有詩境，且有駢散結合、詩文融合的特色。《四庫全書簡明目録》認爲楊億文章“大致宗法李商隱而精警不及，要其春容典雅，不失爲治世之音”。② 此外，楊億的文人大節也頗受世人贊譽，真德秀指出“當咸平、景德間，公之文章獨擅天下，然使其所立獨以詞翰名，則亦不過與騷人墨客角逐爭後先爾。惟其清忠大節凛凛弗俞，不義富貴，視猶涕唾，此所以屹然爲世之郛郭也歟！”③

　　西昆體文章對宋代古文創作影響巨大，歐陽修等古文家對待西昆體的態度和做法前有“嗣其統”，後則“以古道變西昆”。南宋王稱把楊、劉、歐、蘇相提并論，認爲他們繼承了韓柳文統。其言曰：“蓋文章至唐而盛，至國朝而尤盛也。韓、柳、李、杜擅其宗，楊、劉、歐、蘇嗣其統。”④ 歐陽修早年仰慕西昆名家，他曾言“先朝楊劉風采，聳動天下，至今使人傾想”⑤。歐陽修認爲“時文雖曰浮巧，然其爲功，亦不易也”⑥。邵伯温曾言：“歐陽文忠公早

① 永瑢等撰：《文選類林》。收入《四庫全書總目》，卷三七，第 1161 頁。
② 永瑢等撰：《四庫全書簡明目録》。上海：上海古籍出版社 1985 年版，卷一五，第 612 頁。
③ 真德秀：《楊文公書玉溪生詩》。收入曾棗莊、劉琳主編《全宋文》第 313 册，卷七一七二，第 200 頁。
④ 王稱：《國朝二百家名賢文粹序》，《新刊國朝二百家名賢文粹》。收入《續修四庫全書》第 1652 册，第 387 頁。
⑤ 劉克莊：《後村詩話》。北京：中華書局 1983 年版，卷二，第 22 頁。
⑥ 歐陽修著，李逸安點校：《與荊南樂秀才書》，《歐陽修全集》，卷四七，第 661 頁。

工偶麗之文，故試於國學、南省，皆爲天下第一。"① 陳師道的《後山詩話》言："歐陽少師始以文體爲對屬，又善叙事，不用故事陳言而文益高。"② 清人翁方綱認爲"'西昆'，猶唐初之'齊梁'。宋初之'館閣'，猶唐初之'沈宋'也，開啓大路，正要如此，然後篤生歐、蘇諸公耳"，"此在東都，雖非極盛之選，然實亦爲歐蘇基地"③。全祖望的《宋詩紀事序》言："一洗西昆之習者歐公，而歐公未嘗不推服楊、劉，猶之草堂（杜甫）之推服王（勃）、駱（賓王），始知前輩之虛心也。"④

歐陽修使文體擺脱了或駢或散的兩難窘境，推動了駢散的融合。他并不否定駢儷之文，主張"儷偶之文，苟合於理，未必爲非，故不是此而非彼也"⑤。歐陽修提倡文質合一，認爲"質而不文，則不足以行遠而昭聖謨；麗而不典，則不足以示後而爲世法"⑥。歐陽修對西昆文派既有變革又有繼承，吕祖謙指出"天聖以來，穆伯長、尹師魯、蘇子美、歐陽永叔始唱爲古文，以變西昆體，學者翕然從之。……後歐陽公、蘇公復主楊大年"⑦。歐陽修以古文變西昆體，引起"學者翕然從之"。歐陽修不再視四六文爲古文的對立面，不再完全否定西昆時文；古文創作上主張駢散結合，在古文中穿插運用駢儷和偶對的語句，或者古文暗合駢文的節

---

① 邵伯温：《邵氏聞見録》，卷一五，第 166 頁。
② 陳師道：《後山集》。收入《文淵閣四庫全書》第 1114 册，第 726 頁。
③ 翁方綱：《石洲詩話》。北京：人民文學出版社 1981 年版，卷三，第 81 頁。
④ 全祖望原著，黄雲眉選注：《鮚埼亭文集選注》。北京：商務印書館 2018 年版，第 397 頁。
⑤ 歐陽修著，李逸安點校：《論〈尹師魯墓志〉》，《歐陽修全集》，卷七二，第 1046 頁。
⑥ 歐陽修著，李逸安點校：《謝知制誥表》，《歐陽修全集》，卷九〇，第 1319 頁。
⑦ 朱熹：《宋名臣言行録》。收入《文淵閣四庫全書》第 449 册，第 122 頁。

奏和韵律，辭藻修飾上對西昆時文也有所借鑒。朱熹曾指出，"歐陽公作古文，力變舊習，老來照管不到，爲某詩序，又四六對偶，依舊是五代文習"①。同時，歐陽修也推動駢文走上散體化道路，采用通俗自然、明白易曉的散行單句，借鑒古文的文風和氣勢，注重議論説理，風格漸趨質樸。歐陽修的古文糾正了柳開、石介的空言儒道、不切實際，又借鑒了西昆體語言的流麗華美，從而達到了文質兼美、切于世用的創作目的。關于歐陽修和西昆體之間的關係，明代張綖的《玩珠堂刊西昆酬唱集序》言"楊、劉諸公倡和《西昆集》，蓋學義山而過者。六一翁恐其流靡不返，故以優游坦夷之辭矯而變之，其功不可少，然亦未嘗不有取於昆體也"②。張綖認爲歐陽修是以其古文"優游坦夷之辭"來變昆體之流靡，同時也深受西昆體的影響。

歐陽修以散句單行的"古文氣格"爲對偶之篇什，"以文體爲四六"，以古文變西昆時文；同時其古文創作又吸納了西昆體的長處，駢散結合，體現出文體互動、相互融合的特點。歐陽修的創作存在兩條并行不悖又相互關聯的路綫：在日常生活領域的論、記、序等寫作中酣暢淋漓地揮灑古文的藝術魅力；在表、奏、章、啓等應制性的官樣文章中則使用以古文句法改良後的變體、變格的四六文。宋代謝伋認爲：

> 三代兩漢以前，訓詁、誓命、詔策、書疏，無駢儷粘綴，溫潤爾雅。先唐以還，四六始盛，大約取便於宣讀。本朝自歐陽文忠、王舒國叙事之外，作爲文章，製作渾成，一

---

① 黎靖德編：《論文》，上篇，《朱子語類》，卷一三九，第 3311 頁。
② 轉引自祝尚書：《宋人總集叙錄》。北京：中華書局 2004 年版，第 29 頁。

洗西昆磔裂煩碎之體，厥後學之者益以衆多，況朝廷以此取士，名爲博學鴻詞，而内外兩制用之，四六之藝，誠日大矣。下至往來箋、記、啓、狀，皆有定式，故謂之應用，四方一律，可不習而知。(《四六談麈》)①

四六文在唐代陸贄時就已經有散體化傾向，駢體開始轉向古文，宋代的四六文延續了這種傳統。從此，駢體文得到了改造，并在很多領域漸漸失去了主導地位，文體由駢向散的轉向不可逆轉，古文最終戰勝駢體文。歐陽修對西昆體藝術形式的借鑒和"以古道變西昆"的做法促進了北宋文章對文采情致的重視，引導文人在重道的同時開始注重文章的藝術形式和審美功能。這就改變了"談經者"重道輕文的傾向和以奇崛生澀之文字來標新立異的不良風氣，有助于樹立健康清新、生動自然的文學新風。

（二） 由"傳道"而"明心"：古文崛起的内驅力

宋初如柳開等"談經者"雖然主張且從事古文創作，但由于其所言之道爲孔孟聖賢古道，比較缺乏對社會現實的觀照和對人類情感世界的投射，這就在思想内涵深處制約了古文發展的驅動力，削弱了古文的生命活力，因而宋初古文創作成就不大，影響有限。這種局面在王禹偁走上文壇開始發生改變。王禹偁開闢北宋古文創作之新篇，首推傳道明心，并以"遠師六經，近師吏部"的創作實踐建構古文文統。在歐陽修成爲文壇領袖之前，王禹偁是北宋詩文革新運動的先驅。他有着和柳開、石介等經學家不一樣的文學主張

---

① 謝伋:《四六談麈》。收入王水照《歷代文話》第1册，第33頁。

和創作風格，積極提倡復古革弊，推崇平易曉暢、生動活潑的文風。其文富有文采情致，給文壇帶來了新氣象。四庫館臣指出，"宋承五代之後，文體纖麗，禹偁始爲古雅簡淡之作"①。"簡雅古淡，由上三朝未有及者。"②王禹偁作爲當時文壇的領袖，"文章冠天下"③。他纍遷翰林學士，三掌制誥，一入翰林，大力提携孫何和丁謂等文學才俊。④孫何文章"格高意遠，大有六經旨趣"，丁謂文章"意不常而語不俗，若雜於韓柳集中，能使文之士讀之，不之辨也"。⑤ 王禹偁以文章負天下之望，"舉進士者以文相售，歲不下數百人"。⑥王禹偁認爲孫何"服勤古道，鑽仰經旨，造次顛沛，不違仁義，拳拳然以立言爲己任"⑦，其文章"皆師戴六經，排斥百氏，落落然真韓、柳之徒也"⑧，能繼承韓、柳文統，亦爲當時之擅場而獨步者。

王禹偁把韓、柳并稱，這有助于宋人重視他們的古文文統地位，此後的穆修等人均沿用這一并稱。王禹偁推崇韓愈古文的平易文風，其《贈朱嚴》曾言"誰憐所好還同我，韓柳文章李杜詩"⑨。王禹偁對當時張扶之文"模其語而謂之古"，"語皆迂而艱"而"義皆昧而奧"的做法不滿，其《答張扶書》云"近世爲古文之主

① 永瑢等撰：《小畜集》，《四庫全書總目》，卷一五二，第 1306 頁。
② 葉適：《習學記言序目》，卷四九，第 733 頁。
③ 司馬光：《涑水記聞》。北京：中華書局 1989 年版，卷二，第 34 頁。
④ 《宋史》記載，丁謂"少與孫何友善，同袖文謁王禹偁，禹偁大驚重之，以爲自唐韓愈柳宗元之後，二百年始有此作。世謂之'孫、丁'"。見脱脱等撰：《丁謂傳》，《宋史》，卷二八三，第 9570 頁。
⑤ 王禹偁：《送孫何序》。收入曾棗莊、劉琳主編《全宋文》第 7 册，卷一五二，第 425 頁。
⑥ 同上。
⑦ 同上書，第 422 頁。
⑧ 同上書，第 424 頁。
⑨ 王禹偁：《贈朱嚴》。收入吳之振、呂留良、吳自牧《小畜集鈔》，《宋詩鈔》，第 56 頁。

者，韓吏部而已。吾觀吏部之文，未始句之難道也，未始義之難曉也。故吏部曰：'吾不師今，不師古，不師難，不師易，不師多，不師少，惟師是爾'"。① 王禹偁繼承韓愈"文從字順"的觀點，主張"句之易道，義之易曉"，反對"語艱而義奧"。② 錢基博認爲"宋之爲古文而學韓愈者，至王禹偁而辭以舒，逮於洙而體以嚴。王禹偁不能學愈之閎深奧衍，而出以平易舒暢，開歐陽修之逸；洙則不能爲愈之雄怪矯變，而特爲簡直峭拗，開王安石之峻；各得愈之一體"③。王禹偁繼承了韓愈對平易文風的推崇，直接影響了後來歐陽修的古文創作，尹洙則繼承了韓愈的陡峭文風并影響了王安石，由此大致構成了宋初古文文統的傳承譜系。

王禹偁反對五代體文風，主張革弊復古，修復儒家文統。他在淳化三年（992年）所作的《五哀詩》中言："文自咸通後，流散不復雅。因仍歷五代，秉筆多艷冶。"④ 爲改變"斯文不競"局面，他認爲"革弊復古，宜其有聞"。⑤ 王禹偁的《投宋拾遺書》言："書契以來，以文垂教者，首曰孔孟之道"，"孟軻氏没，揚雄氏作"，"揚雄氏喪，文中子生……門弟子有若巨鹿魏徵、河南房玄齡、京兆杜如晦，咸北面師之"，"文中子滅，昌黎文公出，師戴聖人之道，述作聖人之言。從而學者，有若趙郡李翱、江夏黃頗、安定皇甫湜，固其徒也。然位不足以行其道，時不足以振其教，故不

---

① 王禹偁：《答張扶書》。收入曾棗莊、劉琳主編《全宋文》第 7 册，卷一五〇，第 396 頁。
② 同上。
③ 錢基博：《中國文學史》。北京：中華書局 1996 年版，第 491 頁。
④ 葉適：《皇朝文鑒一》，《習學記言序目》，卷四七，第 703 頁。
⑤ 王禹偁：《送孫何序》。收入曾棗莊、劉琳主編《全宋文》第 7 册，卷一五二，第 422 頁。

能復貞觀之風矣。"①王禹偁對王通師徒和韓愈師徒的文統傳承譜系進行了梳理，同時流露出他對當時斯文傳承的擔憂，以此誇獎宋白有傳承韓愈文統之風氣。

王禹偁主張文學"傳道而明心"，這在韓、柳以文載道、以文明道觀念的基礎上更進一步促進了當時的作家對思想情致和道德心性的重視。由傳道而明心這一觀念豐富和提升了古文創作的內驅動因，就如同給機車裝上了雙倍的發動機一樣，對于改善古文發展的驅動力而言具有非凡意義。王禹偁言：

> 夫文，傳道而明心也，古聖人不得已而爲之也。且人能一乎心，至乎道，修身則無咎，事君則有立。及其無位也，懼乎心之所有不得明乎外，道之所畜不得傳乎後，於是乎有言焉。又懼乎言之易泯也，於是乎有文焉。信哉，不得已而爲之也。……姑能遠師六經，近師吏部，使句之易道，義之易曉；又輔之以學，助之以氣，吾將見子以文顯於時也。（《答張扶書》）②

王禹偁認爲文章除了傳道，還可明心，他把心與道明確區別開來，且認爲由傳道而明心，道得之于心源。王禹偁認爲爲文要"一乎心，至乎道"，爲文者正是因爲擔心自己的内心情志不爲人理解，道行學問不被人傳承，所以纔有所言、有所文，因此可以説文章是

257

---

① 王禹偁：《投宋拾遺書》。收入曾棗莊、劉琳主編《全宋文》第 7 册，卷一五一，第 415 頁。
② 王禹偁：《答張扶書》。收入曾棗莊、劉琳主編《全宋文》第 7 册，卷一五〇，第 395 頁。

"不得已而爲之"。他勉勵張扶"遠師六經，近師吏部"，創作上實現文、學、氣三者統一。王禹偁文道并重，并不一味地宣揚古道，唯聖賢是從。他觀念中的道融入了一些佛教和道家的思想元素，如認爲"禪者，儒之曠達也"①。

王禹偁提出的"傳道明心"主張，雖然沒有明確界定心之内涵爲"文學情致"或者"道德心性"等，但却開拓了古文思想内涵發展的空間，給後來的歐、蘇文學家和程、朱理學家的古文發展解放了思想。從此古文不再簡單地重復古代聖賢的"嘉言善語"，擬聖作經地代聖人立言，轉而表現更具有時代精神的思想内涵。正如羅根澤所言，"内容的'傳道'之外，還要益以'明心'，而且認爲心是道的源泉，則心重於道，所以直接造成了後來道學家的究極心性，而不重視心性的文學家遂由'傳道'轉于'述志'"②。相對于唐代的文以載道之说，王禹偁進一步提出"明心"主張，在此明心说的基礎上，後來的文學家重視情致，理學家則轉而重視心性。王禹偁的古文創作具體體現了其"傳道明心"主張，如其《黄州新建小竹樓記》描繪了竹樓生活的安逸舒適和内心的淡泊寧静，行文流暢生動，語言質樸清新，充滿了人生況味，其思想内涵和藝術境界可與後來的"歐蘇"古文相媲美。③

和王禹偁幾乎同時的田錫對文道關係和文統傳承也有所關注，其《貽陳季和書》言："夫人之有文，經緯大道。得其道，則持政

---

① 王禹偁：《黄州齊安永興禪院記》。收入曾棗莊、劉琳主編《全宋文》第 8 册，卷一五七，第 72 頁。
② 羅根澤：《中國文學批評史》下册，第 565 頁。
③ 王禹偁《黄州新建小竹樓記》曰："公退之暇，披鶴氅衣，戴華陽巾，手執《周易》一卷，焚香默坐，消遣世慮。江山之外，第見風帆沙鳥、烟雲竹樹而已。待其酒力醒，茶烟歇，送夕陽，迎素月，亦謫居之勝概也。"見曾棗莊、劉琳主編：《全宋文》第 8 册，卷一五七，第 79 頁。

於教化；失其道，則忘返於靡漫。孟軻、荀卿得大道者也，其文雅正，其理淵奧。厥後揚雄秉筆，乃撰《法言》；馬卿同時，徒有麗藻。"①田錫認爲文有"經緯大道"的重要作用，道則主宰文，孔、孟、荀、揚等文皆載道，而此後李白、白居易或"豪俠吾道"或爲"大儒端士"，"識者觀文於韓柳，則警心於邪僻。抑末扶本，躋人於大道可知也"②。其推重韓柳文統的觀念與歐蘇古文家相一致。

在歐陽修登上文壇并成爲古文運動旗幟人物之前，古文文統傳承的使命落在了穆修、尹洙、蘇舜欽、石曼卿等人身上，尤其是穆修。當時西昆體駢儷之風大盛，穆修繼柳開之後力主恢復韓、柳古文文統。穆修的身份介于經學家和文學家之間，他對韓愈文統的重視和對古文的積極宣導在當時影響很大。關于穆修的學統傳承，"據晁説之所作《李之才傳》，邵子數學本於之才，之才本於穆修，修本於种放，放本陳搏"③。究其古文文統淵源，錢穆認爲穆修從种放學《易》，"疑穆氏爲古文、師韓柳，或亦由放啓之"④。此後，"尹源與其弟洙，始從之（穆修）學古文，又傳其《春秋》學"⑤。四庫館臣認爲穆修古文"蓋天姿高邁，沿溯於韓、柳而自得之。宋之古文，實柳開與修爲倡，然開之學及身而止，修則一傳爲尹洙，再傳爲歐陽修，而宋之文章于斯極盛，則其功亦不鮮矣"⑥。館臣

① 田錫：《貽陳季和書》。收入曾棗莊、劉琳主編《全宋文》第5冊，卷九二，第217頁。
② 同上。
③ 永瑢等撰：《〈皇極經世書〉提要》，《四庫全書總目》，卷一○八，第915頁。
④ 錢穆：《讀智圓〈閑居編〉》。收入氏著《中國學術思想史論叢》第五冊。北京：九州出版社2011年版，第97頁。
⑤ 王稱：《穆修傳》，《東都事略》，卷一一三。收入《文淵閣四庫全書》第382冊，第738頁。
⑥ 永瑢等撰：《穆參軍集提要》，《四庫全書總目》，卷一五二，第1308頁。

對歐陽修之前的古文文統譜系中种放、穆修、尹洙、歐陽修這一脉絡的梳理比較清晰。

北宋前期柳宗元能和韓愈相提并論，這説明了古文家觀念中的韓柳文統已經不再是完全以道統爲内核了，而是開始傾向于兼以文學情致爲文統了。在西昆體流行的時代，首先揭起反對大旗、大力宣導韓柳古文的人是穆修。《宋史》載：

> 自五代文敝，國初，柳開始爲古文。其後，楊億、劉筠尚聲偶之辭，天下學者靡然從之；修於是時獨以古文稱，蘇舜欽兄弟多從之游。修雖窮死，然一時士大夫稱能文者，必曰穆參軍。(《穆修傳》)①

北宋天禧、天聖年間（1017—1021 及 1023—1032），西昆體文風盛行，經學家宣導的聖賢古道和奇澀古文被視爲迂腐而不合時宜，古文的境況日益窘迫。穆修指出：

> 蓋古道息絕不行於時已久，今世士子習尚淺近，非章句聲偶之辭，不置耳目，浮軌濫轍，相迹而奔，靡有异途焉。其間獨敢以古文語者，則與語怪者同也。衆又排訿之，罪毀之，不目以爲迂，則指以爲惑，謂之背時遠名，闊於富貴。先進則莫有譽之者，同僑則莫有附之者，其人苟無自知之明，守之不以固，持之不以堅，則莫不懼而疑、悔而思，忽焉且復去此而即彼矣。噫，仁義中正之士，豈獨多出於古而鮮出於今哉！亦由

---

① 脱脱等撰：《穆修傳》，《宋史》，卷四四二，第 13070 頁。

衆勢驅遷溺染之，使不得從乎道也。（《答喬適書》）①

西昆時文的追隨群體龐大，“其間甚者，專事藻飾，破碎大雅，反謂古道不適於用，廢而弗學者久之”②，這就是所謂的“西昆盛而古道衰”。穆修對韓愈古文極爲推崇，曾歷二十餘年遍訪韓柳善本，整理韓柳文集，“丐於所親厚者，得金，募工鏤板，印數百集，携入京師相國寺，設肆鬻之”③。穆修深爲韓柳文集殘落而痛心，其《唐柳先生集後序》言：“至韓、柳氏起，然後能大吐古人之文，其言與仁義相華實而不雜，如韓《元和聖德》《平淮西》、柳雅章之類，皆辭嚴義密，制述如經。……世之學者，如不志于古則已；苟志于古，則求踐立言之域，舍二先生而不由，雖曰能之，非余所敢知也。”④ 穆修集畢生精力對韓柳文集進行整理和推廣，極大地提升了韓、柳古文的文統地位，爲宋初古文運動提供了聲勢鋪墊。穆修傳播韓、柳古文的舉動在當時也有呼應者，主要是曾從之游的尹源、尹洙、蘇舜元、蘇舜欽、祖無擇、李之才等人。對北宋古文的發展而言，穆修無疑是開路人。

此時期，西昆體文風依然占據優勢地位。穆修推崇古道，在創作上力主平易文風。北宋彭乘指出，“往歲士人多尚對偶爲文，穆

---

① 穆修：《答喬適書》。收入曾棗莊、劉琳主編《全宋文》第 16 冊，卷三二二，第 20 頁。
② 范仲淹著，李勇先、王蓉貴校點：《尹師魯河南集序》，《范文正公文集》，卷八。收入《范仲淹全集》，第 183 頁。
③ 穆修：《河南集·穆參軍遺事》，《叢書集成續編》第 100 冊。上海：上海書店出版社 1994 年版，第 1071 頁。
④ 穆修：《唐柳先生集後序》。收入曾棗莊、劉琳主編《全宋文》第 16 冊，卷三二二，第 31 頁。

修、張景輩始爲平文，當時謂之‘古文’”①。蘇舜欽言穆修自幼重視探求道之本原，“爲文章益根柢於道，然耻以文章有位，以故困甚”，其常語人曰“寧區區糊口爲旅人，終不爲匪人辱吾文也”。② 穆修爲文重道，其《答喬適書》言“夫學乎古者，所以爲道，學乎今者，所以爲名。道者仁義之謂也，名者爵禄之謂也，然則行道者有以兼乎名，務名者無以兼乎道”③。穆修的古文創作居于篳路藍縷的開創地位，雖顯拙澀，但在當時已經被視爲工致。穆修的古文創作成就雖不甚高，沒有找到開闢一代新風的具體路徑，但其對古文自然簡樸語言的重視和創作上的努力爲歐陽修等人的古文創作積纍了經驗。穆修之外，尹洙的古文成就也很高，韓琦評價其言：

> 文章自唐衰，歷五代，日淪淺俗，浸以大敝。本朝柳公仲塗始以古道發明之，後卒不能振。天聖初，公獨與穆參軍伯長矯時所尚，力以古文爲主。次得歐陽永叔以雄詞鼓動之，於是後學大悟，文風一變，使我宋之文章，將逾唐、漢而躡三代者，公之功爲最多。（《尹洙墓表》）④

另外，曾和歐陽修并稱的蘇舜欽也有較好的古文創作成就。歐陽修曾言：

① 彭乘：《墨客揮犀》。北京：中華書局 2002 年版，卷二，第 293 頁。
② 蘇舜欽著，沈文倬校點：《哀穆先生文并序》，《蘇舜欽集》。上海：上海古籍出版社 1981 年版，卷一五，第 200 頁。
③ 穆修：《答喬適書》。收入曾棗莊、劉琳主編《全宋文》第 16 册，卷三二二，第 21 頁。
④ 韓琦撰，李之亮、徐正英箋注：《安陽集編年箋注》下册，第 1329 頁。

　　子美之齒少於予，而予學古文反在其後。天聖之間，予舉
進士於有司，見時學者，務以言語聲偶摘裂，號爲時文，以相
誇尚。而子美獨與其兄才翁及穆參軍伯長，作爲古歌詩雜文，
時人頗共非笑之，而子美不顧也。其後天子患時文之弊，下詔
書，諷勉學者以近古，由是其風漸息，而學者稍趨於古焉。獨
子美爲舉世不爲之時，其始終自守，不牽世俗趨合，可謂特立
之士也。（《蘇氏文集序》）①

穆修、蘇舜欽等人不畏世俗嘲笑，特立自守，弘揚古道，“以古文
相高，而不爲駢儷之語”②，堅持古文創作。正是由于這群早期的
古文家在困境中仍在堅持，“唱和於寂寞之濱”③，不絕如縷的韓柳
古文文統纔得以傳到歐陽修手中。《宋史·文苑傳序》言：“國初，
楊億、劉筠猶襲唐人聲律之體，柳開、穆修志欲變古，而力弗逮；
廬陵歐陽修出，以古文倡，臨川王安石，眉山蘇軾，南豐曾鞏起而
和之，宋文日趨於古矣。”④ 此時期的古文理論和創作還處於探索
階段，穆修、蘇舜欽、尹洙、石曼卿等古文家强調儒家古道和道統
的重要性，以古道自任，矯時所尚，以古文興古道，但對作家情感
和人生意蘊的關注不足。後經過歐陽修、蘇軾等人的努力，散體古
文在序、記、志、策、論、題跋中被廣泛使用，駢體文和古文多元
共存的生態漸漸形成。同時，四六文在朝廷和官府文書如詔、誥、
表、啓、露布、判詞等中依然被大量使用，甚至在民間的上梁文、

① 蘇舜欽著，沈文倬校點：《蘇舜欽集》，第 250 頁。
② 陳亮著，鄧廣銘點校：《變文格》，《陳亮集》，卷一二，第 134 頁。
③ 同上。
④ 脫脫等撰：《文苑傳序》，《宋史》，卷四三九，第 12997 頁。

青詞、樂語等中也廣泛存在。

三、古文文統譜系的接受

（一） 身份認同和文宗推舉

宋代文統傳承和文人師承關係非常密切。唐代因受"行卷"
風氣影響，師承關係主要基于科舉考試的主考官和新科進士之間建
立的座主和門生之間的關係，不同于宋代建立在學統和文統之上的
師承關係。但早在唐代，韓愈就已著《師說》推崇師道尊嚴，主張
傳道、授業、解惑是師者的職責，韓門弟子則進一步把師道與爲文
之道結合起來，如其學生李翱、皇甫湜等人就傳承了韓愈文統。宋
人發揚光大了韓愈的師道精神，柳開的《續師說》沿襲韓愈的尊儒
復古理念，對師道"原盡其情"；歐陽修主張"師嚴然後道尊"，
把師道與道統、學統、文統緊密關聯起來。宋代以歐蘇爲代表的
"能文者"具有以斯文傳承爲己任的自覺意識，他們把道德文章視
爲安身立命之憑藉，因此文學創作在他們的生活中具有極其重要的
分量。從歐陽修的人生經歷來看，依傍師友是其學術精進的重要途
徑，可以從其古文創作中窺見前代和同時代作家對他的巨大影響。
歐陽修認爲"士之居也，游必有友，學必有師"[1]，早期在洛陽
"議論當世事，迭相師友"的經歷對于歐陽修的古文創作而言極爲

---

① 歐陽修著，李逸安點校：《與張秀才棐第一書》，《歐陽修全集》，卷六七，
　　第 977 頁。

重要。① 天聖九年（1031 年）歐陽修入錢惟演幕府，爲當時西京洛陽的留守推官，開始仕宦生涯。"於時一府之士，皆魁杰賢豪，日相往來，飲酒歌呼，上下角逐，爭相先後以爲笑樂。"② 此時的歐陽修"尚少，心壯志得"，在洛陽過着適然的快意生活。③ 深受洛陽文壇盟主錢惟演、謝絳的影響，他甚至仿效錢惟演的讀書習慣。當時洛陽文壇的繁盛境況促就了歐陽修文學才能的突飛猛進。誠如梅堯臣所言，"謝公主盟文變古，歐陽才大何可涯"④。歐陽修與尹洙、梅堯臣、楊子聰、張太素、張堯夫、王幾道結爲七友，成爲了錢惟演幕府的核心，文學創作邁入了采衆家之長的快速上升期。可見歐陽修有謝絳、尹洙等人作爲文學知己，再加上梅堯臣等"善人君子"爲伴，在洛陽的生活可謂是詩酒人生，極爲暢意。

歐陽修爲文不拘泥于一格，善于學習和模仿，轉益多師，進而後出轉精，更上層樓。歐陽修言其"與樊宗師作志，便似樊文。慕其如此，故師魯之志用意特深而語簡，蓋爲師魯文簡而意深"⑤。當歐陽修爲尹洙、范仲淹、石曼卿等人寫作墓表、碑銘的時候，就想瞭解其人其事，模仿其人口吻和文風，故其文筆兼衆人之長，搖曳多姿。此外，歐陽修對西昆體藝術也有所繼承。和歐陽修在東京汴梁和西京洛陽等地有過交游的人還有晏殊、杜衍、富弼、尹源、陳經、石延年、釋秘演、釋惟儼、連庶、連庠和宋祁等等。洛陽友

---

① 脱脱等撰：《歐陽修傳》，《宋史》，卷三一九，第 10375 頁。
② 歐陽修著，李逸安點校：《張子野墓志銘》，《歐陽修全集》，卷二七，第 410 頁。
③ 同上。
④ 梅堯臣：《依韵和答王安之因石榴詩見贈》。收入傅璇琮主編《全宋詩》。北京：北京大學出版社 1995 年版，第 3286 頁。
⑤ 歐陽修著，李逸安點校：《論〈尹師魯墓志〉》，《歐陽修全集》，卷七二，第 1046 頁。

朋中，要數尹洙對歐陽修的影響最大。自范仲淹始，人們開始關注到歐陽修古文對尹洙的追隨現象。《宋史》載歐陽修"從尹洙游，爲古文，議論當世事，迭相師友。與梅堯臣游，爲歌詩相倡和，遂以文章名冠天下"①。邵伯溫也認爲歐陽修"爲古文則居師魯後也"②，他還記錄了歐陽修對尹洙古文甘拜下風的事迹。③ 歐陽修贊揚尹洙"尤於文章，焯若星日。子之所爲，後世師法"④。二人之間具有"師友之益"，尹洙既是歐陽修的文學知音，也是歐陽修的文學師長。歐陽修曾説："平生作文，惟尹師魯一見，展卷疾讀，五行俱下，便曉人深意處"⑤。歐陽修雖服膺尹洙古文章法，但年輕人逞才好勝的特點和錢惟演幕府中的文學競爭氛圍激發了他的超越意識。北宋《湘山野録》記載了歐陽修古文反敗而勝尹洙的傳奇過程。尹洙古文"語簡事備，復典重有法"，他曾指導歐陽修曰："大抵文字所忌者，格弱字冗。諸君文格誠高，然少未至者，格弱字冗爾"；于是，歐陽修揣摩煅煉寫出"完粹有法"的古文，被譽爲"一日千里"。⑥ 正如《四庫全書總目》所稱："有宋古文，（歐陽）修爲巨擘，而洙實開其先，故所作具有原本。自修文盛行，洙

---

① 脱脱等撰：《歐陽修傳》，《宋史》，卷三一九，第 10375 頁。

② 邵伯溫言曰："本朝古文，柳冕仲途、穆修伯長首爲之唱，尹洙師魯兄弟繼其後。歐陽文忠公早工偶儷之文，故試於國學、南省，皆爲天下第一。既擢甲科，官河南，始得師魯，乃出韓退之文學之，公之自叙云爾。蓋公與師魯於文雖不同，公爲古文則居師魯後也。"邵伯溫：《邵氏聞見録》，卷一五，第 166 頁。

③ 《邵氏聞見録》記載，"因（錢惟演）府第起雙桂樓，西城建閣臨圉驛，命永叔、師魯作記。永叔文先成，凡千餘言。師魯曰：'某止用五百字可記。'及成，永叔服其簡古。永叔自此始爲古文。"邵伯溫：《邵氏聞見録》，卷八，第 81 頁。

④ 歐陽修著，李逸安點校：《祭尹師魯文》，《歐陽修全集》，卷四九，第 694 頁。

⑤ 歐陽修著，李逸安點校：《論〈尹師魯墓志〉》，《歐陽修全集》，卷七二，第 1046 頁。

⑥ 釋文瑩：《湘山野録》。北京：中華書局 1984 年版，卷中，第 38 頁。

名轉爲所掩。"①

宋代"能文者"重視文辭價值，推重善文之士，提倡簡而有法。古文文統之傳承有待于後人的承擔。歐陽修認爲文章能行于天下，既需要有所載，又需要有所待。其言曰：

> 甚矣！言之難行也。事信矣，須文；文至矣，又繫其所恃之大小，以見其行遠不遠也。……故其言之所載者大且文，則其傳也章；言之所載者不文而又小，則其傳也不章。……《詩》《書》《易》《春秋》，待仲尼之刪正。荀、孟、屈原無所待，猶待其弟子而傳焉。漢之徒，亦得其史臣之書。其始出也，或待其時之有名者而後發；其既殁也，或待其後之紀次者而傳。其爲之紀次也，非其門人故吏，則其親戚朋友，如夢得之序子厚，李漢之序退之也。（《代人上王樞密求先集序書》）②

門人故吏、親戚朋友對古文家作品的刪定、編次、刊印等各個方面具有義不容辭的責任。歐陽修重視文學語言的藝術性，認爲"君子之所學也，言以載事，而文以飾言，事信言文，乃能表見於後世"，故主張"言之不文，行而不遠"的觀點。③ 他認爲"《詩》《書》《易》《春秋》皆善載事而尤文者，故其傳尤遠"④。古往今來善文者有荀卿、孟軻，有楚大夫，有賈誼、董仲舒、司馬相如、揚雄等等，這些人物"道有至有不至"，但都因"善文"而

---

① 永瑢等撰：《河南集提要》，《四庫全書總目》，卷一五二，第 1311 頁。
② 歐陽修著，李逸安點校：《代人上王樞密求先集序書》，《歐陽修全集》，卷六八，第 984—985 頁。
③ 同上書，第 984 頁。
④ 同上。

被納入文統之中。① 然而，隨着時間推移，"去聖益遠，世益薄或衰"，道之傳播漸漸"紛雜滅裂不純信"。② 因此，歐陽修感嘆"甚矣！言之難行也"，認爲只有事信言文，且所載者大，道德功業卓著者，方可彪炳青史。

據統計，宋代共有十人被稱爲"文宗"，他們是楊億、劉筠、歐陽修、王安石、蘇軾、黃庭堅、綦崇禮、呂祖謙、樓鑰、劉克莊，超過前代文壇領袖的總和。宋代文壇一向具有師生衣鉢相傳、斯文有序傳承的慣例，如當初的文學龍門晏殊就曾托付斯文事業于歐陽修。宋代吳曾的《能改齋漫錄》記載，"方國家承五季文章卑陋，公（晏殊）師楊、劉，獨變其體；識歐陽公諸生，遂以斯文付之，宋之文於是視古無愧。功德如范、富，氣節如孔道輔，咸出其門"③。歐陽修的繼承者更是不勝枚舉，胡應麟言：

> 宋世人才之盛，亡出慶曆、熙寧間，大都盡入歐、蘇、王三氏門下。今略記其灼然者，魯直自爲江西初祖也。韓稚圭、宋子京、范希文、石曼卿、梅聖俞、蔡君謨、蘇明允、余希古、劉原父、丁元珍、謝伯初、孫巨源、鄭毅夫、江鄰幾、蘇才翁、子美等，皆永叔友也。王岐公、王文公、曹子固、蘇子瞻、子由、王深父、容季、子直、李清臣、方子通等，皆六一徒也。（《詩藪》）④

① 歐陽修著，李逸安點校：《代人上王樞密求先集序書》，《歐陽修全集》，卷六八，第984頁。
② 同上，第984頁。
③ 吳曾：《晏元獻節儉》，《能改齋漫錄》。北京：中華書局1960年版，卷一二，第367頁。
④ 胡應麟：《雜編》，《詩藪》。北京：中華書局1962年版，卷五，第307頁。

宋代文壇的一個典型現象就是文人以道德文章相互援引，尤其是主持科舉考試的權柄者，更有着提携同志、揄揚風雅、傳承文統的自覺性。"宋嘉祐二年，詔修取士法，務求平淡典要之文。文忠公（歐陽修）知貢舉而先生（指梅堯臣）爲試官，於是得人之盛，若眉山蘇氏、南豐曾氏、橫渠張氏、河南程氏，皆出乎其間，不惟文章復乎古作，而道學之傳，上承孔孟。"① 當時的文學、學術精英幾乎都被歐陽修錄取了。歐陽修看到蘇洵投贄的文章大爲驚異，贊嘆曰："予閱文士多矣，獨喜尹師魯、石守道，然意常有所未足。今見君之文，予意足矣！"② 蘇洵也認爲歐陽修當爲文統傳人，其言"自孔子没百有餘年而孟子生，孟子之後數十年而至荀卿子；荀卿子後，乃稍闊遠，二百餘年而揚雄稱於世。揚雄之死，不得其繼，千有餘年而後屬之韓愈氏。韓愈氏没三百年矣，不知天下之將誰與也"③。古文家們相互引爲同志，推重文辭，是他們自覺建構古文文統的表現。歐陽修曾與其子歐陽棐嘆曰："汝記吾言，三十年後，世上人更不道著我也。"④ 歐陽發也曾言其父"以獎進賢才爲己任"⑤。釋惠洪的《冷齋夜話》言："歐公喜士爲天下第一，嘗

---

① 劉性：《梅宛陵先生年譜序》。收入周義敢、周雷《梅堯臣資料彙編》。北京：中華書局 2007 年版，第 127 頁。
② 蘇轍著，陳宏天、高秀芳點校：《潁濱遺老傳上》，《蘇轍集》，卷一二，第 1014 頁。
③ 蘇洵著，曾棗莊、金成禮箋注：《上歐陽内翰第二書》，《嘉祐集箋注》，卷一二，第 334 頁。
④ 朱弁撰，孔凡禮點校：《東坡詩文盛行》，《曲洧舊聞》。北京：中華書局 2002 年版，卷八，第 204 頁。
⑤ 歐陽發言："先公（歐陽修）平生，以獎進賢才爲己任。一時賢士大夫，雖潛晦不爲人知者、知者，無不稱譽，薦舉極力而後已。既爲當世宗師，凡後進之士，公嘗所稱者，遂爲名人。時人皆以得公一言爲重，而公推揚誘進不倦，至於有一長者，識與不識，皆隨其所長而稱之。至今當世顯貴知名者，公所稱薦爲多。"見歐陽發：《先公事迹》。收入歐陽修著，李逸安點校《歐陽修全集》，附錄卷二，第 2628 頁。

好誦孔北海'座上客常滿，樽中酒不空'。"① 歐陽修始終以師者自居，自覺承擔起文統傳承的責任。

歐陽修生前就被稱爲"文章宗""文章伯"，如梅堯臣稱歐陽修"翰林文章宗""金鑾文章宗"。劉敞言"主人文章伯，談笑輒忘倦"②。後進門生曾鞏稱歐陽修"四海文章伯，三朝社稷臣"③。蘇軾稱其"事業三朝之望，文章百世之師"④。蘇轍稱歐陽修"位在樞府，才爲文師，兼古人之所未全，盡天力之所難致。文人之美，夫復何加"⑤。宋代吳儆曾無限欣羨歐門、蘇門學人生逢其時，可以親炙大師指點。⑥ 歐陽修被譽爲"今之韓愈"與"泰山北斗"，地位極高。宋代晁説之曾言："所謂歐陽之文，雖不敢謂前無作者，弟恐後之來者未易可繼也。雖東坡、南豐二公傑然名一世，而振聳九州之牧者，而自歐陽公視之，則皆其門人之文也。曾參、有若不足以繼夫子之席，則它人孰可儷吾歐陽公哉？"⑦ 宋人認爲北宋仁宗時期（1022—1063）的文治盛世可以遠接盛唐和成周，如王十朋的《策問》曾言："我國朝四葉文章最盛，議者皆歸功於仁祖文德

① 吳文治：《宋詩話全編》第 4 册。南京：江蘇古籍出版社 1998 年版，第 3733 頁。

② 劉敞：《和永叔寒夜會飲寄江十》，《公是集》。北京：中華書局 1985 年版，卷一二，第 128 頁。

③ 曾鞏：《寄致仕歐陽少師》，《曾鞏集》，卷六，第 99 頁。

④ 蘇軾撰，孔凡禮點校：《賀歐陽少師致仕啓》，《蘇軾文集》，卷四七，第 1345 頁。

⑤ 蘇轍著，陳宏天、高秀芳點校：《賀歐陽副樞啓》，《蘇轍集》，卷五〇，第 858 頁。

⑥ 吳儆《見季守書》言曰："人之爲學，貴於見而師之者。……曾子固、梅聖俞、蘇子美嘗得見歐公；黃魯直、秦少游、晁無咎、陳無己、張文潛亦及從蘇氏兄弟。……皆因其所見，咸各有所得，而吾獨不得生乎其時也！"見曾棗莊、劉琳主編：《全宋文》第 219 册，卷四六四，第 234 頁。

⑦ 晁説之：《與三泉李奉議書》。收入曾棗莊、劉琳主編《全宋文》第 130 册，卷二八〇三，第 51 頁。

之治，與大宗伯歐陽公救弊之力。沉浸至今，文益粹美，遠出乎正
（貞）元、元和之上，而進乎成周之鬱鬱矣。"① 他認爲歐陽修救弊
之力推動了有宋一代文章興盛，使其超越唐代而遠追西周。以此足
見宋人對歐陽修的評價極高。

至此，古文終于占據了文壇主導地位，當時情形如歐陽修所
言："天下學者日盛，務通經術，多作古文，其辭藝可稱、履行修
飭者不可勝數。"② 宋人王正德曾記録張雲叟話語道：

> 本朝自明道（1032—1033）、景祐（1034—1037）間，
> 始以文學相高，故子瞻、師魯兄弟、歐陽永叔、梅聖俞爲
> 文，皆宗主六經，發爲文采，脱去晚唐五代氣格，直造退
> 之、子厚之閫奥。故能渾灝包含，莫測涯涘，見者皆晃耀耳
> 目。天下學者争相矜尚，謂之古文，皆以不識其人、不習其
> 文爲深耻。（《王正德詩話》）③

至此，古文被天下學者接受。在黨争紛紜的宋代，歐陽修、蘇軾等
師門相互提攜，在政治上同聲和氣，共同進退。歐陽修的《朋黨
論》指出"大凡君子與君子以同道爲"，君子"所守者道義，所行
者忠信，所惜者名節。以之修身，則同道而相益；以之事國，則同
心而共濟，終始如一"。④ 歐陽修對朋黨有着光明磊落的認識態度，
重視名節，積極參與"與君王共治天下"的事業，將仕途上的憂患

---

① 王十朋著，梅溪集重刊委員會編：《王十朋全集》。上海：上海古籍出版社
　　1998 年版，第 714 頁。
② 歐陽修著，李逸安點校：《條約舉人懷挾文字劄子》，《歐陽修全集》，卷一一
　　一，第 1677 頁。
③ 王正德：《王正德詩話》。收入吳文治主編《宋詩話全編》第 6 册，第 6167 頁。
④ 歐陽修著，李逸安點校：《朋黨論》，《歐陽修全集》，卷一七，第 297 頁。

得失置之度外，有意識地組成學術共同體，從而促進了宋代政治與文學的共同繁榮。

（二） 歐蘇古文文統的廣泛認可

宋初姚鉉《唐文粹》的編選體現了宋人重視文章發展脉絡和推崇重道之文的傾向。《唐文粹》的序言描繪了宋代之前文章的發展譜系，推崇"君子之道"與"大人之文"，表達了"志其學者必探其道，探其道者必詣其極"的重道主張。① 姚鉉批評屈平、宋玉之辭陷于怨懟、溺于詔惑，稱讚賈誼之佐王之道、經世之文；歷數漢代公孫弘、董仲舒、晁錯、嚴助、徐樂、吾丘壽王、司馬長卿之輩，認爲他們皆才雄但侍從優游而已；而劉向、司馬遷、揚子雲、東京二班、崔蔡之徒，則垂後代之法，張大德業；梁昭明太子盡索歷代才士之文所編《文選》，亦不過一家之奇書而已。② 姚鉉認爲，唐代的文章大家張説、蘇頲、蕭穎士、李華、常衮、楊炎等人皆能發揚古道，而韓愈"首唱古文"最爲杰出，其文可繼楊、孟，其後柳子厚、李元賓、李翱、皇甫湜等人從而和之，賈至、李翰、元結、獨孤及、吕溫、梁蕭、權德輿、劉禹錫、白居易、元稹等人"皆文之雄杰者"③。姚鉉按照"止以古雅爲命，不以雕篆爲工"的宗旨編選李唐一代之文而爲《唐文粹》，④ 文體涉及古賦、樂章、歌詩、贊、頌、碑銘、文論、箴、議、表奏、傳録、書序等多

---

① 姚鉉：《唐文粹序》。收入曾棗莊、劉琳主編《全宋文》第 13 册，卷二六八，第 281 頁。
② 同上書，第 281—282 頁。
③ 同上書，第 282 頁。
④ 同上。

種，其重視儒道和文章結合，并反對"侈言蔓辭"的不良文風，對後來的歐陽修等人都具有積極的影響。宋代的"能文者"更爲自覺地追求文學的獨立價值，他們重視自己在文學歷史坐標中的位置，關注文學創作的傳承譜系，積極建構古文文統。

歐陽修具有"盡力於斯文，以償其素志"的文統傳承自覺性，其觀念中的文統序列包括了孔子、孟子、荀子、韓愈等人。他指出："楚有大夫者，善文其謳歌以傳；漢之盛時，有賈誼、董仲舒、司馬相如、揚雄，能文其文辭以傳。"① 歐陽修所認可的是一個空前寬泛、富有包容性的文統譜系，涵蓋了先秦的儒家聖哲和漢唐以來的著名文士。他對文人非常重視，不論揚、馬等人的品行優劣和思想的純正或駁雜。宋代不乏和歐陽修此看法相同者，他們還把歐陽修也列入此文統。曾鞏對古文文統進行了梳理，認爲歐陽修可以上繼孔孟文統，其言曰："仲尼既没，析辨詭詞，驪駕塞路，觀聖人之道者，宜莫如於孟、荀、揚、韓四君子之書也，舍是醨矣。……韓退之没，觀聖人之道者，固在執事之門矣。"② 曾鞏把荀子、揚雄和韓愈都列入文統，使其內涵更爲豐富。歐公薨後，太常諡議記載其言語曰："我道，堯、舜也；我言，孔子、孟軻也。而天下不我從，將焉往？"③ 南宋王偁評價歐陽修爲斯文傳人，認爲"其所以明道秘而息邪說，立化本而振儒風"④。無論是

① 歐陽修著，李逸安點校：《代人上王樞密求先集序書》，《歐陽修全集》，卷六八，第 984 頁。
② 曾鞏：《上歐陽學士第一書》，《曾鞏集》，卷一五，第 232 頁。
③ 歐陽修著，李逸安點校：《諡議》，《歐陽修全集》，附錄卷一，第 2622 頁。
④ 王偁言曰："斯文，古今大事也，天未嘗輕以畀人。然自孔子以來，千有餘載之間，得其正傳者，僅四五人而已。孔子既没而孟子生，孟子之後有荀卿，荀卿之後而揚雄出，雄之後而韓愈繼，愈之後而修得其傳。其所以明道秘而息邪說，立化本而振儒風。"見王偁：《東都事略》，卷七二。收入李之亮箋注《歐陽修集編年箋注》第八冊，第 547 頁。

歐陽修本人還是以王偁爲代表的宋代文人，都把歐陽修視爲孔孟文統的傳人。

宋代古文家心目中的文統譜系和經學家、道學家的有很大差異，他們是以文爲統而不是以道統爲文統。"唐時爲古文者，主於矯俗體，故成家者蔚爲巨制，不成家者則流於僻澀。宋時爲古文者，主於宗先正，故歐、蘇、王、曾而後，沿及於元，成家者不能盡關門户，不成家者亦具有典型。"① 所謂"先正"是指韓、柳、歐、蘇這些古文大家和文壇宗主，他們的古文被樹立爲後世楷模。歐蘇傳承韓柳文統，建立起了古文嶄新的審美風範。他們非常關心古文文統的傳承，常常通過對作家進行并稱、合稱等方式，梳理古文的因革源流關係，從而一代代地建構起古文文統來。這種建構文統的方式和過程和經學家、道學家建構道統的方式和過程有些相似，只不過道統傳承的是儒家之道，而古文文統傳承的則是爲文之道。這個爲文之道既有對文道關係的探究，也有對文情、文法傳承的執着堅持。

唐宋文人當中，對蘇軾影響最大的是韓愈、范仲淹②和歐陽

---

① 永瑢等撰：《麀藻集》，收入《四庫全書總目》，卷一六九，第 1472 頁。
② 蘇軾對范仲淹的敬仰，主要是道德、文章兩個方面，尤其是道德。蘇軾《范文正公文集叙》言其首次讀到范仲淹墓碑，"讀之至流涕，曰：'吾得其爲人。'"蘇軾和提携他的師友都爲其"十有五年而不一見其面"深感遺憾，曰"恨子不識范文正公"。蘇軾對待范仲淹的態度是私淑而敬愛之，曾贊曰："嗚呼，公之功德，蓋不待文而顯，其文亦不待叙而傳。然不敢辭者，自以八歲知敬愛公，今四十七年矣。彼三杰者，皆得從之游，而公獨不識，以爲平生之恨，若獲挂名其文字中，以自托於門下士之末，豈非疇昔之願也哉。"蘇軾評價范仲淹詩文集道："其於仁義禮樂，忠信孝悌，蓋如飢渴之於飲食，欲須臾忘而不可得。如火之熱，如水之濕，蓋其天性有不得不然者。雖弄翰戲語，率然而作，必歸於此。故天下信其誠，争師尊之。孔子曰：'有德者必有言。'非有言也，德之發於口者也。"見蘇軾撰，孔凡禮點校：《蘇軾文集》，卷一〇，第 311—312 頁。

修。李淦認爲"韓如海，柳如泉，歐如瀾，蘇如潮"①，蘇軾古文風格雄奇奔放，氣勢磅礴，頗類韓愈。蘇軾對韓愈甚爲推崇，其《跋退之送李願序》曾言："余亦謂唐無文章，惟韓退之《送李愿歸盤谷》一篇而已。平生願效此作一篇，每執筆輒罷，固自笑曰：'不若且放，教退之獨步。'"② 和歐陽修對韓愈的接受有所區別，蘇軾更側重于韓愈的古文藝術方面，無論是外在的章法還是内在的節奏，蘇軾都有模仿韓愈之處，而對韓愈之傳道思想不甚關心。蘇軾認爲"詩至於杜子美，文至於韓退之，書至於顏魯公，畫至於吳道子，而古今之變，天下之能事畢矣"。③韓愈文章集古人之大成，蘇軾稱讚其"匹夫而爲百世師，一言而爲天下法"曰：

> 自東漢以來，道喪文弊，异端并起，歷唐貞觀、開元之盛，輔以房、杜、姚、宋而不能救。獨韓文公起布衣，談笑而麾之，天下靡然從公，復歸於正，蓋三百年於此矣。文起八代之衰，而道濟天下之溺，忠犯人主之怒，而勇奪三軍之帥。豈非參天地、關盛衰、浩然而獨存者乎！（《潮州韓文公廟碑》）④

蘇軾所論韓愈之"道"重在道德人格，而不是指儒家思想學説；強調的是韓愈的文統地位而非其道統地位。蘇軾似更贊賞韓愈"文起八代之衰"的文統地位，對韓愈所秉持之"道"反而有些微詞。

---

① 李淦：《文章精義》。收入王水照《歷代文話》第 2 册，第 1165 頁。
② 蘇軾撰，孔凡禮點校：《蘇軾文集》，卷六六，第 2057 頁。
③ 蘇軾撰，孔凡禮點校：《書吳道子畫後》，《蘇軾文集》，卷七〇，第 2210 頁。
④ 蘇軾撰，孔凡禮點校：《蘇軾文集》，卷一七，第 508 頁。

蘇軾認爲"韓愈之於聖人之道，蓋亦知好名矣，而未能樂其實。何者？其爲論甚高，其待孔子、孟軻甚尊，而拒楊、墨、佛、老甚嚴。此其用力，亦不可謂不至也。然其論至於理而不精。支離蕩佚，往往自叛其說而不知"①。自范仲淹宣導"儒者自有名教可樂"以後，宋人對儒學研究日益深入，故而對前代學人越來越不滿。

"惟宋文章，曰歐與蘇"②，宋代歐蘇古文文統是在繼承韓愈文統的基礎上發展而來的。它逐漸淡化道統色彩，重視古文的文采情致。歐蘇古文逐步擺脫道統束縛而回歸文學本位，體現出古文的審美藝術特徵。歐陽修建構了古文嶄新的審美風範，蘇軾則把古文創作藝術推向極致，使之成爲了能夠刻畫性情人生、體味生命真諦、揭示審美境界的自由而灑脫的藝術形式。蘇軾把情和意作爲創作的內驅力，爲情吟咏，有意作文，把源自《詩經》和《楚辭》的"風騷"傳統發揚光大。"歐蘇"這一并稱最早見於北宋米芾的《蘇東坡挽詩五首》："道如韓子頻離世，文比歐公復并年。"隨着"歐蘇"文統的建立，"歐蘇"并稱被世人廣泛認可。③ 北宋黄庭堅

① 蘇軾撰，孔凡禮點校：《韓愈論》，《蘇軾文集》，卷四，第 114 頁。
② 王遂：《祭宛陵先生文》。收入曾棗莊、劉琳主編《全宋文》第 304 册，卷六九五三，第 352 頁。
③ 南宋把"歐蘇"并稱的還有徐度言"歐蘇諸公繼出，文格一變"（《却掃編》卷下）；呂本中言"學文須熟看韓柳歐蘇"（《童蒙特訓·文字體式》）；周必大言"若歐蘇二先生，所謂毫髮無遺憾者，自當行於百世"（《又跋歐蘇及諸貴公帖》）；楊萬里言"贈我文章無不有，出入歐蘇與韓柳"（《贈彭雲翔長句》）；樓鑰言"惜哉生晚百餘載，歐蘇之門久登龍"（《吳少由惠詩百篇久未及謝又以委貺勉次來韻》）；陳傅良言"議論蓋本之歐蘇，風流尚想於王謝"（《賀正》）；葉適言"遠有賈陸遺思，近有歐蘇新意"（《資政殿學士參政樞密楊公墓志銘》）等。徐度：《却掃編》，卷下。收入《叢書集成初編》第 2791 册。上海：商務印書館 1936 年版，第 173 頁。《童蒙特訓·文字體式》轉引自陳鵠：《西塘集耆舊續聞》。收入《叢書集成初編》第 2776 册。上海：商務印書館 1936 年版，卷二，第 10 頁。周必大：《又跋歐蘇及諸貴公帖》，《文忠集》。收入《文淵閣四庫全書》第 1147 册。上海：上海古籍出版社 1989 年版，卷一六，（轉下頁）

曾言："歐陽文忠公炳乎前，蘇子瞻之煥乎後。"① 如果説"韓李"
"歐曾"等并稱突出的是韓愈和李翱、歐陽修和曾鞏在道統傳承上
的突出地位的話，那麼"歐蘇"并稱和"韓柳"并稱一樣，都是
在文統建構的意義上看待他們的先後傳承地位的。

　　宋代理學家重道輕文，比較忽視文學的獨立價值，但在不同語
境下他們對待文學的接受態度又有差異。理學家們看待古文家的成
就時存在着觀念主張和興趣愛好錯位的現象，他們在潛意識裏是想
借助古文文脉傳承儒家道統，實現道德性理與文學情致、文法修辭
的有機統一。因此，韓、柳、歐、蘇的古文佳作及其文法沒有受到
理學家的完全抵制，有時候還受到他們的贊賞和推崇。朱熹曾廣泛
點評韓、柳、歐、蘇及曾鞏、王安石等人的文章，把他們視爲古文
作家群體，其觀念中儼然有一個唐宋古文"八大家"的大致輪廓。
朱熹認爲，"文章正統在唐及本朝，各不過兩三人，其餘大率多不
滿人意，止可爲知者道也"②。朱熹所謂的唐宋各有兩三人"文章
正統"，無非是指韓、柳、歐、蘇等人，可見朱熹認可他們的古文
正統。

（接上頁）第155—156頁。楊萬里：《贈彭雲翔長句》，《誠齋集》。上海：
　　中華書局1936年版，據明刻本四部備要校刊，卷五，第4a頁。樓鑰：
　　《吳少由惠詩百篇久未及謝又以委覗勉次來韵》，《攻媿集》。收入《叢
　　書集成初編》第2003册。上海：商務印書館1935年版，卷四，第74—
　　75頁。陳傅良：《賀正》，《止齋先生文集》，收入《四部叢刊集部》第
　　1113册。上海：商務印書館1936年版，卷三三，第3a頁。葉適：《資政
　　殿學士參政樞密楊公墓志銘》，《水心集》。上海：中華書局1936年版，卷
　　二三，第208頁。
① 黄庭堅著，劉琳、李勇先、王蓉貴校點：《答王周彦書》，《黄庭堅全集》。
　　成都：四川大學出版社2001年版，第1709頁。
② 朱熹：《答鞏仲至》，《晦庵先生朱文公文集》。收入朱杰人、嚴佐之、劉永
　　翔主編《朱子全書》第23册，卷六四，第3108頁。

（三） 理學家和浙東學派對古文文統的傳承

宋代古文運動和理學的發展繁榮過程具有同步性，它們依托着相同的社會和思想文化生態。經學家和理學家對儒道的重視是一脉相承的，"宋初三先生"被視爲理學前驅，他們對古文和古道的推崇促進了宋初古文的發展，也爲理學的後續發展打下了思想理論基礎。朱熹等理學家的理論主張和文學實踐之間常常存在自我矛盾之處。在理論上，他們很理智地重道輕文，批評文辭之士，而實際生活中又不由自主地贊許古文家的文學成就，甚至躬身親爲地從事文學創作。到了南宋，隨着理學與文學的媾和，文與道、文統與道統之間出現了融合現象，道歸"程朱"、文宗"歐蘇"成爲定勢。此時期，不同類型的古文文話、選本和流派等紛紛涌現，人們對古文創作中的文道關係的態度更爲包容，道統和文統觀念并行不悖，文章義理和辭章可以相容。以朱熹、吕祖謙爲代表的理學古文家和以陳亮、葉適等爲代表的事功派文人都稱得上是"能文者"，他們的古文創作成就也很突出，被視爲宋代古文正統，很大程度上實現了道理與情致的有機融合。

北宋前期，范仲淹對宋學既有發源之功，也有續流之勢。他大力扶持貧寒好學之士，造就了一批杰出的學者。朱熹指出："本朝道學之盛……亦有其漸，自范文正以來已有好議論，如山東有孫明復，徂徠有石守道，湖州有胡安定，到後來遂有周子、程子、張子出。故程子平生不敢忘此數公，依舊尊他。"[1] "二程未出時，便有

---

[1] 黎靖德編：《朱子語類》，卷一二九，第3089頁。

胡安定、孫泰山、石徂徠，他們說經雖是甚有疏略處，觀其推明治道，直是凜凜然可畏。"① 在二程之前這些理學家們的古文創作也頗有成就，周敦頤的《愛蓮說》、張載的《西銘》等都是膾炙人口的名篇佳作。程頤主張"作文害道"，但其"義理之文"也受到了贊揚，如歸有光曾引用黃庭堅話語指出"文章以理爲主，理得而辭順，文章自然出群拔萃。如程伊川《周易傳序》、王陽明《博約說》，此皆義理之文，卓見乎聖道之微者"②。《宋會要輯稿》云："程顥、程頤又以洙泗之源流興於伊洛間，士之所趨，一歸於正，於是文風再變，遂越於漢。"③ 理學家常帶着有色眼鏡看待文學，認爲理學文章纔是好文章。《朱子語類》記載劉子澄言曰："本朝只有四篇文字好，《太極圖》《西銘》《易傳序》《春秋傳序》"，"或問《太極》《西銘》。曰：自孟子以後，方見有此兩篇文章"。④ 然而，理學家的理論主張和創作實踐之間存在着天然的自我矛盾。他們理智上重道輕文，推崇的是古聖先賢而不是文學家，實踐中又重視辭章文法，產生了言與行的錯位。

宋代以後，談論古文者首舉"唐宋八大家"，這就有意無意地掩蓋了南宋的古文成就。唐宋古文"八大家"中有六家出自北宋，而南宋無一人，好像南宋古文創作一無所成似的。實際上，南宋古文也得到了很大的發展，理學家也有一定的古文成就，該時期所創作的優秀篇章甚至可以和"唐宋八大家"的古文相媲美。但理學家重道輕文的一貫高傲姿態和歷代以來文學家對理學家古文的攻擊和

① 黎靖德編：《朱子語類》，卷八三，第 2174 頁。
② 歸有光：《通用則》，《文章指南》。臺北：廣文書局 1977 年版，第 1 頁。
③ 徐松：《宋會要輯稿》，第 3765 頁。
④ 黎靖德編：《朱子語類》，卷一三九，第 3307 頁。

詆毀，使得他們的文學才華難以彰顯。陸游曾言："宋興，諸儒相望，有出漢唐之上者。迨建炎、紹興間，承喪亂之餘，學術文辭，猶不愧前輩。"① "我宋更靖康禍變之後，高皇帝受命中興，雖艱難顛沛，文章獨不少衰。得志者，司詔令，垂金石；流落不偶者，娛憂紓憤，發爲詩騷。視中原盛時，皆略可無愧，可謂盛矣。"② 陸游認爲南宋靖康之變後，文學依然有着良好的發展勢頭。南宋淳熙前後社會相對安定，經濟文化得到了很大發展，在此中興期，以理學家爲主體的古文創作、文集編纂和文論研究形成了一個高潮。南宋吳潛對南宋以來直到魏了翁的"文脉"描述曰：

> 渡江以來，文脉與國脉同其壽。蓋高宗於司馬文正公《資治通鑒》，謂有益治道，可爲諫書。自孝宗爲《蘇文忠公文集》御製一贊，謂忠言讜論，不顧一身利害。洋洋聖謨，風動四方，於是人文大興，上足以接慶曆、元祐之盛。至乾、淳間，大儒輩出，朱文公倡於建，張宣公倡於潭，呂成公倡於婺，皆著書立言，自爲一家。凡仁義之要，道德之奧，性理之精微，所以明天理而正人心，立人極而扶世教，使天下曉然知人之所以异於禽獸，吾道之所以异於佛老，聖經賢傳之務息邪說，有君臣有父子而不蝕其綱常之正者，功用弘矣。永嘉諸老如陳心齋、葉水心之徒，則又創爲制度器數之學，名曰實用，以博洽相誇。雖未足以頡頏二三大儒，然亦有足稽者。寥寥然

---

① 陸游：《呂居仁集序》。收入錢忠聯、馬亞中主編《渭南文集校注》第一冊，《陸游全集校注》第九冊。杭州：浙江教育出版社 2011 年版，卷一四，第 366 頁。
② 陸游：《陳長翁文集序》。收入錢忠聯、馬亞中主編《渭南文集校注》第一冊，《陸游全集校注》第九冊，卷一五，第 398 頁。

四五十載，我公嗣之，識照古今而不自以爲高，忠貫日月而不
自以爲异，德望在生民，名望在四夷，文章之望在天下，後世
蓋所謂兼精粗、一本末、集乾淳之大成者也。（《魏鶴山文集
後序》）①

在吳潛描繪的南宋“文脉與國脉同其壽”的發展譜系中，朱熹、張
栻、呂祖謙、魏了翁等理學家占據了大半江山，他們和事功學派的
文學家陳亮、葉適一起，共同推動了南宋的斯文之盛。此時期文章
的核心價值觀念主要爲仁義道德、性理世教等，只有永嘉事功學派
的制度器數等實用之學比較側重社會實踐和政治變革。元代余闕
云：“漢之盛也，則有董子、賈傅、太史公之文，東都而下，則敝
而不足觀也；唐之盛也，則有文中子、韓子之文，中葉而下，則敝
而不足觀也；宋之盛也，則有周子、二程子、張子、歐、曾之文，
南遷而下，則敝而不足觀也。”② 余闕認爲理學家和文學家可以相
提并論，在他所列舉的由漢至宋的文統譜系中，文學家和經學家、
理學家各自擁有半壁江山。不過他對南宋理學家朱熹、張栻、呂祖
謙、真德秀、魏了翁和事功派陳亮、葉適等人的古文成就均有所忽
視，這主要源于其認爲盛世文章盛，衰世文章衰。清代蔡世遠的
《二希堂文集》所冠皇四子弘曆序曰：“至唐韓昌黎，乃起衰式靡，
天下復歸於正。同時若柳宗元，其後若歐陽、三蘇、曾子固諸人，
代繼其踪，又有周、程、張、朱諸大儒繼起，遠接歷聖之傳，明道

---

① 魏了翁：《吳潛後序》，《鶴山先生大全文集》，第 941 頁。
② 余闕：《柳待制文集》。收入洪本健編《歐陽修資料彙編》，卷首，第
  470 頁。

以覺世，而斯文之盛，遂如日月之經天，山川之緯地。"① 理學家的古文創作成就不可忽視，谷曙光認爲以朱熹、呂祖謙、真德秀等爲代表的理學派"有較高的藝術修養，講究章法，可以看作唐宋古文的嫡嗣與正宗"②。《四庫全書總目》認爲"宋自元祐之後，講學家已以說理之文自闢門徑，南渡後輾轉相沿，遂別爲一格，不能競廢"③。理學家古文能够獨樹一幟，"別出說理一派"。學術是理學家安身立命之器，文學是其學術中應有之義，理學古文顯示了宋代學術與古文、學統與文統相融合的成就。

理學家的創作實踐呈現出和歐陽修、蘇軾等古文家不一樣的重視道理的特點。朱熹認爲"文章須正大，須教天下後世見之，明白無疑"④，其文章是典型的理學家做派，平和冲淡，中正博雅。朱熹的文學才能有其家學和師承淵源，其父朱松自幼文章出衆，清新灑落，成年後更是"汪洋放肆，不見涯涘"⑤。其學術受二程、楊時影響，"日誦《大學》《中庸》之書，以用力於致知誠意之地"⑥。朱熹的老師劉子翬詩文亦嘉，錢鍾書認爲"假如一位道學

---

① 錢仲聯主編：《歷代別集序跋綜錄·清代卷》。南京：江蘇教育出版社 2005年版，第 1477 頁。
② 谷曙光：《貫通與駕馭：宋代文體學述論》。北京：人民文學出版社 2016 年版，第 34 頁。
③ 永瑢等撰：《本堂集提要》，《四庫全書總目》，卷一六四，第 1408 頁。
④ 黎靖德編：《朱子語類》，卷一三九，第 3322 頁。
⑤ 朱熹曾贊仰其父朱松（1097—1143）曰："生有俊才，自爲兒童時，出語已驚人。少長，游学校爲擧子，文即清新灑落，無當時陳腐卑弱之氣。及去場屋，始放意爲詩文，其詩初亦不事雕飾，而天然秀發，格力閑眼，超然有出塵之趣。遠近傳誦，至聞京師。一時前輩以詩鳴者，往往未識其面而已交口譽之。其文汪洋放肆，不見涯涘，如川之方至，而奔騰憊遮，渾浩流轉，頃刻萬變，不可名狀，人亦少能及之。"見朱熹：《皇考吏部朱公行狀》，《晦庵先生朱文公文集》，卷九七。收入朱杰人、嚴佐之、劉永翔主編《朱子全書》第 25 册，第 4506 頁。
⑥ 黃榦：《朝奉大夫華文閣侍制贈寶謨閣直學士通議大夫諡文朱先生行狀》。收入曾棗莊、劉琳主編《全宋文》第 16 册，卷六五五九，第 447 頁。

家的詩集裏，'講義語録'的比例還不大，肯容許些'閑言語'，他就算得道學家中間的大詩人，例如朱熹。劉子翬却是詩人裏的一位道學家，并非只在道學家裏充個詩人。他沾染'講義語録'的習氣最少，就是講心理學倫理學的時候，也能够用鮮明的比喻，使抽象的東西有了形象"①。朱熹父親和老師均兼有理學研修和文學創作兩方面的成就。朱熹舊時着意于斯文，禪、道、文章、楚詞、詩、兵法無所不學，具有良好的文學修養，其文甚得曾鞏古文文統之傳，成就顯著，傳世文集一百二十一卷。他對文學的整理和研究成就集中在《詩集傳》《楚辭集注》《韓文考異》上，其中，《韓文考異》對古文的文勢、文體、文風等均有關注。《朱文公文集》《别集》和《朱熹佚文輯考》等文集共輯録朱熹作品一千三百多篇，就其文章品質而言，在宋代文人中堪稱上乘。宋末方回的《送羅壽可詩序》贊揚曰："道學宗師於書無所不通，於文無所不能，詩其餘事；而高古清勁，盡掃餘子。又有一朱文公。"② 朱熹古文衆體兼備，其政論文《壬午應詔封事》《戊午讜議序》等針對宋金對峙情勢，力主北伐收復故土，反對議和求降，對投降派進行猛烈的批判。語言風格自然暢達，氣勢充沛；感情深摯痛切，執論平正公允且精警激越，和胡銓的《戊午上高宗封事》均爲政論文名篇。朱熹的論體文、記體文均佳，其撰寫的大量墓志、行狀、書札、序跋等，内容多和師友來往、書院講學和學術交流活動相關。其《名堂室記》《江陵府曲江樓記》《歸樂堂記》及游記《雲谷記》《百丈山記》《廬山卧龍庵記》等均爲古文精品，寫景清新自然，語言

① 錢鍾書：《宋詩選注》。北京：人民文學出版社 1989 年版，第 153 頁。
② 方回：《送羅壽可詩序》。收入李修生主編《全元文》第 7 册，卷二〇九，
　　第 51 頁。

質樸無華，實現了藝術性與哲理性的有機統一。清代古文家汪琬對朱熹的文統地位評價甚高，他認爲孔孟之後，道、經、文分離，"文統、道統於是岐而爲二，韓、柳、歐陽、曾以文，周、張、二程以道，未有彙其源流而一之者也。其間釐剔義理之絲微，鑽研問學之根本，能以其所作進而繼孔子者，惟朱徽國文公一人止耳"①。

　　元代虞集認爲，"朱子繼先聖之絶學，成諸儒之遺言，固不以一藝而成名。而義精理明，德盛仁熟，出諸其口者，無所擇而無不當。本治而末修，領挈而裔委，所謂立德立言者，其此之謂乎?"②錢穆在談"朱子之文學"時指出："南渡以後，迄於朱子之興，上溯徽欽，下逮高宗中葉，中間相距五十年，乃始復有經史文章學之重興，以與二程性理之學綰合融會，成爲一體。蓋朱子不僅集有宋性理學之大成，即有宋經史文章之學，亦所兼備，而集其大成焉。"③錢穆認爲朱子作爲理學和"經史文章"之學的集大成者代表了南渡之後理學和文學同時進入興盛局面的一種趨勢。作爲理學家的朱熹能以詩人聞名，終身不廢吟事。據載朱熹"大醉則趺坐高拱，經史子集之餘，雖記録雜記，舉輒成誦。微醺，則吟哦古文，氣調清壯。……每愛誦屈原《楚騷》、淵明《歸去來并詩》，并杜子美數詩而已"④。朱熹曾云："屈、宋、唐、景之文，熹舊亦嘗好之矣。既而思之，其言雖侈，然其實不過悲秋、放曠二端而已。日

----

① 汪琬：《王敬哉先生集序》。收入氏著，李聖華箋校《汪琬全集箋校》第3册，北京：人民文學出版社2010年版，第1430—1431頁。
② 虞集：《廬陵劉桂隱存稿序》。收入李修生主編《全元文》第26册，卷八二〇，第110頁。
③ 錢穆：《朱子新學案》下册，第1697頁。
④ 黎靖德編：《朱子語類》，卷一〇七，第2674頁。

誦此言，與之俱化，豈不大爲心害？於是屏絕不敢復觀。"① 乾道六年（1170 年），朱熹和王庭珪獲工部侍郎胡銓以詩人薦。②《鶴林玉露》載："胡澹庵上章薦詩人十人，朱文公與焉。文公不樂，誓不復作詩。迄不能不作也。嘗同張宣公游南岳，唱酬至百餘篇，忽矍然曰：'吾二人得無荒於詩乎？'"③ 朱熹出于理學家的思想局限，對文人身份頗不以爲然，但在面對生動活潑的文學藝術時又情不自禁浸潤其中。錢穆認爲，"朱子儻不入道學儒林，亦當在文苑傳中占一席地，大賢能事，固是無所不用其極也"④。朱子能在道學、文苑中均占有一席之地，這在宋代少有人能與之相媲美。

和朱熹并稱"朱陸"的陸九淵也重視文學，提倡學習韓、柳、歐、蘇等人的古文，他認爲"韓文有作文蹊徑"，建議"後生精讀古書文"。⑤ 陸九淵曾指點學生"《左傳》深於韓、柳，未易入，且讀蘇文可也"⑥。陸九淵指導學生作文法，認爲"讀漢、史、韓、柳、歐、蘇、尹師魯、李淇水文不誤。後生惟讀書一路，所謂讀書，須當明物理，揣事情，論事勢。……優游涵泳，久自得力"⑦。陸九淵對當時科舉文風不滿，主張變革文風，時人認爲"孟子闢楊墨，韓子闢佛老，陸先生闢時文"⑧。陸九淵的人格魅力頗受世人敬仰，日常生活也頗有詩情畫意，能把講道論學和讀書作文和諧地

---

① 朱熹:《答呂伯恭》,《晦庵先生朱文公文集》。收入朱杰人、嚴佐之、劉永翔主編《朱子全書》第 20 冊，卷三三，第 1428 頁。
② 脫脫等撰:《宋史》,卷四二九，第 12753 頁。
③ 羅大經:《朱文公論詩》,《鶴林玉露》甲編，卷六，第 112 頁。
④ 錢穆:《朱子新學案》下冊，第 1714 頁。
⑤ 陸九淵著，鍾哲點校:《語錄上》,《陸九淵集》,卷三五，第 466 頁。
⑥ 陸九淵著，鍾哲點校:《語錄下》,《陸九淵集》,卷三五，第 442 頁。
⑦ 陸九淵著，鍾哲點校:《語錄下》,《陸九淵集》,卷三四，第 442—446 頁。
⑧ 同上書，第 408 頁。

結合起來。"平居或觀書，或撫琴。佳天氣，則徐步觀瀑，至高誦經訓，歌楚詞，及古詩文，雍容自適。雖盛暑衣冠必整肅，望之如神。"① 理學家對文學的偏好説明他們没有完全否定文學的價值，因此也會調和理論和創作、理智和感性之間的衝突，基于儒家中和、中庸的思想努力尋找理學與文學媾和的途徑。

南宋孝宗和光宗時期（1162—1194）是南宋古文創作的一個繁榮期，代表作家有王十朋、朱熹、吕祖謙、陳傅良、葉適、陳亮，以及周必大、楊萬里、范成大、辛弃疾等人，古文文體以上書言事的政論文和探究性理的説理文爲主。陳亮和葉適在當時就已被視爲古文文統傳人，如南宋孫德之的《翁處静文集序》言："唐文自皇甫湜、孫樵以後，作者不復出，其弊至五季極矣。我朝大儒一出而麾之，學者始粹然復歸於正。其間名家，無慮數十，如廬陵之粹，眉山之肆，南豐之潔，半山之實，尤傑然特出者也。近世最推陳、葉，龍川以繁迂巧妙者爲到，水心以精深刻峭者爲工，可謂極文人之能事矣。"② 陳亮、葉適等人關心國家大事，積極參與社會管理和政治變革，被稱爲事功派思想家、經濟家或者政治家。事功派所論之道大多指治道，即治國安邦的道理，他們主張文關世教，爲文追求"有益於治道"，帶有顯著的關注社會、經世濟時的事功主義色彩。鄭振鐸指出，"功利派的作家們，爲文務求適合世用，才氣也奔放雄贍，不屑於句斟字酌。他們可以説是，政治家的文人"③。南宋社會的重大政治國策被稱之爲"國是"。圍繞國是，理學家主

① 陸九淵著，鍾哲點校：《年譜》，《陸九淵集》，卷三六，第 501—502 頁。
② 孫德之：《翁處静文集序》。收入曾棗莊、劉琳主編《全宋文》第 334 册，卷七六九四，第 165 頁。
③ 鄭振鐸：《插圖本中國文學史》。北京：人民文學出版社 1957 年版，第 616—617 頁。

張修持德行，以恭敬莊重之心保佑國家平安，主戰派和主和派關于是否用兵北伐收復中原開展爭辯，事功派則提出改革社會、務實進取的國是主張。

古文發展到南宋中後期，葉適被時人視爲能夠承接"歐蘇"文統的佼佼者，浙東文派和葉適被尊爲"皇朝文統"傳人。葉適再傳弟子王象祖寫給車若水的書信言：

> 皇朝文統，大而歐、蘇、曾、王，次而黃、陳、秦、晁、張，皆卓然名家，輝映千古。中興以來，名公巨儒，不自名家，張、呂、朱氏，造儒術而非文藝。獨水心擅作者之權，一時門人，孰非升堂，孰爲入室？晚得陳質窗（耆卿）而授之柄。今質窗之門亦夥矣，可授者可數也。（《答車清臣書》）①

王象祖對"皇朝文統"進行了概述，其着眼于文，對"造儒術而非文藝"的張栻、呂祖謙、朱熹等理學家的文章不甚重視，轉而推崇獨擅文壇的葉適，肯定其在浙東文派中的核心地位。《宋元學案·水心學案》載水心門人三十七人，全祖望指出"水心之門，有爲性命之學者，有爲經制之學者，有爲文字之學者"，"自水心傳質窗（陳耆卿），以至荊溪（吳子良），文勝於學，閬風（舒岳祥）則但以文著"②。他認爲"水心工文，故弟子多流於辭章"。③

葉適是陳傅良之後最出色的永嘉文派代表人物。《宋史·葉適

---

① 王象祖：《答車清臣書》。收入曾棗莊、劉琳主編《全宋文》第 333 册，卷七六六四，第 63 頁。
② 黃宗羲、全祖望：《水心學案》，《宋元學案》，卷五五，第 1816、1825 頁。
③ 黃宗羲、全祖望：《水心學案》，《宋元學案》，卷五四，第 1738 頁。

傳》稱其"爲文藻思英發"，"志意慷慨，雅以經濟自負"。① 葉適學術思想的代表作《習學記言序目》是其晚年辭官之後的嘔心瀝血之作。"習學"一詞出自《論語・學而篇》的"學而時習之，不亦說乎"。葉適認爲"學而不知其統，則隨語爲説而不足以明道，尚何望其能行！此學之大患也"②。由于"學失其統久矣"，葉適的習學主張爲學"稽合乎孔氏之本統"，追求習學與傳道的統一。③

關于葉適學統的地位和影響，全祖望指出："咸、淳諸老既歿，學術之會，總爲朱、陸二派，而水心斷斷其間，遂稱鼎足。"④ 葉適之學具有和朱熹、陸九淵三足鼎立的學術地位。葉適重視古文文統，其結合論體文分析文統演變曰：

> 叙諸論，舜、禹、皋陶辨析名理，伊、傅、周、召繼之，《典》《誥》所載論事之始也，至孔、孟折中大義，無遺憾矣。春秋時，管仲、晏子、子産、叔向、左氏善爲論，漢人賈誼、司馬遷、劉向、揚雄、班固善爲論，後千餘年，無有及者，雖韓愈、柳宗元、歐陽修、王安石、曾鞏間起，不能仿佛也。蓋道無偏倚，惟精卓簡至者獨造；詞必枝葉，非衍暢條達者難工；此後世所以不逮古人也。……（蘇軾）雖理有未精，而詞之所至莫或過焉，蓋古今論議之杰也。……以文爲論，自蘇氏始，而科舉希世之學，爛漫放逸，無復實理，不可收拾

① 脱脱等撰：《葉適傳》，《宋史》，卷四三四，第12889、12894頁。
② 葉適：《論語》，《習學記言序目》，卷一三，第189頁。
③ 孫之宏：《習學記言序目序》。收入曾棗莊、劉琳主編《全宋文》第303冊，卷六九三五，第454頁。
④ 黄宗羲、全祖望：《水心學案》，《宋元學案》，卷五四，第1738頁。

矣。(《皇朝文鑒四·論》)①

葉適從堯舜開始梳理，描述了文統經過皋陶、伊、傅、周、召、《典》《誥》、孔、孟、管仲、晏子、子產、叔向、左氏、賈誼、司馬遷、劉向、揚雄、班固、韓愈、柳宗元、歐陽修、王安石、曾鞏，直到蘇軾的漫長發展歷程。論體文是宋代古文的主要文體之一，該文體發展在宋代歐陽修、蘇軾手中達到了高峰，尤其是蘇軾的論體文更是臻于妙絕，對南宋文風產生了極大的影響，"淳熙中，尚蘇氏，文多宏放"②。葉適亦關注蘇軾古文，認爲其雖理有未精，亦爲古今論議之杰也。"以文爲論，自蘇氏始。"③ 葉適文史哲兼通，其門人大梁趙汝讜的《水心文集序》贊美葉適"盛矣哉其於文乎！粹矣哉其於道乎！""以詞爲經，以藻爲緯，文人之文也；以事爲經，以法爲緯，史氏之文也；以理爲經，以言爲緯，聖哲之文也；本之聖哲而參之史，先生（葉適）之文也，乃所謂大成也。……學與文相爲無窮也，是果專在筆墨間乎?"④ 他認爲葉適學與文淵博而融通，可謂"大成"。其《治勢》《民事》《法度》等政論文章切中時弊，磅薄氣勢力透紙背。

浙東學派發展到了後期演化爲浙東文派，出現了"文勝于學"和"但以文著"的現象。吳子良，字明輔，號荊溪，臨海（今屬浙江台州）人。他曾先後師從陳耆卿和葉適，是浙東學派繼葉適、陳耆卿之後最爲著名的代表人物。其論文主張主要見于其隨筆體札

---

① 葉適：《皇朝文鑒四》，《習學記言序目》，卷五〇，第 744 頁。
② 趙彥衛：《雲麓漫鈔》。北京：中華書局 1996 年版，卷八，第 135 頁。
③ 葉適：《皇朝文鑒四》，《習學記言序目》，卷五〇，第 744 頁。
④ 葉適著，劉公純等點校：《葉適集》，第 1 頁。

記《（荆溪）林下偶談》。吳子良爲學不持門戶之見，全祖望曾言
"自水心傳於篔窗，以至荆溪，文勝於學，間風則但以文著矣"①。
《林下偶談》曾被分爲論詩的《吳氏詩話》和評文的《木筆雜鈔》，
作爲文話、詩話著作，它體現了浙東學人日益重視文學的傾向。
《林下偶談》重視文道關係，其"《堯》《舜典》"條言："《堯典》
有君道焉，猶《易》之《乾》也；《舜典》有臣道焉，猶《易》
之《坤》也。《詩》《周南》《召南》亦然。"② "聖賢道統"條對
道統在先秦文獻中的傳承進行描述，認爲"此皆是道統之傳，爲後
世所宗者也"，"至孔子、曾子、子思、子孟子，則類聚而究切之，
無遺誼矣。孟子論道統亦云：'若伊尹、萊朱則見而知之。'"③ 可
見吳子良對道統很是關注。他主張文章"理趣深而光焰長，以文人
之華藻，立儒者之典刑，合歐蘇王爲一家者也"，認爲"爲文大概
有三：主之以理，張之以氣，束之以法"。④ 他沒有理學家那種重道
輕文的態度和對文人的偏見，提倡理趣和文采的統一。吳子良認爲
自古以來文統不絕，他作爲繼承葉適、陳耆卿衣鉢的浙東學人也應
被列入文統譜系。他對自先秦《尚書》《孟子》到唐宋時期的韓、
柳、歐、蘇等諸家的文章統續均有評騭，如其論《文章緣起》曰：

> 梁任昉有《文章緣起》一卷，著秦漢以來文章名目之
> 始。按論之名起於秦漢以前，荀子《禮論》《樂論》，莊子
> 《齊物論》、慎到《十二論》、呂不韋《八覽》《六論》是也，
> 至漢則有賈誼《過秦論》。昉乃以王褒《四子講德論》爲始，

---

① 黃宗羲、全祖望：《水心學案》，《宋元學案》，卷五五，第1825頁。
② 吳子良：《林下偶談》。收入王水照《歷代文話》第1冊，卷四，第587頁。
③ 同上書，第588頁。
④ 吳子良：《林下偶談》。收入王水照《歷代文話》第1冊，卷二，第555、558頁。

误矣。(《林下偶谈》)①

就论体文而言，吴子良辨析了其"名目之始"和历代传承情况，认为任昉以王褒的《四子讲德论》为始不妥。吴子良关注文风的传承，他认为"刘原父（刘敞）文醇雅，有西汉风"，但因为"与欧公同时，为欧公名盛所掩，而欧、曾、苏、王亦不甚称其文"。②所幸"至东莱编《文鉴》，多取原父文，几与欧、曾、苏、王并，而水心亦亟称之，于是方论定"③。吴子良论文"尊古不陋今"，对叶适文章尤其推崇，认为"水心文不蹈袭"，"是自家物色"。④吴子良其人"文墨颖异，超越流辈"，被视为浙东学人由学派而转向文派的转折点。

综上所述，宋代古文文统及其传承谱系的生成是和古文文学情致的上升相伴的，"文情"也是文统建构的重要内容。从西昆作家创作古文开始，经王禹偁、欧阳修、苏轼等人的努力，古文的职能由专于传道转向兼于明心抒情。唐宋古文运动中"韩柳"和"欧苏"并称的出现，说明了古文地位的提升和文统谱系的生成。而欧苏成为"文宗"和宋代"宗欧""宗苏"风尚的出现，以及朱熹等理学家对欧苏古文的认可，均说明了以"欧苏"为代表的古文文统完全建立起来了。在南宋，理文兼备的优秀理学家古文也进入了古文正统之列。陈亮、叶适等浙东文人继承了"欧苏"文统，进一步促进古文的发展，浙东文统进而成为宋代古文文统的继承者。

---

① 吴子良：《林下偶谈》，收入王水照《历代文话》第1册，卷二，第549页。
② 吴子良：《林下偶谈》，收入王水照《历代文话》第1册，卷三，第569页。
③ 同上。
④ 同上书，第562页。

第六章

宋代古文文法因革的文統意味

古文文統之傳承，既有內容層面的文道、文情，還有形式方面的文法等，古文內容與形式的發展演變具有不斷揚弃的辯證統一特點。古文的思想內涵不可能脫離形式而獨立發展，古文的發展史也是古文藝術形式的演化史。中國和西方古今文學理論中，向來有反對將文學的內容與形式二元對立的觀念。如古希臘柏拉圖主張理念就是形式，形式是最真實的本體；亞里士多德的形而上學理論認爲形式成爲事物之爲某事物的存在方式即本體，內容與形式是契合無間的統一體。現代哲學家、文論家主張彌合內容與形式二元對立造成的作品本體的分裂，如尼采主張形式即內容，藝術家應該把形式視爲內容，視爲事物本身；諸如歐美新批評、俄國形式主義等學派都主張對藝術形式進行本體研究。① 中國古人習慣以道器論文，所

---

① 參見王岳川：《藝術本體論》。上海：生活·讀書·新知三聯書店上海分店1994年版，第205—207頁。

謂“形而上者謂之道，形而下者謂之器，化而裁之謂之變，推而行之謂之通，舉而錯之天下之民謂之事業”①。如果説文道、文情屬于“形而上”之道的層面，那麼文法則是“形而下”的器物層面。古文之“古”，既有内容層面的“古道”等因素，也有文辭、文風、文體等形式之“古”。古文文統的因革，應該被視爲文道、文情和文法諸因素的共同傳承和變革，特別是在古代文論語境中，内涵層面的道與形式層面的文更是具有辯證統一的關係。正如朱德發指出的那樣，“‘文統’觀是‘道統’觀的衍生觀念，它在確立儒家思想爲文學的精神權威的同時，强調那些表達和傳載了‘聖人之道’的古代文化典籍與文學作品對于文學在形式上的指導地位，主張用體現了‘聖人’意志和審美旨趣的詩體、文體規範文學創作，爲文學創作確立統一的藝術表達模式。它的突出特點是‘以古人之文爲文’。文學作品只有在符合了古人詩文的體式、章法、修辭、風格等的情況下，纔被認爲是好的，是有藝術價值的”②。因此，對古文文法之統的探究是宋代古文文統研究的題内應有之義。古文文法的傳承因革是文學、文章學研究的重要問題，因其蘊涵的豐富意義而備受關注。

　　古文文法，簡言之即作文之法，即古文的書寫法規，一般用來指以文字、詞語、短句、句子的編排而組成的完整語句和文章的合理組織，它包括詞法、句法和章法等。韓愈的《進學解》首列文統的時候就主要着眼于文法特徵，如關注到堯舜之文的“渾渾無涯”，《周誥》《殷盤》的“詰屈聱牙”，《春秋》的嚴謹，《左氏》的浮

---

① 朱熹:《周易本義》。北京: 中華書局 2009 年版，卷三，第 242 頁。
② 朱德發:《跨進新世紀的歷程・中國文學由古典向現代轉換》。濟南: 明天出版社 2000 年版，第 65 頁。

誇，以及"《易》奇而法，《詩》正而葩"，等等，① 涉及文辭、章法、文風等多個方面。古人所言文法，其内涵較如今複雜得多，遠非現代漢語語法結構所能籠蓋。因此，不能僅僅從辭章寫作、修辭技法的層面研究文法，還要關注古文文法的學術思想内涵及其生成和演變的歷史文化語境。

宋代古文運動就其表現形式而言，很大程度上是古文文辭、文風、文體等方面的改革和發展，這對古文藝術的發展和文章學的建構具有極大推動作用。北宋的文人學者雖然對其古文創作有所探究，但圍繞古文文統、文章體法等更多的理論研究則在南宋纔逐漸展開，且越來越有重文的傾向。人們對文統問題的關注點從文道關係漸漸向文學情致、文章體法等方面遷移。宋代是古文之學的興盛期，古文評點倍受重視，古文選本長盛不衰。南宋以來，有關文章的作法、軌範、關鍵、文訣等問題被古文家甚至理學家們津津樂道。很多學者主張道歸"程朱"而文宗"歐蘇"，文統與道統之間的矛盾對立逐漸消融。古文之法在科舉應試中得到推廣，"以古文爲時文"使得古文與時文之間的張力鬆弛，二者之間的鴻溝開始消除。艾南英指出："文至宋而體備，至宋而法嚴，至宋而本末源流遂能與聖賢合。"② 古文文法在南宋時期得到及時的總結和推行，對當時和後代的古文創作影響巨大，從而構成了古文文統理論的重要基礎。

① 韓愈：《進學解》。收入屈守元、常思春主編《韓愈全集校注》，第1909 頁。
② 艾南英：《再答夏彝仲論文書》，《新刻天傭子全集》，國家圖書館藏清康熙三十八年刻本，卷五，第51 頁。

一、形式視野中的宋代古文藝術

宋人崇尚儒家正統而排斥异端，提倡古文文統和文章正宗。古文在宋代文壇尤其是南宋後逐漸占據了主導地位，古文文統能够體現宋代的意識形態、時代精神和藝術追求。在韓愈之前，本無明確的"古文"概念。漢代所言"古文"主要指秦以前的文獻典籍，如《史記·太史公自序》稱"年十歲，則誦古文"①。王國維所撰《史記所謂古文説》言："太史公修《史記》時所據古書若《五帝德》，若《帝繫姓》……凡先秦六國遺書，非當時寫本者，皆謂之古文。"② 漢代古文基本上是指和當時的"今文經"相對應的"古文經"，即孔壁經書。自唐代始，"古文"一詞繼演變爲文體的指稱，《舊唐書》等著作中"古文"一詞的出現頻率開始增多。唐代古文是相對于駢文而言，并和實用于公務、應酬等方面的所謂"俗下文字"相區别。清代袁枚指出："夫古文者，途之至狹者也。唐之前無古文之名，自韓、柳諸公出，懼文之不古，而古文始名。是古文者，别今文而言之也。"③ 韓愈推崇先秦兩漢那種散體單行、自然流暢的文風，領導了唐代古文創作實踐。宋代古文逐漸取代詩賦、駢文成爲最主要的文體，其叙事、説理、抒情的功能更加豐富、完備。宋代古文整體而言比較重視高古的思想内涵和古雅的藝術形式，密切關注儒道和政教，也重視社會現實和生活感受，和時

---

① 司馬遷撰，司馬貞索隱，張守節正義：《太史公自序》，《史記》，卷一三〇，第 3293 頁。

② 王國維：《王國維手定觀堂集林》。杭州：浙江教育出版社 2014 年版，第 163 頁。

③ 袁枚：《答友人論文第二書》，《小倉山房文集》，卷一九，第 361 頁。

文——應試的程式化古文并没有截然的界限。宋人對古文藝術的關注度不斷提升，文話圍繞的一個中心話題就是古文審美藝術問題。古文的藝術形式有着獨立的審美價值，也有着源遠流長的傳承體系，其基本形式和發展規律都值得深入探究。

二、形式的意味：文法慣例的文統歸向

古文文法有着極其豐富的内涵和演變過程，主要體現在文辭和篇章等方面的規矩程式、結構規律上。英國文藝批評家、形式主義美學家克萊夫·貝爾（Clive Bell）于 19 世紀末在《藝術》一書中首先提出"有意味的形式"理論。他認爲："在各個不同的作品中，綫條、色彩以某種特殊方式組成某種形式或形式間的關係，激起我們的審美感情。這種綫、色的關係和組合，這些審美的感人的形式，我稱之爲有意味的形式。'有意味的形式'就是一切視覺藝術的共同性質。"① 克萊夫·貝爾的"有意味的形式"理論提出後，從視覺審美藝術領域遷移到包括文學在内的衆多藝術領域，具有極大的普適性。因此，結合具體的社會歷史背景，關注古文文法的形式意味，能够發掘文法所具有的文統含義。

宋代以來，人們對古文文法尤其關注，文法與文意等經常相提并論；"形式的意味"和"意味的形式"被綜合起來，論文不限于文章的形式層面。如吕祖謙的《古文關鍵》指出："學文須熟看韓、柳、歐、蘇，先見文字體式，然後遍考古人用意下句處。"至

---

① 克萊夫·貝爾（Clive Bell）著，周金環、馬鐘元譯：《藝術》。北京：中國文聯出版社 1984 年版，第 4 頁。

于如何既看“文字體式”又考古人用意，他認爲“第一看大概、主張”，“第二看文勢、規模”，“第三看綱目、關鍵：如何是主意首尾相應，如何是一篇鋪叙次第，如何是抑揚開闔處”，“第四看警策句法：如何是一篇警策，如何是下句下字有力處，如何是起頭换頭佳處，如何是繳結有力處，如何是融化屈折剪截有力，如何是實體貼題目處”。① 吕祖謙所言文章“大概主張”和“綱目關鍵”主要指向文章旨意方面，他把文章立意和行文體式綜合起來考察，并不認爲文法體式是孤立自足的。這種綜合内容與形式的論文思路是宋代文論的普遍特徵。元代郝經認爲“文有大法，無定法。觀前人之法而自爲之，而自立其法”，則“文自新而法無窮矣”，其又言“文固有法，不必志于法”。② 清代魏禧論文章之法，認爲“法譬諸規矩”③。方東樹的《昭昧詹言》言：“古人不可及，只是文法高妙，無定而有定，不可執著，不可告語，妙運從心，隨手多變，有法則體成，無法則俏荒。”④ 文章“有法”和“無法”之間存在着相對性，因此既要重視文法規律，又不能把文法絶對化和僵化。古人雖然并不絶對迷信文法，但也不否定其重要性。

（一）　文辭尚簡崇古

古人所言“文辭”的内涵遠不止現代意義上的“字詞”，它還

---

① 吕祖謙編著：《看古文要法》，《古文關鍵》。收入黄靈庚、吴戰壘主編《吕祖謙全集》第 11 册，卷首，第 2 頁。
② 郝經：《答友人論文法書》。收入李修生主編《全元文》第 4 册，卷一二三，第 156 頁。
③ 魏禧：《陸懸圃文序》，《魏叔子文集》。北京：中華書局 2003 年版，第 428 頁。
④ 方東樹：《昭昧詹言》。北京：人民文學出版社 1961 年版，第 8 頁。

包括詞彙的語體風格、感情色彩，以及語言藻飾之美即辭采、文采等。文辭是構成古文的基礎材料，具有多元生成的豐富文化意蘊，古文文辭的復古或革新背後都有着深刻的社會文化原因。文辭運用有其法度及傳承，歷代古文均有文辭沿襲現象。文辭的駢與儷、工與拙、質與文、雅與俗、古與新、正與奇等，在古文演變的歷程中有其傳承演變的脉絡。古人所謂"文辭"有時候指"文章"，如周敦頤認爲讀書人"不知務道德，而第以文辭爲能者，藝焉而已"①。清代姚鼐將"古文"與"辭賦"合稱爲"古文辭"，并以之取代"古文"之稱，賦予"古文辭"概念以文體學的含義。辭章之學視域中的"文辭"被理解爲"語言文字"，古代的文學之士也被稱爲文辭之士。近代黄侃把文辭視爲文章之骨，認爲"文之有辭，所以攄寫中懷，顯明條貫，譬之於物，則猶骨也。必知風即文意，骨即文辭，然後不蹈空虚之弊"②。可見，他認爲文辭和文意一表一裏，共同構成了文章的"風骨"。

先秦時期是古文文辭的奠基期，也是古文創作第一個高峰期，誕生了叙事性的歷史散文和議論性的諸子散文。文辭方面，由于時代的變遷和文體的差異，出現了百花齊放的多元風格。唐人覺得"周誥殷盤，詰屈聱牙"的《尚書》文章體例，如詔、命、誓、誥等，在當時是通行的實用性文字。《春秋》的"微言大義"和"一字寓褒貶"也體現了先秦時期尚簡實用的原則。雖然王安石譏諷《春秋》爲"斷爛朝報"，但歐陽修等人認爲其"簡而有法"。"春秋三傳"叙事簡潔，多以通俗自然的文辭談出歷史事件的前因後果和歷史規律。《戰國策》叙事注重時代性，文辭上保留了戰國辯士

① 周敦頤著，陳克明點校：《通書・文辭》，收入《周敦頤集》，第34頁。
② 黄侃：《風骨》，《文心雕龍札記》。北京：中華書局2006年版，第123頁。

縱橫捭闔、鋪張揚厲的時代特色。諸子散文的文辭語體經由了口語到書面語、箴言到論文的變遷過程。南宋呂本中認爲，"《論語》《禮記》文字簡淡不厭，似非左氏所可及也"①。《論語》《老子》的語錄和箴言生動自然，貼近生活，但缺乏系統性和完整性；《孟子》《墨子》注重説理的邏輯性，文辭趨于質實嚴謹；《莊子》《戰國策》文辭趨向誇飾鋪張，不乏生動鮮活的語言創造。此後，文辭所指由先秦古文的行人辭令演化爲文章的語言文字及其藻飾。

　　兩漢魏晉時期，古文文辭更加豐富多彩。兩漢的史傳文延續了先秦歷史散文質樸自然的語體風格，政論文語言也趨于通俗而嚴謹。魏晉時期的文筆之辨對文辭韵律的關注影響到了文體的歸類。劉勰主張"無韵者筆也，有韵者文也"②，文學語言的情、采、韵受到關注。大抵而言，質樸無文的實用文體爲"筆"，辭采華藻的文章爲"文"。劉勰還認爲"神道難摹，精言不能追其極；形器易寫，壯辭可得喻其真。……文辭所被，誇飾恒存"③。其《通變》篇關注文辭之統，指出"文辭氣力，通變則久，此無方之數也"④，文辭之通變可以賦予文章更爲長久的生命力。歷代文辭之間具有沿襲因革關係，"楚之騷文，矩式周人；漢之賦頌，影寫楚世；魏之篇制，顧慕漢風；晉之辭章，瞻望魏采。推而論之，則黄唐淳而質，虞夏質而辨，商周麗而雅，楚漢侈而艷，魏晉淺而綺，宋初訛

---

① 見王正德：《餘師録》。北京：中華書局 1985 年版，卷三，第 42 頁。
② 劉勰著，黄叔琳注，李詳補注，楊明照校注拾遺：《總術》，《增訂文心雕龍校注》，卷九，第 525 頁。
③ 劉勰著，黄叔琳注，李詳補注，楊明照校注拾遺：《誇飾》，《增訂文心雕龍校注》，卷八，第 462 頁。
④ 劉勰著，黄叔琳注，李詳補注，楊明照校注拾遺：《通變》，《增訂文心雕龍校注》，卷六，第 393 頁。

而新"①。劉勰認爲文辭的通與變、因與革是辯證統一的，由先秦到魏晋，文辭具有質與文、雅與俗彼此互動的演變規律。劉勰推崇文辭的簡約之美，稱贊《春秋》文辭的簡潔曰："《春秋》一字以褒貶，喪服舉輕以包重，此簡言以達旨也。"②

隋唐五代時期，古文中的文言虛詞日益豐富，人們開始追求文辭的簡潔之美。唐代劉知幾的《史通》認爲"國史之美者，以叙事爲工，而叙事之工者，以簡要爲主。簡之時義大矣哉！歷觀自古，作者權輿，《尚書》發踪，所載務於寡事；《春秋》變體，其言貴於省文。……文約而事豐，此述作之尤美者也"。他主張叙事用晦，省字約文，追求"一言而巨細咸該，片語而洪纖靡漏"的效果。③ 他以"春秋三傳"不學《尚書》等爲例證，主張使用自然質樸的當世口語即"方言世語"，突出時代感，"言必近古"，反對因襲古人。出色的文辭是構成優秀古文篇什的必備條件，唐代古文家均重視文辭。如韓愈認爲"體不備不可以成人，辭不足不可以成文"④，在古文文辭方面下的功夫很大，自言"志在古道，又甚好其言辭"⑤。韓愈主張"文從字順"，更强調辭必己出，"不襲蹈前人一言一句"，"唯陳言之務去"，⑥ 爲文務出于奇。這直接

---

① 劉勰著，黄叔琳注，李詳補注，楊明照校注拾遺：《通變》，《增訂文心雕龍校注》，卷六，第 393 頁。
② 劉勰著，黄叔琳注，李詳補注，楊明照校注拾遺：《徵聖》，《增訂文心雕龍校注》，卷一，第 17 頁。
③ 劉知幾：《叙事》，《史通》。上海：上海古籍出版社 2008 年版，卷六，第 122、126 頁。
④ 韓愈：《答尉遲生書》。收入屈守元、常思春主編《韓愈全集校注》，第 1462 頁。
⑤ 韓愈：《答陳生書》。收入屈守元、常思春主編《韓愈全集校注》，第 1529 頁。
⑥ 韓愈：《答李翊書》。收入屈守元、常思春主編《韓愈全集校注》，第 1454 頁。

影響了韓門弟子尚奇尚險、晦澀雕琢文風的形成。宋初古文"斷散拙鄙"的畸形審美觀念一定程度上是對韓門弟子"奇崛"派古文的模仿。

由北宋到南宋，對韓愈古文的推崇和模仿包括了道與文兩個方面，既關注韓愈所提倡的道統和文統，也注重古文審美形式中的設辭潤色、布局謀篇、文體風格等，以押韻、對偶爲特徵的駢儷文辭與古文的散句單行之間的結合日益普遍。由先秦、兩漢到唐宋，經由復古與革新的歷次波折，古文語言的駢散傾向也隨着古文運動的變化而變化。宋之前，文章文辭或駢或散，時有側重；宋之後，形成了以奇句散行爲主、偶爾濟之以駢儷的基本模式。如宋初柳開認爲，"君子之文，簡而深，淳而精"①。王禹偁文章"簡雅古淡，由上三朝未有及者"②。郭紹虞指出，"自《史通》言叙事以簡要爲主，歐陽修、尹洙等復揚其波，於是古文家論文，遂多偏於尚簡"③。宋代古文文辭以精練簡潔、平淡自然爲美，重視實用功能，崇尚簡潔，主張"辭達而意明""辭達而理舉"。

宋人追求古文語言的"簡古"，普遍認可簡而有法的古文創作原則，文辭尚簡和復古尊經的理念是結合在一起的，其背後隱約有"文本於經"的理念。宋代文人尚簡理念的形成經歷了一個長期的過程，其緣起和古人推崇的道之簡和經之簡的觀念分不開。中國古人向來有以簡馭繁、以簡寓繁的思想傾向和文化追求。古人推崇的"易簡"原則出于《周易·繫辭上》："乾以易知，坤以簡能。易則

---

① 柳開撰，李可風點校：《上王學士第四書》，《柳開集》，卷五，第59頁。
② 葉適：《習學記言序目》，卷四九，第733頁。
③ 郭紹虞：《中國文學批評史》上册，第478頁。

易知，簡則易從。"①"易簡而天下之理得矣"，天下之理莫不由于易簡而各得順其分位；"易簡之善配至德"，"易簡"化成萬物，與"至德"相配。②"天地易簡"逐漸演化爲古人寫作的規律和法則，儒家六經則被宋人視爲"易簡"的典範。歐陽修的學術和文學觀念便深受《周易》"易簡"觀點影響。歐陽修學術上提倡"易簡"功夫和"簡要"學風，"其於經術，務明其大本而本於性情，其所發明簡易明白"③。歐陽修還提出"六經簡要"之説，認爲"妙論精言，不以多爲貴"④。他認爲《周易》"卦、《彖》《象》辭，大義也。大義簡而要，故其辭易而明"⑤。"孔子之文章，《易》《春秋》是已，其言愈簡，其義愈深。"⑥ 歐陽修寫作古文"其言簡而明"，除了對尹洙古文"語簡事備"的"簡古"文風的借鑒，還根植于其對《周易》《春秋》等儒家經典的推崇，以及對"簡要"學風的踐行。據董弅的筆記《閑燕常談》記載："世傳歐陽公作《醉翁亭記》成，以示尹師魯，自謂古無此體。師魯曰：'古已有之。'公愕然，師魯起取《周易·雜卦》以示公，公無語，果如其説。"⑦ 尹洙不僅深于《周易》還深于《春秋》學，其文的"簡而有法"和"一字寓褒貶"的《春秋》筆法之間有淵源關係。范仲淹指出尹師魯"深於《春秋》，故其文謹嚴，辭約而理精。章奏疏議，大

---

① 見唐明邦主編：《繫辭上》，《周易評注》。北京：中華書局 1995 年版，第 195 頁。

② 同上。

③ 歐陽發：《先公事迹》。收入歐陽修著，李逸安點校《歐陽修全集》，附録卷二，第 2626 頁。

④ 歐陽修著，李逸安點校：《六經簡要説》，《歐陽修全集》，卷一八，第 301 頁。

⑤ 歐陽修著，李逸安點校：《易或問》，《歐陽修全集》，卷六一，第 877 頁。

⑥ 歐陽修著，李逸安點校：《易童子問》，《歐陽修全集》，卷七二，第 1120 頁。

⑦ 見葉寘：《愛日齋叢鈔》。北京：中華書局 1985 年版，第 162 頁。

見風采”，歐陽修步尹洙後塵，“從而大振之”。① 歐陽修自言：“若
謂近年古文自師魯始，則范公祭文已言之矣。”② 歐陽修極爲重視
文章的精煉峻潔，其言“著撰苟多，他日更自精擇，少去其繁，則
峻潔矣。然不必勉强，勉强簡節之，則不流暢，須待自然之至，其
如常宜在心也”③。史料記載了很多歐陽修錘煉文辭的事例，如他
把《醉翁亭記》的開篇由數十字删減爲“環滁皆山也”五字。④ 劉
塤認爲“歐、曾、王、蘇四家，爲宋文宗，然皆未嘗用怪文奇字，
刻琢取新，而趣味深沈，自不可及。若歐則尤純粹，宜其爲一代之宗
工，群公之師範也”⑤。歐陽修之外的其他古文家也多有“易簡”功
夫，如樓昉曾稱贊王安石的《潭州新學詩并序》“筆力高簡，百來字
中有多少迴旋委折，真所謂以一當百者”，《新田詩并序》則“往復
宛轉，含無限意思，真文字之妙”。⑥《宋史》評價曾鞏創作“立言
於歐陽修、王安石間，紆徐而不煩，簡奥而不晦，卓然自成一家”⑦，

① 范仲淹認爲，“洎楊大年以應用之才，獨步當世。學者刻辭鏤意，有希仿
佛，未暇及古也。其間甚者專事藻飾，破碎大雅，反謂古道不適於用，
廢而弗學者久之。洛陽尹師魯，少有高識，不逐時輩，從穆伯長游，力爲
古文。而師魯深於《春秋》，故其文謹嚴，辭約而理精，章奏疏議，大見
風采，士林方聳慕焉。遽得歐陽永叔，從而大振之，由是天下之文一變而
古，其深有功於道歟！”見范仲淹著，李勇先、王蓉貴校點：《尹師魯〈河
南集〉序》，《范文正公文集》，卷八。收入《范仲淹全集》，第183頁。
② 歐陽修著，李逸安點校：《論〈尹師魯墓志〉》，《歐陽修全集》，卷七二，
第1045頁。
③ 歐陽修著，李逸安點校：《與渑池徐宰書五》，《歐陽修全集》，卷一五〇，
第2474頁。
④ 如范公偁《過庭錄》載：“韓魏公在相，曾爲畫錦堂記於歐公，云‘仕宦
至將相，富貴歸故鄉’。韓公得之愛賞。後數日，歐復遣介別以本至，云
‘前有未是，可換此本’。韓再三玩之，無異前者，但於‘仕宦’‘富貴’
下，各添一‘而’字，文義尤暢。”見范公偁：《過庭錄》。北京：中華書局
2002年版，第325頁。
⑤ 劉塤：《龍川宗歐文》，《隱居通議》，卷一五，第163頁。
⑥ 樓昉：《崇古文訣》。收入王水照《歷代文話》第1册，第487頁。
⑦ 脱脱等撰：《宋史》，卷三一九，第10396頁。

評價蘇轍文章"論事精確，修辭簡嚴，未必劣於其兄"①。可見文辭尚簡成爲宋代古文創作和評論的基本特色和普遍原則。

在南宋古文作家和評論家的文論中，古文文辭的尚簡崇古成爲了評價文章優劣的重要尺規，尤其是理學古文家更是反對文辭藻飾和繁縟爲文。如真德秀認爲"大抵表文以簡潔精緻爲先，用事忌深僻，造語忌纖巧，鋪叙忌繁冗"②。陳騤的《文則》認爲："事以簡爲上，言以簡爲當。言以載事，文以著言，則文貴其簡也。文簡而理周，斯得其簡也。讀之疑有缺焉，非簡也，疏也。"③《文則》在論述"文貴其簡"原則的時候，主張"文簡而理周"，文簡而事理不周全者便爲"疏"。古文文辭尚簡的原則在後代得到了唐宋派、桐城派及衆多優秀古文家的傳承，得以沿襲下來。

（二） 句法祖述遺意

宋人古文句法運用常有因襲化用和創新結合現象。善于礜栝化用前人語句即爲"祖述"，它包含了思想内容和語言形式兩個方面，因此總結古文文本的祖述現象很難把形式與思想内容截然分開。如南宋孫奕的學術筆記《履齋示兒編・文説》總結列舉古書文章在句法方面豐富的沿襲因革現象有："史重復""文重復""承舛襲訛""祖述文意""祖意而勝""擬聖作經""史體因革""古今之言詳略""句法同""文意同""經同文""史同文"等等。④ 孫奕很關

---

① 脱脱等撰：《宋史》，卷三三九，第 10837 頁。
② 見吴訥：《文章辨體序説》，第 37 頁。
③ 陳騤：《文則》。收入王水照《歷代文話》第 1 册，第 138 頁。
④ 孫奕：《履齋示兒編・文説》。收入王水照《歷代文話》第 1 册，第 426—437 頁。

注唐宋古文家在句法、文意等方面的淵源傳承和迭相祖述做法，曾總結歐陽修對韓愈文之祖述痕迹曰：

> 歐陽文忠公初得昌黎文，嘗曰：“苟得禄矣，當盡力於斯文，以償予素志。”居無幾何，公以文章獨步當世，而於昌黎不無所得。觀其詞語豐潤，意緒婉曲，俯仰揖遜，步驟馳騁，皆得韓子之體。故《本論》似《原道》，《上范司諫書》似《諫臣論》，《書梅聖俞詩稿》似《送孟東野序》，《縱囚論》《怪竹辯》斷句皆似《原人》。蓋其橫翔捷出，不減韓作，而平澹詳贍過之。若夫《羅池碑》曰：“春與猿吟兮，秋鶴與飛。”則退之又自深得《離騷·東皇太一》“歌吉日兮辰良”之句法。《寄崔立之》詩曰：“歡華不滿眼，咎責塞兩儀。”則又深造乎班固“賓戲福不盈，眦禍溢於世”（魏人章疏亦云：“福不盈眦，禍將溢世。”）之遺意。其前輩各相祖述類如此。（《履齋示兒編》）①

孫奕所言“祖述文意”現象既有古文章法方面，如言“《本論》似《原道》，《上范司諫書》似《諫臣論》，《書梅聖俞詩稿》似《送孟東野序》，《縱囚論》《怪竹辯》斷句皆似《原人》”，又有文體風格方面，如言歐陽修古文“詞語豐潤，意緒婉曲，俯仰揖遜，步驟馳騁，皆得韓子之體”，還有具體文辭句法方面，如言《羅池碑》仿《離騷》句子等。

大體而言，“祖述遺意”就其側重點來看有“祖其神”和“祖

---

① 孫奕：《履齋示兒編·文説》。收入王水照《歷代文話》第 1 冊，第 427—428 頁。

其形”兩種情形。所謂“祖其神”是指祖述因襲通過用典、檃栝等手法和途徑實現，祖述顯得比較隱晦。如歐陽修古文設辭對韓愈的模仿可用“變其形貌，得其魂魄”來概括。邵博的《邵氏聞見後錄》載：“歐陽公喜韓退之文，皆成誦，中原父戲以爲‘韓文究’。每戲曰：‘永叔於韓文，有公取，有竊取，竊取者無數，公取者粗可數。’”① “公取”類似于引用，而“竊取”“暗取”則是比較隱晦的用典等。清末民初陳三立認爲：“宋賢效韓，以歐陽永叔、王逢原爲最善。永叔變其形貌，爲得其魂；逢原合其糟粕，爲得其魄。大抵取徑師古，殆不出此二者矣。”② “變其形貌”爲文辭沿襲的隱晦變形，真實目的是“爲得其魂”。南松洪邁論“韓歐文語”時指出“歐公文勢，大抵化韓語也”，③ 認爲歐陽修的《醉翁亭記》化用了韓愈的《送李愿歸盤谷序》語句，只是繁簡功夫不同。明人王鏊認爲“爲文必師古，使人讀之不知所師，善師古者也”，歐陽修的師古令人難以覺察，“韓師孟，今讀韓文，不見其爲孟也；歐學韓，不覺其爲韓也”。④ 可見，後人對歐陽修等人的古文文辭祖述現象的評論有着由“不似”到“似”再到“不似”的發展過程。

　　謝枋得《文章軌範》的編纂目的是給科舉應試文章的破題立意、寫作程式、文法文體等方面提供指導。全書“句法”一詞共出現四十五次，可見作者對古文句法的傳承淵源很是重視。謝枋得最爲關注韓愈、蘇軾，指出韓愈的《韋侍講盛山十二詩序》“分明是

① 邵博：《邵氏聞見後錄》，卷一八，第162頁。
② 陳三立：《程學恂韓詩臆說題辭》，《散原精舍詩文集》。上海：上海古籍出版社2014年版，第1457頁。
③ 洪邁撰，孔凡禮點校：《三筆》，卷一。收入《容齋隨筆》。北京：中華書局2005年版，第437頁。
④ 王鏊：《文章》，《震澤長語》。北京：中華書局1985年版，卷下，第28頁。

《送石處士序》比喻文法，恐人識破，便變化三樣句，分作三段。此公平生以怪怪奇奇自負，其作文要使人不可測識。如陳後山《送參寥序》……亦新奇不蹈襲，只是被人看破，全是學韓文公《送石洪處士序》文"①。他評論韓愈的《諱辯》"理強氣直，意高辭嚴，最不可及者，有道理可以折服人""此辯文法，從《孟子》來"。②謝枋得指出蘇洵的《春秋論》是"讀得《孟子》熟，方有此文章"③，歐陽修的《上范司諫書》"當與韓文公《爭臣論》并觀"④。謝枋得還關注到《莊子》文法對韓愈、歐陽修的影響，他認爲"韓文公、蘇公坡二公之文，皆自《莊子》覺悟"⑤，韓愈的《送高閑上人序》"談詭放蕩，學《莊子》文。文雖學《莊子》，又無一句蹈襲"⑥。謝枋得認爲蘇軾的《前赤壁賦》"學《莊》《騷》文法，無一句與《莊》《騷》相似，非超然之才，絕倫之識，不能爲也"⑦。謝枋得記載：

> 潘子真云："東坡作《表忠觀碑》，王荆公置坐隅，葉致遠、楊德逢二人在坐。有客問曰：'相公亦喜斯人之作也？'公曰：'斯作絕似西漢。'坐客嘆譽不已。公笑曰：'西漢誰人可擬？'德逢對曰：'王褒蓋易之也。'公曰：'不可草草。'德逢復曰：'司馬相如、揚雄之流乎？'公曰：'相如賦《子虛》《大人》洎《喻蜀文》《封禪書》耳，雄所著《太玄》《法

---

① 謝枋得：《文章軌範》。收入王水照《歷代文話》第 1 冊，第 1044 頁。
② 同上書，第 1046 頁。
③ 同上書，第 1049 頁。
④ 同上書，第 1053 頁。
⑤ 同上書，第 1043 頁。
⑥ 同上書，第 1045 頁。
⑦ 同上書，第 1060 頁。

言》，以准《易》《論語》，未見其叙事典贍若此也。直須與子長馳騁上下。'坐客又從而贊之。公曰：'畢竟似子長何語？'坐客悚然。公徐曰：'《楚漢以來諸侯王年表》也。'"（《文章軌範》）①

王安石曾指出司馬相如和揚雄對前代的繼承，以及蘇軾文章叙事與司馬遷《史記》之間的淵源關係。謝枋得《文章軌範》的古文評點深受後代評論家認可，在重刻《文章軌範》的跋文中，清代焦袁熹認爲此書"尤爲精要"，使讀者可以"神明於規矩之中"，陳崿岈認爲"是書於時文則基址也，於古文則門庭也"。②

樓昉的《崇古文訣》也重視文章祖述現象，該書指出司馬光的《保業》"議論純厚，文字切當，當與《無逸》篇參看"。歐陽修的《上范司諫》"此文出於韓退之《諫臣論》之後，亦頗祖其遺意，而文字無一語一言與之重叠，真是可與争衡"。蘇洵的《明論》"此等意脉，自《戰國策》來，曲盡事情"，其《上韓樞密書》"議論精切，筆勢縱橫，開闔變化，曲盡其妙。詞嚴氣勁，筆端收斂頓挫，十分回斡精神。深識天下之勢。而議論頗從《韓非》《孫武》等書來"。蘇轍的《上樞密韓太尉書》"胸臆之談，筆勢規摹，從司馬子長《自叙》中來，從歐陽公轉韓太尉身上，可謂奇險"。另外，樓昉還指出張耒的《論法上》"反本之論，亦頗參之以莊周之説"。③

所謂"祖其形"，主要指古文的模仿因襲側重于語言、句式、

---

① 謝枋得：《文章軌範》。收入王水照《歷代文話》第 1 册，第 1059 頁。
② 同上書，第 1061、1062 頁。
③ 樓昉：《崇古文訣》。收入王水照《歷代文話》第 1 册，第 481—501 頁。

句群等比較顯明的外在形式方面。周密的《浩然齋雅談》指出古人文章存在詞語、句子甚至段落的沿用和模擬。如蘇東坡的《赤壁賦》多用《史記》語，如"杯盤狼藉""歸而謀諸婦"皆出自《史記·滑稽列傳》，"正襟危坐"出自《史記·日者列傳》，"舉網得魚"出自《史記·龜策列傳》，等等。所謂以文爲戲者，周密言：

> 《赤壁賦》謂"自其變者而觀之，則天地曾不能以一瞬；自其不變者而觀之，則物與我皆無盡也"，此蓋用《莊子》句法"自其異者而眂之，肝膽楚越也；自其同者而眂之，萬物皆一也。"又用《楞嚴經》意："佛告波斯匿王言：'汝今自傷髮白麵皺，其面必定皺於童年。則汝今時觀此恒河，與昔童時觀河之見，有童耄不？'王言：'不也。世尊。'佛言：'汝面雖皺，而此見精，性未嘗皺。皺者爲變，不皺非變。變者受生滅，不變者元無生滅。'"（《浩然齋雅談》）①

周密指出了蘇東坡文章句子對《莊子》的襲用，以及在句意方面對《楞嚴經》的借鑒。吳子良的《林下偶談》也曾指出"坡賦祖莊子"②。蘇軾爲文有時候還會發生後代超越前代的"祖意而勝"的情況，孫奕的《履齋示兒編》卷七記載：

---

① 周密：《浩然齋雅談》卷上，第14頁。
② 《林下偶談》指出《莊子內篇·德充符》云："自其異者視之，肝膽楚越也；自其同者觀之，萬物皆一也。"東坡《赤壁賦》云："蓋將自其變者觀之，雖天地曾不能以一瞬；自其不變者觀之，則物與我皆無盡也。而又何羨乎？"蓋用莊子語意。見吳子良：《林下偶談》，卷二，第14頁。

　　東坡《喜雨亭記》云："使天而雨珠，則寒者不得以爲襦；使天而雨玉，則飢者不得以爲粟。"即劉陶《改鑄大錢議》有曰："就使當今沙礫化爲南金，瓦石變爲和玉，使百姓飢無所食，渴無所飲"之遺意。然不如東坡辭婉意明，所謂出藍更青者也。（《履齋示兒編》）①

　　蘇軾的古文文法雖模仿他人，但後出轉精，更勝一籌。其文法還深受《莊子》《戰國策》以及蘇洵、歐陽修等人的影響。另外，李淦認爲"子瞻《表忠觀碑》，終篇述趙清獻公奏，不增損一字，是學《漢書》"②。

　　宋人非常重視研究古文文意句法的祖述規律，吳子良的《林下偶談》認爲"韓柳文法祖《史記》"，韓愈的《獲麟解》中"角者吾知其爲牛，鬣者吾知其爲馬，犬豕豺狼麋鹿，吾知其爲犬豕豺狼麋鹿也。惟麟也不知"等語句，"句法蓋祖《史記·老子傳》云：'孔子謂弟子曰：鳥，吾知其能飛。獸，吾知其能走。魚，吾知其能游。走者可以爲罔，游者可以爲綸，飛者可以爲繒。至於龍，吾不能知其乘風雲而上天。'"柳宗元的《游黃溪記》"句法亦祖《史記·西南夷傳》"。他還指出柳宗元的《祭呂衡州文》模仿《楚辭·卜居篇》，秦少游的《吊鏄鍾文》對柳宗元的《祭呂衡州文》在句法、語氣、情感等方面均有模擬。③ 此外，"子厚《乞巧文》與退之《送窮文》絶類，亦是擬揚子雲《逐貧賦》特名异耳"④。

―――――――――

① 孫奕：《履齋示兒編·文說》。收入王水照《歷代文話》第 1 冊，第 428 頁。
② 李淦：《文章精義》。收入王水照《歷代文話》第 2 冊，第 1177 頁。
③ 吳子良：《林下偶談》，卷一。收入王水照《歷代文話》第 1 冊，第 543—544 頁。
④ 同上書，第 575 頁。

（三） 章法模擬沿襲

古文章法，簡言之就是古文謀篇布局的組織結構規律。關于文句和篇章的關係，《論衡·正説》曰："文字有意以立句，句有數以連章，章有體以成篇。篇則章句之大者也。"[1] 《文心雕龍·章句》進一步詳細地分析篇章和語句之間的關係曰："夫人之立言，因字而生句，積句而成章，積章而成篇。篇之彪炳，章無疵也；章之明靡，句無玷也；句之清英，字不妄也；振本而末從，知一而萬畢矣。"[2] 劉勰認爲章節和句子處于文篇之中，"章"作爲句群是句、章、篇三者之間邏輯結構的主要載體。自《左傳》《史記》到唐宋古文運動，古文章法之統漸成，"唐宋八大家"以其生動而豐富的古文創作，確立了後人可以仿效的行文範式。古文有法而文無定法，後人爲文可以法其體法，亦可變其成法。清代包世臣認爲"時文之法掆而隘，古文之法峻而寬。寬則隨其意之所之，或致大僞於法，於是言古文者必以法爲主"[3]。"以古文爲時文"的做法使得時文講求章法規矩，推動了對古文章法的研究。宋代古文程式和法則首先經由古文家的創作實踐和理論探究得以建立和發展，再經由理學家的歸納總結而得到推廣和强化。

宋代古文文統的建構既重視文道、風神情致等精神內涵的傳承，又關注體法格式等形式因素的因革。宋人重視前人的文法成

---

[1] 王充：《論衡》，第 312 頁。

[2] 劉勰著，黃叔琳注，李詳補注，楊明照校注拾遺：《增訂文心雕龍校注》，卷七，第 436 頁。

[3] 包世臣：《雩都宋月臺古文鈔序》，《藝舟雙楫》。上海：商務印書館 1929 年版，卷三，第 67 頁。

就，很多時候他們所論的"文法"實指文章整體的"章法"，即整個篇章的行文規律。優秀的古文家也是古文章法的自覺傳承和創新者，他們會注重章法範式的沿襲因革。宋代古文的章法沿襲大致有以下幾個特點。

其一，擬經意識。孫奕的《履齋示兒編·文説》曾關注到古代的"擬聖作經"現象，諸如揚雄作《太玄經》以擬《易》等擬聖作經行爲體現出古人原道、徵聖、宗經的文統意識。[①] 擬作經書者不僅進一步拓展了聖人原典的思想内涵，也使其自身因傳續儒家道統、文統而聞名于世。和"擬聖作經"的目的訴求相仿，宋代古文作者有着比較强烈的"宗經"意識。宋代的學者們很重視對先秦儒家經典章法的分析，吳子良的《林下偶談》論章法程式和沿襲，曾對"《尚書》文法""孟子文法""韓柳文法"等都有關注。他認爲《尚書》在行文繁簡、材料取捨方面很有章法，"今人但知六經載義理，不知其文章皆有法度。如《書》之《禹貢》最當熟看"[②]。《舜典》在記載巡狩事的時候，對"歲二月"的記載很是詳細，而對接下來的"八月""十一月"則承接上文，所用筆墨極爲省略，"語活而意盡，皆作文之法也。至於《伊訓》《太甲》《咸有一德》《説命》《無逸》等篇皆平正明白，其文多整，後世偶句蓋起於此"。吳子良認爲"後世偶句"的整齊句法存在着沿襲"尚書文法"的可能性。他論"孟子文法"曰："《孟子》七篇，不特推言義理，廣大而精微，其文法極可觀。如齊人乞墦一段尤妙，唐人雜説之類，蓋仿於此。"[③] 宋人很重視《禮記·檀弓》章法，認

---

① 王水照：《歷代文話》第 1 册，第 428 頁。
② 吳子良：《林下偶談》，卷一。收入王水照《歷代文話》第 1 册，第 587 頁。
③ 同上書，第 588 頁。

爲蘇軾之文出于《檀弓》。如黃庭堅的《與王觀復書》記載："嘗問東坡先生作文章之法，東坡云：'但熟讀《禮記・檀弓》，當得之。'既而取《檀弓》二篇讀數百過，然後知後世作文章不及古人之病，如觀日月也。"① 邵博認爲"世稱蘇氏之文出於《檀弓》，不誣矣"②。王應麟亦云："東坡得文法於《檀弓》，後山得文法於《伯夷傳》。"③

陳騤主張文章要具有"有所本"的本源意識，其《文則》指出：

> 大抵文士題命篇章，悉有所本。自孔子爲《書》作序，文遂有序；自孔子爲《易》説卦，文遂有説；自有《曾子問》《哀公問》之類，文遂有問；自有《考工記》《學記》之類，文遂有記；自有《經解》《王言解》之類，文遂有解；自有《辯政》《辯物》之類，文遂有辯；自有《樂論》《禮論》之類，文遂有論；自有《大傳》《間傳》之類，文遂有傳。(《文則》)④

陳騤對序、説、問、記、解、辯、論、傳等各種文體本源的探究中，也許某些文體本源的具體出處或可商権，但這種追根溯源的文體源流觀念是值得肯定的，因爲它基本符合文體發展演變的規律。

---

① 黃庭堅著，劉琳、李勇先、王蓉貴校點：《黃庭堅全集》第二册，第470頁。
② 邵博：《邵氏聞見後録》，卷一四，第107頁。
③ 王應麟：《困學紀聞》。上海：上海古籍出版社2015年版，卷一七，第348頁。
④ 陳騤：《文則》。收入王水照《歷代文話》第1册，第140—141頁。

其二，源流意識。唐宋古文運動是一脉相承的文體革新，"唐宋八大家"的古文創作很注意維持古文文法的沿襲傳承譜系。郝經區別了韓柳與歐蘇的古文文法，認爲韓柳奠定了古文文法的基礎，而歐蘇則發展了古文的議論之法并使其達到巔峰，成爲世人典範。其《答友人論文法書》言先秦至宋元文法前後相承情況曰："騷賦之法，則本屈、宋；作史之法，則本馬遷；著述之法，則本班、揚；金石之法，則本蔡邕；古文之法，則本韓、柳；論議之法，則本歐、蘇，中間千有餘年，不啻數千百文，皆弗法也。"① 郝經把文法的源流關係與先秦以來的經典作品和作家一并對應列舉出來，揭示了文法與文統的一致性。藝術形式層面上的文法最爲直觀，也最易爲後人所仿效。如《史記》中被司馬遷廣泛運用的"互見法"被歐陽修繼承。歐陽修言："若謂近年古文自師魯始，則范公祭文已言之矣，可以互見，不必重出也。皇甫湜《韓文公墓志》李翱《行狀》不必同，亦互見之也。"② 當歐陽修同時爲某人撰寫墓志銘、行狀或神道碑的時候，就會有意識地運用互見法，使墓主的生平事迹散落在不同體制的文章中，詳略得當，從而以有限的筆墨最大限度地塑造出血肉豐滿的原型人物。吴訥論蘇軾古文的議論之法曰：

　　東坡作史評，必有一段萬世不可磨滅之理，使吾身生其人之時，居其人之位，遇其人之事，當如何處置。凡議論好事，

① 郝經：《答友人論文法書》。收入李修生主編《全元文》第4册，卷一二三，第155頁。
② 歐陽修著，李逸安點校：《論〈尹師魯墓志〉》，《歐陽修全集》，卷七二，第1046頁。

須要一段反説；凡議論一段不好事，須要一段好説。文勢亦圓活，義理亦精微，意味亦悠長。（《文章辨體序説》）①

這就是吳訥對蘇軾史評文章章法套路的總結。蘇東坡這種議論説理的模式和套路很值得也便于後學者仿效。

韓、柳文法多被歐陽修繼承，如陳善言：“韓文重於今世，蓋自歐公始倡之。公集中擬韓作多矣，予輒能言其相似處。公《祭吳長史文》似《祭薛中丞文》，《書梅聖俞詩稿》似《送孟東野序》，《吊石曼卿文》似《祭田橫墓文》，蓋其步驟馳騁亦無不似，非但仿其句讀而已。”② 論者普遍認爲歐陽修的《送楊寘序》效法韓愈的《送王含秀才序》文法，《藥師院佛殿記》模仿《圬者王承福傳》，《與高司諫書》模仿《爭臣論》，等等。在祭文和碑志文等方面，歐陽修也模仿了韓愈行文的起承轉合和因人著文的通脱自如。李淦認爲韓愈等唐宋古文大家的文法出處基本不離先秦兩漢古文。其《文章精義》言曰：

> 傳體，前叙事，後議論，獨退之《圬者王承福傳》，叙事論議相間，頗有太史公《伯夷傳》之風。韓退之文，學《孟子》不及《左傳》，（有逼真處，如《董晉行狀》中兩段辭命是也）；柳子厚文，學國語（《國語》段全，柳段碎句，法却相似）西漢（諸傳仿佛似之）；歐陽永叔，學韓退之（諸篇皆以退之爲祖，加以姿態，惟《五代史》過《順宗實錄》遠甚，

---

① 吳訥：《文章辨體序説》。收入王水照主編《歷代文話》第 2 册，第 1595 頁。
② 陳善：《捫虱新話》。濟南：山東人民出版社 2018 年版，卷六，第 69 頁。

青出於藍而青於藍也);子瞻文,學《莊子》(入虛處,似
《凌虛臺》《記清風閣記》之類是也)《戰國策》(論利害處,
似《策略》《策別》《策斷》之類是也)《史記》(終篇惟作
他人説,末後自己只説一句,《表忠觀碑》之類是也)《楞嚴
經》(《魚枕冠頌》之類是也。子瞻文字,到窮處便濟之以此
一著,所以千萬人過他關不得);曾子固文,學劉向(平平
説去,疊疊不斷,最淡而古。但劉向老,子固嫩;劉向簡,
子固煩;劉向枯槁,子固光潤耳)。(《文章精義》)①

李淦對"唐宋八大家"文統的淵源比較重視,他認爲古文文統由秦
漢而傳到唐宋,其傳承譜系都是有迹可循的。

樓昉也重視章法的傳承淵源,其《崇古文訣》認爲揚雄的
《解嘲》"又是一樣文字體格,其實陰寓譏時之意,而陽咏嘆之。
《進學解》《送窮文》皆出於此"②。他指出韓愈的《進學解》"設
爲師、弟子詰難之詞,以伸其己意。機軸自揚雄《解嘲》、班固
《賓戲》來";評韓愈的《毛穎傳》"筆事收拾得盡善,將無作有,
所謂以文滑稽者,贊尤高古,是學《史記》文字";評韓愈的《送
窮文》"前面許多鋪陳布置,結果收拾盡在後面。看到後面方知前
面盡是戲言。然則退之此文非是送窮,乃是固窮。機軸之妙,熟讀
方見。《進學解》是設爲師、弟子問難之詞,此是設爲人鬼問難之
詞,可以參觀"。③ 樓昉還評論韓愈的《送石洪處士序》"有無限曲
折變態,愈轉愈佳,中間一聯用三句比喻,意聯屬而語不重疊。後

---

① 李淦:《文章精義》。收入王水照《歷代文話》第 2 册,第 1164—1168 頁。
② 樓昉:《崇古文訣》。收入王水照《歷代文話》第 1 册,第 465—479 頁。
③ 同上。

山作《參廖序》用此格"①；評韓愈的《爭臣論》"此篇是箴規攻擊體，是反難文字之格，當以《范司諫書》相兼看"②。樓昉對柳宗元的古文章法也很關注，認爲柳宗元的《種樹郭橐駝傳》一文"凡事有心則費力，求工則反拙，曲盡種植之妙，非特爲種植作也，與《捕蛇説》同一機栝"；柳宗元的《梓人傳》"東萊批抹盡之。抑揚好，一節應一節。規模從《吕氏春秋》來，但他人不曾讀，故不能用，且不知子厚來處耳"；柳宗元的《答許京兆書》"規模從司馬子長《答任安書》來。子厚自知不合附麗，而終以王叔文等爲可以興堯舜之道，其迷而不反者歟?"③ 樓昉還認爲柳宗元的《乞巧文》"當與《送窮文》相對看。然退之固窮乃其真情，子厚抱拙終身，豈其本心歟? 看他詰難過度處"。④

　　陳模的《懷古録》指出蘇軾對《戰國策》和蘇洵文章的模擬之處曰：

> 　　東坡文似《戰國策》者，不特是善捭闔，説利益似之，至如起頭便驚人處亦似之。如海外《論武王》起句云"武王非聖人"之類是也。此乃文字一浪一波處，譬如長江大河滾滾起，一波方下，又一浪起，蓋其起伏處氣勢大。
>
> 　　東坡海外（范增）論，脱灑似權書，且句句轉，疑論斷決。
>
> 　　誠齋云："作文貴轉多。《孟子》答陳相、《史記·伯夷

---

① 樓昉：《崇古文訣》。收入王水照《歷代文話》第 1 册，第 465—479 頁。
② 同上。
③ 同上。
④ 同上。

傳》、子由《上劉原父書》，皆有此法。"故東坡海外論最高者，以句句轉。退之《獲麟解》亦然。(《懷古錄校注》)①

陳模比較重視蘇軾章法的縱橫捭闔、一波三折、跌宕起伏之"轉"及其傳承淵源，這種"轉多"就構成了蘇軾文章波瀾起伏的巨大氣勢。如蘇軾的"《赤壁賦》大概是樂極生悲。大凡文字言晝則及夜，言夜則及晝。文字理致相生，當如此"②。陳模還指出蘇軾"文字又有洋洋地平說。忽然回頭來，變作千斤兩許"，如他評價蘇軾的《晁錯論》說"東坡晁錯論'夫以七國之強，而驟削之，其爲變豈足怪哉'！又云：'乃爲自全之計，欲使天子自將而己居守。'却從下而忽起一句云：'且夫發七國之難者誰乎？'東萊批云：'如平波淺灘中，忽跳起一浪。'"③ 這些都是蘇軾章法跌宕起伏的精彩之處。

其三，認同意識。古文文統與章法相關，章法傳承本是文統的題內應有之義。不同文體有不同章法，而不同章法則和文學家的創作傾向性相聯繫。宋人借助章法因襲來鞏固古文文統，增進古文家群體的身份認同。唐宋古文家之古文章法的前後沿襲反映了他們相同或相似的創作實踐和文法主張，也體現了他們的文統意識和身份認同感。范仲淹的《岳陽樓記》篇末點題，主張"先天下人之憂而憂，後天下人之樂而樂"，這種"卒章顯其志"的寫法是受韓愈在《柳子厚墓誌銘》篇末所提出的"士窮乃見節義"的影響，從而形成一種行文範式。古文文法特徵常和文人的精神氣質相關聯，

318

---

① 陳模著，鄭必俊校注：《懷古錄校注》，卷下，第65、78、90頁。
② 同上書，第91頁。
③ 同上書，第77頁。

蘇軾古文頗有韓愈文章的雄奇豪邁之風，其《潮州韓文公廟碑》被張伯行認爲"磅礡澎湃處，與昌黎大略相似"①。歸有光曾指出蘇軾的《留侯論》以"忍"字貫説，與韓愈的《代張籍與李浙東書》以"盲"字貫説的章法結構頗爲相仿。清代黃本驥曾探究唐宋古文家言論相似的原因，認爲其與行文之法相關，某種程度上章法起到了影響思想表達的作用。其言曰：

> 唐宋大家論文之言，如出一先生之口，非相襲也，行文之法固而也。韓之言曰："文必有諸中，故君子慎其實。""仁義之人其言藹如。""師古人者，師其意而不師其辭。""文無難易，唯其是。"柳之言曰："文以行爲本，在先誠其中。""學者務求諸道而遺其辭。"歐之言曰："畜於其内實，而後發爲光輝者日新而不竭。""講之深而後知自守，言出其口而皆文。""道勝者詞不難而自至。君子之學是而已，不聞爲异也。"蘇之言曰："有德者必有言，非有言也，德之發於口者也。""辭達而已矣，辭至於達止矣，不可以有加矣。"以四子之説觀之，凡絺章繪句，金玉其外而敗絮其中者，皆不足以言文矣。(《痴學》)②

中國古代文論主張知人論世，因人論文，這是因爲很多時候文如其人，文品和人品血脉交融。唐宋古文家們作爲一個文學共同體，在長期的創作實踐和理論總結中，爲不斷地加强自我角色認知和文化

---

① 曾棗莊：《蘇文匯評》。成都：四川文藝出版社 2000 年版，第 256 頁。
② 黃本驥：《讀文筆得》，《痴學》。長沙：岳麓書社 2009 年版，卷五，第 267 頁。

歸屬感，常常在自己的言論中有意識地強化諸如"有德有言""文行合一"等文人群落共有的集體無意識，從而滿足志同道合者在閱讀中產生身份認同的期待，以及這種期待不斷被擴展和驗證而產生的愉悅感、滿足感。

宋代文人之間的古文章法模擬現象比較普遍，一般是後學模擬師長、生者模擬逝者，他們一般彼此都是志同道合的能文之士。歐陽修的儒學修養、文采情致、文章技法等能夠高出同代人甚多，這離不開他對前人的借鑒和對同儕的學習。艾南英指出：

> 夫文之法最嚴，孰過於歐、曾、蘇、王者？……不佞極推宋大家之文，以其有法；而其稍病宋大家之文，亦因其過於尺寸銖兩，毫釐不失手法，視《史》《漢》風神如天衣無縫爲稍差者，以其法太嚴爾。宋之文，由乎法不至於有迹而太嚴者，歐陽子也，故嘗推爲宋之第一人。(《新刻天傭子全集》)①

艾南英既肯定宋人在古文文法沿襲方面的循規蹈矩，毫釐不爽，同時也主張開展適當的文法創新，因襲成法而不着痕迹，有法而無迹，充分發揮個性并有所建樹。他認爲這方面當以歐陽修爲翹楚。曾鞏指出歐陽修善于融合前人多樣長處，其"學爲儒宗，材不世出。文章逸發，醇深炳蔚。體備韓馬，思兼莊屈"②。歐陽修的《祭梅聖俞文》頗類梅堯臣詩文"理質氣清，一氣流串"的特點。③

---

① 艾南英：《答陳人中論文書》，《新刻天傭子全集》，國家圖書館藏清康熙三十八年刻本，卷五，第 17 頁。
② 曾鞏：《祭歐陽少師文》，《曾鞏集》，卷三八，第 526 頁。
③ 洪本健編：《歐陽修資料彙編》。北京：中華書局 1995 年版，第 521 頁。

歐陽修以"簡而有法"評價尹洙古文的峻潔特徵，認爲其"深於《春秋》"，文章"簡古"。慶曆八年（1048 年），歐陽修模擬尹洙古文章法，撰《尹師魯墓志銘》言"師魯爲文章，簡而有法。博學強記，通知今古，長於《春秋》"。[①] 後來，歐陽修《論〈尹師魯墓志〉》又詳細闡述曰："述其文，則曰'簡而有法'，此一句在孔子六經，惟《春秋》可當之，其他經非孔子自作文章，故雖有法而不簡也。……故師魯之志用意特深而語簡，蓋爲師魯文簡而意深。"[②] 歐陽修認爲孔子撰述《春秋》亦不過可用"簡而有法"來概括，這四個字既是"春秋筆法"內涵，也是深受《春秋》學影響的尹洙撰述文章的不二法門。四庫館臣指出："穆修《春秋》之學，稱受之於洙，然洙無説《春秋》之書，惟此一編。筆削頗爲不苟，多得謹嚴之遺意，知其《春秋》之學深矣。"[③] "春秋筆法"爲史家圭臬，文學家祭出"簡而有法"四字要決爲古文文法要領，這不僅説明了文與史相通，也説明經過數代人的認同和強化，史傳文法沿襲是可以固化下來并成爲文統的。歐陽修去世後，王安石的《祭歐陽文忠公文》模仿歐陽修的祭文，"詞氣正大俊偉"。《揮塵後錄》記載："元祐中，東坡知貢舉，以《光武何如高帝》爲論題，張文潛作參詳官，以一卷子携呈東坡云：'此文甚佳，蓋以先生《醉白堂記》爲法。'"[④] 總之，宋代以韓柳歐蘇爲代表的古文章法模擬，其實是文人之間一種集體力量和集體智慧的體現，這有

---

① 歐陽修著，李逸安點校：《尹師魯墓志銘》，《歐陽修全集》，卷二八，第432 頁。
② 歐陽修著，李逸安點校：《論〈尹師魯墓志〉》，《歐陽修全集》，卷七二，第 1046 頁。
③ 永瑢等撰：《五代春秋提要》，《四庫全書總目》，卷四八，第 432 頁。
④ 王明清：《揮塵後錄》。上海：商務印書館 1934 年版，卷七，第 3 頁。

助于形成古文創作約定俗成的慣例和範式，有助于增强古文文統的凝聚力。

（四） 文風尚樸趨雅

風格是作家成熟個性的呈現，古人論文常關涉文風，如"太學體""西昆體"等都代表了獨特的風格傾向。文風常與世風、士風、學風及家風等密不可分。文風沿襲因革是非常複雜的現象，因爲風格向來是多元的，圍繞語言風格的虛實、繁簡、濃淡等因素，文風可以分出許多類型。概括而言，先秦諸子和歷史散文，各家風格頗有差異，但語言大體都以平實自然爲主，文風質實純樸。《孟子》文風氣勢磅礴，長于雄辯，氣盛言宜，浩然之氣與深邃思想相結合，人莫之能禦。這種文風力量來自文章强大的道義和對人格制高點的占據。《莊子》語言汪洋恣肆，儀態萬方，如磅礴洪水行其所當行，止其所當止。這種自由浪漫文風來源于莊子天馬行空般的奇思幻想。《戰國策》的縱橫文風是時代風尚的生動寫照，行人説客靠三寸不爛之舌周游于列國權貴之門，平視諸侯，抵掌而談，揮灑才情，快意人生。漢魏六朝時期文風漸趨華麗繁縟，駢體韵文成爲文壇主調。經過韓、柳等人的努力，散體古文在唐代受到一些文人重視，并最終在宋代成爲主導文體。古文文風由奇險怪誕轉向自然流暢，從此駢儷文風淪爲配角。

文風與時代風尚是相輔相成的關係，政道興盛則文風上揚，世道衰微則文風頹萎。當世風、士風萎頓之極，就須昌明世道，高揚文風，滌蕩人心，扶正文統。《宋史》歐陽修本傳中就高度評價了韓愈、歐陽修對振起一代文風所做的貢獻，其言曰：

　　三代而降，薄乎秦、漢，文章雖與時盛衰，而蔼如其言，曄如其光，皦如其音，蓋均有先王之遺烈。涉晋、魏而弊，至唐韓愈氏振起之。唐之文，涉五季而弊，至宋歐陽修又振起之。挽百川之頹波，息千古之邪說，使斯文之正氣，可以羽翼大道，扶持人心，此兩人之力也。（《宋史·歐陽修傳》）①

《宋史》把文風的振奮和時代風氣相關聯，認爲歐陽修文章的斯文正氣可以“羽翼大道，扶持人心”。宋代古文運動始于復古終于創新，復古作爲一面旗幟，是抨擊不良文風、推動古文創新的有力武器。宋人很重視文風復古，韓琦認爲“子長、退之，偉瞻閎肆。曠無擬倫，逮公（歐陽修）始繼。自唐之衰，文弱無氣。降及五代，愈極頹敝。唯公振之，坐還醇粹。復古之功，在時莫二”②。宋代古文文風因革有如下特點。

　　其一，宣導平淡自然的文風，抵制奇澀險怪逆流。唐代以來的奇險文風在北宋文壇占有一席之地，但隨着宋人審美趣味的變化和古文運動的深入，通俗易懂、自然平淡的文體風格更加深入人心。宋代古文家們提倡古文復古的同時，也着力抵制“迂僻奇怪”“高談虛論”的古文劣習，提倡“平淡造理”、文格復古的自然樸實文風。葉適指出北宋太學體文風之弊曰：“時以偶儷工巧爲尚，而我以斷散拙鄙爲高，自齊梁以來，言古文者無不如此。……彼怪迂鈍朴，用功不深，才得其腐敗粗澀而已。”③ 嘉祐二年（1057 年）歐

---

① 脫脫等撰：《宋史》，卷三一九，第 10383 頁。
② 韓琦：《祭文》。收入歐陽修著，李逸安點校《歐陽修全集》，卷三，第 2683 頁。
③ 葉適：《習學記言序目》，第 733 頁。

陽修權知禮部貢舉，此時正是"太學體"險怪風尚盛行之時。張方平指出："爾來文格日失其舊，各出新意，相勝爲奇。至太學之建，直講石介課諸生試所業，因其好尚，而遂成風，以怪誕詆訕爲高，以流蕩猥瑣爲贍。"① 歐陽修利用主持貢舉的機會大力壓制這種歪風邪氣，他認爲"苟欲异衆，則必爲迂僻奇怪以取德行之名，而高談虛論以求材識之譽。前日慶曆之學，其弊是也"②。他把太學體文風和慶曆之學放在一起批評，對于浸淫科舉文場的怪癖險邪、生澀詭激文風，進行了果斷而堅決的阻擊。據載，"嘉祐初，（歐陽修）權知貢舉。時舉者務爲險怪之語，號'太學體'。公一切黜去，取其平淡造理者，即預奏名。初雖怨謗紛紜，而文格終以復古者，公之力也"③。當時劉幾等好爲怪險之語的士子被迫改變文風，④ 從此奇澀險怪文風難以主宰文壇。

蘇軾主張文章要文質并重，濟世有爲。蘇軾于元祐三年（1088年）知禮部貢舉，主張恢復詩賦取士，他認爲"詩賦進士，亦自兼經，非廢經義也"⑤。當時的北宋文壇依然瀰漫着華靡空洞、生僻晦澀的文風，太學體和西昆體時文先後風靡一時。蘇軾言道："自昔五代之餘，文教衰落，風俗靡靡，日以塗地。聖上慨然太息，思

① 張方平：《貢院請誡勵天下舉人文章》。收入曾棗莊、劉琳主編《全宋文》第37冊，卷七八五，第53頁。
② 歐陽修著，李逸安點校：《議學狀》，《歐陽修全集》，卷一一○，第1673頁。
③ 韓琦：《歐陽公墓志銘》。收入歐陽修著，李逸安點校《歐陽修全集》，卷三，第2704頁。
④ 如《夢溪筆談》載："嘉祐中，士人劉幾，纍爲國學第一人，驟爲怪險之語，學者翕然效之，遂成風俗，歐陽公深惡之。會公主文，決意痛懲。凡爲新文者，一切弃黜，時體爲之一變，歐陽之功也。有一舉人論曰：'天地軋，萬物茁，聖人發。'公曰：'此必劉幾也。'戲續之曰：'秀才刺，試官刷。'乃以大朱筆橫抹之，自首至尾，謂之'紅勒帛'，判大'紕繆'字榜之。既而果幾也。"見沈括著，胡道靜校注：《新校正夢溪筆談》，卷九，第98頁。
⑤ 蘇軾撰，孔凡禮點校：《乞詩賦經義各以分數取人將來只許詩賦兼經狀》，《蘇軾文集》，卷二九，第845頁。

有以澄其源，疏其流，明詔天下，曉諭厥旨。於是招來雄俊魁偉敦厚樸直之士，罷去浮巧輕媚叢錯采綉之文，將以追兩漢之餘，而漸復三代之故。"① 蘇軾反對形式主義的文風，主張文章恢復三代兩漢之古風，以體用爲本，經世而致用。蘇軾重視文學的實用價值，認爲辭藻爲文學之末事，主張 "務令文字華實相副，期于適用乃佳"②。"文章以華采爲末，而以體用爲本。國之將興也，貴其本而賤其末；道之將廢也，取其後而廢其先。用舍之間，安危攸寄。"③ 蘇軾對空洞無物、不關涉現實的腐儒之文提出批評，其言 "儒者之病，多空文而少實用。賈誼、陸贄之學，殆不傳於世"④。蘇軾對關注社會現實、反映民生疾苦的作品很是贊賞，自言其 "酌古以馭今，有意於濟世之實用，而不志於耳目之觀美，此正平生所望於朋友與凡學道之君子也"⑤。蘇軾贊譽顔太初之詩文 "皆有爲而作，精悍確苦，言必中當世之過，鑿鑿乎如五穀必可以療飢，斷斷乎如藥石必可以伐病。其游談以爲高，枝詞以爲觀美者，先生無一言焉"⑥。歐蘇之後，奇澀險怪文風到宋末尚有劉辰翁等人爲之，四庫館臣指出劉辰翁 "論詩評文，往往意取尖新，太傷佻巧"，其所批點文集 "大率破碎纖仄，無裨來學。即其所作詩文，亦專以奇怪磊落爲宗。務在艱澀其詞，甚或至於不可句讀，尤不免軼於繩墨之外"。⑦ 但這種奇險文風自歐蘇之後再也難以成爲文壇主流，因爲

① 蘇軾撰，孔凡禮點校：《謝歐陽内翰書》，《蘇軾文集》，卷四九，第1423 頁。
② 蘇軾撰，孔凡禮點校：《與侄孫元老》，《蘇軾文集》，卷六〇，第 1842 頁。
③ 蘇軾撰，孔凡禮點校：《答喬舍人啓》，《蘇軾文集》，卷四七，第 1363 頁。
④ 蘇軾撰，孔凡禮點校：《答王庠書》，《蘇軾文集》，卷四八，第 1422 頁。
⑤ 蘇軾撰，孔凡禮點校：《答虔倅俞括》，《蘇軾文集》，卷五九，第 1793 頁。
⑥ 蘇軾撰，孔凡禮點校：《鳧繹先生詩集叙》，《蘇軾文集》，卷一〇，第313 頁。
⑦ 永瑢等撰：《須溪集提要》，《四庫全書總目》，卷一六五，第 1409 頁。

新的文風規範已經被建構起來了。

其二，確立"溫純雅正"的文風典範，彰顯"溫醇"的儒家審美理念。先秦歷史散文中的行人辭令就有一種紆徐逶迤的風致，這種不卑不亢、有禮有節、委婉紆徐的文風形成了文章含蓄蘊藉之美。韓愈的古文在波瀾壯闊、奇澀險峻之外，尚有"溫醇"一面。劉熙載言："昌黎謂'仁義之人，其言藹如'，蘇老泉以孟、韓爲'溫醇'，意蓋隱合。"[1] 韓愈文風被李翱繼承，蘇洵指出"李翱之文，其味黯然而長，其光油然而幽，俯仰揖讓，有執事之態"[2]。蘇洵還稱贊歐陽修的文風"紆餘委備""條達疏暢"，認爲它繼承了韓愈古文"溫醇"風格，形成了"溫純雅正"的審美風範。歐陽修的古文風格是和韓愈、李翱一脉相承的。另外，司馬遷《史記》的紆徐有致、從容不迫的風格也被歐陽修的《新五代史》所沿襲，"三蘇"的古文風格亦有仿效《史記》之處。

南宋理學家如朱熹等人也贊賞剛健峻潔、質實平易的古文風格。朱熹對歷代文風的變革都有所關注，他認爲"漢初賈誼之文質實""司馬遷文雄健，意思不帖帖，有戰國文氣象。賈誼文亦然。老蘇文亦雄健""仲舒文實""董仲舒之文緩弱""劉向文又較實，亦好，無些虛氣象；比之仲舒，仲舒較滋潤發揮。大抵武帝以前文雄健，武帝以後更實"[3]。朱熹關注到駢與散的分流和互動，認爲"東漢文章尤更不如，漸漸趨於對偶"，"陵夷至於三國兩晋，則文氣日卑矣""漢末以後，只做屬對文字，直至後來，只管弱"。[4] 朱

---

① 劉熙載：《藝概》，第20頁。
② 蘇洵：《上歐陽內翰第一書》。收入曾棗莊、劉琳主編《全宋文》第43冊，卷九一九，第26頁。
③ 黎靖德編：《論文》，《朱子語類》，卷一三九，第3299—3300頁。
④ 同上書，第3298—3299頁。

熹指出，到了唐代"蘇頲著力要變，變不得。直至韓文公出來，盡掃去了，方做成古文"，五代時期"文氣衰弱"，宋代"到尹師魯歐公幾人出來"，古文文風才爲之大變。[1] 朱熹主張古拙老成的語言，否定華麗辭藻，他認爲：

> 至歐公文字，好底便十分好，然猶有甚拙底，未散得他和氣。到東坡文字便已馳騁，忒巧了。及宣政間，則窮極華麗，都散了和氣。所以聖人取"先進於禮樂"，意思自是如此。
>
> 歐公文字敷腴溫潤。曾南豐文字又更峻潔，雖議論有淺近處，然却平正好。到得東坡，便傷於巧，議論有不正當處。後來到中原，見歐公諸人了，文字方稍平。老蘇尤甚。大抵已前文字都平正，人亦不會大段巧説。自三蘇文出，學者始日趨於巧。(《朱子語類·論文》)[2]

朱熹秉持儒家"溫柔敦厚"的審美觀念，提倡理與情和諧的中和之美，贊賞文章中文與道的一團和氣。他以"和氣"與否褒貶文字，認爲"歐文如賓主相見，平心定氣，説好話相似。坡公文如説不辦後，對人鬧相似，都無恁地安詳"[3]。從《朱子語類·論文》看得出朱熹對古文的濃厚興趣和對韓、柳、歐、蘇等古文家的高度推崇。朱熹對韓愈的《宴喜亭記》《韓弘碑》和歐陽修的《豐樂亭記》等作品非常喜歡，贊嘆"歐公文字鋒刃利，文字好，議論亦好"，認爲"東坡文字明快。老蘇文雄渾，盡有好處。如歐公、曾

---

① 黎靖德編：《論文》，《朱子語類》，卷一三九，第3298頁。
② 同上書，第3307、3309頁。
③ 同上書，第3312頁。

南豐、韓昌黎之文，豈可不看？"①《朱子語類》雖爲理學語録，其編纂目的是爲了延續程朱理學學統，如佛教"傳燈録"一般傳授宗師的思想要義。不過，《朱子語類》通過隨筆性的記述，把包括片言隻語在内的朱熹文學觀記載下來，使其成爲朱熹學術思想中不可分割的一部分。《朱子語類·論文》作爲隨筆體、語録體文話，其編輯思想影響了宋末元初的《文章精義》等文章評點作品。

綜上所述，古文文法形式具有濃厚的復古因襲氣息和深刻的文統底藴。古文文統雖以文道關係爲核心，但古文文法的文統意味不可輕視，文法因革常常是文統傳承的具體體現。宋人認爲宋代"文章三變"，古文的思想内涵和外在形式隨着時代的演進而變化。古文漸漸取代駢文成爲文體核心，主導了文學領域并影響其他文體。宋代古文文法存在着與詩、詞、賦各體之間的交互滲透。宋人文統意識是和他們的尊體、辨體、破體諸種理念聯繫在一起的，他們常能在保持文體本色的基礎上實行新變，從而推動文體的變革和發展。隨着古文藝術的提升，古文家還創作一些審美愉悦屬性突出的"藝術古文"。古文文辭的尚簡崇古、句法的祖述遺意、章法的模擬沿襲和文風的尚樸趨雅，都潛藏着文法慣例的文統歸向。由于儒家文統觀常囿于道統思想的束縛，過于關注"文道關係"這個核心，這就容易忽略古文的審美藝術性和文法傳統，故而關注文法之統對古文文統而言意義重大。

---

① 黎靖德編：《論文》，《朱子語類》，卷一三九，第3306—3312頁。

第七章

古文文法程式總結與文統强化

　　從魏晋到唐宋，古代文論的關注熱點存在"質文代變""文道離合""文體正變"的嬗變。劉勰《文心雕龍·時序》言"時運交移，質文代變"①，時代風氣的變化影響着文學風尚和文學觀念。由北宋到南宋，人們對文與質、文與道、文與體等問題的思考逐漸廣泛而深化。南宋學者們對古文文統關注的焦點轉移到了文體和文法方面，開始自覺地總結唐宋古文運動的理論和實踐成果。他們開展了大量的古文編選、評點工作，這對于"唐宋八大家"文統地位的確立、古文文法的推廣和文統的傳承都起到了積極作用。張毅指出，"朱熹之後，宋儒以程、朱等人爲新道統，以韓、柳、歐、蘇等人爲新文統。學宗程、朱而文摹歐、蘇，以古文家的文法闡述理學家的義理，有餘力而顧及辭章，南宋後期士人們的文章寫作一般

---

① 劉勰著，黃叔琳注，李詳補注，楊明照校注拾遺：《增訂文心雕龍校注》，卷九，第 535 頁。

都是如此"①。理學家重視古文文法，并自覺加以研究和推廣。文與道不再被視爲水火般難以相容，文統和道統可以并行不悖，道統可以依賴文統而得到傳承。理學家編選、評點古文，希望通過對作家和文本典範地位的確立來固化文統，從而强化道統在文學領域的地位。

一、古文評點與文法總結

古文之學是關于古文文體特徵、文章屬性、創作技法、批評接受等方面的知識和學問。"古文"這一概念是從唐代開始被明確提出，古文之學也隨之而興。南宋吳泳的《與唐伯玉書》曾言："古文之學，人皆謂歐陽子倡之，而不知柳仲塗、穆伯長諸人已近於古。文以理爲主，體次之。學而無統則悖，言而無法則支。"② 清代方苞稱自漢代以降，"古文之學每數百年而一興，唐、宋所傳諸家是也"③。包世臣的《與楊季子論文書》言唐代有古文之學，"上者好言道，其次則言法"④。王先謙稱姚鼐承接方苞、劉大櫆"爲古文學，天下相與尊尚其文，號桐城派"⑤。劉聲木的《論曾國藩文》也稱曾國藩"工古文學，在國朝人中，自不能不算一家"⑥。

---

① 張毅：《宋代文學思想史》，第 266 頁。
② 吳泳：《鶴林集》。收入《文淵閣四庫全書》第 1176 册，第 308—309 頁。
③ 方苞：《贈淳安方文轉序》，《方苞集》，卷七，第 190 頁。
④ 包世臣：《與楊季子論文書》，《藝舟雙楫》，卷一，第 11 頁。
⑤ 王先謙撰，梅季點校：《續古文辭類纂序》，《王先謙詩文集》。長沙：岳麓書社 2008 年版，第 33 頁。
⑥ 劉聲木撰，劉篤齡點校：《論曾國藩文》，《萇楚齋續筆》，卷六。收入《萇楚齋隨筆續筆三筆四筆五筆》。北京：中華書局 1998 年版，第 355 頁。

可見，前人所言的"古文之學"最遲在唐代古文運動時期之前就已有之，南宋尤其興盛。但人們對"古文之學"的範疇理解比較寬泛，歐蘇文學家的古文創作實踐和經驗可以稱之爲"古文之學"，唐宋古文家直至清代桐城派的一脉相傳之學也被稱之爲"古文之學"。"古文之學"既言文道，又言文法，涉獵内容比較廣泛。

宋代以前，有關古文寫作的論著便已爲數不少。漢代桓譚的《新論》和王充的《論衡》中均有論文言語。魏晋時期有曹丕的《典論·論文》、曹植的《與楊德祖書》、應瑒的《文質論》、陸機的《文賦》、摯虞的《文章流别論》、李充的《翰林論》等。其中最出色的是南朝梁劉勰的《文心雕龍》，但其評論對象還包括了詩歌、散文等。唐代論文著述中，白居易的《制樸》、任博的《文章玄格》、倪宥的《文章高抬貴手》、孫郃的《文格》、王瑜卿的《文旨》等均未能傳世。宋人在唐宋古文運動取得極大理論和創作成就的背景下，開始熱衷于總結古文文法，這主要表現在文話的編輯和古文評點的蔚然成風。北宋王銍《四六話·序》言："詩話、文話、賦話各别見云。"[①] 其所言"文話"針對的主要是古文，南宋文話的典型文本形式是古文評點、專題性文論和著作等。

北宋時期的文話一般散見于作家的書信、序跋、叙記等之中，南宋文話則增加了專門著作、專題篇章，前者如吕祖謙的《古文關鍵》，後者如朱熹的《朱子語類·論文》。《朱子語類》的語録體屬于具有説部性質、隨筆式的小品文，朱熹和後學的論文言論廣泛涉及詩、詞、文、賦等各種文體，内容關涉文學本質、源流、體裁、風格、創作和接受等多個方面。文話在南宋的繁榮和大量專題論述

---

① 王銍：《四六話·序》。收入王水照《歷代文話》第 1 册，第 6 頁。

的集中出現，離不開科舉考試和應試教育的推動這一外在的客觀因素，也離不開儒家學説和文學藝術深度融合的驅動、離不開道統與文統整合所創造的思想條件這些内在的動因。從文學自身來看，這一現象也反映了經過唐宋古文運動的長期發展，古文已經確立了其獨立的價值和地位，古文文統得到了儒家學者這一精英階層的普遍認可。所以説，創作文話是南宋學者們有意識建構和强化古文文統的自覺行爲。

文話大量出現在南宋，其具體産生時間略晚于詩話、詞話。宋代文話的繁榮和《文選》學在宋代的衰落具有互爲因果的關係。《文心雕龍》《文選》評文標準上的局限性使其對古文文體和文法的探究不够深入，爲文話的發展留下了餘地。唐代李善爲《文選》作注解，講授選學，《文選》學獨成一家，廣爲盛行，杜甫的《宗武生日》曾教誨其幼子要"熟精《文選》理"。關于選學流行的原因，《苕溪漁隱叢話》云："正爲《文選》中事多，可作本領爾。余謂欲知文章之要，當熟看《文選》，蓋選中自三代涉戰國、秦漢魏晉六朝以來文字皆有，在古則渾厚，在近則華麗也。"[1] 宋初選學依舊流行，爲文者以《文選》爲榜樣。陸游的《老學庵筆記》曰：

> 國初尚《文選》，當時文人專意此書。故草必稱"王孫"，梅必稱"驛使"，月必稱"望舒"，山水必稱"清暉"。至慶曆後，惡其陳腐，諸作者始一洗之。方其盛時，士子至爲之語曰："《文選》爛，秀才半。"建炎以來，尚蘇氏文章，學者翕

---

① 胡仔：《苕溪漁隱叢話》。北京：人民文學出版社 1981 年版，卷九，第56 頁。

然從之，而蜀士尤盛，亦有語曰："蘇文熟，吃羊肉；蘇文生，吃菜羹。"（《老學庵筆記》）①

《文選》學的衰落與其自身的陳腐俗套相關，王應麟的《困學紀聞》指出"熙豐之後，士以穿鑿談經，而選學廢矣"②。隨着宋代古文運動的發展，歐陽修、蘇軾等人作爲"文宗"起到了榜樣作用，他們的古文成爲世人模仿的對象，他們對《文選》的批評影響了當時文壇的取向。蘇軾曾言其"讀《文選》，恨其編次無法，去取失當。齊梁文章衰陋，而蕭統尤爲卑弱，《文選》序斯可見矣"③。張戒的《歲寒堂詩話》云："近時士大夫以蘇子瞻譏《文選》去取之謬，遂不復留意。"④ 蘇軾評論李善五臣注《文選》認爲："所謂五臣注者，真俚儒之荒陋者也。而世以爲勝善，亦謬矣。"⑤ 蘇軾認爲五臣"蓋荒陋愚儒也"，所注《文選》"淺妄可笑者極多"，"五臣既陋甚，至於蕭統，亦其流爾"，因而他希望"使後之學者，勿憑此愚儒也"。⑥

宋代古文之學打破了經、史、子、集之間的界限，這有助于古文地位的提升。清代阮元言：

自唐宋韓、蘇諸大家，以奇偶相生之文爲"八代之衰"而矯之，於是昭明所不選者，反皆爲諸家所取。故其所著，非

---

① 陸游：《老學庵筆記》。北京：中華書局 1979 年版，卷八，第 100 頁。
② 王應麟：《困學紀聞》，卷一七，第 345 頁。
③ 蘇軾撰，孔凡禮點校：《題文選》，《蘇軾文集》，卷六七，第 2092 頁。
④ 張戒：《歲寒堂詩話》，卷上。收入丁福保《歷代詩話續編》上冊。北京：中華書局 2006 年版，第 456 頁。
⑤ 蘇軾撰，孔凡禮點校：《書謝瞻詩》，《蘇軾文集》，卷六七，第 2093 頁。
⑥ 蘇軾撰，孔凡禮點校：《書文選後》，《蘇軾文集》，卷六七，第 2095 頁。

經即子，非子即史，求其合於昭明序所謂文者鮮矣，合於班孟堅《兩都賦序》所謂文章者鮮矣。……其不合之處，蓋分於奇偶之間。經、子、史多奇而少偶，故唐、宋八家不尚偶；文選多偶而少奇，故昭明不尚奇。（《近代文論選·書梁昭明太子文選序後》）①

"唐宋八大家"之古文創作不再限于《昭明文選》所言的"沉思"和"翰藻"標準，而是采用融合經、史、子、集的雜文學概念和價值判斷標準。宋代起，文話開始大量出現，南宋陳騤的《文則》被視爲第一部真正意義上的文話；明代是文話創作的繁榮期，清代是變革期，清末民初則是總結期。話體文形式自由，不拘一格，語言風格多樣，通俗易懂。宋代雖然也有關于四六文和賦體的文話，但主要以古文爲文話的核心。南宋時期，文人學者們能够自覺總結北宋古文運動的理論和實踐成果，這主要表現在他們日常書信往來、題序撰跋、談學論道的時候較多地關注古文，對古文創作進行評點研究，大量編纂文話、文集、筆記等，通過專題論文、著作研討古文。文話和詩文評、辭賦評、曲論等一樣，多采用隨筆、札記、題跋等常見形式，篇幅簡潔，要言不煩甚或隻言片語。書信、題跋類如陸游的《上辛給事書》，專題論文類如王十朋的《讀蘇文》、朱熹的《讀唐志》，筆記類如陸游的《老學庵筆記》、洪邁的《容齋隨筆》、葉適的《習學記言》等，專題性文話有樓昉的《過庭録》、王正德的《餘師録》、陳騤的《文則》等。王水照所編的《歷代文話》十卷本收録了歷代文話專著和專題論述，所收文話始于南宋，

① 舒蕪等編：《近代文論選》上册，第107頁。

終于民國時期。其中第一編爲宋代文話，收錄古文話有陳騤的《文則》、朱熹的《朱子語類·論文》、吕祖謙的《古文關鍵·看古文要法》、葉適的《習學記言序目·皇朝文鑒》、張鎡的《仕學規範·作文》、王正德的《餘師錄》、孫奕的《履齋示兒編·文説》、樓昉的《過庭錄》和《崇古文訣評文》、陳模的《懷古錄》、吳子良的《林下偶談》、黃震的《黃氏日鈔·讀文集》、王應麟的《玉海·辭學指南》、謝枋得的《文章軌範評文》、魏天應的《論學繩尺·行文要法》、周密的《浩然齋雅談評文》等。吕祖謙的《古文關鍵》被視爲古文啓蒙書或者應舉的教科書，他注重古文的基本法式，在古文文法和文章學方面做了很多基礎性的總結工作。古文文法屬于文體學的研究範疇，文體的因革、正變問題是古代文論的核心話題。南宋對唐宋古文運動成果進行總結，在整理、歸納的基礎上形成固定的範式，用以指導古文寫作。自此，"唐宋八大家"作爲古文典範的地位得以確立，古文文統得到了學界極大的認同，元明清的古文創作有了參照的範本和標準。

　　宋代文話以古文話爲主，兼及四六話、賦話等，部分文話和詩話、詞話有交融現象。文與道、文與質、文與體的關係是文話關注的主要話題。唐代以後，古代文論的焦點由"質文代變"演變爲"文道離合"。宋代文話以文道論爲核心，注重儒家道統在古文中的地位。宋代文話作者均爲飽學博識之士，其中包括理學家及葉適這樣的善文者。他們擇文審慎，體例精當，一旦發爲議論，輒洞見幽微。

　　宋代古文評點風氣盛行，極大地促進了古文理論和創作的發展。所謂古文評點，便是尋覓文字和語意好處。評點包括評論和圈點，是一種具有中國傳統特色的批評模式。"圈"和"點"是指用

不同色彩的筆墨對文章進行圈點、塗抹，以達到文學批評的目的。
《四庫全書總目》關注到了宋人的圈點之法，指出"宋人讀書，於
切要處率以筆抹。故《朱子語類・論讀書法》云：'先以某色筆抹
出，再以某色筆抹出。'呂祖謙《古文關鍵》、樓昉《迂齋評注古
文》亦皆用抹，其明例也。謝枋得《文章軌範》、方回《瀛奎律
髓》、羅綺《放翁詩選》始稍具圈點，是盛於南宋末矣"①。四庫館
臣還根據圈點、塗抹等痕迹來鑒定圖書的年代和真偽。關于由宋代
到明清時期的評點之學的發展過程，清代桐城派學者劉聲木分
析曰：

> 評點始於南宋諸儒……後來明人踵行其法，變本加厲，幾
> 於無一書不評點，無一人不評點。南宋若樓昉、呂祖謙、謝枋
> 得，皆深知文體，撰述淵雅，其書足傳，其人尤足傳，故人無
> 閑言。……評點能啓發人意，固有愈於講說。姚姬傳郎中鼐亦
> 嘗言之，至曾文正公國藩謂之評點之學，是評點又何可廢也。
> 誠能得通儒之書，深知文體者評點，其嘉惠後學，裨益文章，
> 至遠且大。（《萇楚齋隨筆》）②

劉聲木指出了評點之學發展到明清以後出現的陋劣、俗惡等弊端，
但也從整體上肯定了權威評點的巨大價值。清人張雲章爲呂祖謙的
《古文關鍵》作序時曾言：

---

① 永瑢等撰：《蘇評孟子提要》，《四庫全書總目》，卷三七，第 307 頁。
② 劉聲木：《評點書目》，《萇楚齋隨筆》，卷五。收入《萇楚齋隨筆續筆三筆
　四筆五筆》，第 103—104 頁。

　　　有宋一代，文章之事盛矣。而集録古今之作傳於今者，僅
三四家，夫亦以得其當者鮮哉。真西山《正宗》、謝疊山《軌
範》，其傳最顯，格制法律，或詳其體，或舉其要，可爲學者準
則。而迂齋樓氏之標注其源流，亦軌於正，其傳已在隱顯之間。
以余考之，是三書皆東萊先生開其宗旨。(《呂祖謙全集》)①

　　樓昉的《崇古文訣》、謝枋得的《文章軌範》、真德秀的《文章正
宗》皆沾溉于呂祖謙的《古文關鍵》，《古文關鍵》和此三者被視
爲古文評點的"一祖三宗"。

　　古文評點雖然常常只有三言兩語，但由于能和原作在具體語境
中結合起來，古文和評點這雙重文本在意義上相互補充、生發，從
而產生具體而深刻的感染力，有助于讀者深入理解古文的意蘊和藝
術技巧。呂祖謙雖爲理學家，但他重視文學的價值，其《古文關
鍵》被譽爲"現存評點第一書"②，是古代評點文體形成的標志，
它確立了古文評點的慣例和範式，引導了南宋的點評風尚。"關
鍵"是門徑、訣竅之意，該書精選唐宋名家名作，稍加點撥，以
昭示後學"古人作文之法之妙"。潘麟的《古文關鍵序》言："東
萊先生所評點者，字勒段鈎，細批總注。如一展讀，而一篇之意旨
與一篇之精神燦然具陳。而自懸其編曰關鍵。蓋先生掣作者之閫
奥，而示學者以行文之法程也。"③《古文關鍵》"卷首冠以總論看

①　呂祖謙編著:《古文關鍵》。收入黃靈庚、吳戰壘主編《呂祖謙全集》第 11
　　册，第 134 頁。
②　吳承學:《現存評點第一書——論〈古文關鍵〉編選、評點及其影響》，
　　《文學遺產》2003 年第 4 期，第 72 頁。
③　呂祖謙編著:《古文關鍵》。收入黃靈庚、吳戰壘主編《呂祖謙全集》第 11
　　册，第 135 頁。

文、作文之法"①，可見其關注到了古文創作的技巧和文法。呂祖謙的《古文關鍵》對古文文法進行了廣泛的評點，這說明了南宋學者在對文道關係持續關注的基礎上，開始重視古文文法并自覺研究其規律，以期能够對古文創作起到引領作用。《古文關鍵》提倡"以古文爲時文"，以韓柳歐蘇作品爲典範，通過指點古文寫作來弘揚古文文法，在客觀上起到了建構古文文統的作用。胡鳳丹的《重刻古文關鍵序》言其"雖所甄選，文僅數家，家僅數篇，而構局造意，標舉靡遺，實能灼見作者之心源，而開示後人之奧窔……不知此法，無以作文，不讀先生是書，又何以知古人作文之法之妙哉?"②《古文關鍵》通過點評經典古文的絕妙佳處，指導舉子提高創作技巧，建構了一個古文寫作的規範體系。

對古文的"塗抹圈點"在南宋非常普遍，但其目的不同。"好理學"的朱熹圈點的是"語意好處"，追求的是用意玩味中的"胸中自是灑落"境界，③ 或者尋覓"道理"之所在，"以自家之心，體驗聖人之心"，"向裏尋到那精英處"。④ 朱熹對呂祖謙《古文關鍵》的評點頗不以爲然，因爲《古文關鍵》的評點特色是與理學無涉的純文學性質。明代葉盛曾云："宋儒批選文章，今可見者，前有呂東萊，次則樓迂齋、周應龍，又其次則謝叠山也。朱子嘗以'拘於腔子'議東萊矣。要之批選議論，不爲無益，亦講學之一端耳。"⑤

---

① 永瑢等撰:《古文關鍵二卷》《四庫全書總目》。北京:中華書局1965年版，第1698頁。
② 呂祖謙編著:《古文關鍵》。收入黃靈庚、吳戰壘主編《呂祖謙全集》第11冊，第135頁。
③ 黎靖德編:《朱子語類》，卷一一五，第2783頁。
④ 黎靖德編:《朱子語類》，卷一二○，第2877頁。
⑤ 葉盛:《宋儒批選文章》，《水東日記》。北京:中華書局1980年版，卷九，第103頁。

葉盛描述了南宋評點之學的發展次序，認爲評點"亦講學之一端"。
但四庫館臣認爲"祖謙此書實爲論文而作，不關講學，盛之所云，
乃《文章正宗》之評，非此書之評也"①。其實，就評點之學而言，
稱《古文關鍵》爲"講學之一端"未嘗不可。呂祖謙言："夫人之
作文既工矣，必知其所以工；處事既當矣，必知其所以當；爲政既
善矣，必知其所以善。苟不知其所以然，則雖一時之偶中，安知他
時之不失哉?"② 所以《古文關鍵》的評點重點雖然是文章的立意
脉絡、結構布局和字句錘煉等文法之學，但也關涉爲人處事、治國
安邦等道理。

　　古文評點在當時蔚然成風。樓昉早年師從呂祖謙，亦長于史
學。其《崇古文訣》以時代爲序對古文加以點評。"大略如呂氏
《關鍵》，而所取自《史》《漢》而下至於本朝，篇目增多，發明尤
精，當學者便之。"③ 四庫館臣認爲"此書篇目較備，繁簡得中，
尤有裨於學者。蓋昉受業於呂祖謙，故因其師説，推闡加密；正未
可以文皆習見而忽之矣"④。像呂祖謙師徒這樣熱衷于探究古文文
法的理學古文家在當時不在少數，這對于古文文法的推廣和傳承作
用巨大。

　　南宋通過總結唐宋名家古文文法使之固定下來，把它們作爲科
舉時文的典範程式；通過古文評點影響寫作風尚，使"以古文爲時
文"成爲南宋科舉的風尚潮流。古文與時文文法互相滲透，古文文

① 永瑢等撰：《古文關鍵提要》，《四庫全書總目》，卷一八七，第 1698 頁。
② 呂祖謙編著：《雜説》，《東萊呂太史外集》，卷五。收入黃靈庚、吳戰壘主
　編《呂祖謙全集》第 1 册，第 715 頁。
③ 陳振孫：《直齋書録解題》。收入《叢書集成初編》第 47 册，卷一五，第
　427 頁。
④ 永瑢等撰：《崇古文訣提要》，《四庫全書總目》，卷一八七，第 1699 頁。

法被推尊爲時文程式，古文學得好，時文就能寫好。時文相對于古文仿佛程式繁多，但其實這些章法、句法的規矩都是從古文中來的。如歐蘇古文文法的總結和推廣和科舉考試對策論的重視有關，也和古文選本對歐蘇古文的評點分不開。對歐蘇古文的模仿實際上就是"以古文爲時文"。歐蘇擅長策論，特別是蘇軾的論體文堪稱科舉程文典範。葉適雖批評蘇軾"理有未精"，但依舊認爲他是"古今論議之杰"。① "以古文爲時文"起到了寫作程式示範與門徑指引的作用。

二、"唐宋八大家"文統建構和古文文法程式化

由北宋到南宋，學者們對古文研究的關注重心經歷了由"文道離合"到"文體正變"的嬗變。與之相應，古文文章學開始興盛起來。王水照認爲，"迨至宋代，'文章'的内涵與概念都已趨于穩定，爲文章學的成立奠定了學理基礎"② 。文章學研究以古文爲中心，兼及賦、駢文、銘、贊、偈、頌等詩歌以外的韵文文體。北宋的古文文法理論多是形象的比喻，如"六一風神""自然成文""隨物賦形"等，基本處于采用形象化的説理即"象喻"階段，如錢鍾書所言的"窮理析義，須資象喻"③ ，缺少系統深入的理論闡釋。而南宋雖然也有諸如"自家物色""水心文法"等象喻、感悟

① 葉適：《皇朝文鑒四》，《習學記言序目》，卷五〇，第744頁。
② 王水照、朱剛編：《中國古代文章學的成立與展開——中國古代文章學》。上海：復旦大學出版社2011年版，第141頁。
③ 錢鍾書：《周易正義》，《管錐編》。北京：生活·讀書·新知三聯書店2001年版，第24頁。

式文論，但整體而言，南宋對文法的系統探究已經建構起文章學的基本框架了。宋代古文從宋初對韓愈的機械模仿，再到歐蘇對秦漢、韓柳古文文法的繼承，修辭、句法、章法等方面的模擬習氣一直不絕。南宋學者們自覺地總結唐宋古文運動的理論和實踐成就，從文體文法、創作技巧等規律性問題着眼，編選、評點古文經典作品，從而建構起古文文章學的基本體系。通過對古文文法的評點，篩選出典範文本，從而建立古文文統的經典範式和模範文本體系。通過對古文文法的總結和推廣，形成了一整套包含諸多概念和範疇的文本批評話語系統，如格、法、文勢、體勢、句法、章法、綱目、關鍵等。這些理論研究爲古文理論和創作的健康發展打下了基礎。

（一）"唐宋八大家"文統的建構

"唐宋八大家"概念的提出和文統發掘、建構經歷了一個漫長的演變過程，該群體的出現代表了唐宋古文理論和創作的最高成就，也構築了唐宋古文文統譜系的主幹。"唐宋八大家"是古文發展歷程中的重要一環，它上承秦漢古文文脉，下啓明清古文之門徑。章學誠就曾指出明清之時"文宗八家，以爲正軌"[1]。出于維護儒家道統的需要，宋代理學家秉持重道輕文、重視正統的理念去建構古文文統及其典範體系，從而促成了"唐宋八大家"文統的定型。學者多把"唐宋八大家"名稱的確定歸功于明代茅坤，實則不然。四庫館臣指出茅坤"善古文，最心折唐順之。順之所著《文

---

[1] 章學誠：《與汪龍莊書》，《章學誠遺書》。北京：文物出版社 1985 年版，卷九，第 82 頁。

編》，唐宋人自韓、柳、歐、三蘇、曾、王八大家外無所取，故坤選《八大家文鈔》。考明初朱右，已采録韓、柳、歐陽、曾、王、三蘇之作爲《八先生文集》，實遠在坤前。然右書今不傳，惟坤此集爲世所傳習"①。所以，在茅坤之前，明初朱右已有《八先生文集》，其將"三蘇"合爲一家，包括了韓、柳、歐、曾、王、蘇凡六家文集，故亦稱《六先生文集》。朱右論文以唐宋爲宗，首推"唐宋八大家"，其另有《唐宋六家文衡》之選。明代貝瓊的《唐宋六家文衡序》言此書"定六家文衡，因損益東萊呂氏之選"，并稱"廬陵歐陽子倡於宋，而南豐曾氏、臨川王氏及蜀蘇氏父子次之。蓋韓之奇、柳之峻、歐陽之粹、曾之嚴、王之潔、蘇之博，各有其體，以成一家之言。固有不可至者，亦不可不求其至也"②。因茅坤的《唐宋八大家文鈔》影響最大，所以後人多認爲"唐宋八大家"之説出自茅坤。高步瀛指出：

> 明清之世，言唐、宋文者，必歸宿於八家。考八家之選，始於宋呂東萊《文章關鍵》。然於韓、柳、歐陽、曾、三蘇外，有宛丘而無半山，且亦未立八家之名。今所謂八家者，始於明朱右所録《八先生文集》，而其書今不傳。唐順之所著《文編》，其於唐、宋文，則八家外無所取，茅鹿門因之，有《唐宋八大家文鈔》。後人迭相祖述，不可勝舉，而以方望溪、劉海峰評録爲精善。（《唐宋文舉要》）③

---

① 永瑢等撰：《唐宋八大家文鈔提要》，《四庫全書總目》，卷一八九，第1718頁。
② 貝瓊：《中都稿》，《清江文集》，卷二八。收入郭紹虞《中國歷代文論選》第3冊。上海：上海古籍出版社1980年版，第82頁。
③ 高步瀛：《唐宋文舉要》。北京：中華書局1985年版，第1頁。

高步瀛總結了自宋代到明清時期學界對"八大家"文統的歸納和建構，可見"八大家"古文自成典範體系，點評或者編纂"八大家"古文者代不乏人。

《古文關鍵》在"唐宋八大家"古文群體認同和作品經典化的過程中起到了承上啓下的關鍵作用。在《古文關鍵》之前，南宋王十朋就推崇韓、柳、歐、蘇等唐宋古文名家。王十朋的《雜説》言："唐宋之文可法者四：法古於韓，法奇於柳，法純粹於歐陽，法汗漫於東坡。餘文可以博觀，而無事乎取法也。"[1] 其《讀蘇文》言："不學文則已，學文而不韓、柳、歐、蘇是觀，誦讀雖博，著述雖多，未有不陋者也。"[2] 王十朋爲學純正，爲文取法韓柳歐蘇。明代的《永樂樂清縣志》稱"十朋所學，一出於正。自孔孟而下，唯韓文公、歐陽公、司馬公是師，故其文粹然"[3]。朱熹曾編《昌黎文粹》《歐蘇文粹》，這無疑也對"八大家"古文文統的建構有助推作用。呂祖謙于隆興元年（1163年）接連中了進士和博學宏詞科，他在《中兩科謝主司啓》中自信地宣稱："問津鄒、魯，未知經術之淵源；學步班、揚，詎識詞章之統紀。"[4] 這顯示他早有融合經術與文章以傳承儒家文統之志。《古文關鍵》"取韓愈、柳宗元、歐陽修、曾鞏、蘇洵、蘇軾、張耒之文，凡六十餘篇，各標舉其命意布局之處，示學者以門徑，故謂之'關鍵'"[5]。該書不分具體文體類別，以作者所處時代爲序編排，這八人除了張耒之外

① 王十朋著，梅溪集重刊委員會編：《王十朋全集》，第801頁。
② 同上書，第798頁。
③ 上海古籍出版社編：《人物》，《天一閣藏明代方志選刊・永樂樂清縣志》，卷七。上海：上海古籍出版社1964年影印版，第28a頁。
④ 呂祖謙編著：《東萊呂太史文集》，卷四。收入黃靈庚、吳戰壘主編《呂祖謙全集》第1冊，第72頁。
⑤ 永瑢等撰：《古文關鍵提要》，《四庫全書總目》，卷一八七，第1698頁。

都是"唐宋八大家"成員。

　　呂祖謙的《古文關鍵·看古文要法》對"八大家"的文統淵源和文章特色均有評點，其言曰："看韓文法：簡古。一本於經，亦學《孟子》。學韓簡古不可不學他法度，徒簡古而乏法度則樸而不文"；"看柳文法：關鍵。出於《國語》，當學他好處，當戒他雄辯，議論文字亦反覆"；"看歐文法：平淡。祖述韓子。議論文字最反覆。學歐平淡，不可不學他淵源，徒平淡而無淵源，則萎靡不振"；"看蘇文法：波瀾。出於《戰國策》《史記》，亦得關鍵法，當學他好處，當戒他不純處"；"看諸家文法：曾文專學歐，比歐文露筋骨……王文純潔，學王不成，遂無氣焰"；等等。① 古文文法傳承是"唐宋八大家"文統的重要內涵，呂祖謙分析了韓文法度的"簡古"、蘇文法度的"波瀾"等特點之淵源所自，也提醒後學迴避前人弊病。經過《古文關鍵》選評，"唐宋八大家"的雛型已經基本確定。呂祖謙于"八大家"之中尤重韓柳歐蘇，還編輯了《呂氏家塾增注三蘇文選》，其《古文關鍵》和《宋文鑒》均收入"三蘇"大量作品，以至朱熹指責他"一向不以蘇學爲非，左遮右攔，陽擠陰助"②。

　　《古文關鍵》直接影響了此後的古文評點和選本編刊。樓昉"因其師說"，重視"唐宋八大家"文統，其《崇古文訣》也對"唐宋八大家"典範的確立起到了助推作用。該書沿襲了呂祖謙對唐宋文的重視，所選唐宋文占比百分之八十以上，涉及作家更爲廣

① 呂祖謙編著：《看古文要法》，《古文關鍵》，卷首。收入黃靈庚、吳戰壘主編《呂祖謙全集》第 11 冊，第 1—2 頁。
② 朱熹：《與張敬夫》，《晦庵先生朱文公文集》，卷三一。收入朱杰人、嚴佐之、劉永翔主編《朱子全書》第 21 冊，第 1334 頁。

泛。共收録唐宋文一百六十四篇，其中韓愈二十五篇，柳宗元十四篇，歐陽修十八篇，蘇洵十一篇，蘇軾十五篇，蘇轍四篇，曾鞏六篇，王安石九篇，此外還有張耒十一篇。所選的王安石九篇文章均爲《古文關鍵》所未收之作品。明代萬曆七年（1579 年）茅坤的《唐宋八大家文鈔》付梓面世，從此正式確立被世人廣泛認可的"唐宋八大家"文統。明代唐宋派反對"前後七子"的"文必秦漢，詩必盛唐"，明確以"唐宋八大家"爲文章楷模。受到《古文關鍵》評點之法的影響，歸有光的《文章指南》也有"歸震川先生總論看文字法""歸震川先生論作文法"等理論。林紓指出："自呂東萊論文字法。舉文字之病十九，其第十四病曰熟爛，歸震川述之不遺一字。竊意東萊之文非能過於震川也，然其推崇東萊奉以師法。"[1] 唐順之編選的《文編》所收入"八大家"作品與《古文關鍵》相同的高達四十九篇之多，茅坤的《唐宋八大家文鈔》與《古文關鍵》更有六十篇重復，可見他們在選擇經典方面存在隔代共識。

總之，南宋文話和文集發展的一大成果是確立了"唐宋八大家"的文統地位。呂祖謙的《古文關鍵》描述了唐宋著名古文家的文統繼承脉絡，這直接影響了茅坤在《唐宋八大家文鈔》中對"唐宋八大家"概念的明確，對元明清時代的古文理論和創作產生了深遠的影響。"唐宋八大家"文統是古文創作經驗的總結和升華，是唐宋古文運動發展内在規律的體現，具有鮮明的民族文化特徵。

---

[1] 林紓：《春覺齋論文》，《春覺齋論畫（外一種）》，第 193 頁。

（二） 古文文法的程式化

　　宋代有所謂"文章之學"，程頤曾言："古之學者一，今之學者三，异端不存焉。一曰文章之學，二曰訓詁之學，三曰儒者之學。"① "文章之學"也可稱之爲"詞章之學"，指的就是歐、蘇等"能文者"的文章創作及其體法、程式等。關于歷代古文文法之間有無之辨證關系，明代唐順之認爲："漢以前文，未嘗無法，而未嘗有法，法寓於無法之中。故其爲法也，密不可窺。唐與近代之文，不能無法，而能毫釐不失乎法，以有爲法，故其爲法也嚴而不可犯。密則疑於無所謂法，嚴者嚴於有法而可窺，然而文之必有法，出乎自然而不可易者，則不容异也。"② 近人劉師培認爲，"後世以降，著述日繁，所論之旨，厥有二端：一曰文體，二曰文法。《雕龍》一書，溯各體之起源，明立言之有當，體各爲篇，聚必在類，誠文學之津筏也。""若夫辨論文法，書各不同，或品評全篇，或偶舉隻語，或發例以見凡，或標書以志義；至於纂類摘比之書，標識評點之册，本爲文之末務。豈學文之階梯?"③ 劉師培肯定文體、文法具有"文學之津筏"的作用，但對古文編纂、評點不甚重視。楊樹達從現代語法的學術視野來分析古代文法，認爲"吾國舊時所謂文法，其所講述，有所謂起承轉合，謀篇布局之法者，或應爲今修辭學之所研究，有所謂神韵氣味者，則神秘之談。若夫分析

346

---

① 程顥、程頤：《河南程氏遺書》，卷一八。收入氏著《二程集》，第 187 頁。
② 唐順之：《董中峰侍郎文集序》。收入黃宗羲編《明文海》，卷二四五，《文淵閣四庫全書》第 1455 册，第 728 頁。
③ 劉師培：《劉申叔遺書》。南京：鳳凰出版社 1997 年版，第 700 頁。

詞類，辨別詞位，如今之所謂文法學者，在周代已有其萌芽，觀孔子所記之《春秋》及《公羊》《谷梁》二傳之所解說，可以證也"[1]。就宋代古文文法而言，其包含了非常豐富的内容，宋代以來的文話和評點之學比較全面地總結了古文的文法理論和創作經驗。

宋代文人學者們日常書信來往、題序撰跋以及談學論道的時候均會關注到古文創作，還通過撰寫專題論文、著作以研討古文創作規律，大量編纂文話，對古文進行評點、研究和推廣。南宋理學家之所以熱衷于古文選本的編纂、刻印，書院教學、家學傳承和科舉射利等只是外在的影響因素，其根本原因在于他們想借助古文文統來延續儒家道統，而這就需要他們把古文的經典範本和文法程式確定下來。對以"唐宋八大家"爲代表的古文家文集的編纂和文法的總結集中反映了宋人對古文傳承譜系和文法等問題的重視，以及他們給予古文文統的極大認同。"唐宋八大家"文統地位的確立和南宋文章學的發展，都離不開南宋理學家們的大力助推。他們對文體、文法方面的探究，和歐陽修、蘇軾這些古文家從思想情致方面論"風神""至文"等構成了互補關係。

古文文法的因革、正變、流別等屬于文章學的研究範疇，但也關涉古文文統。南宋刊印的古文文集有《三蘇文粹》《蘇門六君子文粹》等，還有魏齊賢和葉棻編刊的《五百家播芳大全文粹》、袁說友編選的《成都文類》等，還產生了《古文關鍵》《崇古文訣》《文章軌範》《文章正宗》這四大標誌性的古文選本。此外，還有所謂的"文則""繩尺"等文章標準對古文文法展開系統的總結。

---

[1] 楊樹達：《高等國文法》。北京：商務印書館 1984 年版，第 11 頁。

在科舉應制的背景下，針對古文寫作的評點之學及時而有效地總結歸納了古文的文體特點和程式化的寫作套路。在這方面成就最顯著的當屬呂祖謙，他在學術上周旋于學者們共同生存的文人圈子之內，調和朱、陸等人的思想爭鳴，在文學領域重視理學却不輕視文學，推動了文統與道統之間的融合。呂祖謙的《左氏博議》《古文關鍵》《宋文鑒》集中地體現了他的文統觀念和文章學思想，此外，他的《呂氏家塾讀詩記》《麗澤論説集録》《三蘇文選》等作品也蘊含了豐富的文學思想資源。

南宋對古文文法的及時總結爲後代古文理論和創作的健康發展打下了良好基礎，爲元明清作家的古文創作提供了現成的範本和標準。宋代"時文"與科舉考試關係密切，甚至在很多時候"時文"指的就是科舉文。西昆體曾"聳動天下"，聲勢顯赫，"是時天下學者楊、劉之作，號爲時文，能者取科第，擅名聲，以誇榮當世，未嘗有道韓文者"①。清代包世臣認爲："唐以前無古文之名，北宋科舉業盛，名曰時文，而文之不以應科舉者，乃自目爲古文。"②因爲朝廷科舉政策的搖擺，時而重詩賦，時而重經義，時而重策論，所以流行的時文所指代的對象和内涵也在隨時變化。③ 雖然如

---

① 歐陽修著，李逸安點校：《記舊本韓文後》，《歐陽修全集》，卷七三，第1056頁。
② 包世臣：《雩都宋月臺古文鈔序》，《藝舟雙楫》，卷三，第67頁。
③ 如洪邁言："熙寧罷詩賦，元祐復之，至紹聖又罷，於是學者不復習爲應用之文。紹聖二年，始立宏詞科，除詔、誥、制、敕不試外，其章表、露布、檄書、頌、箴、銘、序、記、誡論凡九種，以四題作兩場引試，唯進士得預，而專用國朝及時事爲題，每取不得過五人。大觀四年，改立詞學兼茂科，增試制誥，内二篇以歷代史故事，每歲一試，所取不得過三人。"紹興三年增爲十二科："曰制、曰誥、曰詔、曰表、曰露布、曰檄、曰箴、曰銘、曰記、曰贊、曰頌、曰序"，且"許卿大夫之任子亦就試，爲博學宏詞科，所取不得過五人。任子中選者，賜進士第。雖用唐時科目，而所試文則非也"。見洪邁著，夏祖堯、周洪武點校：《三筆》，卷一〇，"詞學科目"條。收入《容齋隨筆》。長沙：岳麓書社2006年版，第412頁。

此，作爲"應用之文"，時文的應試功能是不變的。

古文與時文在文法方面有着紐帶聯接，"以古文爲時文"有效地實現了古文文法的傳承。時文與古文并不是完全對立的，時文寫得好的人多能成爲優秀的古文家。在宋代的進士科考試中，詩賦和策論是主要的考試科目，文人們在科舉應試階段大都以詩賦寫作爲事，用力甚專。例如，北宋秦少章曾向張耒言"惟家貧，奉命於大人而勉爲科舉之文也"，張耒認爲"异時率其意爲詩章古文，往往清麗奇偉，工於舉業百倍"。①歐陽修也曾自叙其參加科舉之前反復演練經義、策論等科舉時文，登第後纔得以安心寫作自己喜歡的散體古文。宋末元初劉將孫認爲時文和古文在寫作理路上并沒有本質區別：

> 文字無二法，自韓退之創爲古文之名，而後之談文者必以經、賦、論、策爲時文，碑、銘、叙、題、贊、箴、頌爲古文。不知辭達而已，時文之精，即古文之理也。予嘗持一論云：能時文未有不能古文。能古文而不能時文者有矣，未有能時文爲古文而有餘憾者也。如韓、柳、歐、蘇皆以時文擅名，及其爲古文也，如取之固有。韓《顔子論》、蘇《刑賞論》，古文何以加之。……每見皇甫湜、樊宗師、尹師魯、穆伯長，諸家之作，寧無奇字妙語，幽情苦思，所爲不得與大家作者并，時文有不及焉故也。（《養吾齋集》）②

---

① 張耒撰，李逸安等點校：《送秦少章赴臨安簿序》，《張耒集》，卷四八，第 755 頁。
② 劉將孫：《題曾同父文後》，《養吾齋集》，卷二五。收入《文淵閣四庫全書》第 1199 册，第 745 頁。

韓、柳、歐、蘇等諸多古文大家都曾馳騁科場，作爲時文高手諳熟
"文字無二法"，通曉古文與時文寫作的技巧關聯。這使得他們更加
清楚時文的弊病認識，纔會更堅決地投入古文運動中。就宋代而
言，能稱得上爲時文的最初有西昆體駢文，隨後有險怪的太學體，
最後纔是散體古文。古文和時文的角色會相互轉換，如宋初太學體
主張"時以偶儷工巧爲尚，而我以斷散拙鄙爲高"①。這種險怪的
古文成了喧囂一時的時文樣板；此後歐陽修、蘇軾所推重的新體古
文，經過統治者的提倡和科舉制度的引導，則成爲新風尚的代表，
在當時也稱得上是新時文。

　　宋代古文的程式化經歷了一個漸進的過程。北宋時期，以歐
陽修、蘇軾爲代表的古文家創作了大量優秀的古文，其中包括一
些和科舉應試的内容和形式要求非常貼合的經典文章。這爲古文
文法程式研究提供了實踐基礎和參照範本。隨着"以古文爲時
文"主張的普遍推廣以及時文與古文的融合，宋人開始自覺總結
文章程式的理論和經驗。在南宋文話著作中，朱熹的《朱子語
類·論文》、葉適的《習學記言序目》、樓昉的《崇古文訣》等
對古文寫作程式的論述多是針對具體作家、作品、文體而言，其
形式基本是隨感式的零碎評論話語。吳子良的《林下偶談》中有
一些專題性的片段文論，如"知文難""爲文須遇佳題伸直筆"
"四六與古文同一關鍵""爲文大概有三""和平之言難工""詞科
習氣""好罵文字之大病"等。但在以呂祖謙的《古文關鍵》爲代
表的這些指導科舉應試的評點著作中，對古文文法程式的總結已經
開始專題化、系統化。《古文關鍵》卷首對以韓柳歐蘇爲代表的唐

① 葉適:《皇朝文鑒三》,《習學記言序目》, 卷四九, 第 733 頁。

宋古文家文章進行總評，提出四點看古文要法：第一看大概、主張；第二看文勢、規模；第三看綱目、關鍵；第四看警策、句法。接着對各家古文要點進行指點，如韓文之簡古，柳文之關鍵，歐文之平淡，蘇文之波瀾等。然後對"作文法"進行比較成體系的專題探究，如涉及文章格制的上下、離合、聚散、前後、遲速、左右、遠近、彼我、一二、次第、本末等；涉及文章風格等方面的明白、整齊、緊切、的當、流轉、豐潤、精妙、端潔、清新、簡肅、清快、雅健、立意、簡短、宏大、雄壯、清勁、華麗、縝密、典嚴等。此外還指出深、晦、怪、冗、弱、澀、虛、直、疏、碎、緩、暗、塵俗、熟爛、輕易、排事、説不透、意未盡、泛而不切等多種"文字病"。

　　宋代文話中對文法程式總結歸納得最爲系統的當屬南宋魏天應的《論學繩尺》。魏天應師從謝枋得。謝枋得所著的《文章軌範》以服務舉業爲目的，分"放膽文"和"小心文"對兩漢以來的科舉程文套路進行分析。魏天應編次《論學繩尺》十卷，輯録南宋以降優秀時文一百五十六篇，均爲當時場屋應試得雋之論。關于此書體例，明代游明爲此書作序曰："歷選古今諸儒論之尤者，萃爲一編，而命以是名。首之以名公論訣總目，次之以作論行文要法，每集則分其格式而爲之類意，每題則叙其出處而爲之立説，且事爲之箋，句爲之解，而又標注於上，批點於旁。"① 可見此書編纂體例繁富，用心甚勤，加惠學者甚深。《古文關鍵》《論學繩尺》均以"格"論文，文格、文式表示行文章法的類型特徵。《古文關鍵》曾舉出文格三十餘種，《論學繩尺》列出八十餘種。這些分類標準

① 游明：《論學繩尺序》。收入祝尚書《宋人總集叙録》，卷八，第371頁。

不盡統一，具體涉及章法、句法、文體、風格等多個方面。《論學繩尺》以南宋科舉中選之論議文爲點評對象，所言"論決"更具有實戰性、針對性。明代何喬新的《論學繩尺序》言曰："凡世之學者，本之經史以培其根；參之賈、班、夏、劉，以暢其支；廓之蘇、韓，以博其趣；旁求之歐、蘇諸論，以極其變。而其法度，一本此書，庶乎華實相副，彬彬可觀，豈直科舉之文哉!"① 此書所舉歷代名公作文論決不限于科舉程文，故而其所論行文技巧、程式和相關理論具有廣泛的參考價值。該書還歸納了陳傅良對論體文寫作過程的分析，指出有認題、立意、造語、破題、原題、講題、使證、結尾等環節。此外，歐陽起鳴對文章的論頭、論項、論心、論腹、論腰、論尾的特徵和行文均有所論析。林圖南論行文法有抑揚、緩急、死生、施報、去來、冷艷、起伏、輕清、厚重等；就論體文呈現體式而言，有折腰體、蜂腰體、掉頭體、單頭體、雙關體、三扇體、徵雁不成行體、鶴膝體等。四庫館臣指出："是當時每試必有一論，較諸他文應用之處爲多，故有專輯一編以備揣摩之具者。""南渡以後，講求漸密，程式漸嚴，試官執定格以待人，人亦循其定格以求合，於是'雙關三扇'之説興，而場屋之作遂別有軌度，雖有縱橫奇偉之才，亦不得而越。""當日省試中選之文，多見於此，存之可以考一朝之制度。其破題、接題、小講、大講、入題、原題諸式，實後來'八比'之濫觴，亦足以見制舉之文，源流所自出焉。"② 《論學繩尺》注重對論體文體法的評析，所歸納的論體法式被視爲明清八股時文的雛形和先聲。南宋以來，科舉策論程式日趨嚴格，規矩漸密，"文格""軌範""繩尺"等成爲衡文定

---

① 王水照：《歷代文話》第 1 册，第 1070 頁。
② 永瑢等撰：《論學繩尺提要》，《四庫全書總目》，卷一八七，第 1702 頁。

式，舉子求售趨之若鶩。因此，此書對于瞭解宋代科舉程文的演變歷史有着重要價值。

三、文統範式：歐蘇體法與程朱理學的深度整合

（一） 程張之問學，發以歐蘇之體法

南宋後朱熹時代的理學家以真德秀和魏了翁爲代表。真德秀是朱熹的忠實繼承者，他的學術主張基本上不脫程朱窠臼，而魏了翁則呈現出"會同洛蜀，融合朱陸"的思想態勢。魏了翁雖私淑朱子，但對"三蘇"蜀學亦有吸收，其學歸屬于廣義的蜀學範疇。[①]作爲理學家，魏了翁的會同"洛蜀"是以理學爲本，相容了"三蘇"蜀學的藝術精神。魏了翁曾言："嘗觀蘇文忠記李氏山房，謂秦漢以來，書益多學者益以苟簡。……今先生（朱熹）之書滿天下，而其道無傳焉。"[②] 魏了翁用蘇軾"束書不觀，游談無根"的話語，批評朱熹後學盲目崇拜語録，爲學空疏浮泛的流弊，這反映了他對蘇軾觀點的認可。魏了翁重視文人道德節操，認爲蘇軾不僅"文章妙天下"，還有着難能可貴的文人大節。魏了翁言："蘇氏兄

---

① 蔡方鹿認爲："所謂蜀學，可分爲廣義蜀學、狹義蜀學。廣義蜀學是指兩宋時期包括三蘇、張栻、魏了翁等及其弟子在内，貫通三教而以儒學及義理之學爲主的四川地區的學術。狹義蜀學是指以蘇洵、蘇軾、蘇轍三蘇父子爲代表的學術。儒佛道三教合一是三蘇蜀學的特點；不過儒家思想（尤其在政治治理時）在其間占據着主導地位。"見蔡方鹿：《魏了翁集宋代蜀學之大成》，《文史雜志》1993年第5期，第38頁。
② 魏了翁：《朱文公五書問答序》，《鶴山先生大全文集》，卷五五，第469頁。

弟平生大節，在於臨死生利害而不可奪。"① 蘇軾作爲世人贊譽的
"熙、豐、祐、聖諸公"之一，"人知蘇氏爲辭章之宗也，孰知其
忠清鯁亮，臨死生利害而不易其守？此蘇氏之所以爲文也"②。魏
了翁贊美蘇軾"忠清鯁亮"的人格與辭章之美，還稱贊黃庭堅在貶
謫困境中不畏挫折，"落華就實，直造簡達"，慮澹氣夷，和氣安
樂。③ 魏了翁對楊億的人品和氣節也極爲贊賞，認爲楊億雖然以文
易名，擅文之美，但天下人真正尊敬推崇他的原因，不是因爲他善
于綴輯文辭，而是因其"正色直道"，"忠清鯁亮大節可考，不以
末伎爲文"。④ 在宋學門戶林立的學術江湖中，魏了翁獨樹一幟，
"程張之問學而發以歐蘇之體法"，爲理學和文學的共生共存做出了
貢獻。⑤ 在理學家眼中，理學與文學關係并非勢同水火，難以相
容，魏了翁嘗試既保持文學的傳道載道功能，又追求文學清新生動
的面貌。他主張"性與天道之流行"的至文，⑥ 認爲文是道德性理
的自然流露。

　　南宋末期，融合洛、蜀的風氣漸成。如宋元間人李淦的《文章
精義》論文不嚴門戶之別，淡化"洛蜀之辨"，把"程朱""歐蘇"
相提并論，既重視儒學學統，也重視文學成就，體現了融合學統與
文統的開明態度。《四庫全書總目》認爲《文章精義》從文字風格
的視角來看待蜀、洛兩家文章，指出"蘇氏之文，不離乎縱橫；程

① 魏了翁：《跋蘇文定公帖》，《鶴山先生大全文集》，卷六二，第514頁。
② 魏了翁：《楊少逸不欺集序》，《鶴山先生大全文集》，卷五五，第468頁。
③ 魏了翁：《黃太史文集序》，《鶴山先生大全文集》，卷五三，第448—
　449頁。
④ 魏了翁：《跋楊文公真迹》，《鶴山先生大全文集》，卷六三，第517頁。
⑤ 吳淵：《鶴山集序》。收入曾棗莊、劉琳主編《全宋文》，卷七六八六，第
　25頁。
⑥ 魏了翁：《大邑縣學振文堂記》，《鶴山先生大全文集》，卷四〇，第341頁。

氏之文，不離乎訓詁。持平之論，破除洛蜀之門户，尤南宋人所不肯言"①。這種論文語氣頗爲清新，抛弃了一些理學家一味貶低蘇軾、抬高二程的做法，僅僅從文學價值的立場看待蘇門和程門的文字區別，頗有包容精神。李淦把"程朱"視爲文人，從文學的角度分析其文章藝術成就高下。如其言：

> 文字貴相題廣狹。晦庵先生諸文字，如長江大河，滔滔汩汩，動數千萬言而不足；及作《六君子贊》，人各三十二字，盡得描畫其生平，無欠無餘，所謂相題者也。……晦庵先生治經明理，宗二程而密於二程，如《易本義》《詩集傳》《小學書》《通鑒綱目》之類，皆青於藍而寒於水也。但尋常文字多不及二程，二程一句撇開，做得晦庵千句萬句；晦庵千句萬句擊斂來，只作得二程一句。雖世變愈降，亦關天分不同，然晦庵先生，三百篇之後一人而已。(《文章精義》)②

李淦執論總是在尋找一種平衡，既肯定程朱理學家的文字功夫和文學成就，也不否定文學家的重要價值；既指出朱熹文章簡潔精練方面遜色于二程，又強調朱熹集理學之大成的歷史地位，故而四庫館臣認爲其有"持平之論"。

另外，朱熹後學黄震宗法"程朱"，排斥佛老，頗有反思和批判精神，爲學也不嚴門户之辨，思想認識比較寬泛多元，兼采諸家之説。《四庫全書總目》指出：

---

① 永瑢等撰：《文章精義提要》，《四庫全書總目》，卷一九五，第 1789 頁。
② 李淦：《文章精義》。收入王水照《歷代文話》第 2 册，第 1184、1185 頁。

　　震與楊簡同鄉里，簡爲陸氏學，震則自爲朱氏學，不相附和。……大旨於學問排佛老，由陸九淵、張九成以上溯楊時、謝良佐，皆議其雜禪。雖朱子校正《陰符經》《參同契》，亦不能無疑。於治術排功利，詆王安石甚力。雖朱子謂周禮可致太平，亦不敢遽信。其他解説經義，或引諸家以翼朱子，或舍朱子而取諸家，亦不堅持門户之見。蓋震之學朱，一如朱之學程，反復發明，務求其是，非中無所得而徒假借聲價者也。（《四庫全書總目》）①

　　黄震主張文與道的結合，其所論道的内涵除了儒家倫理道德之外，也包含了"日用常行之理"。這種對道的認識和程朱理學家有所不同，反而接近于歐蘇的文道觀，這反映了他重視社會踐履、務實求是的態度。黄震學重"程朱"，文重"歐蘇"，他對韓、柳、歐、蘇等文學家極力推贊，認爲有宋一代之所以文明昌盛，程朱義理與歐蘇文章均功不可没。

（二）　探周程之旨趣，貫歐曾之脉絡

　　文統和學統有着密切的互動關係，但二者也有不協調的時候。學統的興起、繁榮和消沉常和具體的歷史時段、學術語境、地域特色、家學師承等相關聯，因此學術史上各種學統的此起彼伏是一種常態。程朱理學學統傳承了很多代，在程朱學統之内還有很多具體的門户之别。文統的確立也需要經過數代人相當長時間的努力。只

① 永瑢等撰：《黄氏日鈔提要》，《四庫全書總目》，卷九二，第786頁。

有像歐蘇這樣的文壇宗主，纔有資格和條件召喚組織"我輩中人"，并明確地提出文學主張，建構文統譜系。學統常常是封閉的，嚴門户之別。而文統則是比較開放和包容的。文人們在文學技法運用方面一般没有特別强的門户意識，不同學統門户的人也會認可同一文統。如朱熹作爲理學大師，也贊賞歐蘇的文學成就。因此，宋代古文文統的建構是在古文家和理學家的共同努力下實現的。

研究宋代文學必須關注文統與學統的互動關係。宋代文學本是宋學的題内之意，如蘇軾家族的蜀學就是以文學爲其特長；某些文統本身也是其學統的表現，如葉適等浙東學派文人都以文學見長。文統的形成和發展常以學統爲基礎。學統可以分出家族學統、地域學統、師徒學統、身份學統等，其中身份之別主要和官職、工作相關，如書院師生、詞臣、文人、遷客、謫臣、僧侣等。還可以根據學統性質分出經學學統、理學學統、文學學統、史學學統等。文統也可以分出家族文統、地域文統、師門文統、書院文統、詞臣文統、謫臣文統、理學文統等，各具體文統之間有交叉、重叠，如蘇軾父子的文統就兼有地域、家族、師承、文學等各種屬性。

隨着南宋與金對峙局面的形成，南方的經濟和社會生活相對穩定，文化也進入了一個繁榮發展期。隨着理學的興起，文學之士因學出游自然會和諸多理學前輩、師門產生各種淵源關係；而理學成爲了文學龍門，吸引了後學仿效，于是學派之中再分文派、詩派，學統與文統便統一在了一起。全祖望曾對此現象做過具體的描述：

> 張芸叟之學出於横渠，晁景迂之學出於涑水，汪青溪、謝無逸之學出於滎陽吕侍講，而山谷之學出於孫莘老，心折於范

正獻公醇夫，此以詩人而入學派者也。楊尹之門而有呂紫微之詩，胡文定公之門而有曾茶山之詩，湍石之門而有尤遂初之詩，清節先生之門而有楊誠齋之詩，此以學人而入詩派者也。章泉、澗泉之師爲清江，栗齋之師爲東萊，西麓之師爲慈湖，詩派之兼學派者也。放翁、千岩得之茶山，永嘉四靈得之葉忠定公水心，學派之中但分其詩派者也。（《鮚埼亭文集選注》）①

隨着南宋學術高潮的到來，各家學派思想學說日漸成熟和完善，學派的特點也日益清晰，同時學派之間的互動和交流更爲深入。南宋時期出現了宋學各種學統之間的交融匯合現象，學術與文學、學統與文統之間的互動也逐步增多，如蘇軾蜀學以文統傳學統，學統與文統之間的張力日漸消融。學派有盛衰，學統也有起伏，各學派和學統之間存在着交流和競爭的情況。學統本身就有家族、地域、師門等傳承的複雜性，雖然也有學人倚門傍户，嚴守師説，但學術眼光高遠、道行器量博雅的學者會打破門户之見，形成自家學派的博雅寬容特色，爲學不矜一户，甚至主張調和學派争端，實現學術的共存和共榮。這方面的代表人物有張栻和呂祖謙，他們在文學上同樣有出色的成就。他們的儒家學者底色和理學功底決定了他們的文章不可能像歐蘇那樣張揚性情，奇彩壯闊，但他們在文道觀方面的開放通融態度，有助于解掉束縛在文學上的道統鎖鏈，給文學争取更多自由發展的空間，從而實現理學與文學、學統與文統的交融。

從地域空間的角度來看，在相對獨立而穩定的文化語境之中很

---

① 全祖望原著，黄雲眉選注：《寶瓶集序》，《鮚埼亭文集選注》。北京：商務印書館 2018 年版，第 408 頁。

容易建立某種文學傳統，尤其是當地域和家族、師門、學派等各種因素叠加起來的時候。宋代比較典型的地域文派有湖湘文派、浙東文派等。浙東文派也稱爲"浙東派""永嘉派""永嘉文派"等，該派具有"承學統者未有不善于文"的特點。南宋時期的"浙學"，主要是相對于浙江之外的其他地方性學派（如蜀學、湖學、洛學等）而言的。浙東學人雖學術取向不同，但"爲道皆著於文"，注重以文載道。元代虞集指出，"乾淳之間，東南之文相望而起者何啻十數。若益公之温雅，近出於廬陵。永嘉諸賢，若季宣之奇博而有得於經；正則之明麗，而不失其正。彼功利之説，馳騁縱横其間者，其鋒亦未易嬰也"①。浙東學派通過研究時文寫作技巧弘揚光大了古文文統，他們所總結的文章技法來源于唐宋優秀古文，通過"以古文爲時文"把古文文法運用到時文寫作之中。浙東學派這種以文傳其派、以文傳其統的做法，也促成了該派學統的文學色彩，故而浙東學派也可以稱爲浙東文派。

黃宗羲推重浙東學派，指出他們"承學統者未有不善于文"，具有融合學統與文統的特點。黃宗羲爲"理學興而文藝絶"的指責叫冤，爲"言理學者懼辭工而勝理"的説法辯解。其言曰：

> 夫考亭、象山、伯恭、鶴山、西山、勉齋、魯齋（王柏）、仁山（金履祥）、静修（劉因）、草廬（吳澄），非所謂承學統者耶？以文而論之，則皆有《史》《漢》之精神，包舉其内。其他歐、蘇以下，王介甫、劉貢父（劉攽）之經義，陳同甫（陳亮）之事功，陳君舉（陳傅良）、唐説齋（唐仲

359

---

① 虞集：《廬陵劉桂隱存稿序》。收入李修生主編《全元文》第26册，卷八二〇，第110頁。

友）之典制，其文如江河，大小畢舉皆學海之川流也。其所謂文章家者，宋初之盛，柳仲塗（柳開）、穆伯長（穆修）、蘇子美（蘇舜欽）、尹師魯（尹洙）、石守道（石介）淵源最遠，非泛然成家者也。蘇門之盛，凌屬見於筆墨者，皆經術之波瀾也。晚宋二派，江左爲葉水心，江右爲劉須溪（劉辰翁），宗葉者以秀峻爲揣摩，宗劉者以清梗爲句讀，莫非微言大義之散殊。元文之盛者，北則姚牧庵（姚燧）、虞道園（虞集），蓋得乎江漢之傳；南則黃溍卿、柳道傳（柳貫）、吳禮部（吳澄），蓋出於仙華之窟。由此而言，則承學統者未有不善於文；彼文之行遠者，未有不本於學明矣。降而失傳，言理學者懼辭工而勝理，則必直致近譬；言文章者以修辭爲務，則寧失諸理，而曰理學興而文藝絕。嗚呼，亦冤矣！（《沈昭子耿嚴草序》）①

黃宗羲把朱熹、陸九淵、呂祖謙等理學家列入文統，并認爲“以文而論之，則皆有《史》《漢》之精神，包舉其内”，可見其對理學古文的重視。南宋浙東文壇有呂祖謙、陳傅良、葉適、陳亮、陳耆卿、吳子良、舒岳祥、戴表元等名家。浙東文統的早期傳人陳傅良、薛季宣與陳耆卿等，皆善文章。“爲道而著于文”是浙東學派的顯著特點，在此學派基礎上形成了學派與文派、學統和文統一體化的浙東文統。

就浙東文派的文統傳承脉絡而言，他們繼承了韓柳歐蘇的古文文統，由周行己、鄭伯熊發源，經過早期的薛季宣、陳傅良的推

① 黃宗羲著，吳光主編：《沈昭子耿嚴草序》，《黃宗羲全集》第 10 冊，第 58 頁。

動，到葉適達到高峰，而後陳耆卿、吳子良繼續發展浙東文統，經
舒岳祥、戴表元直至元初的袁桷爲其尾聲。故浙東文統傳承譜系大
致爲：周行己、鄭伯熊、薛季宣、陳傅良、葉適、陳耆卿、吳子
良、舒岳祥、戴表元、袁桷等。浙東文派均以文學著稱，如陳傅良
古文叙事雍容，用詞典雅，論事平實，疏朗有致。講求性情之正是
其文章的重要特質。吳子良認爲："止齋之文，初則工巧綺麗，後
則平淡優游，逶迤宛轉，無一毫少作之態。"① 四庫館臣稱陳傅良
"集中多切於實用之文，而密栗堅峭自然高雅，亦無南渡末流冗遝
腐濫之氣，蓋有本之言固迥不同矣"②。陳傅良其文"有本"，重實
用，其人可謂有德、有功、有言。陳傅良不急于文而"文擅于當
世"，他和程朱學人一樣重道輕文，認爲"文非古人所急"，道盛
文俱盛，文盛道始衰。"三代無文人，六經無文法。非無文人也，
不以文論人也；非無文法也，不以文爲法也。是故文非古人所急
也。"③ 陳傅良甚至覺得"文之爲天下患"，認爲"華藻之厚，而忠
信之薄也；詞辯之工，而事業之陋也；學問之該，而器識之淺也；
吾不意夫文之爲天下患如此也"④。陳傅良將文視爲妨害道的存在，
似乎是把二者對立起來，其實他批判的是文人們一味重視文學而輕
視德行的行爲表現。

　　浙東學人的學統淵源雖然和二程洛學關係密切，但不同于程朱
理學家，他們既重視經濟事功，也重視道德文章。因此諸如薛季
宣、陳傅良和葉適等人可以被視爲非正統的理學家，他們并不認爲

---

① 吳子良：《林下偶談》，卷一。收入王水照《歷代文話》第 1 册，第 586 頁。
② 永瑢等撰：《〈止齋文集〉提要》，《四庫全書總目》，卷一五九，第 1370 頁。
③ 陳傅良著，周夢江點校：《文章策》，《陳傅良先生文集》，第 656 頁。
④ 同上。

理學和文學之間存在着不可逾越的鴻溝。這就爲其學統與文統的融合創造了思想條件。以薛季宣和陳傅良之學爲標識，浙東學術改變了其早期作爲洛學分支"必兢省以禦物欲"的爲學特點，事功之學的學術個性日漸凸顯。黄宗羲認爲"永嘉之學，教人就事上理會，步步著實，言之必使可行，足以開物成務。蓋亦鑒一種閉目合眼，矇瞳精神、自附道學者，於古今事物之變，不知爲何等也"①。永嘉之學作爲一個獨立學派所呈現出來的學術面目，不同于道學末流的迂腐和自欺。但它因爲主張事功經濟而被朱熹等人視爲異端，漸漸成爲程朱理學的反動派。浙東文人古文成就突出，且多重視古文統續和氣脉。吴子良云：

> 文有統緒有氣脉。統緒植於正而綿延，枝派旁出者無與也；氣脉培之厚而盛大，華藻外飾者無與也。六籍尚矣，非直以文稱，而言文者輒先焉，不曰統緒之端、氣脉之元乎！自周以降，文莫盛於漢唐宋。漢之文，以貫馬倡接之者，更生、子雲、孟堅其徒也；唐之文，以韓柳倡接之者，習之、持正其徒也；宋東都之文，以歐蘇曾倡接之者，無咎、無己、文潛其徒也；宋南渡之文，以吕葉倡接之者，壽老其徒也。……葉公既没，篔窗之文遂歸然爲世宗，蓋其統緒正而氣脉厚也。自元祐後，談理者祖程，論文者宗蘇，而理與文分爲二。吕公病其然，思會融之，故吕公之文早范而晚實。逮至葉公，窮高極深，精妙卓特，備天地之奇變，而隻字半簡無虚設者。壽老一見，亦奮躍，策而追之，幾及焉。然則所謂統緒正而

---

① 黄宗羲、全祖望：《艮齋學案》，《宋元學案》，卷五二，第 1696 頁。

氣脉厚者，又豈直文而已！（《篔窗續集序》）①

吳子良認爲陳耆卿具有融合周、程、歐、曾的思想傾向，文章"統緒正而氣脉厚"，理、氣、法三者俱佳。其《篔窗集跋》言曰："爲文大要有三，主之以理，張之以氣，束之以法。篔窗先生探周、程之旨趣，貫歐、曾之脉絡，非徒工於文者也。……先生四十歲以前之作也，雄奇勁正已如此。後此者爲續集，理研之而益精，氣培之而益厚，法操之而益嚴。"② 陳耆卿文章"探周、程之旨趣，貫歐、曾之脉絡"，不僅傳承了道統和文統，還把古文之理、氣、法三者融合起來，這充分顯示了浙東文派學統與文統兼融的通達精神。

吳子良作爲浙東學派傳人，重視浙東文統的歷史地位。吳子良以"統續"和"氣脉"論文學，詳細排列自西周至南宋的文統承接順序，把呂祖謙、葉適、陳耆卿，還有他自己都視爲文統傳人。吳子良的古文文統傳人地位在當時是得到世人認可的。如趙孟堅詩曰："孔孟至皇朝，文與道相屬。溯自熙豐後，專門始分目。歐蘇以文雄，周程理義熟。從此判而二，流派各异躅。偉哉水心葉，同軌混列輻。粲粲雲錦章，理義仍炳燭。篔窗一傳後，人已沾膏馥。正統的屬任，非公紹者孰。"③ 此詩對古文文統的傳承序列描述中，突出了葉適、陳耆卿、吳子良等人的文統地位。趙孟堅對吳子良文

① 吳子良：《篔窗續集序》。收入陳耆卿著，曹莉亞校點《陳耆卿集》，第157頁。
② 吳子良：《篔窗集跋》。收入陳耆卿著，曹莉亞校點《陳耆卿集》，第159頁。
③ 趙孟堅：《爲倉使吳荆溪先生壽》，《彜齋文編》，卷一。收入《文淵閣四庫全書》第1181冊，第310頁。

統地位的稱頌顯示了南宋時期人們已經對善文的理學家和歐、蘇等文學家一視同仁了，將他們都看成了古文文統的傳人。以浙東文派爲代表的南宋後期文人自覺地扛起了傳承古文文統的大旗，這反映了古文運動所播下的種子已經生根發芽并茁壯成長了。

浙東文統對南宋文壇的影響可從當時科舉應試文章版式"永嘉文體"的類比之風中看出。永嘉學人的科舉應試和時文講義多推崇韓、柳、歐、蘇等人，和《左氏博議》《古文關鍵》等選本的格調合拍，在文法方面延續了唐宋古文運動的成就。

綜上可見，宋代古文文法的總結和推廣本質上是古文文統的建構和強化。這就不難理解爲什麼從事古文評點和文集編纂的南宋學者多具有理學家的身份標籤了，因爲通過文統建構來延續道統命脉是他們自覺而理性的選擇。宋代"以古文爲時文"推動了古文文法的程式化，建構了古文文章學的概念範疇和理論體系，從而樹立起"唐宋八大家"文統及其古文典範。理學和文學的媾和，使得南宋最終形成"程張問學"與"歐蘇體法"深度融合的文統範式，深度影響了當時和後代的古文創作。南宋文人"探周程之旨趣，貫歐蘇之體法"，學文交勝，相爲無窮，最終形成了古文文統與道統、學統相融合的局面。

第八章

結論

在中國古代文論研究中，"文統"作爲一種約定俗成的慣例被
普遍運用。研究者或視之爲文學研究的背景，或理所當然地運用其
概念範疇，而對其具體内涵、特徵和運作規律或泛泛而論語焉不
詳、或蜻蜓點水一帶而過。另外，文統研究必然關注韓柳歐蘇這些
代表性的作家和他們的經典作品，必然涉及很多經典的文論主張，
因此會有一些共引文獻給人似曾相識的感覺。這可能和文統自身的
普適性、多義性、開放性有關，但也因此給針對文統的專題研究帶
來了一定的困難。本文建構"宋代古文文統"這一範疇并以之作爲
研究對象，以下三個有利條件支撐了本文研究工作的可行性：一是
宋代"尚統"意識突出，道統、學統高度發展，這給文統的確定提
供了相對明確的參照物；二是宋代古文運動推動了一批優秀古文家
和作品的産生，爲古文文統的確定提供了現實基礎；三是宋代以文
話、古文評點爲標志的文章學進入成熟期，爲文統研究提供了理論

基礎。因此，以文道、文情、文法爲關注中心和具體切入點，本文開展的宋代古文文統研究可以做到研究對象和研究目標明確，研究思路和研究方法具體切實；同時，以文道關係爲核心可確保本研究整體規模適中而重點突出。

　　現概括本文研究内容如下：宋代古文運動以儒學復興爲學術背景，其内在理路和驅動力在于古文文統的創新和傳承。古文文統作爲"唐宋古文家所標榜的合于儒家道統、以明道爲旨歸的文章傳統"①，有其獨特的價值體系、文化邏輯及社會文化功能，并與古代道統、學統等存在互動關係。它具體包括文道關係、文學情致和古文文法以及三者的傳承譜系和因革規律等。因此，深入挖掘宋代古文文統的意義世界和運作模式，結合具體歷史語境分析其生成、發展的基本過程，有助于全面深刻地認識宋代文學發展的深層動因和嬗變規律。先秦時期的文本具有文學、歷史、哲學三位一體的特徵。此時期對文道關係的關注、"文本于經"觀念的産生、文學趣味和文學情致的萌發以及"文體備于戰國"等現象的發生均表明了早期文統意識的存在。漢代的正統論思想滲透入文統，史漢文統和先秦兩漢散文一起奠定了古文文統的基礎。魏晉時期隨着文學的自覺和獨立，文章之士的譜系開始建立，同時文學的原道、徵聖、宗經主張進一步鞏固了文統觀念。隋唐時期儒學復古和古文運動興起，韓愈首倡道統和文統二説，韓柳古文文統形成。兩宋時期古文文統高度發展并與道統實現辯證統一，"唐宋八大家"文統確立并強化，古文運動取得徹底勝利。

　　宋代古文文統是以唐宋古文運動爲背景生成和發展的，古文運

---

① 錢仲聯等主編：《中國文學大辭典》，第 1766 頁。

動在一定意義上可以被視爲古文文統的建構運動，它注重文道關係和傳承儒家古道，并建立起古文文法規範。唐代古文運動的先驅人物柳冕、李華、權德輿等人已有文統論調，他們曾論列堯、舜、禹、周、孔、司馬遷、揚雄等人的文學地位。韓愈首次明確提出文統觀念，其《原道》和《進學解》將道統與文統相區別：文統的載體是"文""文章"，古文即爲載道之文，道統的載體是"道"。文統的傳承者不只是歷代聖賢，更有莊子、屈原等文學家，文統包含了文學的審美特質。在韓愈描述的文統譜系中，代表人物爲左丘明、莊周、屈原、司馬遷、揚雄、司馬相如等文學家，代表作品爲《虞書》《夏書》《周誥》《殷盤》《春秋》《左氏》《易》《詩》《莊》《騷》等及其他審美價值突出的作品。韓愈古文文統演化出奇崛和平易兩條支脉，前者奇崛艱險，後者文從字順。奇崛文風先由皇甫湜繼承，後在北宋前期又得到了柳開、石介等古文家的繼承，發展出"太學體"險怪文風。李翱則繼承了平易風格，後由歐、蘇傳承，也在朱熹、呂祖謙等理學家古文中得到體現。柳宗元、皮日休繼承并發展了韓愈文統觀。柳宗元主張文章的"著述"和"比興"傳統，"著述"源于先秦《尚書》《詩經》的雅頌傳統，在宋代形成以雅頌、道理爲本的文章體系；"比興"一脉可追溯到先秦的風騷傳統，發展到宋代形成以情致爲本的文章體系。

宋代存在着推重道統、學統、文統和史統等"尚統"意識，史學上的正統思想很容易遷移、滲透到文學領域。宋代古文創作多有標舉其文統淵源的習氣，存在經術、議論、性理"文章三變"的通變規律。宋人具有學者、文人和政客等多元身份，《宋史》分出儒林、文苑、道學三傳，宋人的文道觀也相應分爲三類：一是"談經者"（傳統意義上的儒家學者）以雅頌爲本的文道觀，二是"能

文者"（文章之士）以情致（風騷）爲本的文道觀，三是"知道
者"（程、朱等理學家）以道理（性理）爲本的文道觀。文道關係
是文統觀的核心，經學家、理學家基本上是以道統來取代文統，而
歐、蘇等古文家重道也重文，建構起文學本位的古文文統。宋代古
文所蘊含的道之内涵經歷了三個階段的變化。最初是經學家對復興
儒家古道的提倡，然後是歐、蘇等古文家把社會實踐和情致體驗融
入道之中，而程朱則把道局限在道德心性之上。南宋以後，文與道
之間的矛盾得以調和，文統與道統得到了并行不悖的發展。道學家
以其道德品行和學術成就占據其道統地位，古文家則以古文創作成
就確定其文統地位，後人對他們有着不同的價值判斷坐標。

宋代古文文統主要包括如下内容：

一、文道方面。儒家正統思想作爲宋代文人的集體無意識，潛
移默化地融入他們的思想和創作。文道關係是文統觀的核心問題，
宋代"談經者""能文者""知道者"都肯定儒家思想對文學的主
導作用，儘管他們對文道關係和道的内涵有不同的理解。"談經者"
以道統爲文統，提倡文學的原道、徵聖、宗經作用。作爲理學先
驅，他們重古道而輕情志，具有强烈的復古尊孔和擬古尚統意識，
并以儒家道統傳人自居。"談經者"認可的道統譜系大致爲堯、舜、
禹、湯、文、武、周公、孔子、孟軻、荀卿、董仲舒、揚雄、王
通、韓愈、柳開、孫復等。在宋代"道理最大"的意識形態語境
中，"知道者"認爲文學是載道工具，主張"道本文末"、以理爲
宗，重道輕文甚至認爲"作文害道"。但朱熹對韓柳歐蘇古文文統
地位的肯定，從側面反映了理學家文道觀的内在矛盾。朱熹從本體
論出發，認爲文與道之間是體用關係。朱熹的"道"是形而上的、
學理化了的道德心性，它不同于歐蘇所主張的社會現實之"道"。

陸九淵、呂祖謙等人則有調和文道的趨向，重視義理和情致。真德秀和魏了翁提倡學歸程朱、文歸歐蘇，體現出道學家的開明和進步。"知道者"的"傳道正統"列出堯、舜、禹、湯、文、武、周公、孔子、曾子、顏子、子思、孟子和二程的譜系。韓愈提倡文以載道，是道統和文統聯結的樞紐性人物，但宋人多認爲其"任文統而不任道統"。"談經者"由尊韓轉而弃韓，"知道者"也把韓愈排斥在道統之外。但朱熹重視韓愈的文統地位，大致認可賈誼、晁錯、董仲舒、張衡、司馬遷、司馬相如、班固、揚雄、蘇頲、韓愈、陸贄、柳宗元、尹洙、歐陽修等人構成的文統譜系。

由于文與道的張力以及文統與道統觀念的分野，不同地域、學派文人之間會產生衝突。"山東腐儒漫側目，洛下才子争歸趨"現象反映了傳統保守的"談經者"與奔放浪漫的"能文者"的矛盾。孫復、石介等"山東腐儒"以孔孟道統相尚，歐陽修、梅堯臣等"洛陽才子"則以才華相爲推重。"昆體勝而古道衰""洛學興而文字壞"的觀念反映了歐陽修、葉適、劉克莊等人對文道離合關係的關注，以及他們對文道統一的訴求。洛蜀黨争由學統之争發展爲政治攻訐并彌漫到文學領域。"爲洛學者皆崇性理而抑藝文"，士子以經義穿鑿文章，語録體俗化泛濫，文字之壞在所難免。南宋文人主張文與道的調適，"合周程歐蘇之裂"，整合道統與文統。浙東學統與文統高度融合，呂祖謙家學的"中原文獻"之統顯示了對儒家正統和華夏文化的認同。《宋文鑒》文理兼顧，"具一代之統紀"，可與史相輔，體現了文統與治統、道統的一致性。理學家注重文章正宗的推崇與儒家正統的標榜，《文章正宗》"以理爲宗"而"別出談理一派"，《崇古文訣》《文章軌範》等文話端莊正大，這些都有助于古文文統建構。

二、文情方面。中國文學具有抒情性突出的特徵，所謂"情本"即以人類情感爲表現對象。古代文論中的"情本論"源自"情本哲學"，郭店楚簡《性自命出》篇便主張"道始於情，情生於性"。歐、蘇等"能文者"主張以情致爲本的文道觀，朱熹等"知道者"也重視文學情致和理趣，認爲文學務得性情之正。宋代古文内涵具有"由道及情"的趨向，"文道"和"文情"構成互補關係。"文情"具有"情性""情實"與"情感"等多種内涵，歐蘇重道又重情，使古文内涵發生由儒道到情實、情感和情性的遷移，建構起以文學爲本位的文統體系，也形成古文的獨特風神和情韵。歐陽修重視社會踐履，賦予道以現實内涵；蘇軾提出道其所道、應物之理的道論，主張和性命融合的自得、超越之"道"。《東坡易傳》重人情、切世事，爲蘇軾"情本論"的集中體現。歐蘇通過師門、家族等建立文統譜系，爲文貼近情實、情性和情感；他們基于審美情趣和精緻化訴求，爲文追求形神兼備的至文境界。古文創作由必然王國進入自由王國的境界飛躍在作爲情致外化的"六一風神"和以情爲本的"東坡至文"上得到充分體現。"六一風神"紆餘委備、一唱三嘆的情致之美是叙事文學抒情特徵的表現。

宋代古文情致的激發離不開西昆派和王禹偁等人的推動。王禹偁主張傳道明心，歐陽修先"嗣其統"，後以古道和"優游坦夷之辭"變昆體，促進了古文對文采情致的重視。"韓柳""歐蘇"等并稱的産生説明世人由重文道轉而重文采、文情。宋代文統和師門關係密切，被稱爲"文宗"的有楊億、劉筠、歐陽修、王安石、蘇軾、黄庭堅、綦崇禮、呂祖謙、樓鑰、劉克莊等人。文人們以道德文章相互援引，以斯文傳承爲己任，具有傳承文統的自覺性。"韓

"歐"并稱顯示了歐陽修聯結唐、宋文統的地位。歐陽修溯源孔孟，繼承韓愈文統，利用"龍門"地位和知貢舉的契機，選拔蘇軾、蘇轍、曾鞏、張載、程顥、王回、王無咎、吕大鈞等優秀文人。蘇軾繼承韓愈、歐陽修古文文統，又把傳承意識灌輸給蘇門後學。南宋時期，韓柳歐蘇已成爲古文文統的標志人物，文壇已有"宗歐"與"宗蘇"之别。理學家古文重視傳承道統，朱熹廣泛點評韓、柳、歐、蘇、曾、王等人文章，尤其對蘇軾古文的文采情致"愛恨交織"。宋代古文運動和理學發展同步，南宋理學與文學進一步融合，道歸程朱、文宗歐蘇成爲普遍趨勢。古文文話、選本紛紛涌現，南宋理學家和陳亮、葉適等事功派古文進入古文正統。

三、文法方面。古文文統之傳承，既有内容層面的文道、文情，還有形式方面的文法。宋代古文之學興盛，文章作法、軌範、關鍵、文訣等問題得到廣泛重視。古文文辭、文風、文體等方面的理論和實踐成就推動了宋代文章學達到高峰。"以古文爲時文"使得古文與時文的張力開始消解，古文文法在南宋得到全面總結和推廣。古文在宋代文體中處于核心地位，并和其他文體産生縱橫交織的關係。宋代古文可分爲實用性和審美性兩類。自歐、蘇開始，古文的審美屬性和價值日益突出，并産生自然流暢、情韵兼美的"藝術古文"。出于游戲娱樂目的，宋人還創作出"事出于沉思，義歸于翰藻"的純虚構藝術古文。作爲"有意味的形式"，宋代古文文法慣例和範式的文統歸向突出。古文文辭的駢與儷、工與拙、質與文、雅與俗、古與新、正與奇等有其傳承演變的脉絡。宋代古文注重實用，主張"辭達而意明""辭達而理舉"。文辭尚簡崇古，推崇《周易》的"易簡"原則和《春秋》的"簡而有法"，背後有"文本于經"的宗經理念。古文句法重視因襲化用、祖述遺意，

"祖述"大體有思想內容的"祖其神"和語言形式的"祖其形"兩種情形。宋人所言"文法"一般是指章法,古文章法的沿襲具有擬經、溯源和身份認同意識。"擬聖作經"有助於拓展原典的思想內涵,也表現出強烈的文統意識。古文章法沿襲反映了宋人在文法範式、文統譜系、作者身份方面的趨同性。宋人尊崇平淡自然文風,自覺抵制奇澀險怪逆流,確立起"溫純雅正"的審美標準。

南宋學者自覺總結和推廣古文運動的理論和實踐成果,大量編纂文話評點古文,通過對古文經典範本和文法程式的確立來固化文統。古文文統得到了理學家的認可,他們自覺借助文統來傳續儒家道統。南宋文章學以古文爲中心,關注重心經歷了由"文道離合"到"文體正變"的嬗變,形成了格、法、文勢、體勢、句法、章法、綱目、關鍵等諸多概念範疇。古文文法被推尊爲時文程式,起到了示範與指引的作用,"以古文爲時文"成爲南宋科舉潮流。宋代古文之學打破了經、史、子、集的界限,有助於古文地位的提升。《文選》學在宋代的衰落和文話的繁榮互爲因果,宋代文話以古文話爲主,兼及四六話、賦話等。文話在南宋的大量出現,科舉應試只是其外在因素,內在動因在于道統與文統的媾和。呂祖謙的《古文關鍵》確立了"唐宋八大家"古文文統,茅坤進而明確提出"唐宋八大家"的概念。南宋後朱熹時代出現"會同洛蜀,融合朱陸"態勢,魏了翁等理學家具有融合理學和文學的學術特徵。宋代文統可分出家族、地域、師門、書院、詞臣、學派等不同類型,各類型彼此有交叉、重疊。浙東學派以文學見長,"爲道而著于文",以文統傳學統,學與文相爲無窮。浙東文統成爲古文文統正傳,其傳承譜系大致爲周行己、鄭伯熊、薛季宣、陳傅良、葉適、陳耆卿、吳子良、舒岳祥、戴表元、袁桷等人。他們主張"探周程之旨

趣，貫歐曾之脉絡"，既重視經濟事功，也推崇道德文章，顯示出文統與道統、學統融合的通達精神。

綜上所述，本文針對文學史上被廣泛認可而又缺乏具體深入探究的宋代古文文統開展專題研究，既有對前人成果的歸納提煉，也有對"文統""文情"等概念的批判性建構。古文文統不僅是宋代文學發展變革的内驅機制，也是社會主流意識形態和核心價值觀的反映，它具有複雜的價值體系和文化意義。古文文統的生成變革離不開道統、學統等多元合力，對文統與道統、學統之間互動關係的關注有助于深入認識古文發展的内部規律。長期以來，學界在唐宋古文運動研究方面取得了豐碩的成果，對古文運動發生的政治、經濟、文化、學術背景均有深究。相對而言，對于文學正統、正宗、正脉等深層底蘊的發掘顯得有些不足，有時候甚至會把這些被封建統治者和文人所重視的、甚至是代代相傳的文化基因視爲封建糟粕。但這些爲古代文人們所珍視的事物畢竟有其存在的原因和合理性。結合歷史語境發掘宋代古文發展的内在規律，這是我們後來者尊重民族學統、維護中華文統應有的理智態度。

宋代是中華文化發展的高峰期，宋文化奠定了中華民族文化的基調和特色，塑造了中國的文人性格和文學品質，宋代文人的人格修養和精神境界堪稱後世楷模。歐陽修、蘇軾等古文家的創作以儒家思想爲底色，增加了人生體驗和社會實踐等具體内涵，把人生的性情趣味、審美體驗等融入文字之中。他們的思想意識還具有三教融合的特徵，呈現出空前的曠達和包容，對元明清時期文人的理想價值追求、生存方式選擇以及古文創作等都產生了巨大影響。在漫長的歷史生成和發展完善的過程中，宋代古文文統形成了豐富的内涵和完備的形式，對後代古文發展產生了長期而深刻的影響，奠定了元明清時期古文文統的基本架構和發展軌迹，具有深遠的意義。

這主要表現在：首先，"唐宋八大家"文統在元明清時期得到深化和推廣，鞏固了古文運動的成果，確定了古文的正統地位。古文文統代有傳人，釋來復認爲元初的虞集是可以繼承前代文統的人物，他認爲"自三代以降，若太史公特起於漢，韓昌黎獨拔於唐，歐陽文忠公勃興於宋，虞文靖公杰出於元，其統宗會要，卓爲大家，此蓋公論之不可掩者也"①。古文文統的脊梁就是"唐宋八大家"，元人沿襲了南宋以來的"唐宋八大家"觀念，吳澄認爲"唐之文能變八代之弊、追先漢之踪者，昌黎韓氏而已，河東柳氏亞之，宋文人視唐爲盛，唯廬陵歐陽氏、眉山二蘇氏、南豐曾氏、臨川王氏五家與唐二子相伯仲。夫自漢東都以逮于今，駸駸八百餘年，而合唐宋之文可稱者僅七人焉"②。吳澄的唐宋古文七家之說中，"三蘇"變成了"二蘇"，僅僅少了蘇轍。從明代茅坤編纂《唐宋八大家文鈔》開始，"唐宋八大家"概念更加明確，韓、柳、歐、蘇等人的古文經典影響至今。

其二，宋代古文文統統合"道理"與"情致"，形成了古文融合"洛蜀"的基本面貌，"學行程朱"和"文章韓歐"成爲了後代古文發展的基本路徑。南宋之後，"周張""歐蘇"之間的鴻溝漸漸被淡化或者忽視。理學家中也有優秀古文家，如劉祁的《歸潛志》記載王鬱"嘗欲爲文，取韓、柳之辭，程、張之理，合而爲一，方盡天下之妙"③。宋元間人李淦的《文章精義》論文本源六

---

① 釋來復：《翰林學士承旨潛溪先生像贊題》。收入羅月霞主編《宋濂全集》，第 2300 頁。
② 吳澄：《臨川王文公集序》。收入李修生主編《全元文》第 14 册，卷四八五，第 350—351 頁。
③ 劉祁：《歸潛志》。北京：中華書局 1983 年版，卷三，第 24 頁。

經，注重源流得失之辨，其持平之論破除洛、蜀之門户，敢道南宋人所不肯言。他關注到理學家與文學家文統觀的差異，認爲理學家的聖賢之文"與四書諸經相表裏"，可與"史官之文"和"文人之文"并列，而朱熹文章爲"三百篇之後一人而已"。① 可見在李淦看來，朱熹也稱得上文學大師。元明清時期的許多文人都有很深的理學修養，理學家也有了文人的氣質和做派。從社會整體來看，宋代那種"談經者""能文者""知道者"之間的界限變得模糊了。

其三，確立了後代古文以原道、宗經爲主旨的復古理念和對"斯文正統"的執着追求。元明清時期古文家主張爲文之徑取法六經、諸子之文，因爲它們在文章之意、體、法等方面均有借鑒價值。元代吴澄認爲"西漢之文最近古，歷八代浸敝，得唐韓、柳氏而古，至五代復敝，得宋歐陽氏而古，嗣歐而興，惟王、曾、二蘇爲卓卓"②。明代康海提出"文必先秦兩漢，詩必漢魏盛唐"③ 的主張，"文必秦漢"成爲"前七子"的文章復古口號。清代黄宗羲認爲，"文必本之六經，始有根本。唯劉向、曾鞏多引經語，至於韓、歐，融聖人之意而出之，不必用經，自然經術之文也"④。此論既尊"文本于經"，又推"韓歐"文統。晚清民初陳康黼的《古今文派述略》以"正宗"論文，其評論近代姚燮的《牧庵文集》"法律未嚴，非正宗也"，虞集也不能"上繼韓、歐"，而"有明一代，能直接《史》《漢》、韓、歐之派，爲文章正宗者，必推熙甫

---

① 李淦：《文章精義》。收入王水照《歷代文話》第 2 册，第 1185 頁。
② 吴澄：《别趙子昂序》。收入李修生主編《全元文》第 14 册，卷四七六，第 93 頁。
③ 王九思：《明翰林院修撰儒林郎康公神道之碑》，《渼陂續集》，卷中。收入《續修四庫全書》第 1334 册，第 230 頁。
④ 黄宗羲：《論文管見》。收入王水照《歷代文話》第 3 册，第 3201 頁。

（歸有光）焉"。① 陳康黼從文法的角度論文統，別文派，立正宗，肯定了由《史》《漢》到"唐宋八大家"，再到明代歸有光的文統譜系。宋代以後，由古文文統到"斯文正統"，學界對古文正統思想的探究輻射到了文史哲等多種學術和文化領域，文學方面的文統主張和文化上的"文統"相互交織，産生了强勁的共鳴。

其四，掀起了更爲自覺的文統總結和研究熱潮，推動了古文評點和文話等具有民族特色的文論的長足發展，促成了詩統、詞統、文統的分野。宋代以後的"文章"概念主要是指散體古文，有時候也包括駢體辭賦。文話以古文評論爲多，只有少數專門論述四六和賦體。王水照的《歷代文話》所録宋之後的文話著作有金元時期王若虛的《文辨》、李淦的《文章精義》、陳繹曾的《文説》和《文筌》等，明代宋濂的《文原》、曾鼎的《文式》、吳訥的《文章辨體序説》、王文禄的《文脉》、高琦的《文章一貫》、莊元臣的《文訣》、杜浚的《杜氏文譜》、陳懋仁的《續文章緣起》、朱荃宰的《文通》等，清代方以智的《文章薪火》、唐彪的《讀書作文譜》、方宗誠的《論文章本原》、林紓的《春覺齋論文》和《韓柳文研究法》等，近代以來王葆心的《古文辭通義》、陳康黼的《古今文派述略》、唐文治的《國文經緯貫通大義》等。元明清時期文話的繼續繁榮進一步發展和完善了古文文統的理論體系，形成了具有中國特色的古代文論話語和文章學體系。文話、詩話、詞話及賦話等文學批評形式的發展也推動了古代文統理論完善和進展。

綜上可見，在唐宋古文運動中形成的古文文統又反過來成爲了

---

① 陳康黼：《古今文派述略》。收入王水照《歷代文話》第 9 册，第 8168—8171 頁。

古文運動的内在動力和發展理路，深度影響了元明清的古文理論和
創作實踐。宋代古文文法範式爲明清科舉八股程文奠定了基礎，
"學行程朱，文章歐蘇"成爲後代文人爲學、爲文的基本模式。元
明清延續了宋代的文統觀，文統與道統、學統關係持續融合，文學
家和道學家身份多有重合，道學先生甚至以文人風采自矜。文與道
之間的張力緩解，"情本論"盛行，古文的抒情性特徵更爲顯著。
明代唐宋派和清代桐城派古文成爲文統正脈，有力推動了古文文統
發展。

　　以前宋代古文研究相對于詩詞研究而言，不是很熱門。熊禮匯
認爲整個古代散文研究落後的原因有幾個，"一是五四時期提倡科
學、民主和白話文，對文言文從靈魂到形體全盤否定，一下子堵死
了古代散文傳播、接受的管道，使得古代散文的思想價值、藝術價
值不能爲後人所知、所用，迫使清末民初興起的古文研究勢頭起而
即衰；二是學界文學研究長期受西方文體分類模式的影響，無法找
到與古代散文對應的西方文體，因而有意無意置古代散文于文學範
圍之外；三是不少研究者習慣于用西方美文和當代散文乃至小説、
戲曲的文學性來衡量古文的文學性，以爲人物形象、故事情節、情
感色彩是所謂古代'文學散文'的必備質素，而以理爲主的古文是
無文學性可言的；四是對古文藝術理論研究不够，未能形成獨具特
色的古文批評話語系統，故以理論文，必東挪西借，説來頭頭是
道，却不得要領"①。古代散文研究冷落的原因如此複雜，與之相
應，對古代文統的研究也會有很多顧慮。例如，凡是和封建正統思
想相關聯的一切統系，包括文統、道統、政統、學統和史統等，都

_____

① 閔澤平：《南宋理學家散文研究》。濟南：齊魯書社2006年版，第1頁。

帶有古代社會上層建築的意識形態屬性。歷代統治者及其附屬文人的宗法觀念和門户意識中沉澱了太多消極落後的舊時代思想渣滓，如果要借鑒就需要先對之進行過濾和淘洗。當前，很有必要充分認識古代社會占主導地位的價值觀，發掘其中積澱深厚的思想精華，弘揚中華民族優秀傳統文化。因此，今後很有必要在發掘宋代古文文統基礎上，開展對整個中國古代文統的宏觀研究，或者關于文統、詩統、詞統的比較研究，或者文統與道統、史統的關聯性研究。在古代文論領域，回歸古代文化語境，還原歷史現場和歷史真相，發掘古人話語體系的深層内蘊，有助于當代人與古人開展對話與溝通；通過對古代文統的思想内涵和文化意義的解讀，可以達到對中國古代文學發展規律的深刻認識。

後記

　　我第一次踏進清華園，還是在 2001 年的那個夏天。當時我以游客的身份，懷着仰慕和好奇的心情，乘坐公交車在清華園站下車，從清華南門進入校園，順着林蔭大道一路漫游到文南樓，從此和清華結緣。從 2002 年考入清華大學攻讀碩士研究生起，至今恰好二十年，而我在清華讀研和讀博的求學光陰也剛好十年！時光荏苒，人生能有幾個十年？想來真是令人感慨萬端！

　　我衷心感謝導師劉石教授的知遇、栽培之恩！我跟隨劉老師攻讀碩士和博士學位共十年之久，回首往事歷歷在目。劉老師德高望重，治學嚴謹，在古典文獻和文學、數字人文以及書法等研究領域都有很深的學術造詣。我是 20 世紀貧苦年代在邊遠鄉村長大的孩子，天性懦弱又愚鈍，何曾料想能走進清華大學攻讀博士？所幸賴先生不弃，忝列門墻，耳提面命，春溫秋肅。多年的沉浸濡染，使我收獲匪淺，從而決定放下中學的教鞭，走上大學的講臺。讀博期間，就爲學態度、學術規範、論文選題、研究思路、文章修改等諸

多方面，劉老師都對我嚴格要求并給予悉心指導。先生對待學生總是寬嚴相濟，關愛有加，劉老師的言傳身教使我終身受益。桃李不言，下自成蹊。綿綿師恩，永志于心！

清華大學中文系的謝思煒、孫明君、馬銀琴、李飛躍諸位老師在論文寫作、答辯等過程中都給予了我熱心的指導和幫助，他們不厭其煩地多次提出具體修改意見。北京大學張劍教授和北京語言大學方銘教授在論文預答辯和答辯等環節中也精心提出了許多寶貴建議。可以説，如果没有老師們孜孜不倦、苦口婆心的指導和幫助，我很難順利完成論文寫作任務。因此時至今日，儘管畢業已經兩年，但老師們在答辯等場合上對我諄諄教誨、熱情指點的場景依然難以忘懷。

從畢業論文選題開始，這篇文章經歷了開題、中期檢查、預答辯和終期答辯等多重環節，其過程雖然艱辛曲折，所幸最終得到了老師們的肯定和認可，給予了較高的評價。評審和答辯委員們認爲論文選題具有較大的學術意義和價值。他們指出統緒和譜系是注重關聯性的中國文化的重要概念之一，宋代作爲中國文化造極期，其文統問題素受關注，然尚未得以充分展開。本文是第一部以宋代古文文統爲題的博士論文和專著。其次，本文從紛繁博雜的文學現象和文史材料中尋繹貫串起宋代古文發展歷史的邏輯聯繫，并最終建構起以文道、文情和文法爲核心構成的文統觀。這一文統觀不僅勾勒了三者各自的發展綫索，也探索三者之間的互動和關聯，并將之置于共時的道統、學統和歷時的文統觀之下合觀并論，以求提領振衣，綱舉目張，從一個重要的角度認識宋代古文乃至宋代文學發展的内在動因和嬗變規律，有助于深化時人對宋代文學史的理解。另外，論文資料詳實，徵引宏富，對前人的研究有較全面的考察與把握。通過分析"唐宋八大家"的古文範式和文統因革,挖掘宋學視閾下文學正統和文章正宗建構的深刻動因,辨析文統譜系與道統、學統的離合關係,揭示了宋代古文整合"程張問學"與"歐蘇體法"的特徵和影響。答辯組老師們還認為本文邏輯架構清晰,尤其是面對叢脞複雜、相互矛盾的史料,能夠以"文道關係"為核心,對宋代古文文統進行合理的邊界劃分和體系建構,有所發明創新,殊為難得。

我在清華大學攻讀博士學位期間,曾于2014年12月到香港浸會大學參加該校組織的"第二屆中國研究青年學者研討會",研討會嚴謹的會務組織和高度的學術水準給我留下了極深的印象。目前,香港浸會大學饒宗頤國學院推出《選堂博士文庫》叢書,這一扶持學人、造福學界的盛舉深得學界贊譽!得知本文能夠入選文庫出版計劃,我在高興、感激的同時,對香港浸會大學和饒宗頤國學院更生敬仰之情。在論文遴選過程中,多位專家學者都提出了深刻而獨到的評價意見。特別是專家們對本文的肯定和贊揚性評語,讓我在欣喜之餘又不勝慚愧。如專家認為:本書稿篇章架構四平八穩,能夠做到追本溯源,從宋代以前的文統觀談起,聚焦于文道、文情、文法,以此作為探討主軸,依序論述宋代"談經者"和"知道者"的文道觀、文道離合與文章正宗的推崇、"能文者"由道及情的文統建構、宋代古文文法因革的文統意味、古文文法程式總結與文統強化,最後以宋代古文文統的影響作結。爰始要終,本末悉昭,可謂體大思精,面面俱到。古文文統,上下二千年之演進,有此一編,已具體而微指陳。廣搜博覽,建構章節,往往綱舉目張,理稱辭舉,論點大多足式。內容能推陳出新,行文亦開合自如,具見作者的研究與表述能力,均屬上乘。可作為古文研究之教材，堪作古文系統論著之案頭書。可推薦出版，以嘉惠士林。同時，專家們也指出文章存在的于義理、文學着墨尤多，而經學、史學稍微薄弱等缺陷，并針對性地提出詳細周全的修改建議。專家們的精湛點評和嚴謹負責態度讓我極其感動和敬佩！

在清華園讀書求學的時光是充實而寶貴的，獲取新知、問道師友的新奇體驗所帶來的快樂每天都充溢于心胸。在清華就讀期間，師母劉娟老師對我學習和生活等各個方面都非常關心，我永遠對此心存感激！我深深感謝師門王曉冰、李天保、鄢嫣、錢得運、孫羽津、張正、張艷秋等同窗在學習生活中的交流和幫助，也真心感謝馬正鋒、李成金、楊揚、任勇勝、楊晨、董彥霖等同學以及親朋的陪伴、支持和鼓勵！

遥想我在清華大學讀碩士時，正遇上 2003 年春天"非典"疫情肆虐，學生們都無奈而安靜地待在春光明媚的清華園裏學習；而 2020 年春節同樣暴虐的"新冠"病毒突如其來，把放假回家過年的學子們困在家中難以返校。當我這篇論文寫好準備參加畢業答辯之際，曾經期盼的師生濟濟一堂、富有儀式感的答辯活動却只能在網絡視頻會議室中進行，那莊重而神聖的授位典禮也只能期待回頭彌補。時至今日，我常常夢回清華園，眼前總是幻化出園子裏那婆娑樹影、團簇飄揚的柳枝、白花花的陽光和明晃晃的玻璃窗。每念及此，我就心潮起伏，難以平靜。我相信再濃重的陰霾也會被風吹開散盡，展望美好明天，信念、努力和堅持將依舊是我不變的選擇！

引用書目

艾南英：《新刻天傭子全集》，國家圖書館藏清康熙三十八年刻本。

白壽彝：《朱熹辨偽書語》。北京：樸社出版經理部 1933 年版。

包世臣：《藝舟雙楫》。上海：商務印書館 1929 年版。

蔡方鹿：《魏了翁集宋代蜀學之大成》。《文史雜志》1993 年第 5 期，第 38—39 頁。

蔡景康：《明代文論選》。北京：人民文學出版社 1999 年版。

曹勝高：《中國文學的代際》。北京：商務印書館 2013 年版。

陳邦瞻：《宋史紀事本末》。北京：中華書局 1977 年版。

陳淳：《北溪大全集》。收入《文淵閣四庫全書》第 1168 冊。上海：上海古籍出版社 1989 年版。

陳淳：《北溪字義》。北京：中華書局 1983 年版。

陳傅良：《止齋先生文集》。收入《四部叢刊集部》第 1113 冊。上海：商務印書館 1936 年版。

陳傅良著，周夢江點校：《陳傅良先生文集》。杭州：浙江大學出版社 1999 年版。

陳鵠：《西塘集耆舊續聞》。收入《叢書集成初編》第 2776 冊。上海：商務印書館 1936 年版。

陳來：《宋明理學》。上海：華東師範大學出版社 2004 年版。

陳亮著，鄧廣銘點校：《陳亮集》。北京：中華書局 1987 年版。

陳良運：《中國詩學體系論》。北京：中國社會科學出版社 1992 年版。

陳模著，鄭必俊校注：《懷古錄校注》。北京：中華書局 1993 年版。

陳耆卿著，曹莉亞校點：《陳耆卿集》。杭州：浙江大學出版社 2010 年版。

陳三立：《散原精舍詩文集》。上海：上海古籍出版社 2014 年版。

陳善：《捫虱新話》。濟南：山東人民出版社 2018 年版。

陳師道：《後山集》。收入《文淵閣四庫全書》第 1114 冊。上海：上海古籍出版社 1989 年版。

陳湘琳：《歐陽修的文學與情感世界》。上海：復旦大學出版社 2012 年版。

陳寅恪：《金明館叢稿初編》。上海：上海古籍出版社 1980 年版。

陳寅恪：《金明館叢稿二編》。上海：上海古籍出版社 1980 年版。

陳寅恪：《寒柳堂集》。上海：上海古籍出版社 1980 年版。

陳造：《江湖長翁集》。收入《文淵閣四庫全書》第 1166 冊。上海：上海古籍出版社 1989 年版。

陳振孫：《直齋書錄解題》。收入《叢書集成初編》第 44—48 冊。北京：中華書局 1985 年版。

陳柱：《中國散文史》。長沙：岳麓書社 2011 年版。

程顥、程頤：《二程集》。北京：中華書局 1981 年版。

程千帆、吳新雷：《兩宋文學史》。上海：上海古籍出版社 1991 年版。

程樹德集釋，程俊英、蔣見元點校：《論語集釋》。北京：中華書局 2018 年版。

儲欣：《唐宋八大家類選》，蘇州大學圖書館藏清光緒九年刊本。

克萊夫·貝爾（Clive Bell）著，周金環、馬鐘元譯：《藝術》。北京：中國文聯出版社 1984 年版。

丁福保：《歷代詩話續編》。北京：中華書局 2006 年版。

董誥等編：《全唐文》。北京：中華書局 1983 年版。

董仲舒：《春秋繁露》。北京：中華書局 1975 年版。

杜海軍：《論呂祖謙研究中的偏見》。《浙江師範大學學報（人文社會科學版）》2008 年第 4 期，第 1—4 頁。

段玉裁：《說文解字注》。上海：上海古籍出版社 1981 年版。

范公偁：《過庭錄》。北京：中華書局 2002 年版。

范鎮：《東齋記事》。北京：中華書局 1980 年版。

范仲淹著，李勇先、王蓉貴校點：《范仲淹全集》。成都：四川大學出版社 2007 年版。

方苞：《方苞集》。上海：上海古籍出版社 2008 年版。

方東樹：《昭昧詹言》。北京：人民文學出版社 1961 年版。

馮友蘭：《中國哲學史》。北京：商務印書館 2011 年版。

傅璇琮主編：《全宋詩》。北京：北京大學出版社 1995 年版。

高步瀛：《唐宋文舉要》。上海：上海古籍出版社 1982 年版。

高步瀛：《唐宋文舉要》。北京：中華書局 1985 年版。

葛曉音：《古文成于韓柳的標志》。《學術月刊》1987 年第 1 期，第 56—62 頁。

葛曉音：《北宋詩文革新的曲折歷程》。《中國社會科學》1989 年第 2 期，第 101—120 頁。

谷曙光：《貫通與駕馭·宋代文體學述論》。北京：人民文學出版社 2016 年版。

歸有光：《文章指南》。臺北：廣文書局 1977 年版。

王稱：《新刊國朝二百家名賢文粹》。收入《續修四庫全書》第 1652 冊。上海：上海古籍出版社 2002 年版。

郭慶財：《兩宋之際蘇學與程學關係新變》。《北方論叢》2003 年第 2 期，第 71—75 頁。

郭紹虞：《中國歷代文論選》。上海：上海古籍出版社 1980 年版。

郭紹虞：《中國文學批評史》。北京：商務印書館 2010 年版。

郭紹虞：《清詩話續編》。上海：上海古籍出版社 1983 年版。

郭英德、謝思煒：《中國古典文學研究史》。北京：中華書局 1995 年版。

郭預衡：《中國散文史》。上海：上海古籍出版社 2011 年版。

韓淲：《澗泉日記》。上海：上海古籍出版社 1993 年版。

韓琦撰，李之亮、徐正英箋注：《安陽集編年箋注》。成都：巴蜀書社 2000 年版。

韓星：《重建道統·傳承文統——道統、文統及其關係》。《中國文化論衡》2018 年第 1 期，第 65—81 頁。

韓愈著，屈守元、常思春校注：《韓愈全集校注》。成都：四川大學出版社 1996 年版。

郝經：《續後漢書》。北京：中華書局 1985 年版。

何寄澎：《唐宋古文新探》。北京：北京大學出版社 2010 年版。

何寄澎：《北宋的古文運動》。上海：上海古籍出版社 2011 年版。

何薳：《春渚紀聞》。北京：中華書局 1983 年版。

何焯：《義門讀書記》。北京：中華書局 1987 年版。

洪本健：《歐陽修資料彙編》。北京：中華書局 1995 年版。

洪本健：《略論“六一風神”》。《文學遺產》1996 年第 1 期，第 61—68 頁。

洪本健：《歐陽修和他的散文世界》。上海：上海古籍出版社 2017 年版。

洪邁撰，孔凡禮點校：《容齋隨筆》。北京：中華書局 2005 年版。

洪邁著，夏祖堯、周洪武點校：《容齋隨筆》。長沙：岳麓書社 2006 年版。

洪興祖補注：《楚辭章句補注》。長沙：岳麓書院 1983 年版。

胡應麟：《詩藪》。北京：中華書局 1962 年版。

胡仔：《苕溪漁隱叢話》。北京：人民文學出版社 1981 年版。

黃本驥：《痴學》。長沙：岳麓書社 2009 年版。

黃侃：《文心雕龍札記》。北京：中華書局 2006 年版。

黃庭堅著，劉琳、李勇先、王蓉貴校點：《黃庭堅全集》。成都：四川大學出版
　　社 2001 年版。

黃震：《黃氏日鈔》。杭州：浙江大學出版社 2013 年版。

黃宗羲編：《明文海》。收入《文淵閣四庫全書》第 1453—1458 冊。上海：上
　　海古籍出版社 1989 年版。

黃宗羲、全祖望：《宋元學案》。北京：中華書局 1986 年版。

黃宗羲著，吳光主編：《黃宗羲全集》。杭州：浙江古籍出版社 2012 年版。

饒宗頤：《中國史學上之正統論》。上海：上海遠東出版社 1996 年版。

姜雲鵬：《韓愈古文評點整理與研究》。上海：復旦大學中文系文學博士論文，
　　2013 年。

焦竑：《澹園集》。北京：中華書局 1999 年版。

孔尚任：《桃花扇》。上海：上海古籍出版社 2016 年版。

冷成金：《從〈東坡易傳〉看蘇軾的情本論思想》。《福建論壇（人文社會科學
　　版）》2004 年第 2 期，第 73—78 頁。

李白著，王琦注：《李太白全集》。北京：中華書局 1977 年版。

李百藥：《北齊書》。北京：中華書局 1972 年版。

李春青：《中國文論中“文統”觀念的文化淵源》。《文學評論》2011 年第 2
　　期，第 165—171 頁。

李清照著，黃墨谷輯校：《重輯李清照集》。北京：中華書局 2009 年版。

李燾：《續資治通鑑長編》。北京：中華書局 1986 年版。

李心傳：《道命錄》。北京：中華書局 1985 年版。

李心傳：《建炎以來繫年要錄》。北京：中華書局 1988 年版。

李心傳：《建炎以來朝野雜記》。北京：中華書局 2000 年版。

李修生主編：《全元文》。南京：江蘇古籍出版社 1998 年版。

李元綱：《聖門事業圖》。北京：中華書局 1991 年版。

李贄：《焚書》。北京：中華書局 1975 年版。

李之亮箋注：《歐陽修集編年箋注》。成都：巴蜀書社，2007 年。

厲鶚撰：《宋詩紀事》。浙江：浙江古籍出版社 2019 年版。

黎靖德編：《朱子語類》。北京：中華書局 1994 年版。

梁章鉅：《浪迹叢談》。廈門：福建人民出版社 1983 年版。

林駉：《古今源流至論》。收入《文淵閣四庫全書》第 942 冊。上海：上海古籍
　　出版社 1989 年版。

林紓：《春覺齋論畫（外一種）》。杭州：浙江人民美術出版社 2016 年版。

柳開撰，李可風點校：《柳開集》。北京：中華書局 2015 年版。

柳詒徵：《國史要義》。長沙：岳麓書社 2010 年版。

劉敞：《公是集》。北京：中華書局 1985 年版。

劉德清：《歐陽修論稿》。北京：北京師範大學出版社 1991 年版。

劉將孫：《養吾齋集》。收入《文淵閣四庫全書》第 1199 冊。上海：上海古籍
　　出版社 1989 年版。

劉克莊：《後村詩話》。北京：中華書局 1983 年版。

劉克莊著，辛更儒校注：《劉克莊集箋校》。北京：中華書局 2011 年版。

劉寧：《叙事與“六一風神”——由茅坤“風神觀”切入》。《文學遺產》2011
　　年第 2 期，第 100—107 頁。

劉祁：《歸潛志》。北京：中華書局 1983 年版。

劉劭著，馬駿騏、朱建華譯注：《人物志全譯》。貴陽：貴州人民出版社 2009
　　年版。

劉聲木撰，徐天祥點校：《桐城文學淵源撰述考》。合肥：黃山書社 1989 年版。

劉聲木撰，劉篤齡點校：《萇楚齋隨筆續筆三筆四筆五筆》。北京：中華書局
　　1998 年版。

劉師培：《劉申叔遺書》。南京：鳳凰出版社 1997 年版。

劉師培：《劉師培中古文學論集》。北京：中國社會科學出版社 1997 年版。

劉師培：《清儒得失論·劉師培論學雜稿》。北京：中國人民大學出版社 2004 年版。

劉師培：《中國中古文學史講義》。南京：鳳凰出版社 2011 年版。

劉熙載：《藝概》。上海：上海古籍出版社 1978 年版。

劉勰著，黃叔琳注，李詳補注，楊明照校注拾遺：《增訂文心雕龍校注》。北京：中華書局 2012 年版。

劉煦：《舊唐書》。北京：中華書局 1975 年版。

劉荀：《明本釋》。北京：中華書局 1985 年版。

劉塤：《隱居通議》。北京：中華書局 1985 年版。

劉義慶撰，劉孝標標注：《世說新語校箋》。北京：中華書局 2006 年版。

劉玉民：《呂祖謙與南宋學術交流——以呂祖謙書信爲中心的考察》。武漢：華中師範大學文學院博士論文，2013 年。

劉悅笛：《“情性”“情實”和“情感”——中國儒家“情本哲學”的基本面向》。《社會科學家》2018 年第 2 期，第 12—21 頁。

劉知幾：《史通》。上海：上海古籍出版社 2008 年版。

樓鑰：《攻媿集》。收入《叢書集成初編》第 2003 冊。上海：商務印書館 1935 年版。

陸九淵著，鍾哲點校：《陸九淵集》。北京：中華書局 1980 年版。

陸游：《老學庵筆記》。北京：中華書局 1979 年版。

陸游：《陸游集》。北京：中華書局 1976 年版。

陸游著，錢忠聯、馬亞中主編：《陸游全集校注·渭南文集校注》。杭州：浙江教育出版社 2011 年版。

魯迅：《漢文學史綱要》。長沙：岳麓書社 2013 年版。

呂華明、程安庸、劉金平：《李太白年譜補正》。北京：中華書局 2012 年版。

呂坤：《呻吟語》。長沙：岳麓書社 2016 年版。

呂思勉：《論學集林》。上海：上海教育出版社 1987 年版。

呂祖謙編：《宋文鑒》。北京：中華書局 1992 年版。

呂祖謙編著，黃靈庚、吳戰壘主編：《呂祖謙全集》。杭州：浙江古籍出版社 2008 年版。

羅大經：《鶴林玉露》。北京：中華書局 2008 年版。

羅根澤：《中國文學批評史》。上海：上海人民出版社 2015 年版。

羅立剛：《史統、道統、文統：論唐宋時期文學觀念的轉變》。上海：東方出版中心 2005 年版。

羅立剛：《宋代"文統"觀論綱》。《求索》2001 年第 5 期，第 107—111 頁。

羅萬藻：《此觀堂集》。濟南：齊魯書社 1997 年版。

羅宗強：《隋唐五代文學思想史》。北京：中華書局 2016 年版。

馬端臨：《文獻通考》。北京：中華書局 2011 年版。

馬茂軍：《宋代散文史論》。北京：中華書局 2008 年版。

馬茂軍、張海沙：《困境與超越：宋代文人心態史》。石家莊：河北教育出版社 2001 年版。

馬茂軍、劉春霞、劉濤：《中國古代散文思想史文化生態與中國古代散文思想的嬗變》。北京：人民出版社 2011 年版。

茅坤：《唐宋八大家文鈔》。收入《文淵閣四庫全書》第 1383—1384 冊。上海：上海古籍出版社 1993 年版。

茅坤著，張夢新、張大芝點校：《茅坤集》。杭州：浙江古籍出版社 2012 年版。

梅向東、李波：《桐城派學術文化》。合肥：合肥工業大學出版社 2011 年版。

梅堯臣著，朱東潤校注：《梅堯臣集編年校注》。上海：上海古籍出版社 2006 年版。

閔澤平：《南宋理學家散文研究》。濟南：齊魯書社 2006 年版。

莫礪鋒：《朱熹文學研究》。南京：南京大學出版社 2000 年版。

穆修：《叢書集成續編》。上海：上海書店出版社 1994 年版。

歐明俊：《古代"文統"的"擬構"歷程及其價值重估》。《勵耘學刊（文學卷）》2015 年第 1 期，第 165—178 頁。

歐明俊：《古代文體學思辨錄》。北京：人民出版社 2015 年版。

歐陽修：《新五代史》。北京：中華書局 1974 年版。

歐陽修著，李逸安點校：《歐陽修全集》。北京：中華書局 2001 年版。

歐陽修、宋祁：《新唐書》。北京：中華書局 1975 年版。

潘富恩、徐餘慶：《呂祖謙評傳》。南京：南京大學出版社 2011 年版。

彭乘：《墨客揮犀》。北京：中華書局 2002 年版。

錢基博：《中國文學史》。北京：中華書局 1996 年版。

錢基博：《現代中國文學史》。長沙：岳麓書社 2010 年版。

錢穆：《朱子新學案》。成都：巴蜀書社 1986 年版。

錢穆：《中國近三百年學術史》。北京：商務印書館 1997 年版。

錢穆：《雜論唐代古文運動》。收入氏著《中國學術思想史論叢》第四冊。合肥：安徽教育出版社 2004 年版，第 16—67 頁。

錢穆：《讀智圓〈閑居編〉》。收入氏著《中國學術思想史論叢》第五冊。北京：九州出版社 2011 年版，第 97—104 頁。

錢謙益：《牧齋初學集》。上海：上海古籍出版社 1985 年版。

錢仲聯等主編：《中國文學大辭典》。上海：上海辭書出版社 1997 年版。

錢仲聯主編：《歷代別集序跋綜錄·清代卷》。南京：江蘇教育出版社 2005 年版。

錢鍾書：《談藝録》。北京：中華書局 1984 年版。

錢鍾書：《宋詩選注》。北京：人民文學出版社 1989 年版。

錢鍾書：《管錐編》。北京：生活·讀書·新知三聯書店 2001 年版。

秦觀：《淮海集》。收入《文淵閣四庫全書》第 1115 冊。上海：上海古籍出版社 1989 年版。

秦觀著，徐培均箋注：《淮海集箋注》。上海：上海古籍出版社 1994 年版。

全祖望著，黃雲眉選注：《鮚埼亭文集選注》。北京：商務印書館 2018 年版。

邵伯温：《邵氏聞見録》。北京：中華書局 1983 年版。

邵博：《邵氏聞見後録》。北京：中華書局 1983 年版。

商務印書館編輯部編：《辭源》。北京：商務印書館 1991 年版。

沈德潛：《增評唐宋八家文讀本》。武漢：崇文書局 2010 年版。

沈括著，胡道靜校注：《新校正夢溪筆談》。北京：中華書局 1957 年版。

沈松勤：《北宋文人與黨爭》。北京：人民出版社 1998 年版。

沈松勤：《宋代政治與文學研究》。北京：商務印書館 2010 年版。

石介著，陳植鍔點校：《徂徠石先生文集》。北京：中華書局 1984 年版。

釋文瑩：《湘山野録》。北京：中華書局 1984 年版。

舒蕪等編：《近代文論選》。北京：人民文學出版社 1959 年版。

四川大學中文系唐宋文學研究室編：《蘇軾資料彙編》。北京：中華書局 1994 年版。

司馬光：《涑水記聞》。北京：中華書局 1989 年版。

司馬遷撰，裴駰集解，司馬貞索隱，張守節正義：《史記》。北京：中華書局1982年版。

司馬遷著，茅坤編纂，王曉紅整理：《史記抄》。北京：商務印書館2013年版。

宋濂著，羅月霞主編：《宋濂全集》。杭州：浙江古籍出版社1999年版。

宋綬、宋敏求：《宋大詔令集》。北京：中華書局2009年版。

粟品孝：《朱熹與宋代蜀學》。北京：高等教育出版社1998年版。

蘇軾：《東坡易傳》。長春：吉林文史出版社2002年版。

蘇軾撰，孔凡禮點校：《蘇軾文集》。北京：中華書局1986年版。

蘇舜欽著，沈文倬校點：《蘇舜欽集》。上海：上海古籍出版社1981年版。

蘇頌：《蘇魏公文集》。北京：中華書局1988年版。

蘇洵著，曾棗莊、金成禮箋注：《嘉祐集箋注》。上海：上海古籍出版社1993年版。

蘇轍著，陳宏天、高秀芳點校：《蘇轍集》。北京：中華書局1990年版。

蘇軾著，李之亮注解：《東坡易傳》，《蘇軾文集編年箋注》。四川：巴蜀書社2011年版。

孫虹：《詞風嬗變與文學思潮關係研究——以北宋詞爲例》。蘇州：蘇州大學文學院博士論文，2003年。

孫奇逢：《夏峰先生集》。北京：中華書局2004年版。

孫希旦：《禮記集解》。北京：中華書局1989年版。

鄧國光：《文章體統·中國文體學的正變與流別》。上海：上海古籍出版社2013年版。

唐圭璋：《全宋詞》。北京：中華書局1965年版。

唐明邦主編：《周易評注》。北京：中華書局1995年版。

唐文治：《古人論文大義》，國家圖書館藏清宣統元年（1909年）刊本。

上海古籍出版社編：《天一閣藏明代方志選刊·永樂樂清縣志》。上海：上海古籍出版社1964年影印版。

田浩：《朱熹的思維世界》。西安：陝西師範大學出版社2002年版。

田況：《儒林公議》。上海：商務印書館1937年版。

田錫：《咸平集》。成都：巴蜀書社2008年版。

屠隆撰，李亮偉、張萍校注：《〈由拳集〉校注》。杭州：浙江大學出版社2016年版。

脱脱：《宋史》。北京：中華書局 1977 年版。

王安石撰，李之亮箋注：《王荆公文集箋注》。成都：巴蜀書社 2005 年版。

王鏊：《震澤長語》。北京：中華書局 1985 年版。

王粲著，張蕾校注：《王粲集校注》。石家莊：河北教育出版社 2013 年版。

王稱：《東都事略》。收入《文淵閣四庫全書》第 382 册。上海：上海古籍出版
　　社 1989 年版。

王基倫：《北宋古文家繼承"道統"而非"文統"説》。《文與哲》2014 年第
　　24 期，第 25—56 頁。

王基倫：《宋代文學論集》。臺北：臺灣學生書局 2016 年版。

王充：《論衡》。上海：上海人民出版社 1974 年版。

王國維：《王國維手定觀堂集林》。杭州：浙江教育出版社 2014 年版。

王涵：《韓愈的"文統"論》。《北京大學學報（哲學社會科學版）》1994 年
　　第 6 期，第 84—89、114 頁。

王建生：《吕祖謙的中原文獻南傳之功》。《浙江師範大學學報（社會科學
　　版）》2015 年第 3 期，第 45—50 頁。

王九思：《渼陂續集》。收入《續修四庫全書》第 1334 册。上海：上海古籍出
　　版社 2002 年版。

王立道：《具茨集》。收入《文淵閣四庫全書》第 1277 册。上海：上海古籍出
　　版社 1989 年版。

王利器：《顔氏家訓集解》。北京：中華書局 1980 年版。

王懋竑：《朱子年譜》。臺北：臺灣商務印書館 1982 年版。

王明清：《揮麈後録》。上海：商務印書館 1934 年版。

王培友：《論兩宋士人探討文道關係的異向性及其認識價值》。《南京師大學報
　　（社會科學版）》2014 年第 2 期，第 129—137 頁。

王若虚：《滹南遺老集校注》。瀋陽：遼海出版社 2006 年版。

王十朋著，梅溪集重刊委員會編：《王十朋全集》。上海：上海古籍出版社 1998
　　年版。

王樹林：《金代詩文與文獻研究》。北京：中華書局 2008 年版。

王水照：《歷代文話》。上海：復旦大學出版社 2007 年版。

王水照：《首届宋代文學國際研討會論文集》。上海：復旦大學出版社 2001
　　年版。

王水照：《宋代文學通論》。開封：河南大學出版社 1997 年版。

王水照：《北宋的文學結盟與尚"統"的社會思潮》。收入《國際宋代文化研討會論文集》。成都：四川大學出版社 1991 年版，第 253—274 頁。

王水照、朱剛編：《中國古代文章學的成立與展開——中國古代文章學》。上海：復旦大學出版社 2011 年版。

王守仁：《王文成公全書》。北京：中華書局 2015 年版。

王守仁：《王陽明全集》。北京：中國畫報出版社 2016 年版。

王文誥輯注，孔凡禮點校：《蘇軾詩集》。北京：中華書局 1982 年版。

王文生：《中國文學思想體系》。上海：上海古籍出版社 2017 年版。

王先謙：《荀子集解》。北京：中華書局 1988 年版。

王先謙撰，梅季點校：《王先謙詩文集》。長沙：岳麓書社 2008 年版。

王應麟：《玉海》。南京：江蘇古籍出版社 1987 年版。

王應麟：《困學紀聞》。上海：上海古籍出版社 2015 年版。

王友懷、魏全瑞：《昭明文選注析》。西安：三秦出版社 2000 年版。

王岳川：《藝術本體論》。上海：生活·讀書·新知三聯書店上海分店 1994 年版。

王運熙：《文心雕龍探索》。上海：上海古籍出版社 2014 年版。

王兆鵬、張劍：《宋代文學研究年鑒》。武漢：武漢出版社 2019 年版。

王正德：《餘師錄》。北京：中華書局 1985 年版。

王銍：《默記》。北京：中華書局 1981 年版。

王梓材、馮雲濠：《宋元學案補遺》。北京：人民出版社 2012 年版。

汪聖鐸點校：《宋史全文》。北京：中華書局 2016 年版。

汪琬著，李聖華箋校：《汪琬全集箋校》。北京：人民文學出版社 2010 年版。

魏了翁：《鶴山先生大全文集》。臺北：臺灣商務印書館 2011 年版。

魏禧：《魏叔子文集》。北京：中華書局 2003 年版。

魏徵、令狐德棻撰：《隋書》。北京：中華書局 1973 年版。

翁方綱：《石洲詩話》。北京：人民文學出版社 1981 年版。

吳承學：《現存評點第一書——論〈古文關鍵〉的編選、評點及其影響》，《文學遺產》2003 年第 4 期，第 72—84、143 頁。

吳楚材、吳調侯：《古文觀止》。杭州：浙江古籍出版社 2010 年版。

吳處厚撰，李裕民點校：《青箱雜記》。北京：中華書局 1985 年版。

吳寬著，顧沅輯：《吳郡文編》。上海：上海古籍出版社 2011 年版。

吳訥：《文章辨體序説》。北京：人民文學出版社 1962 年版。

吳文治：《韓愈資料彙編》。北京：中華書局 1983 年版。

吳文治：《宋詩話全編》。南京：江蘇古籍出版社 1998 年版。

吳泳：《鶴林集》。收入《文淵閣四庫全書》第 1176 册。上海：上海古籍出版社 1989 年。

吳曾：《能改齋漫録》。北京：中華書局 1960 年版。

吳之振、吕留良、吳自牧：《宋詩鈔》。北京：中華書局 1986 年版。

吳子良：《林下偶談》。北京：中華書局 1985 年版。

蕭統撰，李善注：《文選》。北京：中華書局 1977 年版。

謝枋得：《文章軌範》。鄭州：中州古籍出版社 1991 年版。

謝無量：《中國大文學史》。上海：中華書局 1940 年版。

熊賜履：《學統》。南京：鳳凰出版社 2011 年版。

熊禮匯：《明清散文流派論》。武漢：武漢大學出版社 2003 年版。

熊禮匯：《中國古代散文藝術史論》。武漢：湖北人民出版社 2005 年版。

徐度：《却掃編》。收入《叢書集成初編》第 2791 册。上海：商務印書館 1936 年版。

徐洪興：《思想的轉型：理學發生過程研究》。上海：上海人民出版社 2016 年版。

徐師曾：《禮記集注》。濟南：齊魯書社 1997 年版。

徐松：《宋會要輯稿》。北京：中華書局 1957 年版。

許總：《宋明理學與中國文學》。北京：百花洲文藝出版社 1999 年版。

許浩然：《南宋詞臣"文統"觀探析——以周必大書序文爲綫索》，《文學遺產》2015 年第 3 期，第 105—113 頁。

嚴可均：《全上古三代秦漢三國六朝文》。北京：中華書局 1958 年版。

楊金鼎：《楚辭評論資料選》。武漢：湖北人民出版社 1985 年版。

楊慶存：《宋代散文研究》。北京：人民文學出版社 2002 年版。

楊慶存：《宋代文學論稿》。上海：復旦大學出版社 2007 年版。

楊士奇：《東里續集》。收入《文淵閣四庫全書》第 1238—1239 册。上海：上海古籍出版社 1989 年版。

楊樹達：《高等國文法》。北京：商務印書館 1984 年版。

楊萬里撰，辛更儒箋校：《楊萬里集箋校》。北京：中華書局 2007 年版。

楊億：《楊文公談苑》。上海：上海古籍出版社 1993 年版。

楊億：《武夷新集》。廈門：福建人民出版社 2007 年版。

楊億、楊載：《武夷新集 楊仲弘集》。廈門：福建人民出版社 2007 年版。

楊億等著，王仲犖注：《西昆酬唱集注》。上海：上海書店出版社 2001 年版。

姚永樸：《文學研究法》。北京：商務印書館 1933 年版。

葉盛：《水東日記》。北京：中華書局 1980 年版。

葉寘：《愛日齋叢鈔》。北京：中華書局 1985 年版。

葉適：《習學記言序目》。北京：中華書局 1977 年版。

葉適著，劉公純等點校：《葉適集》。北京：中華書局 1961 年版。

永瑢等撰：《四庫全書總目》。北京：中華書局 1965 年版。

永瑢等撰：《四庫全書簡明目錄》。上海：上海古籍出版社 1985 年版。

袁枚：《小倉山房文集》。浙江：浙江古籍出版社 2015 年版。

岳珂：《寶真齋法書贊》。北京：中華書局 1985 年版。

曾鞏：《隆平集》。收入《文淵閣四庫全書》第 371 冊。上海：上海古籍出版社
　　　1989 年版。

曾鞏：《曾鞏集》。北京：中華書局 1984 年版。

曾國藩：《曾國藩書信》。北京：中國致公出版社 2011 年版。

曾棗莊：《宋代文學與宋代文化》。上海：上海人民出版社 2006 年版。

曾棗莊：《蘇文匯評》。成都：四川文藝出版社 2000 年版。

曾棗莊、劉琳主編：《全宋文》。上海：上海辭書出版社；合肥：安徽教育出版
　　　社，2006 年版。

曾棗莊、舒大剛主編：《三蘇全書》。北京：語文出版社 2001 年版。

曾棗莊、李凱、彭君華編：《宋文紀事》。成都：四川大學出版社 1995 年版。

張岱：《陶庵夢憶》。北京：中華書局 2007 年版。

張方平：《樂全集》。上海：商務印書館 1935 年版。

張光祖：《言行龜鑒》。瀋陽：遼寧教育出版社 2001 年版。

張籍著，徐禮節、余恕誠校注：《張籍集繫年校注》。北京：中華書局 2011
　　　年版。

張劍、呂肖奐、周揚波：《宋代家族與文學》。北京：中國社會科學出版社 2009
　　　年版。

張劍：《宋代家族與文學——以潭州晁氏爲中心》。北京：北京出版社 2006 年版。

張耒撰，李逸安等點校：《張耒集》。北京：中華書局 1990 年版。

張秋娥：《宋代文章評點研究》。武漢：武漢大學文學院文學博士論文，2010 年。

張栻：《張栻集》。長沙：岳麓書社 2010 年版。

張廷玉等撰：《明史》。北京：中華書局 1974 年版。

張毅：《宋代文學思想史》。北京：中華書局 1995 年版。

張毅：《蘇軾朱熹文化人格之比較》。《文學遺産》1995 年第 4 期，第 55—62 頁。

張載：《張載集》。北京：中華書局 1978 年版。

章學誠：《章學誠遺書》。北京：文物出版社 1985 年版。

章學誠著，葉瑛校注：《文史通義校注》。北京：中華書局 1985 年版。

章學誠著，倉修良編注：《文史通義新編新注》。杭州：杭州古籍出版社 2005 年版。

晁公武：《郡齋讀書志校證》。上海：上海古籍出版社 1990 年版。

趙秉文：《閑閑老人滏水文集》。北京：中華書局 1985 年版。

趙孟堅：《彝齋文編》。收入《文淵閣四庫全書》第 1181 册。上海：上海古籍出版社 1989 年版。

趙彦衛：《雲麓漫鈔》。北京：中華書局 1996 年版。

趙翼：《廿二史劄記》。北京：中華書局 1963 年版。

趙與時：《賓退録》。北京：中華書局 1985 年版。

趙則誠等編：《中國古代文學理論詞典》。長春：吉林文史出版社 1985 年版。

真德秀：《文章正宗》。臺北：臺灣商務印書館 1981 年版。

真德秀：《西山先生真文忠公文集》。臺北：臺灣商務印書館 2011 年版。

鄭振鐸：《插圖本中國文學史》。北京：人民文學出版社 1957 年版。

中國科學院文學研究所編：《中國文學史》。北京：人民文學出版社 1962 年版。

中國社會科學院近代史研究所編：《范文瀾歷史論文選集》。北京：中國社會科學出版社 1979 年版。

周必大：《文忠集》。收入《文淵閣四庫全書》第 1147 册。上海：上海古籍出版社 1989 年版。

周敦頤著，陳克明點校：《周敦頤集》。北京：中華書局 1990 年版。

周密：《浩然齋雅談》。北京：中華書局 1985 年版。

周密：《癸辛雜識·續集》。上海：上海古籍出版社 2012 年版。

周義敢、周雷：《梅堯臣資料彙編》。北京：中華書局 2007 年版。

周裕鍇：《蘇軾黃庭堅詩歌理論之比較》。《文學評論》1983 年第 4 期，第 88—97、144 頁。

朱弁撰，孔凡禮點校：《曲洧舊聞》。北京：中華書局 2002 年版。

朱德發：《跨進新世紀的歷程·中國文學由古典向現代轉換》。濟南：明天出版社 2000 年版。

朱東潤：《中國文學批評史大綱》。武漢：武漢大學出版社 2009 年版。

朱剛：《唐宋"古文運動"與士大夫文學》。上海：復旦大學出版社 2013 年版。

朱漢民：《屈騷精神與湖湘文統》。《中國文化研究》2015 年第 1 期，第 142—153 頁。

朱熹：《宋名臣言行錄》。收入《文淵閣四庫全書》第 449 冊。上海：上海古籍出版社 1989 年版。

朱熹：《四書章句集注》。北京：中華書局 1983 年版。

朱熹：《周易本義》。北京：中華書局 2009 年版。

朱熹著，朱杰人、嚴佐之、劉永翔主編：《朱子全書》。上海：上海古籍出版社；合肥：安徽教育出版社，2002 年版。

朱迎平：《宋文論稿》。上海：上海財經大學出版社 2003 年版。

朱自清：《經典常談》。上海：上海古籍出版社 1999 年版。

祝尚書：《重論歐陽修的文道觀》。《四川大學學報（哲學社會科學版）》1999 年第 6 期，第 70—76、108 頁。

祝尚書：《宋人總集叙錄》。北京：中華書局 2004 年版。

祝尚書：《宋代科舉與文學考論》。北京：大象出版社 2006 年版。

祝尚書：《論宋代理學家的"新文統"》。《文學遺産》2006 年第 4 期，第 80—92、159 頁。

祝尚書：《宋代科舉與文學》。北京：中華書局 2008 年版。

祝尚書：《北宋古文運動發展史》。北京：北京大學出版社 2012 年版。

莊仲方編：《南宋文範》。吉林：吉林人民出版社 1998 年版。

卓希惠：《歐陽修散文"風神"研究》。北京：社會科學文獻出版社 2017 年版。

左圭：《百川學海》。北京：中國書店 1999 年版。